中公文庫

シェイクスピア

福田恆存

JN003851

中央公論新社

目次

シェイクスピア

I

シェイクスピアの魅力

シェイクスピアが楽しめる時期は、ごく若いころか、それともずつと年をとつてのちか、そのいづれかであるといつた人がをります。私はその説に同感です。私自身がさうだつた。私がはじめて坪内逍遥の飜訳でシェイクスピアを読んだのは、旧制の中学の終りころでした。そのときの感激はいまだに忘れません。眼のまへに、ぱつと新しい世界が開けたやうな気がしたものです。もつと子供だつたころアンデルセンの物語に接したときの喜びと似たやうなものがあつた。

それは、そのころ読んでゐた漱石をはじめ明治大正の日本の小説からはもちろん、十九世紀の西洋の自然主義小説から得られるおもしろみとは、ぜんぜん質を異《こと》にするおもしろみでした。なるほど漱石の小説に私は感動しました。いろいろなことを教へられもしました。が、そこに展開される世界は要するに現実のこの世だつたのです。が、シェイクスピアが私の眼のまへに繰りひろげてくれた世界は、アンデルセンと同様、私の知らない、この世界とは次元を異にした別世界だつたのです。いひかへれば、この現実世界、日常生活といふ証明書なくして、それ自身、独立して存在しうる完全な世界だつたのです。
私がシェイクスピアの原典を辞書と首引で読みはじめたのは、高等学校へはひつてからです。が、その詩句の美しさとは別に、そのころから、私のシェイクスピアにたいする関心は薄れはじめました。西洋の近代の小説や評論にたいする興味が増していつたからです。そして、ふたたび私の心がシェイクスピアに戻つてきたのは、四十を過ぎた昨今のことにすぎません。かういふ私自身の経験に照してみて、シェイクスピアを楽しめるのは、ごく若いころか、それとも年をとつてからかといふ説は、よく当つてゐるやうに思ひます。なぜ、さういふことになるのか、その理由らしきものを考へてみることにしませう。

多くの人が文学作品を読むばあひになにを期待するでせうか。みなさんが中学校や高等学校で、国語の教材として読む文学作品にたいして、あるいはその断片にたいして、教科書の編纂者や先生が設ける問ひといふものがありますが、それを考へてみれば、この世のなかで文学作品といふものがどういふふうに扱はれてゐるかがわかるでせう。みなさんは、第一に、文章の大意を問はれる。第二に、その背後にある作者の主張、すなはち作者の思想や人生観を問はれる。第三に、そこに扱はれてゐる人物を通して、人間の心の動きに注意することを要求される。

一口にいふと、人々は文学作品に「人生、いかに生くべきか」といふ問ひかけと答へとを求めてゐるのです。文学の役割や効用がそこにもあるといふことを、私は否定いたしません。が、人々は一つの重要な事実を見のがしてゐるのです。

「人生、いかに生くべきか」といふ作者の問ひかけと、作品の登場人物を通じてのその問題の真剣な追求とは、なるほど文学の主要な役割ではありますが、作者の側において、さういふことが意識的におこなはれだしたのは、したがつて読者の側においても、さういふ期待が生じはじめたのは、西洋の文学の歴史のうへでも、やつと十九世紀になつてからにすぎません。すなはち、それは近代文学における顕著な特徴だといへませう。日本でいへば、明治末年の自然主義文学運動以来のことであります。

そのことを個人の生涯にあてはめて考へてみませう。「人生、いかに生くべきか」といふやうな煩悶《はんもん》が多少でも私たちの心に生じてくるのは、そろそろみなさんの年ごろからではありますまいか。それは「自我のめざめ」の時期と一致します。まづ、私たちは、自分の考へてゐることや欲してゐることが、他人の、あるいは社会の動きと合はないといふことを自覚する。すなはち、自分とは異る他人を発見し、さうすることによつて、他人とは異る自分を発見する。当然、その自他の対立に悩み、その矛盾のなかでどう生きていつたらいいかといふ疑問が生じるわけです。

そのころから、私たちにとつて近代文学は無限の宝庫となりはじめるのですが、この楽しみを一度味はひだしたら、あるいはもうシェイクスピアがみなさんの心のうちに忍びこむ余地はないかもしれないのです。シェイクスピアが活躍した時代はイギリスのエリザベス女王の時代、すなはち十六世紀の末から十七世紀の始めにかけてであります。一口にルネサンス時代といへば、中世にたいして「自我のめざめ」の時代とされますが、それはのちの近代の出発点といふことに力点をおいた見かたであつて、逆に見れば、それは中世の終りであります。ちやうどみなさんの年ごろに当るころです。自我がめざめかかつて眠つてゐる時代であります。だから、私はみなさんに、シェイクスピアは、いまのうちにお読みなさいと申しあげたいのです。それでなければ、といふのは、もうすでに手遅れで、シェイクスピアがトルストイほどおもしろくないといふ人たちは、いつそのこと、四十を過ぎるまでお待ちなさいと申しあげたい。

なぜなら、なるほど近代文学は、私たちに「人生、いかに生くべきか」を教へ、人間心理の未知の宝庫を見せてくれるかもしれませんが、さういふものを見つくしてしまつたあとでは、また、この人生、いかに生きようとどうにもならぬ、教へられたところで、さうは生きられぬと悟る年ごろになつてみると、近代文学はかなり色あせて見えてきます。そして、そのときに、ふたたびシェイクスピアの世界が、より広大な宝庫として、私たちの眼の前に浮び上つてくるのです。

シェイクスピアに「人生、いかに生くべきか」といふ問ひや答へを求めても無駄であります。作者の人生観を知らうとしても無駄であります。なぜなら、シェイクスピアの時代には、中世のクリスト教的信仰があり、その世界観、人生観が、まだ厳然として存在してゐたからで、Aの人生観、Bの人生観といふふうに、人間の数だけの人生観があつたわけではありません。「人生、いかに生くべきか」といふことは、クリスト教が、教会が教へてくれた。誰も芝居の作者から、そんなことを聴かうと期待してはをりませんでした。

といつて、シェイクスピアは「人生、いかに生くべきか」など、どうでもいいといふ投げやりな態度をとつてゐたわけではありません。いふまでもなく、かれ自身、クリスト教を信仰してゐたのであります。神に祈り、神に救ひを求める一市民だつたのです。このことは、シェイクスピアの作品を読んでみればすぐわかることです。とくにかれの悲劇を読んでみれば、明瞭です。当時、悲劇といふことは、ただ不幸な物語といふだけではなく、その主人公はもちろん、主要な登場人物の数名が劇の終りで、破滅し死んでいくといふ組立てでなければいけなかつたのです。かうしてハムレットもマクベスもオセローもリアも死んでいきます。が、それはただ死んでいくだけではありません。その死は、ある意味で神罰であります。悪の報いとして死んでいくのです。いい意味で、シェイクスピアの劇は、すべて勧善懲悪の思想に貫かれてをります。そして、その善と悪とは、作者が自分一個の考へや経験で合点してゐる道徳観によるものではなく、クリスト教によつてはつきり規定された世界観によるものだつたのです。

しかし、このばあひ「悪」とはいつたいなにかといふことが問題になります。「マクベス」などでは、それはほとんど問題になりません。マクベスは名君であるダンカンを殺して、王位を奪ふのですから、最後に天罰がくだつてもしかたはない。野心はエゴイズムであり、エゴイズムのために、他人を犠牲にするのは悪であるといへませう。同様に、おのれの野心のために、次々に親族を殺していき王冠を手に入れるといふ「リチャード三世」も、それで納得がいく。

が、リア王は、オセロー将軍は、ハムレット王子は、どうでせうか。リア王は深い愛情をもつて子供を信頼し、口さきのうまい二人の姉娘にだまされ、裏切られて、最後には自分の死を招く。オセロー将軍は、立派な人格を有する名将で、デズデモーナと純潔な愛情で結ばれてゐたが、悪人イアゴーのために計られ、デズデモーナにあらぬ疑ひをかけて殺してしまふ。そしてみづからを刺して死んでいく。さらにハムレットとなると、自分の父を殺して王位についた叔父王に復讐を企て、それが失敗して死んでいく。かれらの運命を見ると、みんな不当だといふ気がせずにはゐられないのです。ですから、これは作者がその不当を憤《いきどほ》り、死と破滅とにもかかはらず、自己の正義を主張する人間を描いたものではないかといふ感じをいだく。つまり、シェイクスピアは、当時の社会や宗教の掟に抗議してゐるやうに見えるのです。

なるほど、そのことは否定しえません。が、そのまへに考へておかねばならぬことがあります。やはり、シェイクスピアは、クリスト教の教へにしたがつて、かれらの行為を悪と見てゐるといふことであります。クリスト教の掟から見れば、マクベスと同様に、ハムレットもオセローもリアも、悪に身をゆだねたといへるのです。その点をもうすこし説明してみませう。

みなさんは英語で passion といふ言葉を習つたことと思ひます。辞書には「情熱」と出てゐるでせう。ところで、「情熱」とはなにか。私たち日本人は、それをすぐ恋愛、ないしはそれに似た感情と結びつけて解釈します。が、passion といふばあひ、ただそれだけではありません。男女間の感情が中心ではありますが、それはただもつとも顕著で典型的なものであるといふだけのことです。passion の語源は passive のそれと同一であります。passive は「受動的」といふことであります。他人の、あるいは外界の刺戟や攻撃にたいして、なすすべもなく、それに耐へ忍び苦しんでゐる状態です。そして情熱とは、さういふもの、すなはち病気のやうに、それにかかり悩んでゐる肉体的状態を意味します。したがつて、St. Mathew’s Passion は「聖マタイの情熱」ではなく、「聖マタイ受難記」です。イエスの受難もまた passion であります。

この「情熱」に相対するものが「精神」です。「情熱」は受動的であり、「精神」は能動的であります。肉体の受難にたいして、毅然として、精神はそれに打ちかつものなのです。すなはち、精神は外界の刺戟にたいして、それから自己を守るものなのです。イエスの受難そのものはイエスの「神の子」たる証明にはなりません。かれが「神の子」であるのは、それに打ちかつ精神をもつてゐたこと、それによつて神とつながつてゐたことであります。

その意味からいつて、リアの愛情も、オセローの嫉妬も、ハムレットの復讐心や懐疑も、すべて受動的な情熱であり、それに身をゆだねきることは悪しきことなのであります。が、それなら、私たちは、かれらのどこに同情するか。そこが問題であります。あるいは、かれらの不当な運命に同情するといふ人があるかもしれない。が、シェイクスピア劇の魅力はそんなところにあるのではない。その種の同情なら、今日、いくらも見られる「母もの映画」によつて惹き起される感情と同じものになつてしまひます。それによつて動かされるのは私たちの感傷にすぎません。感傷といふのは、人間の感情のごく皮相に位するものです。たとへていへば、皮膚感覚のやうなもので、これは誰にもある。私も、「お涙ちやうだい映画」を見れば、涙をながします。これはいはば生理的現象です。

だが、シェイクスピアの悲劇のごとき、すぐれた芸術作品が私たちを動かすばあひ、それは私たちの皮膚よりももつと深く、生命の根柢にふれるものです。真の悲劇は生理的な涙を誘ひはしません。もつと深く静かな感動があります。涙をながしたとしても、それは悲しい涙ではなく、自己の全生命が力のかぎり生きぬいたといふ実感から生れるうれし涙です。

したがつて、同情といふのは「かはいさうだな」といふ安つぽい同情を意味しません。もつと深く激しい共感です。主人公と一緒にこの人生を生きぬいたといふ実感です。しかも、それは私たちが実生活ではとても生きられぬ激しい人生を生きぬいたといふ実感で、それこそ喜びといふべきものです。

ここで、ふたたび「人生、いかに生くべきか」を追求した近代文学とシェイクスピアとを対照して考へていただきたい。すでに申しましたやうに、シェイクスピアにとつて、この問題は自明のことでした。宗教と社会との掟がゆるぎなくかれの心のうちにその場所を占めてゐました。その点、かれは一点の疑ひもいだかなかつたのです。にもかかはらず、かれのうちの無意識の慾望が、悪しき情熱がそれに謀叛したのです。その謀叛の旗のにない手が、ハムレットであり、マクベスであり、リアであり、オセローであり、その他のかれの悲劇の主人公なのであります。これらの登場人物たちは、作者を、そして作者の信じてゐた掟を、かれら自身の強い生活力をもつて裏切り破つてしまふのです。かれら自身「人生、いかに生くべきか」を教へる掟を信じ守らうとしてゐながら、かれらの生活力が、ついその枠を破つてしまふのです。

シェイクスピアの人物のもつ魅力はそこにあります。シェイクスピアだけではない。近代文学においてさへ、そのすぐれたものは、「人生、いかに生くべきか」を探求しようとする作者の意図にもかかはらず、主人公たちはそれを裏切つて、自己の生命慾の極みにまで思ひのままにふるまふ。ただ、シェイクスピアの人物たちにおいては、それが明瞭に、しかも深く、現れてゐるといふことです。それに私たちは同情し共感するのです。

情熱に身をまかせるのは受動的でありますが、それが徹底的に、底ぬけにおこなはれる。さうなると、それはたんなる受動性とはいへなくなります。私たちはかれらとともに悪のどん底まで降りていく。そして、最後にそれが罰せられることによつて、私たちは自己の日常生活における悪への衝動から解放されるのです。この悲劇の作用をアリストテレスはカタルシス（浄化作用）と呼んでをります。

このカタルシスがおこなはれるためには、登場人物が、思ひのままに生き切つてゐなければなりません。シェイクスピアの人物たちはいかに生き生きと、大きな振幅をもつて、この人生を、舞台のうへを動き廻つてゐることか。その悲しみも、不安も、疑ひも、近代文学の、あるいは私たちの現代の生活のそれとくらべて、荒けづりではあるが、いかに彫りが深く、動きが大きく、豊かで力強いことか。それにくらべると、私たちが、いかにけちくさく、つまらぬことにくよくよしてゐるか。そのことをつくづく感じることが、シェイクスピア読書法の第一段階といへませう。私たちはかれの作品から、その登場人物から、強く生きる力を与へられるのです。作者からではない。作者の御説教や個人的な人生観からではなく、登場人物の生きた姿から、それを得るのです。そこにシェイクスピアの、近代作家と異る本領があります。

かれらは、「かうすれば幸福になるだらう」とか、「かうすれば平穏な生活がおくれるだらう」とか、そんなみみつちいことを考へてをりません。たとへ過ちを犯し、不幸にならうとも、自己の思ひのままに生きぬけば悔いなしと思つてゐる。いや、あとで悔いるかもしれないとしても、そのときは進んで自己の慾望にすべてを賭ける。刹那主義でも快楽主義でもありません。刹那主義は皮膚感覚的慾望ですが、かれらの慾望は、かれらの生きかたの根本から発するものです。私たちは、自分のさういふ根本的な生命の慾望を見うしないがちであります。それはあまりに周囲を顧慮し、将来を計算しすぎるからです。無謀や勝手な行為はいけない。が、過度の警戒心も危険です。それによつて、私たちは生命の根源を殺してしまふでせう。シェイクスピアの豊かな泉から、その生命の泉を汲んでいただきたいと思ひます。

（「ユース・コンパニオン」昭和三十二年四月号）

II

以下十九篇は福田恆存訳「シェイクスピア全集」（新潮社）の解題として書かれたものである。

リチャード三世

一

「リチャード三世」はシェイクスピアの極く初期に書かれた歴史劇であるが、初演以来今日まで、上演回数においても、見物の人気においても、後期の悲劇に匹敵するものがある。また、この作品は舞台で成功したばかりでなく、やや饒舌と言つてもよいほど潑剌《はつらつ》として流動するせりふの魅力が多くの読者をひきつけ、既に作者生存中、四折本として六度も版を重ねてゐる。その第一・四折本（First Quarto）がロンドンの書籍出版業組合に最初に登録されたのは、一五九七年十月二十日である。その記録には、「侍従長劇団によつて最近上演された」とあるが、それは必ずしも初演を意味しない。

一五九二―三年のペストはロンドン劇壇に大きな打撃を与へた。市当局が悪疫対策として一五九二年の六月末から一五九三年の末近くまで、大都会における芝居興行を禁じたからである。その後も毎年七月二十八日から十月初旬までの夏場二箇月余の禁制は解けず、それがエリザベス女王の死んだ一六〇三年まで続いた。そのため、侍従長劇団も一五九三年にはほとんど解散同様の憂きめに遭ひ、翌九四年には再組織されてゐるが、やはり、毎年、夏から秋にかけて長期の地方巡業に出かけるのが例になつてゐた。しかし、地方巡業に新作を携へて行つたとは考へられず、したがつて、一五九七年十月二十日の登録記事にある「最近上演」といふのは、その前の話でなければならない。問題は、その時期がどのくらゐまで溯《さかのぼ》れるかといふことにある。

まづ第一に、この作品は歴史劇であつて、その前に書かれた「ヘンリー六世」第三部の後をつぐものである。「ヘンリー六世」第三部はヨーク、ランカスター両家の争ひである薔薇《ばら》戦争の経緯《いきさつ》を書き、それがヨーク家の勝利に帰して、リチャードの長兄エドワード四世が戴冠式を挙げるところで終つてゐる。そして「リチャード三世」はそれに引続き、リチャードの野望に端を発するヨーク家の顚覆《てんぷく》を描いてゐるのだが、冒頭のリチャードの独白は、「ヘンリー六世」第三部の第三幕第二場の最後に現れる同一人物の長い独白のうちに、その萌芽が見出される。そのとき既にリチャードの野心は明かであり、内容にも重複がある。ウィルソンに随《したが》へば、シェイクスピアの念頭には、あの「ヘンリー六世」の独白を書いてゐるとき、既に「リチャード三世」の構想が浮んでゐたに違ひないといふことになる。「ヘンリー六世」は一五九二年に書きあげられ、上演もされてゐたシェイクスピア最初の作品である。「リチャード三世」はその後に引続いてすぐ書かれたものではないか。

第二に、前述のとほり一五九二年夏から一五九三年末までロンドンでは全劇場が閉鎖されてゐる。その間、シェイクスピアはあまり劇作の筆を執らなかつた。それを裏づけするやうに、彼はこの数年間に二つの詩集を発表してゐる。劇としては、「じやじや馬ならし」があるだけである。その悪疫の前、わづか一二年で「ヘンリー六世」を第一部から第三部まで書きあげ、やうやく世に乗りだした新進作家としては肯《うなづ》けない寡作ぶりで、やはりペストが祟《たた》つたと考へるのが至当であらう。そして、ウィルソンはかう臆測する、シェイクスピアはかういふ災難にあつて、一方、詩を書きながら、劇の構想を色々と練つてゐたに相違なく、二たび劇場が開く見とほしが出てきたころ、あの「ヘンリー六世」から思ひついた「リチャード三世」を書きはじめたのではないかと。さうなれば、この作品は一五九二年から一五九三年にかけて書かれたものであり、その直後一五九四年の春に上演されたものらしいといふことになる。そればかりでなく、この作品の文体や心理の扱ひ方など、作者の極く初期のものであることは、学者の間で、ほとんど定説になつてゐる。それを証《あか》しする事実はヘンズロウの日記である。まづ最初に、一五九三年十二月三十日のところに、おそらくこの「リチャード三世」と思はれる作品「バッキンガム」の上演が記されてゐる。なほ翌年一月二十七日には、その四回目の上演が記録されてゐる。もつとも十二月三十日のそれが初演だといふ確証はない。

　次の問題はどの版を定本とすべきかであるが、最初の刊本である第一・四折本は前述のとほりシェイクスピアの劇団が地方巡業に出てゐる間に、直接作者の原稿からでないことはもちろん、後見用の台本からでもない、役者達の記憶をもとにして作られた間接稿であつて、決して善本とは言ひがたいものなのである。そして、第六・四折本（Sixth Quarto）に至るまでの生前の版はすべてこれに基づいてゐるばかりでなく、死後最初の全集の第一・二折本（First Folio）も、その第六・四折本に随つてゐるので、結局、源は一つといふことになる。もつとも、第一・二折本は最初の全集といふことで、かなりの修正が行はれ、原本の第六、第一・四折本より優れてゐることは既に二三の学者によつて証明されてゐる。

しかし、ウィルソンによれば、それらの考証もまだ徹底的ではない。第一・四折本に端を発した誤植、詩句の転倒などがそのまま残つてをり、第一・二折本と第六・四折本との間に相違の認められぬ箇所は、ただ前者が後者を踏襲したからだけの話で、むしろさういふところこそ、いはば「批評のつけいるべき、そして修正の余地ある」宝庫といふグレッグの言葉を引用して、「リチャード三世」における自家の考証態度を明かにしてゐる。なるほど、ウィルソンの註を読んでゐると、彼の言葉がよく納得できるのである。かうして、彼は第一・二折本とも第六・四折本とも異る修正を、ほぼ六十箇所にわたつて施し、その結果、一九五四年に出た彼の新シェイクスピア全集版「リチャード三世」は、それ以前のあらゆる版本と相当に異つたものになつてゐる。誤植ばかりでなく、このウィルソンの修正により、だいぶ、せりふの順序が狂ひ、せりふによつては、それを喋《しやべ》る人物が、以前のすべての版と異るものがある。つまり、この一九五四年版の「リチャード三世」は、過去の誤りと不正確とを一掃した決定版と言へよう。

二

「リチャード三世」の史実について、簡単に記しておく。十五世紀後半、イングランドでは、ランカスター家とヨーク家との間に、王位継承争ひが起つた。最初は、リチャード三世兄弟の父親であるヨーク公リチャード・プランタジネットがヘンリー六世に向つて王位を要求したことから起つたものであり、この「リチャード三世」のなかでも、しばしば言及されてゐるが、その経緯を真正面から扱つてゐるのが「ヘンリー六世」第一部から第三部までである。ランカスター家の紋章が紅薔薇であり、ヨーク家の紋章が白薔薇であることから、この継承争ひを、薔薇戦争とも言つてゐる。

この内乱で、ヨーク公は戦死するが、一四六一年、王冠はリチャードの長兄エドワード四世の手に帰し、ヨーク家の天下になる。が、二たび一四六九年、ヘンリー六世とその妃の女丈夫マーガレットの反撃にあひ、血みどろの内乱がくりかへされたのち、一四七一年に、エドワードは一度、王位を敵の手に委ねるが、数箇月後に復位し、その後一四八三年四月に病死するまで、十数年の平和を保ちえた。「ヘンリー六世」第三部は、このエドワード四世の復位戴冠式で終つてゐるわけである。「リチャード三世」は、すぐその後を受けてゐる。リチャードの最初の独白、「やつと忍苦の冬も去り、このとほり天日もヨークの身方」云々は、一四七一年のエドワード四世復位の時を示してゐる。

史実では、リチャード三世の即位は一四八三年七月で、エドワード四世の死んだ同年四月から数箇月、その間、エドワード五世の治世がある。リチャード三世がボズワースで戦死したのが一四八五年八月、リチャード三世の治世はわづか二年間である。この「リチャード三世」はエドワード四世復位の一四七一年から一四八五年までの十五年間にわたる史実に基づくものであるが、それが精々二三週間の出来事にしか感じられない。

シェイクスピアが直接に用ゐた種本はホリンシェッドの「年代記」とホールの「年代記」であるが、さらに前者を通じて、トーマス・モアの「リチャード三世記」の影響を受けてゐると、ウィルソンは言つてゐる。ことにリチャード王の性格について、さう言へさうである。「ユートーピア」の作者でもあるこの大法官モアは残忍なリチャード王のうちに陽気な皮肉屋を見てゐたが、「ヘンリー六世」を書いてゐたシェイクスピアは彼の性格をそこまで複雑に考へてをらず、おそらく後にモアの影響を受けて、その第三部のリチャード王の人物像に手を加へたのであらうといふのである。さう考へれば、さらにその後を受けて、さういふリチャード王を心ゆくまで書いてみようとしたシェイクスピアの気持は

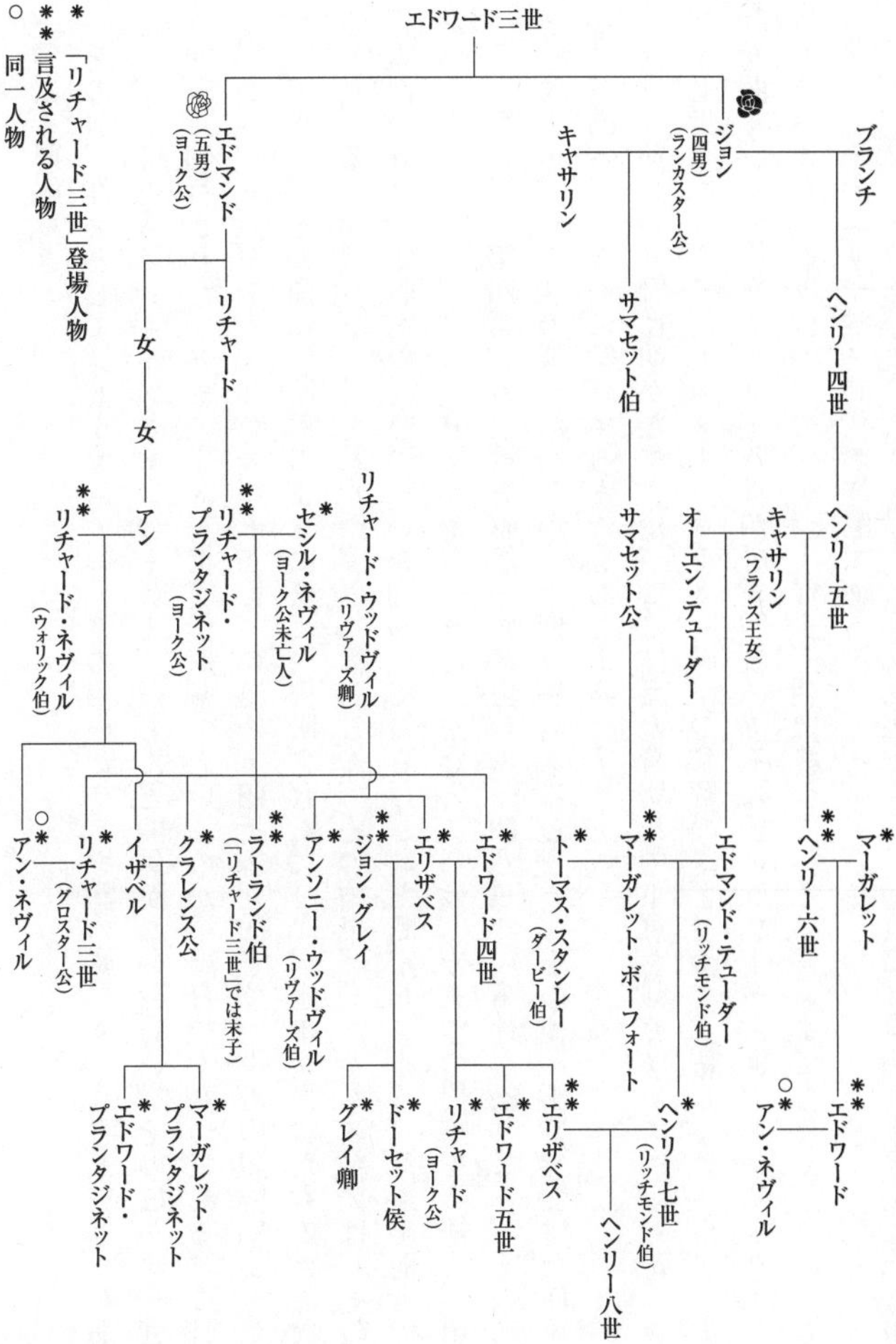
＊「リチャード三世」登場人物
＊＊言及される人物
○同一人物
エドワード三世
ブランチ
ジョン（四男）（ランカスター公）
キャサリン
エドマンド（五男）（ヨーク公）
ヘンリー四世
サマセット伯
リチャード
女
女
ヘンリー五世
キャサリン（フランス王女）
オーエン・テューダー
サマセット公
リチャード・ウッドヴィル（リヴァーズ卿）
＊セシル・ネヴィル（ヨーク公未亡人）
＊＊リチャード・プランタジネット（ヨーク公）
アン
＊＊リチャード・ネヴィル（ウォリック伯）
＊マーガレット
＊＊ヘンリー六世
エドマンド・テューダー（リッチモンド伯）
＊＊マーガレット・ボーフォート
＊トーマス・スタンレー（ダービー伯）
＊エドワード四世
＊エリザベス
＊＊ジョン・グレイ
＊アンソニー・ウッドヴィル（リヴァーズ伯）
＊＊ラトランド伯（「リチャード三世」では末子）
＊クラレンス公
イザベル
＊リチャード三世（グロスター公）
○＊アン・ネヴィル
＊＊エドワード
○＊アン・ネヴィル
＊ヘンリー七世（リッチモンド伯）
＊＊エリザベス
ヘンリー八世
＊エドワード五世
＊リチャード（ヨーク公）
＊ドーセット侯
＊グレイ卿
＊マーガレット・プランタジネット
＊エドワード・プランタジネット

一層よく理解できよう。

その他、作品として、トーマス・レッグの書いたラテン語の劇「リチャード三世」があるが、その内容はシェイクスピアのそれと、ほとんど関係がないらしい。そのほかに一五九四年に刊行された「リチャード三世実伝悲劇」といふのが、今日でも残つてゐる。これは、シェイクスピアの「リチャード三世」の第一・四折本と同じく、役者の記憶によつたものであり、その前に、原稿のままにせよ、出版されたにせよ、正本があつたものと見なされてゐる。ウィルソンはそれをつぶさに検討して、その結果、シェイクスピアは、その正本か一五九四年版かの、いづれかを利用してゐるらしいと断定してゐる。たぶん前者であらうといふ。シェイクスピアがそれに学んだ主なところは、十五年の史実を圧縮し、第二幕、第三幕、第四幕、及び第五幕第一場に史実の一四八三年の事件を盛りこみ、そのあとをすぐボズワースの戦ひに切りかへた構成法にあるらしい。その他、影響を受けた作家が二三あるが、とくに紹介するまでもあるまい。

なほ、前頁の系図に明かなやうに、この作品の幕切れで王冠を戴くリッチモンドがヘンリー七世であり、ランカスター、ヨーク、両家の和解の礎となつて、新しくテューダー王朝を開く。その後をヘンリー八世が継ぎ、続いてその子エドワード六世、メアリー女王、エリザベス女王と受けついで、テューダー王朝は終つてゐる。言ふまでもなく、シェイクスピアはそのエリザベス時代の作家である。

三

「リチャード三世」は、歴史劇といふ点では前作「ヘンリー六世」の延長線上にあり、復讐劇といふ点では、「ハムレット」と同様、当時の流行にそのまま随つたものである。だが、作者にとつては初期の習作に過ぎなかつたこの作品は、右いづれの点においても、それぞれの限界を超えた深さと大いさとをもつてゐる。もちろん、形式的には幾つかの気になる疵《きず》が無いではない。たとへば、クラレンスの夢話やマーガレットの呪ひなど、現代の観客にとつては退屈で我慢がならないと言ふ批評家が、昔から何人もゐる。

　しかし、それは細部のことでしかない。ことにマーガレットの呪ひは、なるほど冗漫でもあり、また型にはまりすぎてゐる嫌ひも無いではないが、劇的には、この作品の後身である「マクベス」の妖婆とひとしく重要な役割を果してゐる。なぜなら「リチャード三世」が一応、復讐劇の形を採りながら、しかも単なる復讐劇を超えてをり、劇中、復讐がさらに復讐され、呪ひがさらに呪はれてゆくといふ仕組になつてゐて、その場合、リチャード王はこの呪ひの円鐶《ゑんくわん》の最初にして最後のものであり、その背後で呪ひの儀式の司祭役をしてゐるのが、このマーガレットだからである。同様の意味で、亡霊の存在も、ある学者は不要だと言つてゐるが、決してさうではない。ただ、ウィルソンも指摘してゐるやうに、亡霊のせりふは、少々凡庸で迫力がない。おそらく、作者は疲れたのだらうと言ふのだ。ある批評家によると、シェイクスピアは、かういふページェント式なせりふが生涯、下手だつたといふ。

私にも明かに作劇上の失敗と思へる箇所は、第四幕第四場で、リチャード王が妃のエリザベスを説得して、その娘を物にしようとする場面である。劇が下降してくる過程においては、いかにも長すぎるし、その後で妃の返事を観客に期待させるのはまづい。シェイクスピアが、なぜこの場面を執拗に書いたか、理由はおほよそ推測しうる。第一幕第二場において、リチャード王がアンを口説く場面と照応させたかつたのだ。後者はリチャードが全盛に向ふときで、しかも成功する。前者において、彼は失敗するのだ。思ふに、作者はその陰陽を対照的に描きたかつたのであらう。

さう言へば、アンを妃とするリチャードの意図も作品中では不明確であるが、史実では、兄のクラレンス公がアンの姉と結婚してをり、この二人の父ウォリック伯は「王づくり」と呼ばれたほど権勢をもつた貴族の一人である。リチャード王はその権威と財産がほしかつたらしい。しかし、シェイクスピアは、その史実にはつきり言及してゐない。もちろん、利害から出たものであることは、どんな見物も見そこなひはしまい。また、歴史劇である以上、作者もある程度の知識を観客に期待してゐようし、また、作者自身、細部をうつかり自明のこととして書き落しがちなものである。それにしても、やはり、シェイクスピアの意図が二つの場面の対照に急であつたための手落ちと考へられよう。しかし、すでに何度も言つたやうに、シェイクスピアの書いたものが一字一行の脱落なしに今日に伝つてゐるのではないから、性急に作者を責めるわけにもゆかない。

ただ、かういふことは言へる。マーガレットの呪ひと亡霊たちの呪ひ、およびアンを口説くところとエリザベスを口説くところ、さういふ劇の造型的照応といふ点が、天才シェイクスピアとしては、やはり頭で考へられ過ぎてゐはしないか。観念的、形式的になり過ぎた嫌ひがありはしないか。しかし、ジョンソン博士のやうに、この脚本が、発表以来、過当評価されてゐるといふのは、言ひ過ぎであらう。一六二三年の最初の全集までに四折本が六度も版を重ねたのは異例である。これはフォールスタフの活躍する「ヘンリー四世」第一部に匹敵する記録であり、他の文献等に現れた「リチャード三世」への言及、またこの作品の影響などでは、シェイクスピアの作品中、ただ一つ「ハムレット」を例外として他に及ぶものがないといふ。

それは、既に言つたやうに、この脚本が、単なる復讐劇ではなく、呪ひの儀式であり、その意味で、劇の最も本質的なものの上に立つてゐるからである。個人の意思を超えた大きな運命の流れが作品を一貫してゐて、自分だけはそれから免れてゐると思つてゐる人物達が、次々にその罠に陥り、彼等が意識の外で不用意に洩した言葉が、必ず自分の頭上に降りかかつてくる。そして、自分だけは運命の手から逃れてゐると、誰よりもさう思つてゐるリチャード、いや、人々の運命を操つてゐるのは自分であり、のみならず自分の運命さへ自由に操れると思つてゐるリチャードが、最後に、最も完璧に、自己の破滅を通して運命の存在証明をするのである。さういふ悲劇的アイロニーそのものの表出のために、この劇は書かれてゐるとさへ言へる。その点では、非常に論理的であり、同時に、読者あるいは見物の倫理感や心理をも満足させるものとなつてゐる。

そのうへ、リチャードといふ特異な性格の魅力が、時代を超えた人気をこの作品に与へてきたことも見逃せない。第一に、リチャードは権謀術数に徹したマキャヴェリアンであり、しかも肉体的にはせむしでびつこといふ醜い姿態の持主である。近代的な心理主義から言へば、彼の見えすいた偽善や嘘に、他の人物たちが、どうして、かうもやすやすと引掛つてしまふのかといふ疑問が湧くであらう。が、もしさう思つたなら、それは読者が作品を読みそこなつてゐるか、あるいは役者がリチャードを演じきれずにゐるか、そのどちらかの場合である。

もちろん、多少強引ではあるが、シェイクスピアは人間心理の現実を無視してゐるのではない。近代的な心理主義の疑ひぶかい目で詮索すれば、シェイクスピアの劇はすべて不自然になつてしまふ。のみならず、劇といふものがすべて造りものになり、登場人物の行為はことごとく愚かしいものに見えてくる。が、この現実の世界では、そんな馬鹿なことがと思はれるやうな詐欺が、易々と成功する。新聞記事で読めば、馬鹿らしいと思ふことが、当事者にして見れば、なかなかさうはゆかないのである。その当事者と第三者との差はどこにあるかと言へば、第三者は当事者と違つて、自分をだます人間を眼前に見てゐないといふことだ。言ひかへれば、その人間の性格の力の働きかけを直接に感じてゐないといふことである。

　リチャードを演じる役者は、せりふの行間にその力を表現していかなければならないのだ。シェイクスピアはそれだけの用意をしてゐる。私達は、リチャードの性格に、その第二の魅力として、冗談や皮肉を弄《もてあそ》ぶ明るい意識家を見逃してはならない。それは、彼の周囲の人間が、その愛嬌によつてだまされるといふことではない。むしろその反対である。リチャードは自分の悪を意識してゐると同時に、それをあへて他に隠さうとはしてゐないのである。彼は、いはゆる偽善者のやうな鈍感な人物ではない。なるほど、手段としての偽善の面はかぶるが、そんなときでも、彼のこまかい神経は、自分が偽善を演じてゐることを自他の目に隠さうとはせず、明るくそれをぶちまけてしまつたり、それに気づかぬ相手の鈍感を嘲笑したりする。すくなくとも、自分に向つて、それをはつきり意識してゐることを示さずにはゐられぬ皮肉屋である。つまり、彼の偽善は偽悪と紙一重なのだ。

（昭和三十五年十一月二十八日）

タイタス・アンドロニカス

一

「タイタス・アンドロニカス」の初演は、当時の役者エドワード・アレンの岳父でローズ座の持主であつたフィリップ・ヘンズロウの日記によつて明白に記録が残されてゐる。それには一五九四年一月二十三日、サセックス伯劇団によりローズ座において初演され、引続き一月二十八日、二月六日に上演されたとある。この最後の二月六日は偶々《たまたま》作品登録が行はれた日と同じである。一五九三年から翌九四年に掛けて悪疫が猖獗《しやうけつ》し、ロンドンの劇場は屢々《しばしば》閉鎖され、それが時には数箇月の長期に亙《わた》る事も珍しくはなかつた。ヘンズロウ日記に初演以来一箇月の間、新作にも拘《かかは》らず三回の上演しか記録されてゐないのもその為である。事実、第三回目の二月六日以後、ロンドンの全劇場は二箇月間閉鎖されてゐる。

二月六日に作品登録が行はれ、その後間も無く四折本「タイタス・アンドロニカス」が出版された。シェイクスピア生存中に出版された作品はすべて四折本であり、上演と共に本になつたといふのは、先づそれだけの人気があつたと見做《みな》してよい。一六〇〇年には第二・四折本が、一六一一年には第三・四折本まで出版された程である。いづれも再演、三演の人気に応へたものであらう。が、作者死後は余り上演されず、一六八〇年前後にレイヴンズクロフトが徹底的に原作を改訂し、八七年にその改訂版が上梓され、それも一七〇三年から翌四年に掛けて一回、同じく四年の八、九、十一月に三度上演されただけである。題名も「タイタス・アンドロニカス、或はラヴィニア凌辱《りようじよく》」と改められた。その後は一七一七年から二四年に掛けて、この改訂版、或は原作が何回か陽の目を見たが、一七二五年以後、十九世紀の半ばまで一世紀以上に亙つて上演された形跡は全く無い。一八五二年、五七年に再びこの作品は陽の目を見るに至つたが、いづれも改訂版によるものであつて、現存のシェイクスピア正典は二十世紀初頭にオールド・ヴィック劇場が採上げるまでは、誰もこれを舞台で観る事は出来なかつた。またその後も今日に至るまで数回しか上演されてゐない。

　作者生存中には人気がありながら、死後これほど粗末に扱はれた作品はシェイクスピア劇中、他に例を見ない。理由は作劇術上、構成の欠陥、筋の矛盾、流血と悲歎との混淆《こんかう》、時代の推移に伴ふ趣味の変遷などが挙げられるが、何より決定的なのはシェイクスピア学の発達により、この作品が果してシェイクスピアの書いたものかどうか、その正典としての信憑性について多くの学者、批評家が疑義を持ち始めたからであらう。結論を先に言へば、これは二流の劇詩人ジョージ・ピールの書いたものにシェイクスピアが手を入れたといふのが今日の定説になつてゐる。

しかし、その何処《どこ》までがピールの作で、何処にシェイクスピアの才能の輝きが見られるかは、考証上、左程難事ではないにしても、それは飽くまで推測の域を出ない。が、原典考証と制作年代推定に関する限り、「タイタス・アンドロニカス」は簡単明瞭で殆ど疑問の余地が無い。今、吾々の前にある作品は版によつて多少の差異はあるが、いづれも先に述べた第一・四折本と一六二三年の第一・二折本とに依拠し、考証復元されたものである。第一・二折本は先に触れた一六一一年の第三・四折本から起されたものである事は明かであるが、この第三・四折本は先行の第一、第二の四折本と多少の相違があり、それは後見用台本を参照した事から生じたものと推察されてゐる。更に三つの四折本のいづれにも無い第三幕第二場全部がこの第一・二折本に初めて出て来るが、これも劇場用の台本を生かしたものと考へられてゐる。

執筆年代については、作品登録が一五九四年二月六日である事、その初演が凡《およ》そその二週間前である事、この二つの記録から、一五九三年の暮から翌九四年の年頭に掛けて大体二週間位の間に書かれたものと推定される。遅くとも九四年一月半ばには完成されてゐなければならない。だが、それはシェイクスピアが誰かの作品に手を入れた時期であつて、原作がいつ誰によつて書かれたか、そして如何なる経緯でシェイクスピアがそれに手を入れたのか、更に原作が一人の作者によつて書かれたものではないにしても、手を入れたのが果してシェイクスピアであるかどうかといふ事になると、事は決して簡単明瞭とは片附けられぬ。

第一・四折本は固《もと》より、第三・四折本を基にした第一・二折本、即ち現在吾々の目にしてゐる「タイタス・アンドロニカス」の作者をシェイクスピアに非ずと断定したのは、エドワード・レイヴンズクロフトであるが、先に述べた様に彼は自説に基づき、一六八七年に改訂版を造り上演してゐる。彼はこの作品を無名の作家の持込みと想像し、シェイクスピアは主要人物のせりふにほんの一二箇処、天才の筆を揮《ふる》つただけだと主張した。しかし、レイヴンズクロフトは大した人物ではなく、自分の改訂版売込みの底意《そこい》があからさまなので、シェイクスピア学者は殆ど誰も信用しなかつた。それにしても、「タイタス」がシェイクスピアの正典ではないのではないかといふ疑問の切掛けを造つたのはレイヴンズクロフトの功と言へよう。十九世紀末までには「タイタス」非正典説が学者や批評家の間で殆ど定説化し、シェイクスピアは数箇処に二三行の補綴を施したに過ぎぬと見做されるに至つた。が、第一・二折本上梓の関係者にはシェイクスピアの知人が何人かをり、その中に収録されてゐる「タイタス」を否定するには余程の証拠が要る。今世紀に入ると、一九〇九年にアルフレッド・ポラードの「シェイクスビアの二折本と四折本」といふ本が出版され、第一・二折本の全作品にシェイクスピアの烙印が捺《お》された。これはともすれば詰らぬ「犯人探し」の如き瑣末《さまつ》事に堕しがちなシェイクスピア学への反撥と見られぬ事もない。

が、その四年前の一九〇五年にJ・M・ロバートソンの「シェイクスピアが〃タイタス・アンドロニカス〃を書いたのか?」といふ題名の書物が出てをり、今までに無い程の強力な証拠によつて第一・二折本の信憑性は既に致命的な打撃を蒙《かうむ》つてゐたのである。ロバートソンは「タイタス」を書いたのはジョージ・ピールだと断定し、幾つかの場にグリーン、キッド、マーロウの手が加つてゐると推測した。夭折を惜しまれ、シェイクスピア＝マーロウ説まで出てゐるマーロウをここに挙げたのは、やはり粗雑な措辞《そじ》、常套的修辞の多い「タイタス」のうちにも所々に天才的な閃《ひらめ》きが見られるのを看過し得なかつたからであらう。

ロバートソンは勢ひに乗じ、一九二四年に前著の増補版として「シェイクスピア正典研究序説」を出版したが、その面前に強力な敵が現れた。サー・エドマンド・チェインバーズがそれである。チェインバーズの反論の前にロバートソンは再起不能に陥つた。一九三二年にはセント・クレア・バーン女史がチェインバーズの後を受け、「タイタス」をシェイクスピアの正典から外す根拠として挙げられる「粗雑な措辞」説に冷水を浴びせ掛けた。といふのは、ロバートソンがピールの特徴として挙げた百三十三の語彙や言ひ廻しについて、そのうち百二十は同時代の他の作者のそれと全く同一であるか、或は酷似してゐる事実を例証したからである。しかし、バーン女史よりも寧ろチェインバーズの「功」によつて、「タイタス」問題は一旦休戦状態に入り、学界はこの作品をシェイクスピアの正典として第一・二折本の中に確乎たる地位を与へるに至つた。

だが、表面上はともかく、裏面では疑ひは燻《くすぶ》り続けた。右に紹介して来たのは「タイタス」はシェイクスピアの全く関与せぬ作品、或は手を入れたにしても極く僅か、数箇処に過ぎぬといふ説と、第一・二折本の権威のもとにこれをシェイクスピア若書きの正典とする説との二つであるが、そのいづれとも異り、何者かの原作に何らかの理由でシェイクスピアが大幅に改訂の手を加へたといふ第三の説が徐々に有力になつて来たのである。既に一九〇八年、グレグ博士はロバートソンの非正典説に力づけられ、次の如き仮説を建ててゐる。それは一五九四年の第一・四折本はシェイクスピアの手の全く加はつてゐない別人の作であり、それに彼が手を入れた「タイタス」は早くも同じ一五九四年以来、彼の所属してゐた侍従長劇団によつて何度か上演されたが、一六一三年のグローブ座焼滅の際に失はれ、以後は止むを得ず改訂前の原作に随《したが》つて後見用台本を作り、それがそのまま一六二三年の第一・二折本の定本として使はれたといふのである。このグレグの説は、シェイクスピア改訂説を認めながらも、改訂版そのものは今日残つてゐないといふ事になり、結果としては「タイタス」非正典説と少しも変らない。のみならず、改訂版が火事で焼けて失はれたといふのでは、物的証拠は固より状況証拠としても殆ど無きに等しい。三百年も前の話では、在つた物が焼失してしまつたといふのと、初めから存在しなかつたといふのと、その差は全く零である。

それに較べてドーヴァ・ウィルソンの改訂説は遥かに筋が通つてゐる。なぜなら、彼は四折本、二折本、いづれにもシェイクスピアの痕跡を認め、しかも綿密な考証によつてその事実を明示してゐるからである。なほ彼は改訂の意味を明確にしてをり、それはレイヴンズクロフトの考へてゐた様にあちこちに何行か手を入れたといふのとは異り、作品全体の劇的構造の再編成をも含むと断つてゐる。このウィルソンの考へと同じく四折本、二折本のうちに既にシェイクスピアの手が入つてゐるといふ改訂説は、早くも一八八五年に優れた批評家アーサー・シモンズが指摘してをり、その論拠も正しく鋭いものであつたにも拘らず、イギリスでは不当にも無視された、が、海の彼方、アメリカでは、このシモンズとは無縁に同種の「タイタス」改訂説が今世紀初めに擡頭《たいとう》し始め、その中で最も理路整然としてをり、示唆に富める試みと言ひ得るのは一九一九年のT・M・パロットのそれである、さうウィルソンは言つてゐる。

ウィルソンがパロットの功として認めてゐるのは、彼がグレグ達とは異り、「タイタス」の用語と他の作家達のそれとの共通点に注目する事よりも、寧ろシェイクスピア自身の書いた他の初期戯曲、及び詩における用語、それも単に「粗雑な措辞」のみに限らず、語彙、比喩的形象、考へ方などとの比較検討に主力を注いだ事である。その功にも拘らず、パロットは第五幕第一場のエアロンの長ぜりふにはシェイクスピアの手が三分の一程度しか入つてゐないと言つてゐるが、これは不見識も甚だしい、ウィルソンはそのすべてがシェイクスピアの書いたものと想定し、恐らく原作はエアロンの捕縛と処刑だけで済ませてゐたらうと言ひ、なほパロットの決定的な見過しは、折角「タイタス」と、同じ作者の初期戯曲、及び詩との比較検討に主力を注ぎながら、その代表作とも言ふべき長詩「ルークリース」との密接な関係に気附かなかつた事であると指摘してゐる。「タイタス」と「ルークリース」との相関関係の解明といふ事、ウィルソンの功績は実にこの一点に懸つてゐると言つても過言ではあるまい。そこから、原作者ピール、改訂者シェイクスピアといふ推定に先づ間違ひは無いといふ事、その改訂の度合がどの程度であり、何処に天才の筆が入つてゐるかといふ事、そしていつ頃、どういふ経緯でシェイクスピアが乗出して来たのかといふ事などについて、人々の納得出来る様な説明が試みられてゐるからである。

二

冒頭に述べた様に、「タイタス」の作品登録は一五九四年二月六日であり、「ルークリース」のそれは同年五月九日である。そして「タイタス」の初演が同年一月二十三日である事から、遅くともその半月前には脱稿してゐた事はほぼ確実に推測し得る、とすれば、シェイクスピアは「ルークリース」の詩作と平行して「タイタス」の改訂を進めてゐたとしか思はれない。ウィルソンはルークリース凌辱といふ主題がそのまま「タイタス」のうちに持込まれてをり、屢々ルークリースへの言及が見られるばかりでなく、修辞、比喩などにおいても両作品に類似の箇処が非常に多い事を指摘してゐるが、更に次の事実に読者の留意を求めてゐる。といふのはシェイクスピアは「ルークリース」の前に同じく長詩「ヴィーナスとアドーニス」を書いてをり、その作品登録は前年の一五九三年四月十五日であるが、作者はこれをサウサンプトン伯に捧げ、その献辞の中に「引続く閑暇を却《かへ》つて幸ひに転じ、更に一層の力を傾け、御前に敬意を表すべく」と書いてゐる、この「閑暇」とは一五九三年二月からその年末までロンドンの劇場が閉鎖され、劇作家として「失業」の止む無きに至つた事を物語るものであり、「ヴィーナスとアドーニス」よりも「更に一層の力を傾け」と約束してゐるのは「ルークリース」の事に違ひ無い、さうウィルソンは推定する。たぶんシェイクスピアは九三年の夏と秋には「ルークリース」に掛り切りであつたらう。そしてそれが完成に近附きつつある時、疫病の死亡率も低下し、年改つての劇場再開の見透しが立ち、シーズン後半の短い冬に備へて、シェイクスピアは急遽「タイタス」の改訂を依頼されたのであらうといふのである。

　ところで、その経緯はといふ事になると、その原作者が誰であるか、それが誰であるにせよ、この「タイタス」物語の素材は何であるか、更に原作者がピールであるとすれば、なぜさう断定し得るのか、ピールの原作はどの程度に残つてゐるのか、先づそれらの点を明かにしなければならなくなる。ウィルソンは躊躇する事なく、これをピールの作と断じ、

第一幕には殆どシェイクスピアの手は入つてゐないと言切つてゐる。なぜなら、当時、シェイクスピアほど同語の繰返しを嫌つた作家は無く、またピールほど自他の作の別を問はず、平気で同語を繰返したり、使ひ古されたぎごちない言ひ廻しを仕立直して使つたりした作家は無い。しかもそれが「タイタス」では第一幕に最も頻繁に表れてゐる。そればかりではない、シェイクスピアのせりふはその語り手と密接に結附いてをり、その人物がどうしてもさう言はざるを得ぬ必然性を持つてゐるのだが、「タイタス」の第一幕では登場人物のすべてが同じ声、同じ構文、同じ修辞で喋つてゐる。殊にサターナイナスの戴冠まではその傾向がひどい。譬《たと》へば、呼び掛けで始り、命令形の動詞が続くせりふが何度も出て来る。冒頭のサターナイナスのせりふとそれに続くバシェイナスのせりふを対比して見れば、よく解るであらう。更に驚くべきは、そのバシェイナスのせりふ「もしこの男が大ローマの民衆の目にこよなく好もしき者と映じるなら、それなら……」と、同じ第一幕の終り近くでサターナイナスとタマラが三度目の登場の後、間も無く、タマラがサターナイナスに語り掛けるせりふ「このタマラがそのお目にこよなく好もしい者と映つてゐるなら、もしさうでしたら」と、この両者の、劇的には何の意味も無い繰返しである、「もし……、それなら（さうでしたら）」即ち“if……, then……”は一幕中他に四箇処もあり、ピールの常套的愛用句法だといふ。ウィルソンに言はれるまでもなく、第一幕は事件の変化はあつても、劇的リズムに乏しく平板である。グレグの言つてゐる通り、それが第二幕に入つて一変する。

しかし、如何にピールが二流の作家であるにしても、三文文士ではない。第一幕から察するに、恐らく座附作者として、当時流行の「血の悲劇」＝残酷劇を劇団の要求に随ひ、余り乗気でもなく、止むを得ず書き下したのであらう。その間の事情についてウィルソンは次の様に推理してゐる。最初の手掛りは第一幕の右に触れたサターナイナス、バシェイナスの後で喋るマーカスの長ぜりふであるが、その中頃から少し後に括弧に入つた一節がある。これは一九〇四年、初めて発見された第一・二折本には確かにこの通り印刷されてゐるのだが、第二以下の二折本にはいづれも省かれてゐる。これは何を意味するか。もしこの第一・二折本のみにある括弧内のせりふ、即ち「そしてその度に、それ、そのアンドロニカス一族の記念碑に生贄《いけにへ》が捧げられ、ゴート人の捕虜のうち最も身分高き者が殺されたものだ」を省き、タイタスが凱旋《がいせん》、初登場しての最初の長ぜりふの終りの部分、即ち「親しく無言の挨拶を、それこそ死者の慣ひ……」以下、そのせりふの終りまでと、それに続くルーシアスのせりふ「父上、ゴート人の捕虜の中から最も傲慢な男を一人、吾々兄弟の手にお預け下さい……」以下全部、及びその後数頁をラヴィニア初登場の直前のタイタスのせりふ「さうしてやらう、このアンドロニカスが息子達の魂に最後の別れを告げるのだ」まで削除し、その後のト書「トランペットの吹奏、柩《ひつぎ》が墓に降される」から生かして、先のタイタス初登場の長ぜりふの前半に、即ちト書「人々墓を開く」に続ければ、タマラの長子アラーバス殺しは勿論、アラーバスその者が存在する必要が無くなる。いや、事実、存在しなくなり、その方がすつきりする。四折本ではタイタス初登場の際、タマラも一緒に登場するが、そのト書だけは「ゴート族の女王タマラ、二人の息子のカイアロンとディミートリアス、……が随ふ」とあつて、アラーバスには全然触れてゐない。とすれば、第一幕の文体が一人の作者が書いたものとして一貫してゐる以上、ピールは最初にアラーバス殺し無しで書上げ、その後で恐らく劇団の要請に随ひ、その部分を書き加へたものと考へれば、万事、辻褄が合ふ事になる。さう見て行けば、ミューシアスの死も第一稿には無かつたのではないか、寧ろ無い方が良くはないかと思はれる。即ち、サターナイナスがタイタスに向つてラヴィニアを后《きさき》に所望し、その後でバシェイナスが抗議して、ラヴィニアに対する自分の権利を主張した後、ミューシアスが「兄上達、妹をこの場から連出して下さい、この剣にかけて私がこの戸口を守ります」と言ふが、その後のト書でマーカス、バシェイナス、及びルーシアス、クィンタス、マーシアスの三兄弟がラヴィニアを連れて退場、残されたタイタスがサターナイナスに向つて「後からお出でを、娘は直ちに奪ひ還して御覧に入れます」と言ふ、それを聴き捨てにして、サターナイナス、タマラ、エアロンが退場した後で、父親を遮るミューシアスをタイタスが殺す場面が入り、戻つて来たルーシアスがそれを見て、父を難詰する場面が続く、そこを全部削除し、サターナイナス達がその場にゐた事にして、サターナイナスの「もう用は無い、タイタス、もうお前に用は無い……」といふせりふが来れば、前のタイタスの「娘は直ちに奪ひ還して御覧に入れます」といふせりふと見事に吻合《ふんがふ》する。その後、サターナイナスとタイタスとの遣り取りがあり、一人残つたタイタスのせりふ「この俺には婚礼の列に加はれとも言はぬ。タイタス、けふまでお前はたつた一人で歩かせられた事があつたか、この様に辱《はづか》しめられ、身に覚えの無い言掛りまでつけられて？」といふ独白が終ると、ラヴィニアを連れ去つたマーカスとルーシアス、クィンタス、マーシアスの三兄弟が戻つて来るが、そこまではよいとして、その後のマーカスのせりふから、一同がミューシアスの冥福を祈る為に跪《ひざまづ》き、「何人も高潔なるミューシアスの為に涙する事勿《なか》れ、名声のうちに生き、義によつて死せる者なりき。」までを省いてしまへば、マーカスの「兄上、この沈鬱の沼地から一刻も早く抜け出さねば……」は前のタイタスの独白に巧く続く。今のままでは、このマーカスのせりふは取つて附けた様に急な話題転換になつてをり、それこれ考へ併せれば、やはりタイタスのミューシアス殺しは第一稿には無かつたものと考へるのが自然であらう。

以上すべてを削除しても、第一幕は全体の構成から見て長過ぎる。シェイクスピアが改訂を依頼された時、既に「リチャード三世」を書き、上演してゐたこの天才の目に、この不均衡が映じなかつた筈が無い。右の如き辻褄合せは後世の学者の分析作業を俟《ま》つて初めてコロンブスの卵の如く容易な業と見えて来ようが、シェイクスピアにとつては、恐らくアラーバス殺しも、ミューシアス殺しも不要とまでは思へても、それを細かく継ぎはぎ細工する煩《わづらは》しさに堪へられず、またそれだけの時間の余裕も無く、精々右のアラーバス、ミューシアスの無駄を省く様に指示しただけに過ぎまい。彼は専《もつぱ》ら第二幕以下に力を尽した。主として詰らぬせりふを魅力のあるせりふに直す事に何より意を用ゐたに違ひ無い。

　話を再びピールに戻すが、シェイクスピアが手を附けなかつた第一幕について検討した結果、歴然としてゐる事はピール自身の書いた第一稿があり、それに彼自身が手を加へて増補版を造つたといふ事である。ウィルソンの推測に随へば、既に何度も述べた通り一五九三年前後は悪疫流行の為、ロンドンの劇場は度々、しかも時には長期に亙つて閉鎖の憂き目を見た。随つて多くの劇団は都を離れて地方廻りを余儀無くされたのである。ピールが最初に書いた「タイタス」はこの地方巡業用のものであり、随つて普通の作品よりは短いものだつた。それを後にロンドン興行用に増補の必要が生じたのであつて、その矛盾、曖昧は既存の誰かの作品に手を入れたからではなく、増補の不手際の結果に他ならない。更に考へ得る事は、この増補作業に際して、劇団はシェイクスピアに応援を頼んだのではないかといふ事である。ウィルソンはさう臆測する。なぜなら、一つにはシェイクスピアが凌辱された貞女ルークリースを主題にして長詩を書いてゐる事が当時既に知られてゐたからであり、それより何よりサセックス劇団の連中は、悪疫の下火と共に開場の見透しの附いたロンドン興行用の台本作成を急いでゐたからであらうといふ。

　ピールの第一稿「タイタス」は同じ作者の詩との比較考証から、一五九三年の春から夏に掛けて書かれたものであり、ストレインジ卿劇団の依頼に応じたものである。だが、第一・四折本の扉には「この上なき悲しきローマの悲劇、タイタス・アンドロニカス」とあり、その下に「尊敬すべきダービー伯、ペンブローク伯、サセックス伯の諸劇団によつて上演さる」とある。これによつて上演権が幾つかの劇団の手に渡つた事が明かであり、その事もまた悪疫流行の「被害」を物語る。序でに言つて置くが、シェイクスピアは侍従長劇団の座附作者であるにも拘らず、前記の理由でサセックス劇団に改訂を要請され、それに応じたものの、数箇月後には「タイタス」は侍従長劇団のレパートリーになつた。その経緯についてもウィルソンは或る臆測を提出してゐるが、俄かに信用し難いし、余り重要ではないので、ここには省略する。

以上はすべてウィルソンの説を紹介したものであるが、ここまでは彼を信用してもよいと思ふ。なほシェイクスピアの手がどの程度に入つてゐるか、各場毎、註の初めに簡単な記述があるので、それを紹介して置く。

第一幕第一場　全場ピールのもの、但し二箇所数行についてはシェイクスピアの手といふ説あり。

第二幕第一場　色々欠陥はあるが、大抵はシェイクスピアが書いたと見なされてゐる。

第二幕第二場　パロットは全く非シェイクスピア的と言つてゐる。が、ウィルソンは諸処にシェイクスピアの手を感じてゐる。

第二幕第三場　シモンズもパロットもこの場になつて漸《やうや》くシェイクスピアが手を入れた形跡を認めてゐる。しかし、原作の姿は明瞭に透けて見える。

第二幕第四場　シェイクスピアの色濃し。ウィルソンはピールらしき筆致が全く見えぬ、それはこの場が原作には無く、シェイクスピアの附加したものだからであらうと言つてゐる。

第三幕第一場　基盤はピール的、しかし全体に亙つてかなり書直されてゐる。

第三幕第二場　この場は第一・二折本において初めて出て来る。従来、シェイクスピアの手は加つてゐないと考へられてゐた。しかし、パロットも言つてゐる様に、諸処にシェイクスピアの他の諸作品との関聯《くわんれん》性が見出され、それらは確かに彼の手に成るものと思はれる。

第四幕第一場　パロットはシェイクスピアと無関係と言ふ。しかし、ウィルソンは第三幕第二場と殆ど変りの無い文体と考へてゐる。但し筋の上から考へて、欠くべからざる箇処を含んでゐるので、基盤はピールであらう。

第四幕第二場　余りシェイクスピアの手は加つてゐない。

第四幕第三場　パロットはこの場の前半にはシェイクスピアの手は全く加つてをらず、タイタスの狂気、或は佯狂《やうきやう》はキッドの「スペインの悲劇」に出て来るヒエローニモーの真似で、その他キッドの影響が多いと言ふ。が、ウィルソンはピールとシェイクスピアとの混合を等分に見てゐる。

第四幕第四場　スウィンバーン、パロットと同様、ウィルソンもこの場はシェイクスピアのものと考へてゐる。

第五幕第一場　初めの数行、その他一二箇処を除いて、全場シェイクスピアの筆の跡が明かと思はれてゐる。

第五幕第二場　シェイクスピアの他の作品との関聯性が数多く見出される。タマラの変装は馬鹿げてゐると思はれようが、舞台では非常に効果あり、その後のタイタスの言動を引立ててゐる。ここは原作にもあつたらうが、多分、シェイクスピアも注意深く書直しをしたと思はれる。

第五幕第三場　パロットも言つてゐるが、この場をシェイクスピアはかなり徹底的に書直したと思はれる。またボルトンが言つてゐる様に、原作ではここにエアロンは登場しなかつたに相違無い。四折本のト書にそれが無い事からも、その推測は正しい。

なほ、「タイタス」はシェイクスピアが書いた他のローマ史劇とは異り、史的事実とは殆ど関係が無い。プルタークにもほんの一箇処に数行の記述があるだけで、その言行については全く手掛りが無い。しかし、作者不明の「高貴なるローマ人、タイタス・アンドロニカスの生涯」といふイタリー語からの飜訳が出てをり、その筋書は殆どこの「タイタス」と同じであるが、出版が一五九四年であり、シェイクスピア、或はピールがこれを参照したとはどうしても考へられない。だが、何らかの形でそれが一五九二・三年頃にピールの目に触れたか、詳しく筋書を聴かされたかしたのかも知れぬ。さもなければ、これほど似た作品が出来上る筈が無い。尤《もつと》もイタリー語からの飜訳は散文であり、殆ど粗筋《あらすぢ》に等しい詰らぬものである。

三

先にウィルソンについて「ここまでは彼を信じてよい」と書いたが、これから先は、少くとも私は、ウィルソンに同調し難い。先づ、細かい点について述べる。ウィルソンは次の如く幾つかの欠点を挙げてゐる。

㈠タマラとエアロンと、どちらが悪企みの首謀者であるか。最初はタマラの様に見えるが、忽《たちま》ちエアロンが主導権を握つてしまつたかに見え、その点が曖昧、且つ矛盾してゐる。

㈡ルーシアスがゴート族のもとに走つた時、彼等が嘗《かつ》ての仇敵タイタスの息子と共に、自分達の女王に刃向つて起つ必然性が無い。

㈢ラヴィニアはこの作品における悲哀の源泉とも言ふべき存在なのに、それが登場する時は常に滑稽に見える、その例、①マーカスに発見された時のマーカスのせりふ。

②オヴィディウスの詩を斬取られた腕でめくるしぐさ。③タマラの息子達の血を受ける姿。④最高の馬鹿らしさは、タイタスに俺の手を口でくはへろと言はれるが、その恰好は犬の如く不様に見える。

㈣ 第二幕第三場でタマラの口から美しい恋の歌を聴かせるとは、気紛れにも程がある。

だが、これ等はいづれも私には承服出来ない。㈠については愚問としか思へぬ。下手な禅問答に似て来るが、それは拍手して右の手が鳴つたのか左の手が鳴つたのかと問ふ様なものではないか。単なるシェイクスピア学者に留らず舞台にも造詣の深いウィルソンの言葉とは思へない。最初に凱旋将軍タイタスと一緒にタマラもエアロンも登場してをり、タマラがローマ皇帝の后に挙げられ、タイタスが皇帝の不興を買ひ、その取成しをタマラがしてゐる一部始終をエアロンは黙つて見てゐるのである。最初はタマラのうちに悪心が芽生え、それがエアロンの視線に励されたとも考へられるし、初めからエアロンの目顔で動いたとも考へられ、いづれにしろ全幕通じてエアロンの遠隔操縦によつてタマラは動いてゐると見られる。ゴート時代から二人は以心伝心の間柄ではなかつたか。舞台上で情報連絡の場は無くとも、それは舞台裏で行はれてゐる事を見物は容易に納得するであらう。その為には、見物から見て、この二人がサターナイナスの視線を逃れ、互ひに顔を見合せられる場所に位置させればよく、エアロンの傲慢な態度に怒つた衛兵がエアロンを突き飛ばせば、自づとさういふ形にならう。

㈡も愚問である。「コリオレイナス」でもシェイクスピアは同じ手を使つてゐるではないか。そこではさんざんヴォルサイ族を痛め附けた当の本人コリオレイナスをヴォルサイ方は喜び迎へ、彼を指導者にしてローマ攻撃を開始する。尤も「タイタス」の場合はローマを攻める事は自分達の女王に刀向ふ事になるのだが、その女王は今やローマ皇帝の后となり、自分達を裏切つたのである。のみならず、ゴートの女王として君臨してゐた時もエアロンと懇《ねんご》ろになつてゐた事を、ゴートの貴族達は快く思つてゐなかつたに違ひ無い。今や彼等は女王に刀向はうとしてゐると同時に、いや、それ以上にエアロンに敵意を懐《いだ》いてゐるのである。第五幕第一場のエアロンの長ぜりふの間、作者はルーシアスにもゴートの貴族達にも何のせりふも与へてはゐないが、それこそルーシアスにとつてのみならず、貴族達にとつて、正に芝居のしどころと言つてよい。

　㈢についてはラヴィニアの演じ方一つで、読んだだけではウィルソンの如く吹き出してしまふであらうものを、舞ひとマイムに近い憂愁を帯びた緩慢な動きの流れる様な美しい線を以て、マイナスを転じて一挙にプラスに化する事が出来る。その㈢の①について、これは明かにシェイクスピアの筆と見做《みな》されてゐるが、それをウィルソンがラヴィニア凌辱の場の後のアンティ・クライマックス、詰りクライマックスの緊張を解く、或は緊張の解ける作用と見てゐる事に私はどうにも賛同しかねる。これは敢へて言へばプリ（予備）・クライマックスの効果を持つものではないか。恐らくその事を改訂時のシェイクスピアは意識してゐたと思ふ。私は「リア王」の解題の中でグロスターがリア王のスタンド・インとして有効な働きをしてゐる事を指摘した。それと同様、マーカスもタイタスのスタンド・インなのである。随つて、ラヴィニアを発見した時の彼の驚愕と悲歎はタイタスの代役として、タイタスの驚愕と悲歎の先触れ、即ちプリ・クライマックスなのである。タイタスを女々しく見せてはならない、その威厳と強さを守らなければならない、その為の舞台上の効果としてマーカスが女々しさを一身に背負ひ込んでゐるのである。第四幕第三場においても、マーカスは似た様なスタンド・インの役割を果してゐる。タイタスの狂気が滑稽に見え、その偉大な存在を傷附けぬ様に、彼に附合つて狂気を演じ、周囲の者にもさうする様に働き掛けてゐる。

㈣については、ウィルソンの疑問の意味が私には解らない。悪人タマラがなぜ美しい恋の歌を口にしてはならないのか。

次にウィルソンにどうしても同調しかねるのは、シェイクスピアがピールの原作に手を入れる時の態度について論じてゐる処である。当時、シェイクスピアは齢三十に達し、「ヴィーナスとアドーニス」によつて詩人として成功し、「ヘンリー六世」三部作に引続き「リチャード三世」を、そして「恋の骨折損」を発表してをり、この「タイタス」の前後に「間違ひ続き」「じやじや馬ならし」「ヴェローナの二紳士」「ロミオとジュリエット」を書いてゐる。そのいづれにも「タイタス」に見られる如き感傷と空々しさと大言壮語は見られない、ウィルソンはさう言つてゐる。それなのになぜシェイクスピアは「タイタス」改訂を引受けたのか。金が欲しかつたのかも知れぬ。悪疫流行の為に芝居小屋が不振で戯曲が書けぬ時だつたので、つい手を出してしまつたのかも知れぬ。いづれにせよ、彼はピールの原作を前にして馬鹿馬鹿しいと思つたに違ひ無い、或は腹を抱へて笑つたに違ひ無い、ウィルソンはさう考へ、とすれば、ヴァン・ドーレンの言ふ如く、恐らくシェイクスピアは同時代の「血の悲劇」をからかひ、諷刺する戯画を造る気持で、自ら遊び戯《たはむ》れながら改訂の筆を採つたのではなからうかと述べてゐる。

　これは余りに近代的解釈に過ぎる。「穏和《ジェントル》なるシェイクスピア」にどうしてその様な小賢しい、ひねくれた態度が採れようか。私には全く想像し得ない。「タイタス」には確かに多くの欠陥がある。が、その欠陥に最初に気附いたレイヴンズクロフトの改作とこれを較べて見るがよい。レイヴンズクロフトの「タイタス」は小綺麗に形を整へられ、枝振りも何とか恰好がついた様に見えるが、肝腎の幹は痩せ細り、骨抜きにされ、作品をうねり貫く太い線が失はれてしまつてゐる。タイタスもエアロンも小型になつてしまつた。正直の話、私自身も学生時代に「タイタス」を読んだ時、駄作とまでは思はなかつたが、それ程の作品とも思はず、殆ど印象に残つてゐなかつたのである。その私の目を開いたのは一九七四年、ロイヤル・シェイクスピア劇団によりロンドンのオールドウィッチ劇場で上演されたトレヴァ・ナン演出の「タイタス」である。私はタイタスにリアの前身を観た。そしてこれを訳してゐるうちに、エアロンのうちにイアーゴーとオセローを、ルーシアスのうちにコレオレイナスとマルコムを、サターナイナスとタマラのうちにマクベスとその夫人を、詰り後期悲劇の片鱗を幾つか垣間見る想ひがした。

　さすがにウィルソンもエアロンの力強さには脱帽してゐる。マーロウの中に出て来るマキャベリ的悪党の摸倣であり、「マルタ島のユダヤ人」のバラバスのせりふから剽窃《へうせつ》してゐるとくさしながらも、自信を持ち、活気に満ち、茶目気のあるエアロン独自の性格を高く評価してゐる。尤も私はエアロンのうちに茶目気と軽妙だけを見て済ませる事には異論を持つ。彼には鋼《はがね》の如き剛直と刀の如き冷たさとその肌の色の如き陰鬱とが混在してゐる。タマラは女である以上、少くともタマラである以上、さういふエアロンに最も魅力を感じてゐたに違ひ無い。が、主人公は飽くまでタイタスであり、さういふ多彩の配色に負けずに太く強く伸上る大きさを持つてゐる。

（昭和五十一年十二月二十七日）

じやじや馬ならし

一

シェイクスピアの生前、死後を通じて最初に出版された戯曲全集は一六二三年の第一・二折本であるが、この「じやじや馬ならし」はそのとき初めて本になつた。作者生前、既に四折本として世人の目に触れてゐた作品は十九で、そのうち善本と見なされるものが十四五あるが、その他はすべて一六二三年の第一・二折本全集所収のものを定本として優先的に考へてよい。「じやじや馬ならし」もその点ではなんの疑問もない。私が飜訳の原書として用ゐてゐる新シェイクスピア全集の校訂者アーサー・クイラ＝クーチ、ドーヴァ・ウィルソンのみならず、あらゆる版の校訂者が第一・二折本を定本として採つてゐる。

しかし、「じやじや馬ならし」の場合、それだけではかたづかない厄介な問題がある。といふのは、シェイクスピアの「じやじや馬ならし」はTaming of the Shrewとなつてゐるのだが、別に作者不明のTaming of a Shrewといふ作品があり、両者の関係が甚だ曖昧で、いまだ定説といふほどのものが無いからである。もつとも、大別すれば、旧来の多数意見と比較的新説に属する少数意見との二つに分たれる。多数意見に随《したが》へば、後者、すなはち《不定冠詞》の方はシェイクスピア以外の誰か、それもシェイクスピアが最も尊敬してゐた先輩のクリストファー・マーロウによつて書かれたものであり、またそれには数人の共作者がゐたと考へられ、シェイクスピアもそのうちの一人だつたかもしれぬといふのである。その説に随へば、もう一つの《定冠詞》の方は、後にシェイクスピア自身が、かつては自分が共作した、あるいは単にマーロウによつて書かれた《不定冠詞》を基にして作りなほしたものだといふことになつてゐる。もしさうなら、《不定冠詞》は《定冠詞》の種本に過ぎぬものとなる。

事実、《不定冠詞》の方は既にシェイクスピアの生前、一五九四年六月に四折本として上梓され、その前の同年五月二日に、ロンドン書籍出版業組合に著作権登録の届出が行はれてをり、その原本も記録も残つてゐるのみならず、ヘンズロウの日記にも同年六月十三日附で「じやじや馬ならし」を観たといふ記事があり、それが《不定冠詞》のそれになつてゐるのである。もつとも、ヘンズロウの方はあまり当てにはならない。冠詞の誤記はありがちのことである。しかも、それを演じた劇団名がシェイクスピアの属してゐた侍従長劇団となつてゐるから、彼の観たのはシェイクスピア作の《定冠詞》の方であつたかもしれない。しかし、同年、それに先だつて既に《不定冠詞》が登録上梓されてゐるといふ事実だけは如何ともしがたい。

が、少数意見者は、この事実を難なく覆《くつがへ》す。ドーヴァ・ウィルソンもその一人であるが、彼に随へば、話はすこぶる単純明快なものになる。つまり、かうである。シェイクスピアの手になる《定冠詞》は、その前に下敷があつたかどうかは知らぬ。あつたとしても、それは《不定冠詞》の方ではない。といふのは、《定冠詞》の方が《不定冠詞》よりも先に作られたからであると言ふ。話は全く逆になる。シェイクスピアは既に一五九二年の夏以前に《定冠詞》の第一稿を完成してゐた。ただし、それは作者死後の第一・二折本まで出版されなかつた。のみならず、それを基にして作られた《不定冠詞》の方が悪しき四折本として先に登録上梓されてしまつたと言ふのである。もしさうなら、両者はそれぞれ別の作者による別の作品ではなく、単に同一作品の版の違ひといふことになる。すなはち、「じやじや馬ならし」は、シェイクスピアの他の十九作品と同じく、しかもそのうち善本の十五作品を除いた残りの四作品と同じく、作者生前に悪しき四折本をもつてゐた。ただ、それが同一作品の版の相違と見るにはあまりに原作と異なつてをり、たまたま冠詞が違つてゐるので、死後上梓の《定冠詞》は生前の《不定冠詞》を種本にしたものと見なされただけであると言ふ。

　しかし、この説には多少の無理がある。もしウィルソンの言ふやうに、《不定冠詞》が同一作品の悪本であるとしても、同じく悪しき四折本をもつ他の四作品と異なつて、その杜撰《づさん》の度もひどく、作者名もないままに登録上梓されたのを見て、シェイクスピア、およびその周囲の人たちがなぜそれを黙つて見過したのであらうか。「ハムレット」の場合、悪しき第一・四折本の上梓にたいして、おそらくそれを訂正する目的からであらう、やはり作者生前に第二・四折本の刊行が行はれた。それと同様の挙があつてよいはずである。ウィルソンは多数意見に異を立てるのに急でありすぎはしないか。それはともかく、もう少しウィルソンの立論の経緯を紹介しておかう。

先に述べたやうに、シェイクスピアは一五九二年の夏以前に《定冠詞》の第一稿を書きあげてゐた。依頼主のペンブローク伯劇団が、その夏の地方巡業にそれを持つて出かけるためである。シェイクスピアが侍従長劇団所属になつたのは一五九四年末以後のことで、当時は主としてペンブローク伯劇団と行動を共にしてゐたらしい。ところが、この劇団はその年から翌一五九三年にかけて経営不振に陥り、加ふるに一五九三年夏には、エリザベス女王在位中もつとも猛威をふるつたと言はれるペストが発生し、ロンドンの劇場は翌一五九四年春まですべて閉鎖されるに至つて、つひに破産状態に瀕したらしく、劇団所有の脚本はもちろん、衣裳まで売払はざるをえなくなつたのである。そのなかに《定冠詞》の「じやじや馬ならし」も含まれてゐた。買ひとつたのは侍従長劇園である。あるいは、侍従長劇団はペンブローク伯劇団の競争相手であると同時に親劇団でもあつたから、一五九二年夏の地方巡業後、当然のこととしてその脚本を預つたのかもしれない。

いづれにせよ、なほ苦境のうちにあつて、一五九三年の冬から翌一五九四年の春にかけ、ふたたび地方巡業に出かけなければならなかつたペンブローク伯劇団員の手もとには、「じやじや馬ならし」はもとより、その他の台本も全く無かつたのである。方法は一つしかない。役者たちがそれぞれ自分の記憶を吐きだし、それを手がかりに台本を作製することだ。さうして出来あがつたのが《不定冠詞》の「じやじや馬ならし」だといふわけである。さらに彼等は巡業からもどつて、それを印刷出版業者に売却した。一五九四年五月二日の登録記事はそれに関するものである。そして翌六月には、それが市場に出てゐる。

ところで、問題はヘンズロウの日記であるが、それには、同年六月「ニューウィントン・バッツにおいて侍従長劇団により上演さる」とあり、ペンブローク伯劇団としてない。侍従長劇団には《定冠詞》が保存されてゐたはずであるから、ヘンズロウが《不定冠詞》を記したのは誤りであり、本当はこれが現在シェイクスピア作として残つてゐる《定冠詞》上演史最初の記録であらうと言ふ。一方、五月の登録には確かに「ペンブローク伯劇団により度々上演されたる」と記してある。以上、ウィルソン説の大綱を紹介したまでで、それ以上の詳しい内証、外証を求めるならば直接に彼の文章に就くほかはない。私にはその真偽の判定は出来ない。

二

「じやじや馬ならし」の主筋、すなはち、ペトルーキオーがカタリーナを軟化させてゆく過程はシェイクスピアの独創であるが、副筋のルーセンショーとビアンカとの関係は《定冠詞》と《不定冠詞》とを問はず、その種がイタリー喜劇、アリオストの散文劇「ぺてん師」(一五〇九年)にあることは定説になつてゐる。これは初演のときラファエロが装置を受持ち、後に作者みづから韻文劇に書きなほして一五一三年に法王レオ十世の前で演じたものだが、内容はあくまで笑劇風の市民劇である。英国では一五六六年にジョージ・ガスコーニュの散文訳が上演されてゐる。

大体の筋はかうである。場所はフェララ、学生エロストラトはポリムネストラに想ひを寄せ、自分の召使に変装して、女の父親ダモネの邸に入りこむ。一方、老人のクレアンドロもこの娘に求婚してをり、結納金二千ダカットの贈与を申出てゐる。エロストラトにはそれだけの能力がない。主人に変装した召使のドゥリポはシエナの旅人を籠絡して、主人の父親に仕立てあげるのだが、間もなく本物の父親が現れ、また召使に変装したエロストラトと娘のポリムネストラとの関係も露顕し、大騒動になるのだが、その結末がどうなるかは見物の想像に委ねられてゐる。

この副筋はそのまま《定冠詞》のルーセンショー（エロストラト）、ビアンカ（ポリムネストラ）、トラニオー（ドゥリポ）、バプティスタ（ダモネ）、グレミオー（クレアンドロ）、マンテュアの教師（シエナの旅人）、ヴィンセンショー（父親）に当てはまり、大方の登場人物が出揃ふわけであるが、肝腎の「じやじや馬」とその「調教師」とが欠けてゐる。その功は《不定冠詞》の作者に帰するか、あるいはウィルソンのやうに《定冠詞》の作者シェイクスピアの独創に帰せねばならない。

　もつとも、クイラ＝クーチによれば、「じやじや馬」なるものはソクラテスの妻クサンチッペ以来、つねに存在してゐた。いや、実在してゐたばかりではなく、それよりもなほ強固に、普遍的な観念として、世間の夫の脳裡に存在してゐたはずである。また最後の幕で夫たちが妻の態度に賭けるといふ話も、個人の独創といふよりは、既に民俗説話の類型として誰にも知られてゐたものなのである。問題は、それらがどこまでシェイクスピアらしい面目を発揮してゐるかにある。その点、《定冠詞》の方が《不定冠詞》より遥かに優れてゐるらしく、ペトルーキオー＝カタリーナの場面は潑剌《はつらつ》としたものになつてをり、分量も多くなつてゐる。副筋の方も《定冠詞》の方が《不定冠詞》および原作のアリオストよりも複雑であるばかりでなく、それを主筋と平行して進行させてゆく作劇術の巧みさといふ点でも《不定冠詞》の遠く及ばぬものがあるといふ。

　しかし、《定冠詞》の方もかならずしも無条件に優れてゐるとは言ひかねるし、全部が全部、シェイクスピアの筆になつたものでもない。なるほどクイラ＝クーチも言つてゐるが、シェイクスピアを完璧な作家に祀《まつ》りあげるために、見ばえのせぬ部分、下等な箇処が出てくるたびに、「フウィッピィング・ボーイ（王子に代つて鞭を受ける学友）」として誰か共作者を仕立てあげたり、後人の補筆を仮想したりするのは馬鹿げてゐる。しかし「じやじや馬ならし」に関するかぎり、それが通り相場になつてをり、間違ひなくシェイクスピアの筆と見なされるのは、最初の序劇とペトルーキオー＝カタリーナの場面とを含む五分の三程度で、あとは共作者のものと考へられてゐる。

事実、この作品には、辻褄の合はぬ単純な錯誤や手ぬかりが多い。ウィルソンの校訂により、大分解りやすくはなつてゐるが、彼が指摘してゐるやうに、たとへば第五幕第一場の冒頭など、なぜグレミオーが外で待つてゐるのか解らない。そのすぐ後で「どうしたんだらう、キャンビオーの奴、いつまで待つたつて現れはしない」といふせりふがあるが、このキャンビオーといふのはルーセンショーが変装してゐる架空の人物で、それをグレミオーは自分とビアンカとの間の恋の取持役だと思ひこんでゐる。しかし、グレミオーとルーセンショーとの関係は第一幕第二場で発展を予想されたまま、二度と表に出て来ないのである。そこでウィルソンはかういふ示唆を述べてゐる。もしビアンカがルーセンショーを装ふトラニオーとは決して結婚しないだらうとグレミオーを安心させて、同時に、キャンビオーを装ふルーセンショーがビアンカとグレミオーの駆落の手筈を整へてくれてゐるのだと想はせておくなら、第五幕第一場の初めにグレミオーが外で待つてゐることも、ごく自然になつてくると言ふのである。ウィルソンによれば、これなどは後人の加筆によつて構成が崩れた一例であり、さういふ加筆の事実があつたことは確からしい。

同様に、その逆の場合もある。すなはち、シェイクスピアが先人の旧作に手を入れるに当り、その興味が専《もつぱ》らペトルーキオー＝カタリーナの遣り取りに注がれたため、その他の箇処が削除され、副筋の一貫性に支障が起つた例である。その顕著なものはホーテンショーの役割である。今日トラニオーのせりふになつてゐるもののかなりの部分が、旧作ではホーテンショーのものだつたのではないかと考へられるが、それはそれとして、第一、最初にグレミオーの恋敵として、かつペトルーキオーの友人として現れた彼が、リチオーに扮して以後、急速に影が薄くなるのも変である。また第四幕第三場でペトルーキオーの別荘に姿を現すのもをかしい。その前の場で、彼は「ある金持の未亡人と結婚して見せます、三日とたたないうちに」と言つてゐるからである。ホーテンショーについてばかりでなく、そのほか、誰と誰とがどうして知りあつてゐるか、誰が何をどうして知つたか、その経緯が曖昧、かつ不自然なことが多い。

次に序劇の問題がある。これはもちろんアリオストにはない。しかし、《不定冠詞》にはある。しかも、その方が首尾一貫してゐる。《定冠詞》の方では、序劇の登場人物スライたちは第一幕第一場の終りにもう一度現れるが、「こりや、すばらしい傑作だな、奥の女房。早く終りになればいいに！」といふスライの野次を最後に見物の前から姿を消してしまふ。一方、《不定冠詞》の方では、彼等は第五幕第一場の終りにもう一度登場する。すなはち、スライはいつの間にかふたたび眠りに落ち、それを見た領主は従者たちに命じて、序劇の元の場所に運び去らしめ、やがて目をさましたスライは「じやじや馬」征服に張り切つて家路を辿《たど》るといふ仕組になつてゐる。

　といつて、そのことから《不定冠詞》先行説、種本説は出て来ない。クイラ＝クーチの指摘を待つまでもなく、酔払ひが眠つてゐるところを、通りがかつた貴族がそつと自分の館に連れ去り、美服を著せ、目ざめてのちも殿様扱ひして弄《もてあそ》ぶといふ話は「千一夜物語」にも出てをり、その他にも同工異曲の話が珍しくない。かならずしもシェイクスピアがそれを《不定冠詞》に学んだとは言へぬ。《定冠詞》においても序劇の結構は最後まで首尾一貫してゐたのが、後に脱落したものと考へるべきで、むしろ地方巡業中のペンブローク伯劇団側がそれを全く省いて上演したと見るウィルソン説が当つてゐるかもしれない。なぜなら、尾羽うちからしたその劇団が、スライと領主、いづれも駆出しの役者には出来ぬ、しかも後の本筋芝居で二役を兼ねるには目だちすぎる二人の役を、旅興行でむだづかひする余裕があらうとは考へられないからである。さらにウィルソンはかう推測する、旅興行では本筋芝居だけやつてゐた彼等ではあるが、台本を出版業者に譲渡するための記憶による復原にさいして、序劇を復活させ、最後までその筋を通したのであらうと。ありうることだが、やはり臆測を出でない。

　しかし《定冠詞》の序劇は尻切れとんぼになつてゐるので、実際の上演においてはこれを省くことが多い。もつともこのままでも結構だといふ批評もある。書斎で読む場合には尻切れとんぼかもしれぬが、劇場ではスライは大いに活躍できると言ふのである。つまり、彼は道化役兼見物代表として、エリザベス朝時代なら二重あるいはプロセニアムの端に、現在なら見物席その他の適当なところに腰をおろし、時々眠りからさめて脚本にはない野次を飛せばよく、その即興は確かに本筋芝居の面白味を倍増させるであらうと言ふ。なるほど、その効果はあらうが、シェイクスピアが、最初からそれを計算してゐたと考へるのは穿《うが》ち過ぎではないか。やはり脱落と見るのが至当である。

三

「じやじや馬ならし」はもちろんシェイクスピアの傑作ではない。一五九四年以前と言へば習作時代である。一五九〇年前後に故郷ストラットフォード・アポン・エイヴォンから初めてロンドンに出て来た彼は劇場の前で客の馬を預る下足をしてゐたとも言はれる。その彼の最初の作品は史劇「ヘンリー六世」三部作であり、続いて喜劇「間違ひ続き」史劇「リチャード三世」悲劇「タイタス・アンドロニカス」そしてこの「じやじや馬ならし」

を書いたのである。他のエリザベス朝の劇作家も大抵さうであるが、当時のシェイクスピアは悲劇と喜劇とを問はず、イタリーの影響を強く受けてゐた。「じやじや馬ならし」の種本として一部にアリオストが使はれたといふことばかりではない。喜劇の概念、あるいは笑ひの質が、全くイタリーの喜劇、といふよりは笑劇、茶番劇のそれを出なかつたのである。この作品は彼のさういふ時代の代表作である。

それにもかかはらず、笑劇に学び笑劇を書いてもなほ笑劇にとどまらなかつたところに、拭《ぬぐ》ふべからざるシェイクスピアの刻印がある。一口に言へば、それは彼の豊かな人間味である。それが芸術的にも倫理的にも危い橋を渡るこの作品を辛うじて救つてゐる。クイラ＝クーチはペトルーキオーを論じて次のやうに言つてゐる。

> この戯曲は怒号を喚《よ》び、事実、それを要求する箇処も多いので、ペトルーキオー役者は訳の解らぬ叫声《けうせい》や饒舌に誘はれがちである。だが、この男には一種の思ひやりとも言ふべきものがあつて、それが一貫して彼の狂騒の底を流れてゐる。舞台ではそれが現れなければならぬし、それを現してやりさへすれば、見物は必ず喜ぶ。なるほど彼は悍馬《かんば》を馴らさねばならない。事実、甚だ苛酷にそれをやつてのける。だが、召使や仕立屋の前で荒れ狂つてゐる間にも、彼は結構、女のためを思つてをり、その言葉にもどこか控へめな優しさが残つてゐる――確かに抑制が働いてをり、皮肉な言葉づ

かひのうちに、かへつて情のこまかい優しさを感じさせる。すぐ解ることだが、彼は相手にありとあらゆる試練を課するにもかかはらず、気位の高い女にとつてはどんな暴行よりも心を傷つける蔑《さげす》みの言葉だけは一度も使つてゐないのである。ペトルーキオー役者がこの底を流れる思ひやりにさへ留意するならば、まづ失敗はなく、必ず「好演」できる。

つまり、ペトルーキオーの魅力は、アメリカ映画によくある「野性の男」の性的魅力とは違つて、その優しさにあると言ふのだ。またカタリーナについて、ある論者は色気もなければ、無邪気なところもないと非難してゐるが、クイラ＝クーチはそれを否定して、この女の強情な仮面の下には、シェイクスピア劇の女性特有の、男を求め、男に頼りたがる女らしさがあると言つてゐる。

しかし、以上はなにもクイラ＝クーチの新発見ではない。この作品を素直に読めば、決して読み誤りやうのない事実である。たとへ読者が誤つても、見物は誤らない。その証拠に「じやじや馬ならし」の上演史は豊富で、ほとんど失敗したためしがないのである。日本でも明治末以来、よく新派が採りあげてゐる。落語にもなつてゐる。もつとも新劇ではあまり演《や》られないやうだ。やはり男尊女卑の「封建性」にこだはるのであらう。新劇はいまだに文化運動の名残りをもつてゐるからであらう。しかし、新派や落語に結びつけられたのは主題の「封建制」によるものとのみは言へまい。右に述べた作者の人間味がどこかで人々を楽しませ、安心させてゐるのに違ひない。それに、強い女が、それより強い男にぶつかつて軟化してゆくといふ、その過程だけでも十分に面白い。

ペトルーキオーも、カタリーナも、その他の人物の扱ひかたにも、すこしも邪気がなく、かういふ「危険な」主題を思ふぞんぶん描き切つて、卑俗に堕さず、しかも毒気のない、さらりとしたものに仕上げてゐるのは、喜劇の伝統的な手法によつてゐるからでもあらうが、やはり作者の大きさといふものであらう。

（昭和三十五年二月二十六日）

夏の夜の夢

一

「夏の夜の夢」は既に作者の生前に四折本として二度出てゐる。一つはトマス・フィッシャー刊行のもので、扉に一六〇〇年の日附を有し、事実、同年十月に登録が行はれてゐる。もう一つはジェイムズ・ロバーツ刊となつてをり、同じく扉に一六〇〇年とあるが、これはどこにも登録されてゐない。前者を第一・四折本と呼び、後者を第二・四折本と呼ぶ。そのいづれを採るかは、シェイクスピア学者の間では、もはやほとんど問題がない。なぜなら、第二・四折本の方は偽造であつて、実際はフィッシャー版より十九年遅く、作者死後の一六一九年に刊行されたものだからである。しかも発行者もジェイムズ・ロバーツではなく、一六二三年の第一・二折本の発行者アイザック・ジャガードであつた。その間の経緯は「ヴェニスの商人」の解題に述べておいたから、ここには繰返さない。ジャガードの偽本はこの「夏の夜の夢」だけではなかつたのである。

要するに、フィッシャー版の第一・四折本が定本として最も信頼しうる善本といふことになる。しかも、それはおそらくシェイクスピア自身の書いた原稿に基づいて印刷されたものと推定されてゐる。ジャガードの第二・四折本はフィッシャー版の写しに過ぎず、一六二三年の第一・二折本全集の方は、さらにその写しに過ぎない。もちろん、その二度の過程に誤植が入りこむ。が、最後の第一・二折本にも採るべき点が無いではない。ことにト書の部分に興味があるとウィルソンは言ふ。なぜなら、ジャガード版は劇場における後見用台本として用ゐてきたものらしく、そのことは第一・四折本との差から推測しうると述べてゐる。

「夏の夜の夢」の執筆年代を推定する手がかりは二つある。一つは内証である。たとへば第二幕第一場のタイターニアのせりふに次のごとくある。

　おかげで、吹いてよこす笛の音もいたづらと知つた風は、仕返しに海から毒気に満ちた霧を吸ひあげ、陸に降らせたのでせう、河といふ河はふくれあがり、大地を水びたしにしてしまひました。軛《くびき》を力一杯ひいた牛も、額に汗を流した百姓も、みんなむだ骨をり。緑の麦穂もまだ芒《のぎ》の出ぬうちに立ちぐされ、泥海さながらの田畑には、羊の檻が空のまま横たはり、その家畜の屍を餌に、烏ばかりが肥えふとる。モリス遊びのために造つた溝も泥にうづまり、渦巻形に凝つて造つた迷路遊びの道も、踏む人もなく草はぼうぼうと伸び放題、今はそれとわからぬ有様。人間どもは冬著《ふゆぎ》を恋しがり、豊穣を祈つて踊り明す夏の一夜もどこへやら。

ここに窺へる「季節の狂ひ」はこの作品が出版された当時、すなはち一六〇〇年に、事実イングランドに起つたことであり、その記録が残つてゐるといふ。したがつて、執筆も出版と同じ一六〇〇年といふことになる。一七七三年から一七八五年に至るまで三度にわたつて、それを主張したのがスティーヴンズといふ学者である。が、彼はのちに説を変へ、「夏の夜の夢」は一五九八年以前に書かれたものとなし、「季節の狂ひ」といふ歴史的事実の方も前説より八年ばかり前に溯《さかのぼ》らせてしまつた。クイラ＝クーチは新シェイクスピア全集版の序にそれを揶揄《やゆ》し、さらにタイターニアの言及は一五九四年の陽気のことだと言つてゐる。

なほ内証としては、右と同じ場のオーベロンの次のせりふも一つの手がかりとなる。

あのキューピッドが、冷い月とこの地球の間を飛びめぐり、弓に矢をつがへて、何かをねらつてゐる。その的は西方に玉座を占めるヴェスタ星、つまりあの美しい処女王だつた。恋の矢は勢よく弓弦を離れ、千万の若い心を射ぬくかと見えたが、さすがのキューピッドの燃ゆる鏃《やじり》も、氷の月の清い光に打ち消され、処女王は無傷のまま立ち去つてしまつたのだ、無垢《むく》の想ひにつつまれ、恋の煩《わづら》ひも知ることなく……

これは当時エリザベス処女王の上に加へられた外国の政治的干渉が失敗に帰したことがあり、その隠喩《いんゆ》であらうと言ふ。クイラ＝クーチはさうかもしれぬし、さうではないかもしれぬと冷く突放してゐる。そして彼はそれらの内証よりも、この「夏の夜の夢」が誰かの結婚を祝ふために書かれたものだといふ事実を、執筆年代推定の手がかりとして最も重視する。もちろん、それが結婚祝賀の宴に余興として演ぜられたといふ確証はない。しかし、この作品を読んで誰がそれを信じないであらうか、到るところにその「烙印」があるではないかとクイラ＝クーチは言ふ。

第一に、この劇に出てくる間《あひ》狂言だが、それを職人達は明かに結婚式のために計画し、稽古し、演じてゐる。第二に、シーシアスによつて語られる、最初の、そして最後のせりふからも、この作品が結婚祝賀用台本であることはおのづと察せられる。第三に、第五幕のこしらへでも解るやうに、上演の場所も当の貴族の邸の広間であつたらうと思はれる。第四に、妖精達の役割だが、この作品ではそれがつねに結婚と結びつけられてをり、ことに最後の妖精の歌にそのことがはつきり出てゐる。妖精が今日の少年少女に親しみ深い存在となつたのは、この「夏の夜の夢」のおかげであつて、中世ではむしろ不可解、不気味なものであつた。エリザベス時代人にとつても、それは結婚を祝ひ守るものであつたと同時に、下手をすればいたづらをし、不吉な禍《わざはひ》をもたらすものであり、それゆゑ、彼等は結婚に際して、妖精の善意を祈つたのである。なほ、結婚式用台本として、この作品は最初妖精の歌舞で終つてゐたもので、のちに一般劇場用に転用する際、そこを省いて、シーシアスのせりふの後にエピローグのパックを新たに登場させたのだと考へる人もある。

　さて、それなら、この作品は誰の結婚式に捧げられたものであらうか。めぼしい貴族は二人ゐる。一人はエセックス伯で一五九〇年に結婚してゐる。もう一人はサウサンプトン伯で一五九八年に結婚してゐる。サウサンプトン伯といふのはシェイクスピアを寵愛した勢力家であり、シェイクスピアの方でも二篇の長詩「ヴィーナスとアドーニス」「ルークリース」を彼に献じてゐる。そればかりでなく、「十四行詩集」の献辞に「以下の詩の唯一の生みの親W・H氏に捧ぐ」とあるW・H氏をサウサンプトン伯とする説が有力である。なぜならこのサウサンプトン伯の姓名は Henry Wriothesley であるからだ。「生みの親」と言ふのは単にパトロンの意だけではない。作者の自伝的要素の強いと見られるこの「十四行詩集」は、同性の少年にたいする思慕の情とその報いられぬ苦しみが歌はれてゐるのだが、サウサンプトン伯W・H氏が当の少年で、あなたゆゑにこの詩が生れたといふ隠喩と見なされてゐるのである。

　かうしてクイラ＝クーチは一五九八年説を主張する。なるほど内証その他からエセックス伯結婚の一五九〇年は早すぎるにしても、同時に一五九八年では遅すぎると思はれる内証もある。結局、学者間に定説なく、早くて一五九二年、遅くとも一五九八年といふことになる。それらしい結婚式の有無は別として、作詩上の形式、内証などから、この作品を三回にわたつて書かれたものとなし、第一稿は一五九二年、改作第二稿は一五九四年、最後にサウサンプトン伯の結婚式を目あてに一五九八年に第三稿、すなはち現存の「夏の夜の夢」が完成したといふウィルソン折衷案が最も妥当であらう。

次に、この作品の題名の飜訳であるが、それを通用の「真夏の夜の夢」とせず「夏の夜の夢」としたのは次の理由に拠《よ》る。Midsummer-day は夏至で、クリスト教の聖ヨハネ祭日前後に当り、その前夜が Midsummer-night なのである。直訳すれば、「夏至前夜の夢」となるが、日本で「夏至」と言へば、今では「一年中で夜の一番短い日」といふ天文学的な意味しかもつてゐない。宗教、あるいはもつと素朴な民間信仰、いづれの面においても私達にはなんの聯想《れんさう》も湧かない。かつて西洋では、夏至の前夜、すなはち聖ヨハネ祭日の前夜には、若い男女が森に出かけ、花環を造つて恋人に捧げたり、幸福な結婚を祈つたりする風習があつた。また古くは、この夜、妖精たちが跳梁し、薬草の効きめが特に著しくなると言はれてゐた。

　さういふ聯想を伴はない日本では、「夏至前夜の夢」と訳しても始らない。といつて、通用の「真夏の夜の夢」では、私達は土用の盛夏、暑中を想ふ。英国の夏は大したことはない。どんなに暑くても、日本の初夏の爽かさである。「夏の夜の夢」でも、あまり適切とは言へないが、「真夏の夜の夢」よりはまだしもといふ程度で、さう訳しておいた。もつとも、この作品の出来事は五月一日の前夜にかけて起る。それをなぜ作者は「夏至前夜の夢」と題したか。たぶん右に述べたやうな民間信仰に基づいた夢幻劇だからであらう。また一説には、この作品を捧げた貴族の結婚式が六月二十四日頃だつたのではないかとも言はれてゐる。

二

シェイクスピアの作品には大抵種本があるのだが、「夏の夜の夢」や「あらし」には、それがほとんど無い。筋は三つに分けられ、第一はシーシアスとヒポリタ、及び二組の男女の恋物語で、劇の形式から言へば写実的なものであり、第二は職人達の間狂言だが、これは道化た笑劇風のものであり、第三はオーベロンの統《す》べる妖精の世界で、超自然の夢幻劇になつてゐる。第一、第二の現実的な世界は第三の超現実的な力によつて支配され統一されてをり、後者がこの作品の雰囲気の基調をなしてゐる。

第一のシーシアスとヒポリタは「プルターク英雄伝」中の「シーシアスの一生」、及びチョーサーの「騎士物語」から、第二の職人達の芝居「ピラマスとシスビー」の話、及びタイターニアの名はオーヴィッドの「騎士」から、第三のロビン・グッドフェローやボトムの馬頭はレジナルド・スコットの「妖術暴露」から、またオーベロンの名はグリーンの

「ジェイムズ四世」から来てゐると言はれる。またボトムの馬頭については、アプレイウスの「黄金の驢馬《ろば》」も影響を与へたらしい。しかし、その程度のことなら、何も種本と言ふほどのことはない。肝腎な筋立てにはほとんど関係がないからである。「夏の夜の夢」は完全にシェイクスピアの独創によつて生れたものと言つてさしつかへあるまい。

三

この作品の劇的構成は実に巧みである。右に述べた三つの筋が、それぞれ異つた肌あひの劇形式と異つた世界の登場人物をもちながら、いささかの隙もなく緊密に組合はされ、一枚の美しいタペストリーを織りなしてゐる。しかも、そこには才気ばしつた作意が微塵《みぢん》も感ぜられない。すべてが自然に流露してをり、継ぎ目が透けて見えたり、隙間風が吹いたりしてゐない。妖精の振りまく「野の露」が、あたかも潤滑油のやうな働きをしてゐて、三つの異質の世界が見事に溶けあつてゐる。しかもシェイクスピア作品中、この「夏の夜の夢」は「夏至の夜」のやうに最も短いが、読後の印象は「夢」のやうに豊穣である。

シェイクスピアの喜劇を分類すれば、「間違ひ続き」「じやじや馬ならし」のやうな写実的世話喜劇は、主に初期喜劇時代の作品に限られ、中期以後、いはゆる悲劇時代に入つてからは、「お気に召すまま」「十二夜」等から最後の作品「あらし」に至るまで、ほとんどすべてが夢幻劇的要素の濃いものばかりである。普通、それらの系統の作品を浪漫喜劇と称してゐるが、これはシェイクスピアの独擅場《どくせんぢやう》と言つてよく、彼の前にも後にもそれを能く書きえた詩人はゐない。「夏の夜の夢」はその浪漫喜劇の第一作である。初期喜劇時代の作品としては変種と言へよう。

それ以前に書かれた喜劇は「間違ひ続き」「じやじや馬ならし」「ヴェローナの二紳士」「恋の骨折損」であり、後二者には後に浪漫喜劇に発展する要素が幾分認められはするものの、一口に言へば、写実的風習喜劇である。そこに「夏の夜の夢」が来る。その後に続くのが「ヴェニスの商人」であり、既に同書の解題に書いておいたとほり、そこには「夏の夜の夢」の名残りがある。次に、「ヘンリー四世」と「空騒ぎ」が来て、それ以後は「お気に召すまま」に始る浪漫喜劇が続く。浪漫喜劇の最高峰を「あらし」とすれば、写実的な性格喜劇のそれは「ヘンリー四世」である。「空騒ぎ」は同じく写実的ではあるが、性格喜劇と言ふよりむしろ風習喜劇の代表作であらう。「夏の夜の夢」をこの執筆年次に随《したが》つて眺めるとき、クイラ＝クーチの言葉は興味深く思はれる。彼はある貴族から結婚式用の台本を依頼され、誇りと野心に満ちた若き作者の心中に文学的想像を逞《たくま》しうしてゐる。それについては批評集（「福田恆存飜訳全集」第四巻、新潮社版「シェイクスピア全集」第四巻）を参照されたい。「夏の夜の夢」は上演しておそらく失敗の少い作品であらう。森の中をさまよふ恋人達、間狂言の職人達、それだけでも結構楽しめる。だが、演出の真の成否は、この劇の作因にもなり、行き違ひの調整者として劇を「ハッピー・エンド」に導くオーベロン、タイターニア、パック、その他の妖精達にかかつてゐる。その超自然の力と雰囲気とが出せなければ、何もならない。彼等の存在は超自然でありながら、超自然であることによつて自然を表出するといふシェイクスピア的機能を背負はされてゐるからだ。この「夏の夜の夢」の調和的な「自然感情」は「オセロー」の解題において触れた「宇宙感情」とはそのまま一致はしないが、それに道を通じるものである。

（昭和三十五年六月二十八日）

ロミオとジュリエット

一

この作品は作者生前に二度四折本として上梓されてゐる。一五九七年の第一・四折本と一五九九年の第二・四折本である。死後の第一・二折本全集のそれは第二・四折本の再版に過ぎず、随《したが》つて定本決定の際、問題となるのは二つの四折本のいづれを重んずべきかといふ事に帰著する。結論を先に言へば、第二・四折本の方が信頼するに足りる。しかし、作者生前に出た四折本はすべて第一・二折本全集と較べて、善本と悪本と二つの群に分たれるが、「ロミオとジュリエット」の場合、第二・四折本は善本中最悪のものであり、第一・四折本は悪本中最善のものであつて、第二を採用すると言つても、第一を全く無視する訳には行かない。といふのは、両者の間に相互依存の関係が窺《うかが》へるからである。その経緯は大体次の通りである。

第一・四折本は上演後の役者の記憶に基づく再現であり、第二・四折本は作者の原稿に拠《よ》るものであるが、その原稿が書き加へや削除のため相当に混乱してゐるばかりでなく、

第一幕の第二場五十八行目から第三場三十六行目までは殆ど第一・四折本のそれと同じであり、明かにそれに依拠してゐると見られ、その他にも第一を参照してゐると思へる節が諸処に見受けられる。そこから第二・四折本について、次の三様の推測が出て来る。

㈠ 最小限、第一幕第二場五十八行目より第三場三十六行目までは、作者原稿がどうにも判読出来ぬので第一を参照したのだが、他は全部作者原稿を基にして印刷されたもの。

㈡ 主として作者原稿に基づいてはゐるが、処々《ところどころ》第一の、それも手を入れた訂正版を参照したもの。

㈢ ㈡の逆に第一を底本とし、作者原稿を参照しながら、それを訂正補筆したもの。

そして結局の処、ドーヴァ・ウィルソンは新シェイクスピア全集「ロミオとジュリエット」の校訂において、共同作業者ジョージ・アイアン・ダシーと共に、右のうち㈢を最も蓋然《がいぜん》性あるものとなし、その推論に随つて新定本を完成してゐる。第二・四折本は第一・四折本に優る善本であるとは言へ、それには色々弱点があり、それらはいづれも次の事実に起因してゐるらしい。㈠前述の様な作者原稿そのものの混乱、㈡第二・四折本の為の定本作製者がそれを参照しながら第一・四折本を訂正してゐた時、役者の誤れる記憶を見逃した事、㈢定本作製者の誤解や誤写、更に複雑な事に、作者が自分の原稿を訂正する際に犯したのと全く同様に、処々に改筆を施しながら前の処を消し忘れてゐる事、㈣印刷所における植字工の誤解や誤植が多い事などである。

要するに、「ロミオとジュリエット」は今後の研究と共に、色々改められるべき多くの問題を含んだ作品であつて、現にこの定本作製の際、ウィルソンとダシーとの間においても、六十五箇処も意見の食ひ違いがあり、その大部分は未解決のまま、註に残されてゐる程である。尤《もつと》も、それらはいづれも作品そのものの文学的、或は演劇的鑑賞には全く支障の無いものと言つて差支へ無い。

次に制作年代であるが、一番単純な手掛りは、第一・四折本刊行の一五九七年より前の作品であるといふ事、及び作中乳母のせりふに十一年前の大地震といふ言葉がある事である。後者に関しては、事実、一五八〇年にロンドンに大地震があつた。それから推せば、一五九一年の作といふ事になるが、当時から人気のあつたこの作品が一五九七年まで活字にならなかつたといふのは聊《いささ》か不自然である。それに乳母によれば大地震は収穫祭前夜の七月三十一日に起つた事になつてゐるが、実際は同年四月六日の出来事であつて、この地震をさほど強固な手掛りと見做《みな》す訳にも行かない。

一五九一年と言へば、シェイクスピアが作品を書き始めた習作時代で、「ヘンリー六世」三部作を書いてゐた頃であり、その続篇の「リチャード三世」を書く前である。その唯中に「ロミオとジュリエット」を持込むのは、主題から言つても、文体から言つても、無理でもあり唐突でもある。とすれば、「リチャード三世」の後に、「間違ひ続き」「タイタス・アンドロニカス」「じやじや馬ならし」「ヴェローナの二紳士」「恋の骨折損」と、主として軽い喜劇が続いた後、そして「リチャード二世」「夏の夜の夢」の前、即ち一五九五年頃といふ一般の推定が最も妥当といふ事になる。「リチャード二世」は歴史劇であり、「夏の夜の夢」は初期喜劇の傑作で、幻想的な作品であるが、両者の抒情的な文体は「ロミオとジュリエット」と通じるものがあるからである。

二

この作品の素材はイタリアの物語作者バンデルロの散文（一五五四年）の英訳、アーサー・ブルックの「ロミアスとジュリエットの悲しき物語」である。英訳といつても、これは三千二十行から成る詩であつて、シェイクスピアはそれから筋や人物ばかりでなく、語句の末に至るまでそのまま借用に及んでゐる箇処がある。といつても、原作と同じ場所で同じ語句を借りてゐるのではなく、作者は恐らく原作を誦《そら》んじてゐて、それが自由に、そして自然に適切な場所に流れ出して来たに過ぎまいと言はれてゐる。

バンデルロの物語は成るほど良く出来てゐるが、これも完全にバンデルロの創作とは言ひ難い。第一に、この時代までは、独創といふ事は別に何の特権をも意味しなかつたし、第二に、良く出来てゐる作品といふものは殆どすべて「盗作」の積み重ねの結果に過ぎなかつたのである。この場合もその例外ではない。譬《たと》へば、ジュリエットの仮死も既にバンデルロに出てゐる事は言ふまでもないが、これも古く溯《さかのぼ》れば、五〇〇年頃のギリシアの物語作者エフェソスのクセノフォンに出てゐる話である。但し、それが英訳されたのは一七二七年であるから、シェイクスピアが専《もつぱ》らブルックに拠つた事は疑へない。のみならず、ブルックは勿論バンデルロさへ、それを読んではゐなかつたらう。といふのは、英語のみならず、イタリア語でも、それが初めて活字になつたのは、英訳の前年の一七二六年の事だつたからである。しかし、たとへ刊行されなくても、この話は当時のイタリアに広く流布されてをり、ボッカチオも既にそれを利用してをり、更にそれはマスッチョ・サレルニターノの「物語集」（一四七六年）に出て来る。

　そこではロミオに当る一人の青年が町のお歴々の一人に乱暴を働き、遂に殴り殺してしまひ、修道僧の世話でアレクサンドラに逃げ、一方、その恋人は父の選んだ男から逃れる為、やはり修道僧から薬を貰つて飲む事になつてをり、クセノフォンやボッカチオより余程バンデルロに近くなつてゐる。そればかりでなく、二人の男女が既に修道僧の手により秘かに結婚してゐるといふ筋書も、このマスッチョに端を発してゐる。

　次に来るのが、一五三〇年に刊行されたルイジ・ダ・ポルトの物語で、それには相争ふ名門の男女といふ背景が初めて出て来るが、これはダンテの「神曲」からの流用であらうと言はれてゐる。しかし、シェイクスピアの「ロミオとジュリエット」に現れる登場人物の名も殆どすべてこの作品に出てをり、バンデルロを経てシェイクスピアに流込んだものである。なほバンデルロが流用したと思はれる作品として、一五四二年に出版されたアドリアン・スヴァンといふフランス人の物語、或はバンデルロの作品の出た前年に発表されたクリッツィアといふ詩人の物語詩があるが、前者はマスッチョやルイジのみならず、ボッカチオをも利用してゐるが、そのボッカチオの「フィロストラート」は英国の詩人チョーサーの名作「トロイラスとクリセダ」に触発されたものと言はれてゐる。但し、このチョーサーそのものを、シェイクスピアは読んでゐたとしても、直かにそこから採つたものとは断定し難い。

ここまで来ると、どちらがどちらをまねたか、まねないか、すべて臆測に過ぎぬと言ふ事になりかねない。なぜなら、ボッカチオがチョーサーをまねたと言つても、或は両者が期せずしてまねた共通の作品、或は説話が、既に二人の前にイタリアかスペインかフランスかにあつたかも知れないからである。それはともかく、スヴァンとクリッツィアについて、文献上今日知り得る限り「創意」と見做されてゐるものは、前者ではロミオが薬屋から毒を入手する話、後者ではジュリエットがロミオの追放を歎いてゐるのを見た母親が、それを身内のティボルトの死の為に流された涙と思込む話、この二つ位のものであらう。いづれも直接間接バンデルロの中に採入れられてゐる。

右のほかに更に附け加へるべきものがあるとすれば、バンデルロの英訳が出た年から五年後の一五六七年に刊行されたウィリアム・ペインターの物語集「快楽の宮殿」であらう。その中の一話にバンデルロの仏訳（一五五九年）を利用したものがあり、これはシェイクスピアも読んでゐたと思はれる節がある。尤も仏訳と言つても、訳者ボエースチュオーは原作以外に自他の「創意」を附加してゐる。その点はブルックの場合も同様で、バンデルロそのままではない。のみならず、ブルックは原作バンデルロよりボエースチュオーの仏訳に多くを負うてゐるのである。

既に述べた様に、シェイクスピアは殆どすべてをブルックから借用してゐる。後年、「ジュリアス・シーザー」や「アントニーとクレオパトラ」において「プルターク英雄伝」の筋を些末事に至るまで忠実に辿《たど》つたのと同じく、ここでもシェイクスピアは驚くほどブルックに忠実である。ジョフレー・ブロー編纂の「シェイクスピア劇の素材」第一巻の言葉をそのまま引用すれば、「驚嘆すべきは、シェイクスピアが与へられた素材を元のまま引継ぎながら、その屍に命を吹込んだ事である、」詰り、「ブルックの詩は鉛であり、それをシェイクスピアは金に変へた」といふ事になる。

三

では、シェイクスピアの「ロミオとジュリエット」はどの点で、ブルック、バンデルロその他の作品に較べて「金色燦然」と輝いてゐるのか。新シェイクスピア全集におけるこの作品の解題者ダシーは次の様に述べてゐる。

> シェイクスピアのそれにおいては、あらゆる細部に亙《わた》つて、他の作品のどれよりも強烈な劇的効果を発揮する事が狙ひとなつてゐる。ブルックでは全事件が数箇月に亙つて継起するが、それをシェイクスピアは二三日間の出来事に集約してゐる。この圧縮は（十分に成功してゐるかどうかは別として）観客や読者に悲劇的必然の印象を与へるための試みに他ならない。第二に、シェイクスピアにおいては、最後の場でパリスが廟内に登場する。これは知り得る限り他の作品には見出せぬ事であつて、この新機軸の効果は劇的に頗《すこぶ》る強烈である。第三に、ブルックの功に帰せらるべきものの一つとして、シェイクスピアにおいてもそのまま踏襲されてゐる乳母の性格を挙げるとすれば、シェイクスピア自身が主張し得る功績はマーキューショーの性格であり、この男こそ彼の創造した最も生き生きした人物の一人と言へよう。

このダシーの評にはすべてが言ひ尽されてゐる。「ロミオとジュリエット」のすべての長所が、しかし、それを裏返しにしたすべての短所が、右の言葉のうちに裏切り示されてゐるのである。

まづマーキューショーの性格である。その魅力についてはコールリッジ、ドライデン、ジョンソン等が口を揃へて激賞してゐる処であり、誰も難癖は附けられまい。役者の名に値する役者なら、劇中第一にマーキューショー役を狙ひ、ロミオは新人に演らせて置けと言ふだらう。観客も男女を問はず、ロミオよりはマーキューショーの人間味に遥かに大きな好感を寄せるだらう。が、その事はこの人物が劇の統一から食《は》み出てゐる事を意味する。

ハズリットはロミオを「恋するハムレット」だと言ふ。成るほど、単なる二枚目のロミオといふのは通俗過ぎる。ロミオを演ずる役者は飽くまでハムレットを下敷にして貰ひたい。それにしても、「ロミオとジュリエット」には若い恋人同士の悲運といふそれ自身の枠があり、ロミオは運命の手に弄《もてあそ》ばれる世話物の受動的主人公に過ぎず、ハムレットの様に自分の運命を自分の手で切拓いて行く能動性に欠けてゐる。ウィルソンはハムレットを「ハムレット」劇の外へ連出して勝手な解釈を施して来た浪漫派以後の批評に警告を発してゐるが、ハムレットの行動にはさういふ警告を必要とするだけの積極性があつた。それがロミオには無い。ジュリエットには勿論、その他のどの人物にもその魅力は無い。マーキューショーにそれがあると言つては言ひ過ぎにならうが、少くとも彼だけは、この作品のみならず、シェイクスピアのどの作品のどの人物にも無い彼にだけ与へられた独自の魅力がある。マーキューショーは言はばロミオの「ホレイショー」であるが、「ハムレット」のホレイショーが終始後見役に留つてゐるのに反して、寧ろ吾々は彼を主役にした劇をシェイクスピアに書いて貰ひたかつたといふ気を起させる作中唯一の人物である。

次に終幕においてキャプレット家の廟でロミオに殺されるパリスの効果であるが、その前に必ずしも偶然の一致とのみ言ひ捨てられぬ一事に読者の注意を促したい。それはこの「ロミオとジュリエット」と「アントニーとクレオパトラ」との相似性である。第一に、両者共に男女の愛慾を素材にしてゐる。第二に、前者ではモンタギュー、キャプレット両家の相剋《さうこく》が背景になつてをり、後者ではローマ、エジプト両国の対立が背景になつてゐる。第三に、アントニーはクレオパトラが死んだと思つて自殺するが、同様にロミオもジュリエットの仮死を本当の死と思ひ違へて自殺する。第四に、両者共に不気味な廟堂の場で終る。悲劇の最後は主人公の死に決つてゐる。が、シェイクスピアが男女の愛慾を扱つた唯二つの作品が、いづれも死の世界の象徴である廟堂で終つてゐる事実を、吾々は気軽に見逃せない。

勿論、それは近松についても言へる事だが、愛慾は閉ぢられた世界であり、その底に沈澱して行けば、たとへ外部から干渉や妨害が無くても、といふ事はそれ自身の完成の為にも、死を必要とせずには済まされぬものである。メロドラマにおける恋する男女は、現実の障碍《しやうがい》から免れる為に死ぬ、或はさう思つてゐる。が、実は愛慾はそれ自身の内に死を含み、死を願望してゐるのであつて、優れた作品においては、作者や登場人物がどういふ「積り」でゐようと、必ずさういふ真実が描き出されてゐる筈である。「ロミオとジュリエット」がそれであり、「アントニーとクレオパトラ」がそれである。近松の心中物についても同様の事が言へるが、シェイクスピアと近松との違ひは、また同じシェイクスピアでも「オセロー」とこの二作との違ひは、次の点にある。この二作においては、愛し合ふ二人の男女がただ見えない死の中に吸ひ込まれて行くだけではなく、死が、死の世界が向う側から遣《や》つて来て、観客の前に判然と姿を現す。

　二人の死を取巻いて右往左往する人物は、もはや現実界のそれではなく、死の世界、即ち廟内における暗い死の秘儀に参列する登場人物なのである。この死の秘儀は殆ど異教的と言つても良い。が、それは今日の目で見ての話で、当時のカトリック教会はさういふものを内蔵してゐたのではなかつたらうか。その観点に立てば、パリスの登場は確かに効果的である。なぜなら、彼は両家の争ひにも、二人の男女の悲劇にも、死の世界にも全く関係の無い、そして最も健康で、最も現実的で、最も常識的な人物だからであり、さういふ明るい人物が暗い廟内に現れ、ロミオに殺されるからである。

　その事と関聯《くわんれん》して重要と思はれる事実は、ダシーが最初に強調してゐる劇的展開の早さといふ事である。彼によれば、この劇の主題は「違つた星の下に生れた」男女の恋である。運命は二人を結附け、歓喜の絶頂に押上げた瞬間、直ちにそれが遂げられぬ恋である事を覚らしめ、忽《たちま》ち破滅の道へと追込む。二人にとつて、恋も不意打ちなら、そこからの転落も不意打ちであり、初めから、終りまで偶然と事故と行き違ひの連続である。もし皮肉な批評が許されるなら、この作品を「コメディー・オヴ・エラーズ」に対して「トラジエディー・オヴ・エラーズ」と名附けても良い。主役は「運命」であつて、ロミオでもジュリエットでもない。この劇の上演の成功と失敗とは、その事を観客に納得させられるか否かに、そしてその主役の「運命」が全登場人物を死の世界に導入し得るか否かに懸つてゐるのである。その為には劇の展開の早さを何よりも重要視しなければならない。

それにしても、次の事実は無視し得ない。それは「アントニーとクレオパトラ」についても言つた事だが、そこにおけるほど露骨ではないにしても、シェイクスピアが男女の愛を採上げる時、この初期の「ロミオとジュリエット」においてさへ、一種のシニシズムが顔を覗かせてゐるといふ事である。今、私はこの作品を「トラジェディー・オヴ・エラーズ」と呼んだが、元来、間違ひや行き違ひから悲劇は生じない。如何に「運命」が主役だと言つても少くとも、現代人の目は、ロミオやジュリエットのみならず、この作品に登場するすべての人物の愚かさ、不様な慌て様を決して正当化し得まい。二人の恋の協力者である善意の乳母と修道僧に対してさへ、いや、この二人こそ、吾々の目には最も許すべからざる、といふよりは最も滑稽な役廻りを演じてゐる様に見える。第二幕第四場で乳母がロミオに言ふせりふに「二人切りなら秘密は洩れぬ、三人ならば請合へぬ」といふのがあるが、この時、作者がその三人目を乳母や修道僧のうちに意識してゐなかつたとは思へず、それなら、現代の吾々ばかりでなく、当時の観客にもこれを悲劇として提供する事に、シエイクスピアは多少の「シニシズム」を用意してゐたか、少くとも「後めたさ」を感じてゐたか、いづれかであつたに相違無い。

さういふ目で見て行けば、第四幕第二場におけるキャプレットのせりふ、「あの立派な神父様のお蔭を蒙《かうむ》らぬ者はこの町には一人もゐまい」といふ言葉も相当毒の効いた皮肉であり、終幕における修道僧自身のせりふ「あゝ、すべては残酷な時の仕業だ、この悲しむべき出来事も」といふのも、「吾等の手に余る大きな力が私達のもくろみを打砕いてしまつた」といふのも、聊か抜け抜けとしてゐて、今日の観客の共感は呼び得まい。事実、彼が最後に告白してゐる様に、最大の責任者は彼自身だからである。「悲劇」は両家の争ひからではなく、この僧が両親を納得させずに恋人同士を結婚させた事に源を発してゐるからである。随つて、僧の告白を聴き終つた大公がその罪を深く咎《とが》めず、話を逸《そ》らせてしまふ事にも、今日の吾々は不満を感じかねまい。

シェイクスピア自身、悲劇の筋立てとしてのその無理を予感してゐた事は疑へぬ事実で、譬へば、ジュリエットの年齢がブルックでは十六歳、ペインターでは十八歳になつてゐるのを、シェイクスピアは十四歳にしてゐるが、それも悲劇を実現し得る人物ではなく、悲劇に弄ばれる人物として観客を納得させる為であつたらう。それればかりではない。ブルックの英訳の序においては、若気の過ち、親に許されぬ恋、色慾などに対する戒めが強調されてをり、それにも拘《かかは》らず、作者は二人の恋人に飽くまで同情的であるが、だからと言つて、その序を当時の道徳感に対する作者の迷彩と見做すのは早計で、ブルック自身、意識的にはその道徳感に随つてゐたのに相違無いのである。同様に、シェイクスピアも二人の恋人に同情的であつたのだが、それは恋そのものに同情的であつたといふ事を意味しない。物語詩ならともかく、悲劇の材料として男女の恋が採上げられる様になつたのは、ずつと後の事で、当時は可成り無理な事であり、それが作者自身の意識しない処で、「後めたさ」或は「シニシズム」となつて現れたのではないか。右に挙げた例だけではない。作品全体が悲劇と呼ぶにふさはしくない喜劇的な場面が時折挿入され、猥褻な言葉や地口が氾濫する。それは作者の若さと、この前後に書かれた作品の系譜とから容易に納得出来る事であるが、それらはいづれも後年の悲劇において頗る効果的に用ゐられる「コミック・レリーフ」とは異り、屢々《しばしば》悲劇の調子を損ひ、それに酔はうとする観客の気分を妨げる。その事について、ジョンソン博士は次の様に言つてゐる。

> その喜劇的場面は実に良く書かれてゐる、しかし、愁歎場《しうたんば》は不意にその後に現れる堕落によつて汚される。登場人物達は如何に苦しんでゐようと、その悲しみには一種の見えが、それこそ悲しい見えが附き纏《まと》つてゐる。

実は、私はジョンソンを読む前に、この一文の前半後半共、覚書中に書いて置いたもので、このジョンソンの一文を読んだ時、シェイクスピアに関しては、殆ど新発見といふものは在り得ないと覚悟してゐた私でも、さすがに口惜しかつた。尤もジョンソンは甚だ厳粛な人物で、この作品についてばかりでなく、時に偏狭と思はれるほどシェイクスピアの天衣無縫振りを非難する事がある。但し、ここでは私は彼に賛成する。その前半の評言について、例は幾らでもあらうが、一例を挙げれば、第四幕第五場である。ジュリエットの（仮）死を知つて後の諸人物の悲しみ様も聊か大仰で、そこに用ゐられた比喩も多く喜劇的であるが、それはそれとしても、直ぐその後で乳母の従僕ピーターと楽士達の遣取りは「コミック・レリーフ」の域を逸脱し、どう見ても悪ふざけでしかない。また愁歎場の後ばかりではない、この作品の開幕も、悲劇のそれにふさはしくないのである。

　ジョンソンの後半については、私はそれを更に敷衍《ふえん》してから解釈する。クイラ＝クーチはシェイクスピア喜劇の登場人物評として、屢々「自己欺瞞《ぎまん》の喜劇」といふ言葉を用ゐるが、それを「ロミオとジュリエット」に適用すれば、「自己欺瞞の悲劇」といふ事にならうか。それは先に指摘したシェイクスピアが恋愛に対して示す無意識の「シニシズム」と関聯する。

　私は「ロミオとジュリエット」を低く評価する訳ではない。最初に述べた様に愛慾と死の秘儀とを強調する演出は可能である。そればかりではない、この作品は初演以来、「ハムレット」に次いで常に多くの観客を捷《か》ち得て来た。たとへ偉大なる悲劇とは言へぬにしても、戯曲として最も大切な筋の一貫性は保たれてゐるし、その推移の面白さは否定し得まい。二人の恋人を無邪気な若人に演じさせれば、今日の観客にも「畏れ」は感じさせずとも、「憐れみ」は十分に感じさせる事が出来よう。

（昭和三十九年五月十八日）

リチャード二世

一

「リチャード二世」には作者生前に出版された四折本が五種類もある。

その最初の第一・四折本は一五九七年八月二十九日に出版登録を済ませてゐる。これは謂はゆる善本に属し、作者手書きの原稿から印刷されたものと見られるが、それには第四幕第一場が大幅に省略されてをり、リチャード王が王冠を二つの釣瓶《つるべ》に譬《たと》へる箇処や、鏡を持つて来させ、そこに映る自分の顔を眺め、それを床に叩きつけて粉々にしてしまふ所など、この場の核心ともいふべき百五十三行から三百十八行に至る部分が全部削除されてゐる。もともと第四幕第一場は三百三十四行あり、それがこの削除のため、殆ど前半しか残つてゐない。それはオーマール、フィッツウォーター、サリーがグロスター公の暗殺者について言ひ争ふ場に続き、追放中のノーフォークが帰国を許された時、すべては明かにならうと言ふオーマールの言葉に対して、ボリングブルックが王気取りで、「直ぐにも（ノーフォークの）帰国を許さう、自分にとつては敵ではあるが、その土地、所領の一切を返し与へる。そのうへ直ちにオーマールとの立会ひを許さう」と言ふ件りに続けて「では、神の御名において、まづ玉座に上るとしよう」といふ言葉に打つて返すやうに正義の司教のカーライルが「お待ち下さい、それは神がお許しになりませぬ！」といふ三十六行に亙《わた》る名ぜりふが続く、それだけが聞きどころで、後半は最後の十六行を余すのみでこの場は終つてしまふ。

一五九八年の第二・四折本も第三・四折本も同じ削除を受けてゐて、この場の「主役」は恰《あたか》もカーライルの司教であり、この「名ぜりふ」を受けて、「よくぞ弁ぜられた、カーライルの司教、その御苦労の御礼までに、大逆罪の廉《かど》により、この場であなたを逮捕する。ウェストミンスター卿、裁判の日まで必ず司教をお預り願ひたい」といふノーサンバランドの厭味《いやみ》を含んだせりふを残して、主要人物は退場し、後はオーマールとカーライルの司教を相手にウェストミンスター修道院長の「今夜、食事はわが家にてお取り下さい、その折、私の一策についてお話し申上げれば、きつとお心も晴れ渡ることでございませう」といふ謎めいた言葉が十四行続いて、この第四幕は終る。どう考へて見てもシェイクスピアの劇的《シアトリカル》アンテナがリズミカルに働いてゐるとは言ひがたい。

随《したが》つてこの場にはリチャード王は一切登場しない。それが初めて登場するのは一六〇八年の第四・四折本であり、それを踏襲した一六一五年の第五・四折本、そして一六二三年の死後のシェイクスピア戯曲全集である。そこで削除された百六十六行が初めて読者の目に触れる。「人目に隠れ底に沈んだまま、なみなみと水を湛《たた》へてゐ」た釣瓶は突如、空に跳《は》ねあがり、そこになみなみと湛へられた水をボリングブルックの頭上に浴びせかけることになる。その百六十六行に亙る削除は一体偶然か故意か、そこには次の様な事実が秘められてゐたのである。

一五九九年にアイルランド総督となつたエリザベス女王の寵臣エセックス伯が、その叛乱鎮圧に失敗、女王の命令に反しアイルランドを勝手に拋棄《はうき》してロンドンに帰り、その罰として禁固されたのが一六〇〇年、女王の寵を失つたエセックス伯は焦慮の余り、ロンドン市民の力を藉《か》り謀反を企てて失敗、翌一六〇一年には斬首の刑に遭つてをり、片や女王も一六〇三年に死去してゐる。一六〇一年といへば、エセックス伯は三十五歳であり、一六〇三年にエリザベス女王は七十歳である。この母子程も年の違ふ二人の恋はまた女王と臣下との恋でもあり、平坦に成就するわけもなく、それがエセックス伯をして成功するはずのない謀反の道を歩ましめたとも言へよう。

それはさておき、一六〇八年の第四・四折本において初めて、「リチャード王、議場における廃位の場、新たに追加」といふ扉を掲げた本の出版が許されたことは事実であり、一般にはエリザベス女王の逝去が固く閉じられた鍵を解いたのだと考へられてゐる。だが、当時の実情はどうであつたらうか。リチャード二世は十歳で即位し、未成年時代はジョン・オヴ・ランカスターとグロスターによつて輔佐されてゐた。成年後は専制的になり、やがて廃位に追ひ込まれたのである。それに反してエリザベス女王は三十も年下のエセックス伯の謀反をどれほど恐れる必要があつたのか。テューダー朝の末、その最盛期のエリザベス時代といへば、リチャード二世の時代とは大いに異り、ロバート・セシルのやうな賢臣が幾らもをり、すべてが明るく、諸制度も「近代的」、「官僚的」になつてゐた。王の廃位といふ程の芝居が許されぬはずも無かつたであらう。ドーヴァ・ウィルソンはその証拠として、次の手紙を挙げてゐる、国会議員のサー・エドワード・ホービーがロバート・セシルに宛てた一五九五年十二月七日附の手紙である。それには次の如く書かれてゐる。

拝啓　明夜は貴台ロンドンのお宅にお出でなきものと思ひ、火曜（十二月九日）ならば、まだしもチャノン・ローの拙宅にお越し頂けるかと存じ、敢へて御都合お伺ひ申上げます。当夜は夕食を差上げたく、お気の向くまま何時《なんどき》までなりともお留り願ひ、その際、リチャード王も御高覧に供したいと存じてをります……

とすれば、このリチャード王とはリチャード二世を扱つたシェイクスピアの作品「リチャード二世」に相違なく、今頃になつて初期に書かれた「リチャード三世」を女王に身近なセシルに見せようはずはない。また肖像画の類ひでもなかつたらう。それならなほのこと「リチャード二世」とか「リチャード三世」とかを招待状に明記したはずである。やはり芝居に違ひない。恐らくセシルの方からこの作品の話を聞いた上で、それを見せてくれと頼んだのであらう。既にこの芝居のことは評判が高く、エリザベス女王自身、それがしばしば舞台にかかつてゐることを知つてゐた。ロンドン塔の記録保管係ウィリアム・ランパートは次のやうに書き残してゐる。一六〇一年、彼が女王の私室を訪ねた時、女王は彼に向つてかう言つてゐる、「私はリチャード二世なのだよ、知らぬのか、お前は？　この悲劇は街頭や屋内で四十回も演ぜられたのだよ」と。出版して売りに出すことは難しくとも、芝居として上演する分には構はなかつたらしい。

　それにしても、リットン・ストレイチーは「エリザベスとエセックス」（福田逸訳、中央公論社刊）の中にかう書いてゐる。

> 　ところが、そんなある日のこと（一五九九年）、エリザベスは大きな衝撃を受けた。一冊の書物が彼女の手に入つた――「ヘンリー四世伝」――彼女は表紙を開いて見た――エセックスへのラテン語の献辞が目に入つた。「誉れ高く世にかくれなき、エセックス及びユウの伯爵にしてイングランド紋章院総裁、ヘリフォード及びバウチャの子爵、さらにはチャートリーのフェラーズ男爵にして、バウチャ及びルウエン卿なるロバート殿に捧ぐ」――一体これは何か？　彼女はざつと目を通し、リチャード二世の敗北と廃位が詳細に記述されてゐることを知つた――つまり、これはイングランド

の玉座から君主を追放する可能性を暗示するものであり、となると、エリザベスにとつては殊のほか不快な題材であつた。なるほど、カーライルの司教が王の廃位に反対する優れた演説が挿入されてはゐる、が、なぜかういふものを公にするのか？　この愚劣な書物の目的は一体何だといふのか？

　これで見ても明かなやうに、エリザベスはリチャード二世のうちに、自分の姿を見てゐたのであつた。この事件は一五九九年の初めに起つた一挿話に過ぎない。が、「リチャード二世」の初登録の際、即ち一五九七年には、シェイクスピアが書下した台本に廃位の場は既に書かれてをりながら、そこだけを省いて登録を行つたことは明かである。そしてホービーが見せた芝居は削除なしの「リチャード二世」であり、賢臣セシルは女王の心を察して、それをそのまま出版登録することを禁じたのに違ひない。とすれば、シェイクスピアの「リチャード二世」は早くも一五九五年には書き終つてゐたと言へる。しかも、作者がその下敷に使つたと思はれるダニエルの「ランカスター、ヨーク両家の内乱」が一五九五年に登録ずみであるところから、この同じ年に書かれたものと見るのが至当であらう。

エドワード三世

- エドワード（黒太子）──＊リチャード二世
- ウィリアム・オヴ・ハットフィールド
- ライオネル──フィリッパ──エリザベス
  - ＊ヘンリー・パーシー（ノーサンバランド伯）──＊ヘンリー・パーシー（ホットスパー）（エリザベスと線で結ばれる）
- ＊ジョン・オヴ・ゴーント（ランカスター公）──＊ボリングブルック（ヘンリー四世）──ヘンリー五世
- ＊エドマンド・オヴ・ラングレー（ヨーク公）──＊オーマール公
- トーマス・オヴ・ウッドストック（グロスター公）
- ウィリアム・オヴ・ウィンザー

＊「リチャード二世」登場人物

二

シェイクスピアが「リチャード二世」を書くに当つて用ゐた、或は用ゐたと思はれる、謂はば種本は何かと言へば主としてホリンシェッドの「年代記」である。しかし、それにも、またその他いづれにもシェイクスピア独特の性格描写は見当らない、また最後のエクストンに言ふボリングブルックの名ぜりふ、「毒を必要とする者、必ずしも毒そのものを愛しはしない……」もそれらの種本には何処《どこ》にもない。左にまづ種本と思はれるものを挙げて置かう。

一　エドワード・ホール著「ランカスター、ヨーク両家の和合」——一五四八年
二　ホリンシェッド著「年代記」（第三巻）——一五四五年
三　「国王のための鏡」——一五五九年
四　フロワサール著「年代記」サー・ジョン・バウチャー及びバーナズ卿、フランス語
　より英訳——一五二三—二五年
五　サミュエル・ダニエル著「ランカスター、ヨーク両家の内乱」（詩）——一五九五年
六　ロワ・ダングルテール著「リチャード二世の殺害と死」ベンジャミン・ウィリアム訳
七　著者不明「トーマス・オヴ・ウッドストック*」（戯曲）

＊　暗殺されたグロスター公を指す。ランカスター、ヨークの弟、作中に言及あり。

これらを「リチャード二世」の各幕各場ごとに、シェイクスピアが下敷としてどう利用して行つたか、ウィルソンに随つて逐次述べてみよう。

第一幕第一場　この作品を、ボリングブルック、モーブレー、両名の争ひを以つて始めてゐる。その点、右のホールと全く同じだが、ホールはグロスター公には全然触れてゐない。だが、ホリンシェッドでは、リチャードの没落が次々に起つて来る遠因をグロスター公暗殺にあると見てゐる。この点はシェイクスピアも同じである。

第一幕第二場　これはどの種本にも出て来ない、当然であらう。劇作家シェイクスピアならずとも、この前後の同じやうな場を続けて書きはしまい、が、ジョン・オヴ・ゴーントとグロスター公未亡人との会話は彼以外誰しも書けるものではない。未亡人は二度と登場しないが、戯曲「ウッドストック」では第五幕第三場に姿を現し、「泣き女」の役を果す。シェイクスピアではこの場だけだが、名女優でなければ到底演じられぬいい役に書かれてゐる。

第一幕第三場　ホリンシェッドがこの場について書いてゐる、それをシェイクスピアは膨らましただけである。ホールもかなり詳しく書いてゐるが、ダニエルはボリングブルックとモーブレーとの一騎打を書き、両人追放については一節を割いてゐるだけである、詩である以上、無理もなからう。だが、フロワサールのみが、王が職杖を投げて試合を止めさせた後のせりふの土台となる一条を書き、ボリングブルックの追放を十年から六年にしたことも書き添へてゐる。

第一幕第四場　この場は次の四つから成り立つてゐる。

㈠　ボリングブルックが友人達に見送られ去つて行く情景。

㈡　アイルランド叛乱のバゴットによる報告。

㈢　リチャード自ら陣頭に立つと言ひ、その戦費調達の方法。

㈣　ゴーントがイーリーの館で病み、それも重態であるといふこと、以上の四場である。

㈠については当然ホリンシェッドに短い記述があるだけでなく、ホールにもボリングブルックを慕つて、そのあとに追ひ縋《すが》る者たちを殆ど逐語的に描いてゐる箇所がある。フロワサールに到つては、その連中の姿をもつと生々と物語つてゐる。㈡については、フロワサール以外、いづれもアイルランド叛乱に触れてゐる。㈢はホリンシェッドにあるが、例の戯曲「ウッドストック」にもあり、むしろこちらこそ主たる種本と言つてもよい。㈣はホリンシェッドに、「無記名の特許状」について語つたあと、直ぐに「やがてランカスター公もホールボンにある、かの司教の館で、つひにこの世に別れを告げた」と述べてゐる。

第二幕第一場　この場は次の四つの場面に分れてゐる。

㈠　ゴーントの死。

㈡　ゴーントの財産没収とヨークの抗議。

㈢　ヨークがイングランドの総督として残り、リチャード王がアイルランド征討に出掛けるところ。

㈣　リチャード王の暴政に対する貴族たちの不平不満の言葉と、ボリングブルック、イングランド上陸の報がそれである。

この㈠については、シェイクスピアの「創造力によるもの」「全くの作り話」と考へられて来たが、一方、フロワサールの「如何にしてランカスター公は死んだか」といふ劇的な説明も無視出来ない。このところは「ウッドストック」と極く類似してゐる。㈡ここではホリンシェッドの記述が非常に近い。が、ヨークの言葉は「ウッドストック」に似てゐる。㈢ホリンシェッドにはかうある、「彼は自分の副将として、相手のゐない間に叔父のヨーク公を任命した。」㈣はホリンシェッドが唯一とは言へないまでも、主要な種本となつてゐる。

第二幕第二場　この場は次の二つである。

㈠　王妃の憂愁。

㈡　ボリングブルックの上陸と素早い進撃ぶりを聞いて、ヨーク、ブッシー、バゴット、グリーンが愕然とするところと二つに分けられる。

㈠は全くの虚構で、シェイクスピアの想像である。フランスから嫁いで来た王妃は、この時はまだ十歳にしかなつてゐない、そのことをシェイクスピアは知らなかつたのか、或は無視したのか、恐らく、知つてゐて、無視したのに違ひない、十歳の少女では話にならぬからである。

㈡はホリンシェッドに随つてゐる、もちろん重ね重ねの災難にうろたへるヨーク達の姿を描き出すために色々工夫はしてゐるが、それはどんな劇作家でもすることである。

第二幕第三場　殆どホリンシェッドの通りである。

ウィロビー、ロスがラヴンスパーグにボリングブルックを迎へ、ノーサンバランドとその息子パーシーがドンカスターでボリングブルックに遭つてゐる。その他の諸卿も忠誠のためやら、利害のためやらで、集り来たり、礼を尽してゐる。イングランド総督のヨークは彼等と戦はうとしても、手もとに一兵も蒐《あつ》められず、城外の教会に来て、親しくボリングブルックと会談してゐる。

第二幕第四場　この場もホリンシェッドに基づいてゐる。

リチャード王はボリングブルック上陸の報を聞き、ソールズベリーに命じてウェイルズ、チェシャの友軍四万を集めさせたが、やがて王はもう既に死んでゐるといふ噂が拡がり、王の姿を見るまでは、リチャード王に附き従はうとするものは一人もゐなかつた。漸《やうや》く二週間だけ待つといふことになつたが、つひに王は現れず、一同は解散してしまつたといふ。また隊長の口にする天礼の異変についても、一部はホリンシェッドに、他はダニエルに出てゐる。

第三幕第一場　これもホリンシェッドに出てゐる。ボリングブルックたちはブリストーを進軍して、城中に入り、ウィルトシャーのウィリアム・スクループ伯とイングランドの宝物保安係ヘンリー・グリーンとサー・ジョン・ブッシーとは応戦の用意をしたが、つひに敵《かな》はず、捕虜となり、ボリングブルックの前に引き出された。翌朝、いづれも王を誤り導いた反逆罪の廉で首を刎《は》ねられた。

第三幕第二場　殆どホリンシェッドから取られてゐる。

但しソールズベリーが軍の逃亡について語るところは、ホリンシェッドには無く、ロワ・ダングルテールに出て来る。もつともホリンシェッドにも、騎士スティーヴン・スクループがこの時リチャード王の側にゐたことだけは確かに書いてある。この場はホリンシェッドにも初めから終りまでリチャード王の絶望感が滲み出てゐる。

第三幕第三場　ホリンシェッドもダニエルもダングルテールも、リチャード王がウェイルズに上陸したのち、コンウェイ城に行つたと書いてある。更に彼はそのコンウェイを去つてフリントに行くやうにと、ノーサンバランドに説得され、相手の言ふ通りにフリントに向ふが、途中で待伏せに遭ひ捕虜にされてしまふ。フロワサールでは、リチャード王は真直ぐフリントに乗り込み、そこを占領してしまふのだが、ボリングブルックがやつて来て、リチャード王を見附け出し、城中に這入《はひ》つて、リチャード王に自分と一緒にロンドンへ行くやうに無理強ひすることになつてゐる。

シェイクスピアはこの辺では他の誰よりもフロワサールに近いが、フロワサールは一度もこの場の役者としてノーサンバランドには触れてゐない。作者はノーサンバランドを専《もつぱ》らホリンシェッドから借りてはゐるが、彼を使者としてのみ用ゐ、その背信行為の方は省いてゐる。多分、そのやうな背信行為から次に執筆予定の「ヘンリー四世」第一部におけるノーサンバランド親子に対する見物の好意が割引きされるのを慮《おもんぱか》つてであらうが、ただそれだけでノーサンバランドは救はれるであらうか。第二幕第三場最初の長々しいボリングブルック讃美のせりふは、どう見ても通り一遍の追従としか受取れず、第四幕第一場のリチャードに対する退位請求も執拗としか言ひやうがない。やはりシェイクスピアはノーサンバランドに好意を懐《いだ》いてはをらず、やがて「ヘンリー四世」第一部であれほどの「豪傑」に仕立て上げようとは考へても見なかつたのではなからうか。もつともそれは「豪傑」には違ひないが、「はつたり」とも見られなくはない。

第三幕第四場　この場は完全に虚構である。ただその思ひ附きだけは、次のフロワサールの一部から来たものかも知れない――「リチャードの没落以後、王妃の家は侍女や行儀見習の数が殖えたし、男の方も役人や従者の数が殖えた。彼等はお互ひに王の話をすることを禁ぜられた」とあるが、シェイクスピアがこれだけで王妃と植木屋の場を造つたとも考へられない。

第四幕第一場　愈々《いよいよ》問題の場であるが、歴史的事実は例によつてホリンシェッドに拠《よ》つてゐる。

㈠　初めバゴットがグロスター公暗殺の首謀者はオーマールだと言つたことから、オーマール、フィッツウォーター、パーシー、サリーの諸卿相互の口論となり、皆、己れの正義にかけて決闘することとなる、それをボリングブルックが側で見てゐて、止め役に入り、ノーフォーク公帰国の時まで、真偽の程は自分が預ると言つたのに対し、カーライルの司教がノーフォーク公はクリストの御為、異国で相果てたとモーブレーの最後を語る、このカーライルの言葉は、ダングルテールから取られてゐる。

㈡　その次のヨークの登場から、リチャード王を連れての再登場までは再びホリンシェッドに従つてゐる。が、ダングルテールも関係なしとは言へない。カーライルのせりふはむしろホリンシェッドに近い。

㈢　リチャード王がヨークと共に登場するところから、その退場までだが、ホリンシェッドの記述は簡単で、リチャードは敵の手のうちにあつて、容易に王冠を抛棄する状態にあり、ただ命だけは助けてもらひたさに、何でも相手の要求には従ふといふ有様だつたとあるのみである。それに較べれば、フロワサールもダニエルも廃位の場をもう少し詳しく書いてゐる。譬へば、フロワサールによれば、王は広間に連れて来られた時、王の衣裳はそのまま、手には笏《しやく》、頭には王冠を戴いてをり、供もなくただ一人で這入つて来て、大声でかう言つた、「私はイングランドの王であり、アキテーヌ伯であり、アイルランドの貴族であつた、ここに過去二十一年間、保持して来た王位、笏、王冠を、従弟のランカスターに譲る……従弟のランカスター公、私は自分がイングランド王として頭に戴いて来た王冠をあなたに与へよう。」

㈣　そして、ホリンシェッドによれば、その後はウェストミンスター修道院長の陰謀があり、その秘密は二箇月後に行はれたボリングブルックの戴冠式に到るまで表に現れなかつた。

第五幕第一場　王と王妃の対面の場はダニエルにのみある。ただノーサンバランドがロンドン塔ではなくポンフレット城に行くやうにと、ボリングブルックの意思を伝へるところだけはホリンシェッドに出てゐる。

第五幕第二場　これはダニエル、ダングルテール、ホールに拠つてゐる。

㈠　ヨークの語るリチャードがロンドンを通る時の状景はダニエル、ダングルテールに見られる。

㈡　オーマールが連名の確認書を父親のヨークに発見されるところから最後まではホールの書の巧みな語り口に拠つてゐる。またホールはダングルテールに非常に近い。いづれもヨークはオーマールの弱味を握つてゐると書いてをり、また息子はその老いた父より早くボリングブルックの所へ著いたと述べてゐる。ホールはダニエルを例によつてあちこち利用してゐるものの、この場の主たる種本と言つてよからう。ヨーク夫人のことはどこにも出てゐない。

第五幕第三場　この場は主としてホリンシェッドによる。

初めに出て来る自分の子供の不行跡を心配するボリングブルックは言ふまでもなく「ヘンリー四世」第一部のヘンリー四世であり、息子のプリンス・オヴ・ウェイルズは、同じく第一部のハルである。その「ヘンリー四世」の第一部、第二部、共にヘンリー四世その人は影が薄く、むしろこの「リチャード二世」のボリングブルックの方に灰汁《あく》が強く描かれてゐる。その後から最後までは、新しく王になつたボリングブルックにオーマールが命乞ひをする場面だが、この場で一番せりふの多いヨーク夫人は前場と同じく、シェイクスピアの劇的な虚構である。

第五幕第四場　このエクストンと従者の対話はホリンシェッドとダニエルとの混ぜ合せである。

第五幕第五場　リチャードの独白はもちろんシェイクスピアの創作だが、その死はホリンシェッド、或はホールに拠つてゐる。殊に殺害者エクストンの悔恨《くわいこん》はホールのものだが、シェイクスピアはそれを殆ど利用してゐない。

第五幕第六場　ホリンシェッドが必要なものの殆どすべてを提供してゐる。しかし、ボリングブルックのエクストン拒否はシェイクスピア独自のものであり、一六〇九年版のダニエルでは、またそれをシェイクスピアから借りてゐる。

三

リチャード二世の性格は私には甚だ興味がある。シェイクスピア研究の権威シェンボーム教授に「愛すべき詩人」「統治するより詩作に耽《ふけ》ることに向いてゐる優柔不断な王」といふ言葉が出て来る。実際、文学好きな王であつたことは確からしい。しかし、私が「リチャード二世」の性格に興味を惹かれたのはその「幼児性」とでもいふべきものである、「人の善さ」といつてもいい、あるいは「甘えん坊」といつてもいい。リチャードの祖父エドワード三世は男女併せて十数人の子持ちであつた。その長子がリチャードの父、勇猛果敢な黒太子であるが、彼は父の死より一年早くこの世を去り、リチャードが代つてエドワード三世の死後、わづか十歳でその王位を継いでゐる。殆ど物心つくと同時に、一大王族の長として王位に就いた彼は我儘放題に甘やかされて育つたに違ひない。欲しいものは何でも手に入り、誰もが自分に追従し、世界は自分の思ひのままに動くと信じたであらう。自分を抑へることを知らずして王となり、幼児がそのまま大人となつたのだ。

シェイクスピアの目は過たずさういふリチャードの性格の核心を射ぬいてゐる。リチャードは得意の時をも失意の時をも、その都度、あたかもそれと戯《たはむ》れるが如く壮大なものにしてしまふ、謂はば自己劇化の名手とでも言ふべき特異な性格の持主と云へよう。その結果、彼のうちにある情緒Aと情緒Bとは、糸のやうに細い必然性でしか結ばれてゐないのに、そのAとBとがそれぞれ途轍《とてつ》もない大げさなものにされてしまふので、Aの固まりとBの固まりとをつなぐ糸は切れてしまひ、AとBとが何の必然性もなく、或は無理に辿《たど》れば辿れる程度の必然性をもつて並ぶ。子供が次々に現はす感情とはさういふものだ、「今泣いた鴉がもう笑つた」と言ふしかあるまい。それが初めて明瞭な形で現はれるのは第三幕第二場の、アイルランド征討に失敗して、ウェイルズの岸辺に上陸したばかりのリチャードのせりふである。

いい気持だ、全く文句の言ひやうがない。嬉しさに泣きたいくらゐだ、かうして再びわが王国の土を踏みしめられようとは。（略）母親が長く別れてゐたわが子に再び会ふことが出来、涙に濡れ、再会を喜びながら笑つてわが子に戯れる、それと同じやうに、私の大地よ、私も泣きながら、そして笑ひながら、お前を優しく擦《さす》つてやらう、この王の手をもつて穏かに。（略）

どうやらお前には解つてをらぬらしいな、この地上の悪事を隈なく照らし出す日輪が姿を隠して、地球の反対側を明るく照らし始める頃には、こちら側は盗人や暴漢どもが闇に紛れて這ひずり廻り、大手を振つて人殺しや乱暴を働くといふ訳だ、が、やがてまた、この大地をめぐつて日が昇り、東に聳《そび》える松の誇らかな梢が紅々《あかあか》と染め出《いだ》され、在りとあらゆる罪の巣窟《さうくつ》めがけて、次々に光の矢が射込まれ始めると、殺人、謀略、その他の忌はしい罪は、身を蔽《おほ》ふ夜の衣を背なかから剝ぎとられ、素肌のまま震へ戦《をのの》く、お前にはなぜそれが分らぬ？　（略）　この身が再び東を背にして玉座にすつくと立つのを仰ぎ見れば、さすがの奴（ポリングブルック）も己が謀反の疚《やま》しさにたちまち顔を紅らめ、日輪の光に堪へず、ただただ己れの罪に恐れ戦くほかはないであらう。

アイルランドからウェイルズに敗走した後で、リチャードはかうした大言壮語を次々に述べるのだが、ソールズベリーがウェイルズの兵に逃げられ、唯一人で戻つて来て、実情を報告するのを聴いてゐるうちに、忽《たちま》ち顔面蒼白となり、オーマールに「お気を確かに」と言はれても、急に小心になつてしまつたリチャードはかう言ふ。

今の今まで二万の兵《つはもの》どもの血潮がこの顔の中で誇らかに照り映えてゐた、それがもうどこかへ逃げ去つてしまつたのだ、それならそれだけの兵が再びここへ戻つて来るまで、死人のやうに蒼白になるのも当然ではないか？　一身の安全を守りたいものは、さつさと俺の側から逃げ出したらいい、時がこの身の誇りに染みを残した以上は。

それがまたオーマールに「お気を確かに、何卒、御身分をお忘れなきやう」と勇気づけられると、くるりと気持が変つてしまふ。

さうだ、我を忘れてゐた、俺は王ではないか？　目を醒せ、王冠を被つた臆病者！
貴様はぐつすり眠りこけてゐる。王の名は二万の兵に匹敵する、さうではないか？
武器を手に執れ、武器を、わが名にかけて！（略）さあ、そのやうに項垂《うなだ》れるな、
ここにゐる者は、皆、王の寵臣ではないか、身分高き者達ではないのか？

一瞬前までは顔を蒼白にしてゐた男が自分を「王」と呼び、周囲の者を「寵臣」と言ふ。「王」も「寵臣」も名だけのもの、言葉だけのものに過ぎぬ、実体は何もないのだ。空疎な言葉、言葉、言葉、言葉だけが右に左に飛び交ふに過ぎない。スクループから寵臣のウィルトシャー伯、ブッシー、グリーンの三人が「平和の眠りに就いて」ゐると聞くと、それを敵方に寝返つたものと思ひこみ、「おお、悪党、毒蛇、救ひがたい奸賊め！　誰にでも尻尾を振つてついて行く犬畜生！　俺の心臓の血でぬくぬくと育ちながら、俺の心臓を刺す蛇！　ユダが三人集つたのだ、そのどれ一人を取つてもユダよりは三倍も悪い裏切者のユダが！（略）その罰として、奴等の穢れ果てた魂に恐しい地獄の悪魔が戦ひを挑んでく

れるがいい！」と、己れをイエスに擬し、悪態をつく。そして、スクループから三人はいづれも敵の手によつて打首、それゆゑ「ただ三人の魂に対する呪ひだけはお取消し願ひませう、彼等にとつての平和の眠りは敵に首を差し出すことによつて得られたもの、（略）今、お呪ひになつた者どもは、いづれも死が手を下した手ひどい傷を受けて、空《うつろ》な大地の墓の中に低く身を横たへてをります」と告げられても、何も答へず、

墓や蛆虫《うじむし》の話をしよう、墓碑銘の話でもいい、この大地の胸の上に、塵《ちり》を紙と見なして、己が悲しみを書き記さう、せめてこの眼から雨と滴《したた》る涙をもつて……さうだ、遺言執行人を選んで、どう書いたらいいか相談しよう、

ただわが身の哀れさを愚痴のやうに物語るだけで、それに続けて「空しき王冠」の名ぜりふが長々と語られる。ここのところは王の運命を他人事《ひとごと》のやうに語ることによつて醒めてゐるが如く見えながら、むしろこれほど激しい自己劇化は他にはあるまい。次の場の第三幕第三場の終り近く「降りるとも、降りるとも、太陽神の御子、輝けるパエートンのごとく暴れ馬を御し損ね、真逆様に……下なる庭に落ちるとするか？（略）降りる？　降りるとも、庭へ！　王が降りて行く！　朝の雲雀《ひばり》が囀《さへづ》る頃合に、夜の梟《ふくろふ》が不吉な声で喚き立てる御時勢になつたらしい」といふところなど、己れの不幸を種に自ら独り遊びをし

てゐるかのやうに見える。

第四幕に入つて、愈々退位の場だが、ここでも自ら進んで王冠をボリングブルックに与へながら、自分を沈んだ釣瓶に譬へたりしてをり、自分の退位を宿命的なものと見なし、それならそれで退位させられる王の芝居をうまく演じて見せようとしてゐるかのやうだ。また「王位はあなたに譲るとしよう……さ、見るがいい、私が私ではなくなる姿を」といふ件りや、わざわざ鏡を持つて来させ、「今、この私がどんな顔をしてゐるか、それが見たいのだ、王の威厳の破産した顔をな」と言ひ、その鏡を見ながら、それを床に叩きつける場など、いづれも自己劇化の最たるものと言へよう。

リチャードは初めから負け戦さと決めて、牢に押し込められるまで筋書どほりの芝居を演じ通す。ノーサンバランド等に向ひ、「所詮、お前らはみんなピラトだ、かうしてこの私を酷い十字架に附けるのを許したではないか」と言ふ。リチャードは登場して直ぐ「クリストには十二人の弟子がゐたが、一人以外はみな忠実だつた、ところが、この私には一万二千の臣下がゐたのに、忠実なものは一人もをらぬ」と言つてゐるが、ここでも自分をイエスに仕立ててあげてゐるのだ。これに向つて不遜の、増長のと言つてみても始らぬ。「リチャード二世」を見て見物は彼に深い憐れみを感じ、その心情に共感を覚えるであらう。私は一九七三年、ストラットフォードでジョン・バートン演出のそれを見た。この時はリチャード・パスコとイアン・リチャードソンの二人がリチャードとボリングブルックの二役を交互に演じたが、少くとも私には絢爛豪華な衣裳の似合ふ美貌のパスコのリチャード、男性的で押しの強いリチャードソンのボリングブルックの方が、遥かに良かつた。バートン演出によつて、「リチャード二世」の傑作であることを十分に思ひ知らされたのである。

（昭和六十年十二月）

ヴェニスの商人

一

「ヴェニスの商人」の初演は明確な記録が残つてゐないので、はつきり断定することは出来ないが、遅くとも一五九八年以前であることは確かである。なぜなら、同年七月に作品登録が行はれた記録が残つてゐるからである。しかし、実際に書かれたのは、文体その他の内証から、それより少し前、一五九六・七年と推定されてゐる。なかには登録の直前すなはち同年の一五九八年とする学者もある。

シェイクスピアの作品を創作年代順に辿《たど》つてゆくと、一六〇〇年前後は明かに一つの転換期をなしてゐる。作品の質、形式ともに、この時期を境にして、劇的な深みをもつやうになり、四大悲劇はもちろん、その他の代表的な悲劇はほとんどすべてそれ以後に書かれてゐる。喜劇は段々少くなり、それも以前の世話物的な写実劇の性格を脱して、シェイクスピア独自の「浪漫喜劇」と呼ばれるものになつてゆく。

この晩年の「悲劇時代」あるいは「完成期」を劃《くわく》する最初の作品が「ジュリアス・シー

ザー」であるが、それが書かれたのは「ハムレット」の前年、大体一五九九年か一六〇〇年であつた。そのことから逆に考へて、「ヴェニスの商人」の創作年代は、どうしても「ジュリアス・シーザー」よりは前の一五九八年以前と見なさざるをえぬばかりか、それも出来るだけ前にもつてゆきたいのである。その前の一五九五・六年には史劇「リチャード二世」と喜劇「夏の夜の夢」が書かれてをり、その後の一五九七・八年には史劇「ヘンリー四世」第一部、第二部が、続いて一五九八・九年には喜劇「空騒ぎ」と史劇「ヘンリー五世」が書かれてゐる。悲劇「ジュリアス・シーザー」を書いたあとではもちろんのこと、たとへ喜劇にしても「ヘンリー四世」や「空騒ぎ」のやうな作品を書いた作者が、ふたたび「ヴェニスの商人」のやうな主題を採りあげようとは考へられない。やはり、一五九六年の後半から翌年の初めにかけて書かれたものといふ推定が最も妥当と思はれる。

私が飜訳の原本として用ゐてゐる新シェイクスピア全集は一九二一年に「あらし」を出して以来、今なほ完成してはゐず、初めのうちはアーサー・クイラ＝クーチとドーヴァ・ウィルソンとの共同編纂になつてゐたが、クイラ＝クーチの死後、一九四五年からは専《もつぱ》らウィルソンが編纂校訂を引受けて今日に至つてゐる。この全集における「ヴェニスの商人」の初版は一九二六年で、まだクイラ＝クーチ、ウィルソンの共同編纂になつてゐる。二人とも「ヴェニスの商人」の定本決定はさほどの難事ではないと言つてゐる。問題になるのは二つの四折本と例の一六二三年版全集の第一・二折本と、つがふ三つであるが、その三者にさほどの違ひがないからである。

二つの四折本といふのは、普通、ヘイズ四折本、ジャガード四折本と呼ばれてゐるものである。その名称の起りは、前者の扉には「トマス・ヘイズ上梓」とあるからだが、後者の扉には「ロバーツ上梓」とあつて、ジャガードとはなつてゐない。しかし、このロバーツがジャガードになる経緯が、実はそのまま定本決定に導く経緯にもなるのである。第一・二折本がヘイズ版に基づいて造られたものであることは、かなり早くから解つてゐた。問題はヘイズ版とロバーツ版のいづれが善本かといふことにあつた。それが一九一四年までは決定的な答へが出なかつたのである。いづれも一六〇〇年の刊行になつてをり、おそらく同じ原稿から、あるいはその二つの写しから、それぞれ別個に印刷されたものと信じられてゐたからである。もつとも、どちらかと言へば、ロバーツ版の方が早いと考へられ、かつてはそれが第一・四折本、ヘイズ版が第二・四折本とされてゐた。

それが今では逆になつてゐる。簡単に結論だけを言へば、ロバーツ版の日附は捏造《ねつぞう》であり、実際は一六一九年刊であることが解つたのである。しかも、「ロバーツ上梓」といふのも虚偽で、そのロバーツの仕事を一六〇八年以来引きついできたジャガードがやつたものだといふことが解つた。のみならず、このジャガード版の「ヴェニスの商人」は、シェイクスピアの死後三年目に、ジャガードがこの人気作家の選集を出せば商売になると考へて、十冊一組のシェイクスピア全集を企劃刊行した、その中の一冊にすぎなかつた。それはいいとして、問題はあとの九冊である。それがいかさまで、そのうち本物は五冊、ほか四冊はシェイクスピアの作品ではなかつた。さらに、「ヴェニスの商人」を含めて六冊の本物中、半分は素姓のいいかげんな悪本に基づいたものである。さいはひ「ヴェニスの商人」は善本を基にしてあるが、その原本が他ならぬヘイズ版であることが、解つたといふのである。

要するに、ヘイズ四折本が最も信頼すべきものであり、新シェイクスピア全集もそれを定本としてゐるのである。

二

次に「ヴェニスの商人」の素材だが、これもはなはだ単純である。この作品は四つの筋から成立つてゐる。

㈠　箱えらび
㈡　指輪の紛失
㈢　人肉裁判
㈣　ジェシカの駆落ち

これらの挿話は、すぐどこから採つたと指摘しえないにしても、手本があることは誰の目にも明かであらう。型をなし、整つてゐるからである。事実、このうち㈡と㈢は、そして㈠も少し形を変へて、「イル・ペコローネ」（阿呆）の中に見出される。これはセル・ジョヴァンニといふ男が書いたと言はれてゐる中世イタリーの物語集で、一三七八年の作だが、実際に刊行されたのは一五五八年、英訳はさらにずつと遅れて一八九七年だから、シェイクスピアがもしこれを読んでゐたとすれば、原語で読んだといふことになるが、その問題は後廻しにして、「イル・ペコローネ」中の一挿話を紹介しておかう。これは「デカメロン」その他と同様、一つ一つ独立した珍奇な話が次々に物語られてゆく形をとつてをり、この「ヴェニスの商人」の源になつたと思はれるのは、その第四日の第一話である。

　ヴェニスの青年、ジャンネットーは名附親にして養父のアンサルドーから金を借りて、アレクサンドリア相手に貿易を始めたが、ベルモンテ港の沖を航行中、船長から不思議な話を聞いた。その港町は一人の美女によつて支配されてゐる。女は夫の死後、法律をつくり、この町に立寄つた男はすべて自分の夜伽《よとぎ》をしなければならぬといふ命令を出した。条件は、その間、自分を十分に楽しませてくれた男には、自分もろともこの町の富を与へるが、もしそれが出来ねば、相手の船荷を没収し、町を出て行かねばならないといふのである。ジャンネットーは意を決して挑み、二度とも眠りこけて失敗するが、三度目の航海でつひに成功する。実は当の女主人の小間使から、寝酒に麻酔薬がはひつてゐることを、あらかじめ教へられてゐたからである。

しかし、このジャンネットーの三度目の航海のために、名附親のアンサルドーが整へてやつた一万ダカットの金は金貸のユダヤ人から借りたもので、もし約束の日までに返済できぬときは、アンサルドーの体のどこからでも任意に一ポンドの肉を切取つていいといふ酷い条件がついてゐた。結婚の成功と、それにつづく祝ひ事のため、ジャンネットーは名附親の好意とその身に迫る危難をすつかり忘れてゐたが、約束の返済日当日、ふとしたことからそれを思ひだし、悔恨にとらはれる。

新妻は夫から話を聞いて、すぐに一万ダカットを手渡し、それを持つてすぐにヴェニスに駆けつけるやうにと頼む。ジャンネットーがヴェニスに著いたときには、アンサルドーは既に法の監視下にあつた。ユダヤ人には一滴の慈悲もない。一万ダカットはおろか、ヴェニス中の金を全部くれると言はれても、このクリスト教徒の肉一ポンドには代へられないと言ひはる。

が、ジャンネットーが意気沮喪して引きさがつたころ、たまたまヴェニスのある宿にボローニャの若き法学博士が到著する。もちろん、変装したジャンネットーの新妻である。女は宿の亭主からこのヴェニス中を騒がせてゐる大事件を聞いて、人々に安心するやうに言ふ。そしてある手立てを講じて、その場へ原告と被告を呼び寄せる。あとは「ヴェニスの商人」と同様、事件は急転廻してユダヤ人は奈落の底に突き落されるのである。

そのあとも、ほとんど同じで、ジャンネットーは法学博士を訪ね、お礼の印に一万ダカットを受けとつてくれるやうにと言ふ。女は弁護料は要らぬと断つたあとで、ふと相手の指輪に目をつけ、それを記念にもらひたいと言ふ。ジャンネットーはさすがに渋るが、つひに言ひなりになつてしまふ。それから「釈明」の場になる。責められて、ジャンネットーは「根も葉もないことを！」と言つて泣きくづれる。その涙を見て、妻は初めて満足し、指輪を見せて、真実を打ち明ける。さらにアンサルドーは例の小間使とめあはせられ、物語は「めでたし、めでたし」で終る。

　以上で明かであるが、㈡指輪の紛失と、㈢人肉裁判は、ほとんどそのままであり、㈠箱えらびはないが、求婚譚としての難題は夜伽といふ形で出てゐる。夜伽では芝居にならないから、箱えらびをもつて代へたと考へられよう。しかし、それも源がないわけではない。やはりイタリーの物語集で「ジェスタ・ロマノーラム」（ローマ人行状記）といふのがあり、その第三十二話に金銀鉛の三つの箱の話が出てゐる。ただ、この場合は、ローマ皇帝が嗣子《しし》の妃を選ぶのに使はれるのだが、それぞれに銘があり、それがまた「ヴェニスの商人」のそれとよく似てゐる。この「ジェスタ・ロマノーラム」はリチャード・ロビンソンといふ男によつて英訳され、一五七七年に初版が、一五九五年に改定版が出版されてゐる。

　挿話的原型の詮議はそのくらゐにして、次にユダヤ人の登場、及びその扱ひ方であるが、これもシェイクスピアが最初といふわけではない。たとへばロバート・ウィルソン（一六〇〇年歿）の書いた「ロンドンの三婦人」といふ幕間劇があつて、そこに出て来るユダヤ人がシャイロック創造に暗示を与へたかもしれない。が、それを言ふくらゐなら、シェイクスピアの先輩クリストファー・マーロウの代表作悲劇「モルタ島のユダヤ人」(一五九二)を挙げなければなるまい。これなら、シェイクスピアは確かに観てゐたはずである。その梗概は次のとほりである。トルコの太守はモルタ島に貢物を求め、その島に住むユダヤ人たちにそれを負担すべきことを命じる。富めるバラバはその布告を拒否したため、財産を没収され、邸を尼僧院にされてしまふ。復讐に狂つた彼は娘のアヴィゲイルに毒を飲ませ、その恋人を殺し、さらに殺戮を重ねる。やがてモルタ島がトルコ軍に包囲されるに及び、身方を裏切つて敵に通じ、その功によりモルタ島の太守にされる。が、彼は飜つてトルコ軍の指揮官の暗殺を計画し、今度は逆に裏切られて、大釜で煮殺されるに至る。

言ふまでもなく、このバラバといふ名前はイエスと共に十字架につけられたバラバであり、ヨハネ伝では盗人、ルカ伝では煽動家になつてをり、いづれにせよ、人を殺してゐる。聖書によれば、ローマ総督ピラトがイエスを救はうと計り、ユダヤの祭の慣習にしたがひ、誰か一人の特赦をと言つたとき、民衆は「イエスよりはバラバを!」と迫り、ためにこの人殺しは十字架から放たれたのである。「ヴェニスの商人」にも、このバラバにたいする言及がある。第四幕第一場、法廷の場におけるシャイロックの傍白に「俺にも娘がゐる——どうせ嫁にやるなら、いつそあの盗人バラバの子孫のはうがいい、こんなクリスト教徒よりはな……」とあるのがそれである。

それは余談だが、「モルタ島のユダヤ人」のなかで娘のアヴィゲイルが僧院の窓から下の父親に財宝をおろしてやる場面など、ジェシカとロレンゾーとの同じ場面を思はせるし、そのほかバラバにもシャイロックにおけると同様、判決の二者択一があることも無視できない。しかし、さうなると、学者にありがちな一種の関係妄想と言ふべく、なるほどシェイクスピアはマーロウの芝居を観、それを意識してゐたであらうが、なにもそれから暗示を得なくとも、既に「イル・ペコローネ」があるのである。いや、そればかりではない。「ヴェニスの商人」において観客を喜ばせる挿話も場面も、当時としても、といふよりは当時はなほさらのこと、すべて有りふれた型どほりのもので、その点は私たちが子供の頃から親しんできたお伽話や歌舞伎のそれと同じであらう。

　ただその組合せ方において、「イル・ペコローネ」だけは無視できないやうに思はれるが、それも果してどうであつたか。といふのは、一五九七年に書かれたスティーヴン・ゴッソンの「悪口学校」に、演劇の道徳的頽廃《たいはい》を非難したところで、その一例として「ユダヤ人」といふ作品が槍玉に挙つてゐるが、その筋が既に「イル・ペコローネ」中の箱えらびや人肉裁判を含んでゐたやうである。また、ヘンズロウの日記の一五九四年八月二十五日に「ヴェニスの喜劇」といふ芝居の上演があつたといふ記述が残つてゐて、それと「ヴェニスの商人」と関係があるのではないか、すなはち、シェイクスピアはそれに手を加へたのではないかといふ説もある。いづれにせよ、それらの作品が残つてゐないのだから、当てにはならない。

それにしても言へることは、「ヴェニスの商人」は「イル・ペコローネ」その他の散文、口碑を材料にシェイクスピアが直接に創作したものではなく、既に誰かが現在の筋とほとんど同様の脚本に仕上げてあつたものに手を加へたものらしいといふことである。その理由は古い脚本の跡が消されずに残つてゐて、所々に矛盾したことが出て来るからであるが、いづれにせよ、さういふ微細な詮議は、ウィルソンではないが、あまり意味がないことであつて、私たちは現存のこの「ヴェニスの商人」をシェイクスピアの完全な作品として楽しめばよいのである。

しかし、そのことに関聯《くわんれん》して、ふたたび創作年代に触れておく必要があらう。先に一五九六・七年と書いたが、それは最終稿による初演の時期であつて、作者はその前に数回手を入れてをり、その最初は、一五九四年の、それもかなり初めのころだつたであらうと、ウィルソンは言つてゐる。当時の事件にたいする当てこみのせりふなどからの想定である。たとへばエリザベス女王暗殺を企てたユダヤ系の侍医ロダリーゴ・ロペスの裁判が始つたのもその年の二月、処刑が六月であつた。その他にもいろいろあるが、それらからウィルソンはかう想定する。すなはち一五九三年の秋、その年のクリスマス用として「恋の骨折損」を書きあげたシェイクスピアが、次の仕事として採りあげたのが「ヴェニスの商人」の改修ではなかつたかといふのである。

第二回の改修は確定できないが、第一幕第一場の初めにアンドルー号といふ船のことが出てゐて、この名の船は一五九六年、エセックス公叛乱の際、カディスで叛乱軍に捕獲されてをり、七年には暴風雨のため大破損をしたことがあるので、それへの聯想《れんさう》から、大体一五九六・七年と考へられると言ふのである。

三

ウィルソンの言ふやうに、とにかく私たちは現存の「ヴェニスの商人」を「ハムレット」や「あらし」を書いたシェイクスピアの作品として素直に受けとればよいのである。そこで問題になるのはシャイロックといふ人物だが、これは喜劇的人物なのか悲劇の主人公なのか。昔から「ヴェニスの商人」を論じる批評家は大抵この二者択一から出発する。批評家だけではない。役者も演出家もまづそこから腹を決めてかからねば、幕は開けられない。

その点、私はクイラ＝クーチに同調する。近代の批評家も役者も観客も、シャイロックの中に近代的な自己を感情移入しすぎて、その性格を深刻、複雑なものに祀《まつ》りあげてしまつた嫌ひがある。「オセロー」におけるイアゴー、「マクベス」における夫人にたいする解釈過剰と同様の現象である。それにしても、シャイロックはイアゴーほど複雑でもなければ、マクベス夫人ほど深刻でもない。誰にも解りやすい単純な悪役なのである。

これも私の持論であるが、舞台における登場人物はすべて二重の役割をもつてゐる。一つは、そこに写しとられてゐる「人生における役割」であり、もう一つは、劇的効果としての「作品における役割」である。前者においては私たちの人生におけると同様、すなはち私たちの周囲にゐる現実の人物についてと同様、強い性格だとか、意地の悪い男だとかいふ批評が、そのまま適用されるであらう。が、後者においては、性格や心理の穿鑿《せんさく》は全く用をなさず、一見それに矛盾するやうな言動をそのまま受け入れて、単純に悪役、道化役、色男役としての効果を楽しむに越したことはないのである。ことに古典劇においてはさうである。といふより、すぐれた古典劇においては、一人の人物の中でこの二つの役割がたがひに頡頏《きつかう》し、釣りあひを保つてゐた。それが近代劇になり現代劇になるに及んで、前者が後者を圧倒し、人々はともすれば後者の意義を忘れ、前者の性格解釈ですべてを押し切らうとしがちなのである。

シャイロックの場合、私たちはことにその点を警戒しなければいけない。ハムレットについてウィルソンが言つてゐたやうに、この場合にも、私たちはシャイロックを「ヴェニスの商人」の額縁から外に連れだしてはならないのである。その意味では、クイラ＝クーチにならつて、前者の側から、しかし現代の人物としてではなく、エリザベス朝時代の人物として、ユダヤ人シャイロックの存在を考へてみなければならない。クイラ＝クーチの言葉をそのまま借りれば、シェイクスピア当時の英国はユダヤ人をひどく排斥した時代であつて、彼自身おそらくユダヤ人をろくに見たことがないのではないかといふのである。また、さういふ時代であつたから、エリザベス朝時代の人々は、貴族と一般市民との別なく、ユダヤ人を蔑《さげす》み憎み、人でなしの扱ひをしてゐて、少しも省みることがなかつたのである。敵を愛することを信条としたクリスト教徒ではあつたが、教祖を十字架にかけた敵だけは例外だつた。

　しかも、その敵のユダヤ人は昔から金貸業として栄えてゐた。金を貸して利を得ることは、クリスト教の道徳からはもちろん、さらに溯《さかのぼ》つて古代ギリシアの道徳観からも、自然にたいする罪として卑むべき行為と考へられてゐたのである。しかし、いかに金利を悪と考へても、金を借りねばならぬ事態は起つたし、金を借りれば当然金利の問題が生じてくる。ことに十五六世紀の英国は広く海外に羊毛貿易を行つてをり、事実上、手形取引や債権債務の制度なしにはすまされなかつたのである。そこでクリスト教徒は良心を傷つけずに事を運ぶため、自分の罪を背負つてもらふ生けにへを必要とした。その生けにへの役をユダヤ人がみづから買つて出た。中世を支配したクリスト教徒から追ひつめられた彼等は、専らその間隙を縫ひ、金貸業をもつて実利を占めて行つたのである。この金利にたいする道徳的嫌悪感は、ユダヤ人にたいする憎悪感と同様、現代人の到底理解しえぬところであらう。が、事実はさうだつた。

シェイクスピアはさういふ一般市民の感情を利用してゐる。もちろん彼もその市民の一人として同様の感情に支配されてゐたことではあらうが、とにかく安心してシャイロックを憎まれ役に描いたことは確かである。そのことは先に触れた幕間劇「ロンドンの三婦人」からも察せられよう。当時の幕間劇といふのは道化役のやる即興的な軽喜劇であつて、そのユダヤ人は道化役によつて演ぜられたのである。「ヴェニスの商人」のシャイロック役者も、やはりかつてはその伝統にしたがつて演じてゐたのである。それはハズリットの批評からもうかがへることでその単なる道化役、悪役としてのシャイロックに近代的な性格の深みを与へた最初の役者はチャールズ・キーンあたりであるらしい。さらにその線にそつて人物造型を完成したのが名優アーヴィングであると、クイラ゠クーチは言つてゐる。また、ユダヤ人であり民衆詩人であつたハイネが、ロンドンでこの芝居を観て、後にゐた女がシャイロックに同情し、すすり泣きしてゐるのを見たと書いてゐるのも、その後の一八三九年のことである。

しかし、さうは言ふものの、シャイロックがこの芝居で最も重要な役であることは否定しえない。「ロンドンの三婦人」と異なり、単なる道化役者の手に負へるものではない。初演の際はリチャード・バーベッジが扮したといふ伝説があるくらゐだ。バーベッジといふのは、シェイクスピアが属してゐた侍従長劇団の筆頭役者で、ハムレットその他ほとんどすべての悲劇喜劇の主人公を演じた立役《たちやく》である。その伝説の真偽は別としても、十八世紀に入つては、シャイロックは既に立役の好んでやる役になつてゐた。キーン、アーヴィング以後は言ふまでもない。オールド・ヴィック劇場所演の舞台写真を見ると、そのシャイロックを演じてゐるのはヘルプマンである。彼もギールグッド、オリヴィエなどと並ぶ一流の悲劇役者である。

シャイロックを「ヴェニスの商人」の額縁の外に連れだし、その性格が強烈に生き生きと描かれてゐることを強調する人たちは、同時にアントーニオーやバサーニオーが、そしてポーシャすら、甚だ影が薄く生気に乏しいのに不満をもらすだけでなく、時にはそれらの人物を間ぬけ、木偶《でく》よばはりするやうな八当りを演じかねない。しかし、人々の言ふほどシャイロックの性格描写は写実的な彫りの深さをもつてゐるだらうか。法廷における彼の敗北は、悲劇の主人公に祀《まつ》りあげられるほどの条件と状況をそなへてゐるだらうか。私にはさうは思はれない。アントーニオーやポーシャが共に木偶なら、前者に敵対し、後者に翻弄される人物が悲劇的でありうるわけがない。

読む場合にはさほど気づかぬかもしれぬが、舞台を観てゐれば、次の事実は誰の目にも明瞭であるはずだ。つまり、シャイロックを詭弁のわなにかける人物は男装の女なのである。少女歌劇の男役なのである。観客の注意は詭弁の展開と男に化けてゐる女と、この二つに向けられる。この場合、シャイロックの役割はその効果を助けることにある。もしあまりに自分に観客の関心をひきすぎたなら、事態は馬鹿らしいものになりはしないか。少くとも現代に、ハイネの目撃した感傷的観客を当てにすることは出来まい。

「ヴェニスの商人」を現代の観客の目にもなほ馬鹿らしくなく観せる演技法、演出法はただ一つしかない。それは演じる側が観客よりさきにその馬鹿らしさを承知してかかることであり、また劇の進行中たえず観客に向つて、それを承知してゐる自分を強調し、さうすることによつて観客の諒解を求めることである。手取りばやく言へば、役者が客席に目くばせの合図を送りながら芝居をつづけるといふことだ。シャイロック役者だけではない。それはアントーニオー、バサーニオー、ポーシャ、その他を演じるすべての役者について共通に言へることである。一人一人が、自分の持役をではなく、「ヴェニスの商人」といふ共有の一つのお話を、あるいは一幅の絵を、それぞれから等距離に描きあげなければならない。それは、めいめいが自分の中に作者の役割をもたねばならぬといふことである。

一つには、素材が「イル・ペコローネ」といふ物語集であり、劇的天才シェイクスピアの手をもつてしても、なほ物語の平面性が残存してゐるからだとも言へよう。しかし、物語と劇とは、ある意味では共通な性格をもつ。それは現実を切取つて明確な型に化さねばならぬといふことだ。馬鹿らしさの諒解を求めるといふことは、別の言葉で言へば、嘘を嘘として楽しんでもらふ地盤をこしらへるといふことでもある。その意味では、私の言ふ演出法は単にこの作品の弱点を隠すための窮余の策ではない。先に述べた役の二重性にたいしてさらに二重に働きかける劇の本質に通じるものである。ただ「ヴェニスの商人」の場合、その技術があらはに示されねばならぬといふだけのことだ。

さういふふうに見てゆけば、この作品は実にうまく作られてゐる。誰にも解ることだが、それぞれ型として完結してゐる四つの挿話を桂馬とびに見え隠れさせながら展開してゆく見事さは、決して凡手のよくなしうることではない。それに、物語のもつ単純な型の面白さといふものは、単純であればあるほど、型にはまつたものであればあるほど、くりかへし聴いて倦きないものである。それはシェイクスピア時代にも既にくりかへし語りつがれてきた話である。三百年たつた今でも、いや、複雑な筋や心理分析を経てきた現代であればこそ、かへつて型にはまつた単純な話の面白さが生きてくるといふこともあらう。「ヴェニスの商人」の魅力はそこにある。この作品もまた上演して失敗することのまれなものの一つである。日本においても最高の上演回数を有してゐる。もつとも、それは法廷の場のみの上演であらうが。

「ヴェニスの商人」について、もう一つ言つておきたいことがある。勇敢で美しい若者の口づけにより魔女の呪ひがとけて忌はしい虫や鳥が美女の姿にかへるといふ古い説話が「イル・ペコローネ」にも痕跡をとどめてゐるさうであるが、クイラ＝クーチは「ヴェニスの商人」にも、どこかにその面影を見出したい様子である。ベルモントといふのは「美しき丘」の意味で、これは「イル・ペコローネ」そのままの借用であるが、シェイクスピアは俗つぽい虚栄の町ヴェニスにたいして、この名に浄福の地の寓意を意識してゐたのではないか、とクイラ＝クーチは言ふ。そこにはポーシャの超絶的な力が支配してゐて、すべての登場人物がそこへ引きよせられ、しかも幸福になる、と言ふ。どう考へても、これは穿《うが》ちすぎであらう。が、かういふことは言へる。終幕のロレンゾーとジェシカの二重唱は美しい。バサーニオーが箱を正しく選びあてたあと、ポーシャが彼を迎へ入れる言葉も、法廷の場における慈悲についての雄弁も、シャイロックの罵声よりは、たしかにこの作品の基調をよく伝へるものである。シェイクスピアはこの作品のあとで「ヘンリー四世」や「空騒ぎ」のやうな優れた写実的喜劇を書いてゐるが、その後の悲劇的時代に入ると「お気に召すまま」「十二夜」などを経て最後の「あらし」に至るごとき、いはゆる浪漫喜劇を好んで作つてゐる。その先触れをなしたのが一五九五・六年の「夏の夜の夢」であつて、その次に書かれたと推定されるこの「ヴェニスの商人」は、その系列の中に置いて考へなほし、演出しなほしてみる必要がありはしないか。それを妨げてゐたのがシャイロックにたいする過剰解釈ではなかつたか。

（昭和三十四年十二月三日）

ヘンリー四世

一

改めて断るまでもなく、原作「ヘンリー四世」は第一部と第二部とから成る二部作であるが、ここに訳出したものはその第一部のみである。その製作年代は同じ歴史劇「ジョン王」「リチャード二世」を書いた後で「ヴェニスの商人」を書き上げ、引続き直ぐに手を著けたもので、およそ一五九七年頃のものと推定される。この作品は上演当初より大いに受け、一五九八年には早くも二種の四折本が出版された。尤《もつと》もそのうちの一つは今日一頁しか残存せず、これを零・四折本と称し、完全な形で残つてゐるものを第一・四折本と呼んでゐる。両者は同じ印刷所から刊行され、第一が零に拠《よ》つたものである事は明かであり、その後、更にこの第一に随《したが》つて五種の四折本が刊行されてゐる。勿論、第一のそれが最も信憑性があるばかりでなく、これは作者生前に出た他の作品の四折本と較べても最も信頼出来る善本と見做《みな》されてゐる。

随つて定本については大して困難な問題は無い。この第一・四折本が善本であると言つても、ト書や、せりふの冠頭の人名や、行分けに数多くのむらがあり、作者の原稿もさぞかしさうであつたらうと思はれるので、この第一・四折本の基となつた零・四折本の原稿はシェイクスピア自身の原稿であつたと推定される。一六二三年の第一・二折本は、第五・四折本（一六一三年）を使つた。一般に生前出版された四折本が善本と見られる作品においては、いつもそれに拠つた訳だが、それ以外の場合には、前に出てゐた四折本を先づ劇場の後見用台本と照し合せるのが通例となつてゐた。さうして出来上つたものはかなり第一・四折本と異つたものになる。そこで、「ヘンリー四世」第一部のテキスト上の問題で主なる点は、その第一・二折本がこの通例に随つて後見用台本の影響を被《かうむ》つてゐるかどうかといふ事だ。その影響殆ど無しと見做す学者は次の様に主張する、即ち普通、四折本を後見用台本と照し合せた場合の最も明かな証拠は、ト書とせりふの頭の人名とが四折本と二折本とでは著しく違つてゐる事であるが、「ヘンリー四世」第一部の二折本は四折本と事実上同じであるといふ。詰り、この戯曲の二折本は後見用台本の影響を全く受けてゐないと言ふのである。とすれば、この二折本を一応信頼し、更に編者として考慮に入れるべきものは第一・四折本のみといふ事になる。

処が、ウィルソンは、「ヘンリー四世」第一部の二折本と地球座の後見用台本との間には確たる繋《つなが》りがあると主張する。四折本で present とあつた箇処が第一・二折本では president となつてゐるが、文脈にぴつたり適合し、しかもシェイクスピアの響きを伝へてゐるのは後者であり、前者では、植字工の不手際から、-id- が過つて脱落したのだと言ふ。

随つて、この戯曲の編者は何よりも先づ最も権威のある第一・四折本を採り、一方、二折本も軽視せず、その変つてゐる点を一撃に却《しりぞ》けてしまはずに、それらも併せて慎重に考慮すべきである。さいはひ、第一・四折本は善本であり、変つてゐる点は極めて少いので、この作業はさほど難事ではない。

次にこの作品の製作年次であるが、作品登録は一五九八年二月二十五日の記録が残つてゐる。それに用ゐた原稿は零・四折本に用ゐたのと同じシェイクスピア自筆のものと見做して良い。そして登録の作品題名も今日残存してゐる第一・四折本の扉の題名も次の様に大体同じである。

〔登録〕　ヘンリー四世物語
附・北国のヘンリー・ホットスパーとのシュールズベリー決戦
附・騎士ジョン・フォールスタフの滑稽譚

〔第一の扉〕　ヘンリー四世物語
附・王及び北国のヘンリー・ホットスパーと綽名《あだな》されしヘンリー・パーシー、
両者のシュールズベリー決戦
附・騎士ジョン・フォールスタフの滑稽譚

問題は右の「ジョン・フォールスタフ」といふ名前にある。といふのは、一五九八年二月二十五日と同二十八日との間にエセックス伯が騎士ロバート・セシルに書き送つた手紙が残つてをり、それには両者共通の友人である騎士アレックス・ラトクリフに「君の妹のお婿さんは騎士フォールスタフだ」と伝へてくれと書いてあるからだ。エセックス伯がどうしてそんな冗談を言つたかといふと、ラトクリフの妹のマーガレットは騎士ヘンリー・ブルック（コブハム卿）と結婚してゐたのだが、その先祖のうちにオールドカースルといふ人物があり、最初シェイクスピアは彼の創造した愉快なる「太つちよの騎士」をさう命名してゐた。勿論、故意にコブハム家を揶揄《やゆ》しようとしたのではない。この作品の素材の一つに作者不明の一五九四年に登録された「ヘンリー五世の名高き勝利」といふのがあり、それをそのまま採用したに過ぎない。いづれにせよ、その事がコブハム卿を怒らせた。コブハム卿は侍従長であり、シェイクスピアの属してゐた劇団の庇護者であつたから、シェイクスピアは急遽その名をオールドカースルからフォールスタフに改めた。一五九七年末から九八年初めに掛けての事である。

その事は既にこの作品が一五九七年には上演されてゐたことを意味する。とすれば、その前の時期を扱つた「リチャード二世」が書かれた一五九五年以後、即ち一五九六年から一五九七年に掛けて、第一部、第二部と続けて書き上げられ、上演されたものと推測される。第二部のエピローグの後半に、オールドカースルはフォールスタフとは無関係であるといふ弁明が出て来るが、この事はオールドカースルの名が既に広く市民観客の間に拡《ひろが》つてゐた何よりの証拠であり、その点からもこの作品が一五九六・七年に執筆上演されたものと推測し得よう。

なほ、フォールスタフといふ名は史上実在したファストルフといふ人物に因《ちな》んだもので、この人物はヘンリー五世麾《き》下《か》の指揮官で、アジンコート戦で武勲を立てたが、パティの戦ひで作戦を誤り、部下が総退却した。十六世紀年代記にはファストルフは臆病の廉《かど》によりガーター勲章を剝奪されたと書かれてゐるが、実際には後に赦免されてゐる。

二

先づ「ヘンリー四世」第一部の歴史的背景について簡単に記して置く。一三九八年リチャード二世は、エドワード三世の孫ボリングブルックを国外に追放した。ボリングブルックは、父の所領が没収されたのを知つて、直ちに英国に上陸し、従兄のリチャード二世を制圧して、その退位を強ひ、自ら王座についてヘンリー四世を名乗り、リチャード二世を暗殺した。以上が「リチャード二世」で描かれてゐる経緯であり、「ヘンリー四世」第一部はその後を受け継いだものである。王位を奪つたヘンリー四世は、安楽な日々を送る事が出来ず、やがて自分を王にしてくれた貴族たちの謀反と王子の不品行に悩まされる事になる。ここに歴史の因果応報、栄枯盛衰が如実に現れてをり、シェイクスピアはそこにこの作品の主題を見出してゐる。第一部において既に暗示されてゐる如く、王子は第二部において見事に立ち直り、無頼漢と完全に手を切つてヘンリー五世として王位を継ぐ。のみならず、次作「ヘンリー五世」においては自由闊達な名君、英雄としてフランス遠征を企て、その王位継承権を手に入れ、ヴァロア家のカトリーヌ（英名キャサリン）と結婚する。が、その子のヘンリー六世の時代からヨーク、ランカスター、両家の間に血《ち》腥《なまぐさ》い薔薇戦争が繰り拡げられ、リチャード三世の死によりリッチモンド（ヘンリー七世）のテューダー王朝成立と共に漸《やうや》く内乱の幕は閉ぢられるが、その間の出来事は初期の作品「ヘンリー六世」第一部・第二部・第三部、及び「リチャード三世」において描き出されてゐる。要するにシェイクスピアは「リチャード二世」「ヘンリー四世」第一部・第二部、「ヘンリー五世」「ヘンリー六世」第一部・第二部・第三部、「リチャード三世」を八部作として近代国家英国誕生前の歴史の明暗を描かうとしたと言へよう。各作品に登場する人物の関係は次頁系図を参照して頂きたい。

次にシェイクスピアがこの作品の執筆に際して参考としたもの、或は影響を受けたと考へられるものは大体次の書物である。

㈠　ホリンシェッド「年代記」

㈡　サミュエル・ダニエル「ランカスター家とヨーク家の内乱」

㈢ハル王子乱行に関する様々の物語
㈣ジョン・ストウ「英国年代記」「英国年譜」
㈤「ヘンリー五世の名高き勝利」

シェイクスピアは「ヘンリー四世」第一部・第二部において、ホリンシェッドの「年代記」の内容のほぼ五分の一を用ゐてゐる。「年代記」の雑然とした記述の中から、ホットスパーの離反とその結果を物語る一連の事項を選び取つてゐる。この点において指標となつたのは、ダニエルの詩「ランカスター家とヨーク家の内乱」である。そして、ハル王子の乱行については、シェイクスピアはホリンシェッドよりも詳しく書き込んでゐる。追剝《おひはぎ》の件は、ホリンシェッドには全く記されてゐない。

登場人物でホリンシェッドの記述より遥かに突込んで描かれてゐるのは、特にグレンダワーとホットスパー、それにハル王子である。ハル王子のみについて言へば、シェイクスピアは、主に「ヘンリー五世の名高き勝利」を通じてハル王子乱行に関する種々の物語を織り込み、そこから蕩児《たうじ》ハルの決定的な更生（第二部）といふ主題を生み出したのである。

最後にフォールスタフであるが、その前身のオールドカースルといふ名はホリンシェッドにも出てくる。実在のオールドカースルは一三七八年から一四一七年まで生きてをり、ホリンシェッドでは、「勇猛なる隊長」で「王の親任が厚かつた」となつてをり、後に異端の罪に問はれ、ロンドン塔に幽閉されたが、更にそこから逃走し、再び逮捕されて絞首

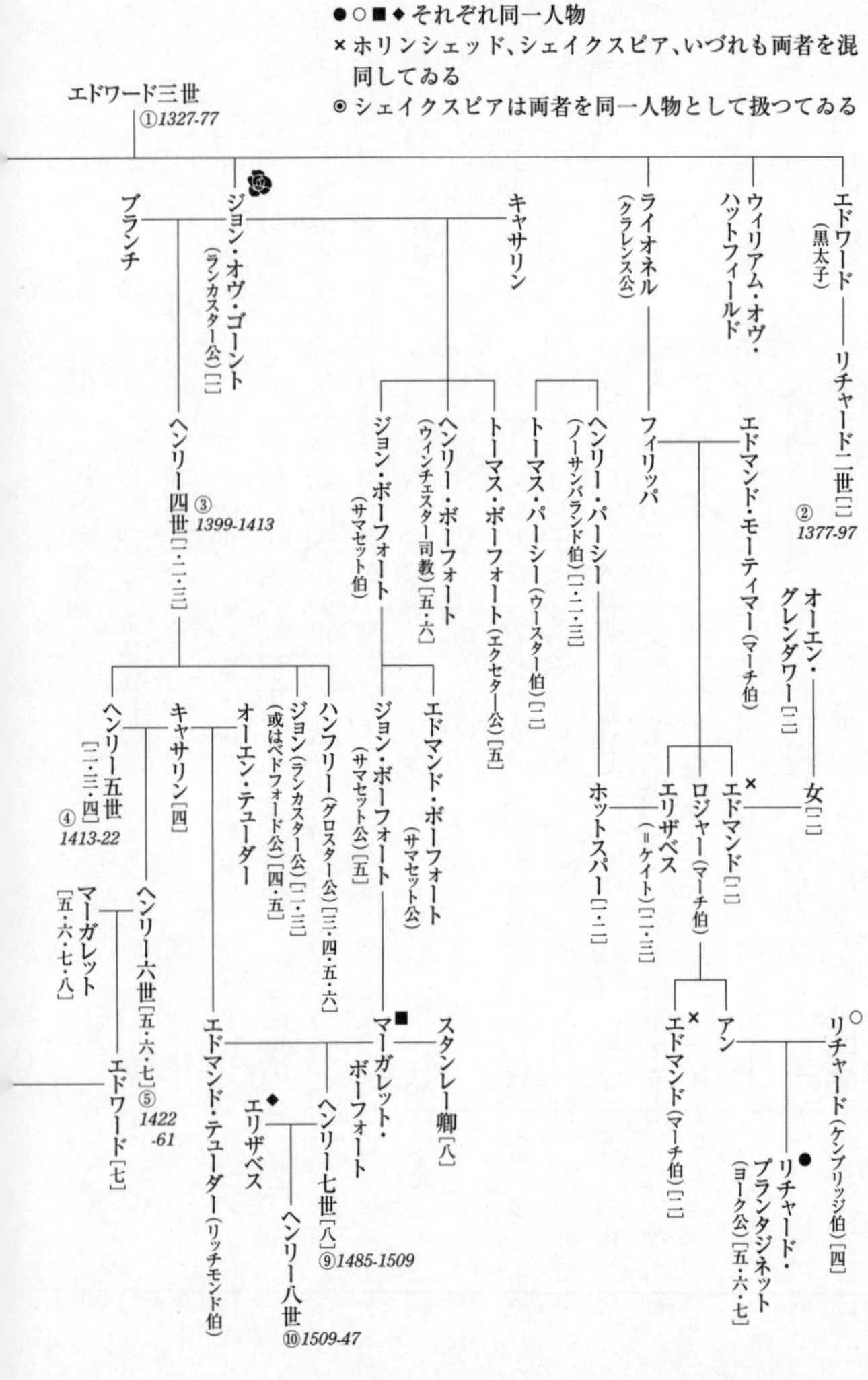
●○■◆それぞれ同一人物
×ホリンシェッド、シェイクスピア、いづれも両者を混同してゐる
⊙シェイクスピアは両者を同一人物として扱つてゐる
エドワード三世 ①1327-77
エドワード(黒太子)
リチャード二世[二] ②1377-97
ウィリアム・オヴ・ハットフィールド
ライオネル(クラレンス公)
フィリッパ
エドマンド・モーティマー(マーチ伯)
オーエン・グレンダワー[一]
女[一]
エドマンド[一]
ロジャー(マーチ伯)
エリザベス(=ケイト)[一・二]
ホットスパー[一・二]
アン
エドマンド(マーチ伯)[一]
リチャード(ケンブリッジ伯)[四]
リチャード・プランタジネット(ヨーク公)[五・六・七]
ヘンリー・パーシー(ノーサンバランド伯)[一・二・三]
トーマス・パーシー(ウースター伯)[一]
キャサリン
ジョン・オヴ・ゴーント(ランカスター公)[二]
ブランチ
トーマス・ボーフォート(エクセター公)[五]
ヘンリー・ボーフォート(ウィンチェスター司教)[五・六]
ジョン・ボーフォート(サマセット伯)
エドマンド・ボーフォート(サマセット公)
ジョン・ボーフォート(サマセット公)[五]
スタンレー卿[八]
マーガレット・ボーフォート
ヘンリー四世[一・二・三] ③1399-1413
ハンフリー(グロスター公)[三・四・五・六]
ジョン(ランカスター公)[一・二](或はベドフォード公)[四・五]
オーエン・テューダー
キャサリン[四]
ヘンリー五世[一・三・四] ④1413-22
ヘンリー六世[五・六・七] ⑤1422-61
マーガレット[五・六・七・八]
エドワード[七]
エドマンド・テューダー(リッチモンド伯)
ヘンリー七世[八] ⑨1485-1509
エリザベス
ヘンリー八世 ⑩1509-47

シェイクスピア関連作品略記一覧

〔一〕「リチャード二世」　〔二〕「ヘンリー四世」第一部

〔三〕「ヘンリー四世」第二部　〔四〕「ヘンリー五世」

〔五〕「ヘンリー六世」第一部　〔六〕「ヘンリー六世」第二部

〔七〕「ヘンリー六世」第三部　〔八〕「リチャード三世」

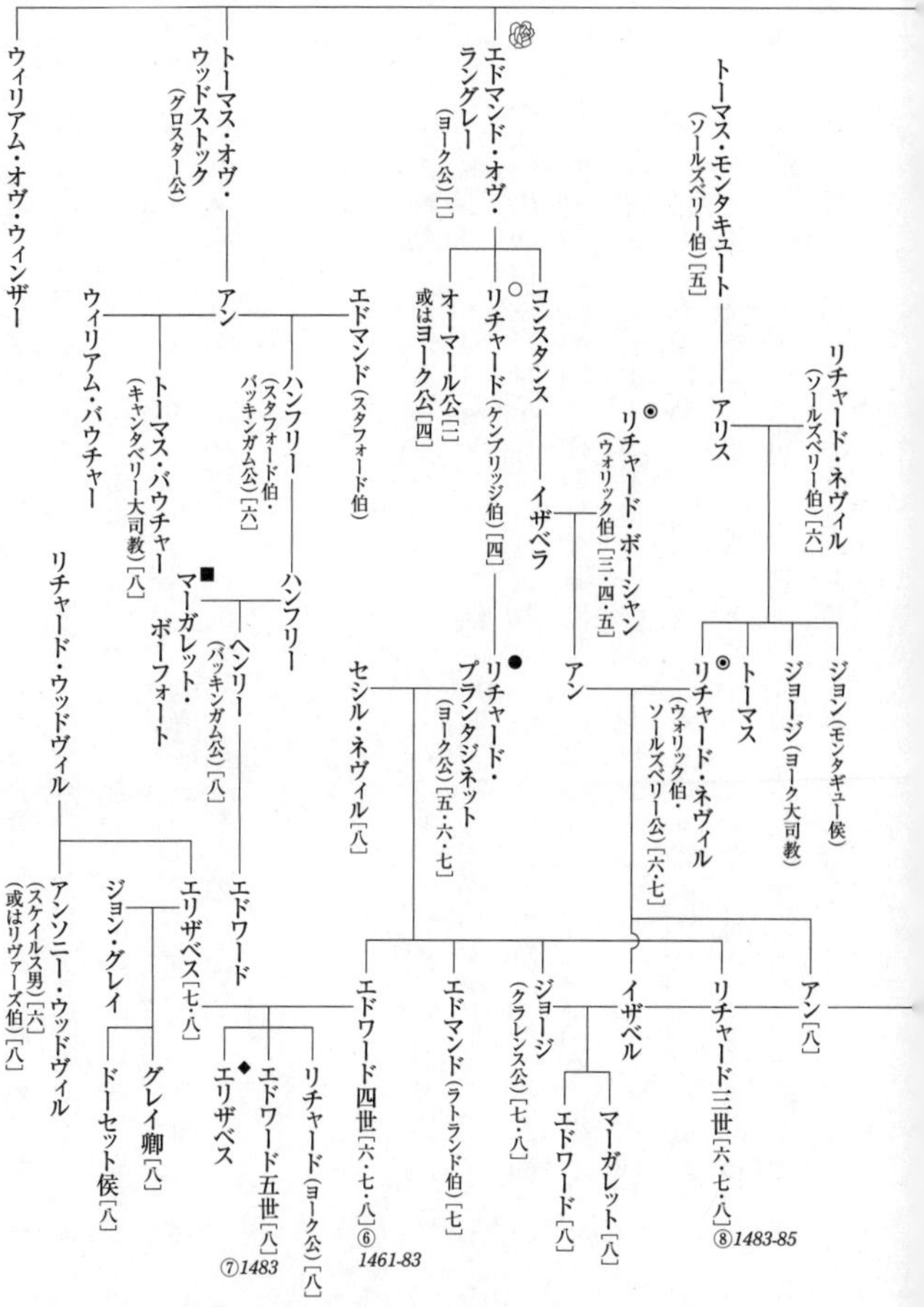

刑に処せられたとある。彼については二つの異つた言ひ伝へがあつて、一つは彼を無頼漢と見、一つは徳高き殉教者と見てゐる。「ヘンリー五世の名高き勝利」の作者も、その影響を受けたと思はれるシェイクスピアも彼を前者と見た訳だが、とにかく、シェイクスピアはこの実在の人物からヒントを得て、寓意劇《モラリティ》の「悪徳」（若者を誘惑するとされた）や道化役の要素を盛り込み、文学史上稀有の喜劇的人物を創造したのである。

三

尤もハムレットの性格に惹かれる余りハムレットを「ハムレット」劇の枠外に連出してはならぬと戒めたドーヴァ・ウィルソンはこの作品においても同様の警告を発し、フォールスタフといふ人物の面白さに目を奪はれ、これを「ヘンリー四世」第一部・第二部といふ一つの完結した歴史劇＝政治劇の枠の外に連出してはならないと言つてゐる。従来、多くの学者は第一部、第二部をそれぞれ独立した作品と見做してゐたばかりでなく、最初シェイクスピアは第一部しか念頭に無く、それがフォールスタフの魅力で大当りの狂言になつたのに気を良くして第二部を書き足したものと考へられてゐた。確かにさう考へられる程、第一部は第二部に較べて遥かに面白く、劇としての完結度においても第一部はそれだけで独立して鑑賞に堪へるが、第二部は続篇としてしか存立し得ない。

しかし前章に述べた様に、シェイクスピアは初期に「ヘンリー六世」三部作と「リチャード三世」を書き、更に「リチャード二世」に手を著けた時には、それ以後の英国王朝史劇を書き続け、初期に書いた薔薇戦争に繋げようとしてゐたに相違無い。とすれば、「ヘンリー四世」第一部を書いてゐた時のシェイクスピアの脳裡に第二部の構想が無かつたと考へるのは論外であるばかりでなく、最初から第二部を予想して第一部を書いたとするウィルソンの想定のはうが妥当だと言ふものであらう。ウィルソンの言葉に随へば、二部を通じて初めて筋の一貫性が見られるのであるが、その事と美学的判断とを吾々は混同してはならぬのである。詰り第一部はそれ自体で完結してゐると言つても、それは飽くまで美学的観点からの話であり、ここに一たびその観点を変へて歴史劇として見るなら、第一部はたとへ未完とまでは言へなくても、第二部と合せて別の文脈の中でまた別の、敢へて言へば一応の完結性を保持してゐる事が明かにならう。さういふ見方は何もウィルソンの独創とは言へない。既にジョンソン博士が次の様に述べてゐる。

> この二つの戯曲は、別に何等の批評的新発見といふ野心無しに通読する読者の目には、相互に密接な関聯《くわんれん》を持つてゐて、第二部は第一部の続篇として、即ち一作に纏《まと》めるには長すぎるといふ唯それだけの理由で二部に分たれたものと映るだらう。

前章で述べた様に、「ヘンリー四世」二部作は王に対する叛乱の始りからその完全な鎮圧に終ると同時に、ハルの回心から戴冠までといふ歴史劇としての一貫性を持ってゐる訳だが、第一部ではその両者共に最後の締りが十分ではないとウィルソンは言ふ。更にウィルソンは他のシェイクスピア劇に共通なリズムがある事を指摘し、「ヘンリー四世」の場合でも、それを二部作として捉へなければ、そのリズムが完成しないと述べてゐる。彼の言ふリズムとは、起承転結の初めの「起」が強い緊張感で始り、それが譬《たと》へば「ヴェニスの商人」の法廷の場、「ハムレット」の劇中劇の場、リチャード二世の退位の場などの様に中頃で絶頂に達し、第四幕では、一つには拡散した筋の収拾の為、一つには主役、準主役に休息を与へる為に、そしてまた観客の気持をほごす為に、その緊張度が弛み、更に第五幕のクライマックス、即ち悲劇なら破局へ、喜劇なら解決へ流れ込むことであり、「ヘンリー四世」の場合もその例外ではないと言ふ。処がその第一部の終りに出て来るシュールズベリーの戦ひは他のシェイクスピア劇なら第三幕に起る結節に当るものであり、第四幕に起るべき叛乱軍の完全な潰滅と王父子の完全な和解とは第二部において初めて実現する。要するに、ウィルソンもまたジョンソンと同様に、偶々《たまたま》一回の上演には長過ぎるから二つに分けただけの一作品だと強調して止まないのである。

しかし、私に言はせれば、そこまで行けば言ひすぎと言ふほかは無い。そればかりではない、ウィルソンの論旨もまた自家撞著に陥ってゐる。主役、準主役、或は観客を休ませる為の第四幕と言ふが、その必要は一回の上演としては長過ぎるからこそ生じるものであつて、初めから二回に分けるものとして書く以上、それぞれの休息の場が必要になつて来る筈である。未だ嘗《かつ》て芝居に続き物といふのは存在した例が無い。芝居は一回の見物で終るものである。その事は、第一部が当つたから第二部を書き足したのではなく、シェイクスピアが初めから二部作を考へてゐたといふ事実と矛盾はしない。彼は最初から二部作を計画してゐながら、同時に第一部、第二部いづれも完結したものとして書かうとしたに相違無く、しかし、いざ書き出してみると、歴史に引き擦られて、第一部は一応成功したが、第二部はその附け足しに近いものになつてしまつたといふのが真相ではなからうか。美学的判断と歴史劇＝政治劇の一貫性を混合してはならないといふ言葉は、逆の意味でそのままウィルソンの頭上に弾ね返つて来よう。歴史は劇を志向し、劇もまた歴史にその原型と故郷を見出す。両者は互ひに牽引し合ひ、同時に反撥し合ふ。その二律背反にシェイクスピアも多少手を焼いてゐる様に思はれる。

　またフォールスタフの魅力については、如何にウィルソンがこの怪物を「ヘンリー四世」といふ歴史劇＝政治劇といふ枠の中に閉ぢ込めようとしても、さうし切れぬものがある。フォールスタフの魅力は作品の枠を破つてゐる処にあるので、ハムレットを「ハムレット」劇の中に連れ戻す様には、彼を「ヘンリー四世」劇の中に連れ戻す事は出来ない。殊に第一部のフォールスタフは第二部のそれに優る。伝説めくが、エリザベス女王がこのフォールスタフにすつかり惚れ込み、もし彼が恋をしたらどうなるかと言はれ、それに応じて書かれたのが「ウィンザーの陽気な女房達」であるといふ。さすがに二番煎じの感は免れず、この「ヘンリー四世」のフォールスタフに較べると遥かに見劣りがする。「ウィンザー」のフォールスタフは俗物に過ぎない。が、このフォールスタフは怪物である。あらゆる負を一手に掻き集めて正に化してしまつた様な人物で、俗物である事は勿論、臆病であり、卑劣であり、狡猾《かうくわつ》であり、見え坊であり、破廉恥であり、好色であり、貪慾であり、ありとあらゆる悪徳を身に附けてゐる。もし彼に無い悪徳があるとすれば、それは偽善である、と言ひたい処だが、その偽善さへ、必要とあらば徹底的にやつてのけるであらう。だからこそ彼は偽善者ではない。偽善者が最も恐れる事は偽善者と呼ばれる事であり、俗物が最も恐れることは俗物と呼ばれる事であり、小心者が最も恐れる汚名は小心者と呼ばれる事である。が、フォールスタフは他人に何と思はれようと、どう呼ばれようと恐れない。生きる為には何にでもなる。それでゐて一片の暗さも無い。世にこれほど屈託の無い人物は存在し得まい。フォールスタフの魅力はそこに尽きる。

　シェイクスピアの他のあらゆる作品を見ても、彼ほど作品の枠の外にはみ出して自立し得る人物は一人もゐない。いや、シェイクスピアに限らず、他の如何なる作中人物も、彼ほど作品や作者から自由ではあり得まい。シェイクスピアの作品のうち、どれが最も優れてゐるか、どれが最も好きかと問はれれば、色々と答へ様もあらうが、彼の創造した人物のうちどれが最も優れてゐるかと問はれれば、「ヘンリー四世」第一部のフォールスタフと答へるのに私は躊躇しない。

（昭和四十二年二月十五日）

空騒ぎ

一

「空騒ぎ」は作者生前に四折本が一度刊行されてをり、その登録年月日は一六〇〇年八月二十三日となつてゐる。随《したが》つて、この作品の原稿は遅くとも一六〇〇年の春頃には印刷所の手に渡つてゐたといふ事になる。ところで、その頃、ケンブリッジ大学出身の学者で、フランシス・ミアーズといふ人がゐて、哲学や芸術に関する名言集を本にしてゐるが、その附録に英国の詩人をギリシア、ローマ、イタリーのそれと比較した文章があり、もちろんシェイクスピアの事も出てゐて、悲喜劇共に当代随一と評されてゐる。この文献は当時のシェイクスピアの評価を知る上にも重要であるが、そこには更に続けて、この書物の出版された一五九八年までのシェイクスピアの作品名が列挙してあつて、とかく問題の多いその執筆、上演年代を推定する上に、一つの役割を果して来たのである。

ミアーズの目録に挙《あが》つてゐるシェイクスピアの作品は悲喜劇を合せて十三篇あり、処女作「ヘンリー六世」以外、その頃までの全作品の題名が出てゐる。ただ、「恋の骨折損」

のほかに「恋の骨折甲斐」といふのがあるが、これは恐らく「じやじや馬ならし」の事であらうと察せられる。それなら、ミアーズの目録は相当信用できるといふ事であり、「空騒ぎ」はそれに載つてゐないから、この書物刊行後の上演と考へられる。厳密に言へば、ミアーズの本は一五九八年の九月七日附で登録が行はれてゐるから、それが市場に出たのは恐らく八月下旬頃であらうし、原稿が著者の手を離れたのは、それより更に数箇月前の事であらうから、同年六七月頃までには「空騒ぎ」はまだ世人の目に触れてゐなかつた筈である。そこで、結論として言へる事は、「空騒ぎ」が書かれたのは、大体一五九八年後半から一六〇〇年春頃までの間といふ事にならう。

次に定本の問題であるが、先に述べたやうに、この作品は一六〇〇年に四折本が出てをり、これは作者の原稿に則つた善本と見なされてゐる。その後、シェイクスピアの劇団ではこれを後見用台本に用ゐてゐたらしく、上演の度毎に後見が手を入れた跡があるが、大本は変らずにそのまま伝り、一六二三年の第一・二折本全集印刷の際に原本として用ゐられたと考へてよい。随つて、定本作製において拠《よ》るべき唯一の基盤は四折本である。この四折本とシェイクスピアの原稿との間の異同の一々について述べるとなると、余り煩瑣《はんさ》になるので省く。事実、それらは大した事はないのである。

それより問題なのは、その四折本のために提供されたシェイクスピアの原稿そのものについてである。結論を先に言へば、シェイクスピアは一五九八年の中頃に「空騒ぎ」を書上げてをり、その後、恐らく一五九八年末から一五九九年初めにかけて、その同じ原稿にかなり大幅に手を入れ、加へたり削つたりした形のまま印刷所に渡したらしいといふのである。ドーヴァ・ウィルソンはさう主張する。が、その手を入れた時期が一六〇〇年になつてからではなく、一五九九年の、それも初め頃といふのはなぜか。ウィルソンによれば、役者が台本を手離して印刷所に渡すのは、一時的にもせよ、それが不要になつたからである。詰り、それは公演が終つて、暫《しばら》くその演目から離れる事を意味する。前述のやうに、「空騒ぎ」の台本が印刷所の手に入つたのが一六〇〇年の春、遅くとも初夏の頃であつたとすれば、それから逆算してその前の約一年間、シェイクスピアの劇団はこの芝居を持廻つてゐたといふ事になる。「空騒ぎ」の上演が大成功であつた事を考へると、この計算も尤《もつと》もと思はれる。

「空騒ぎ」がシェイクスピア自身の手に成る改稿であるといふ推測の根拠は主として次のやうな構造上の欠陥にある。といふのは、第一に、第五幕第一場の終りと第五幕第四場の初めで、レオナートーがヒーロー中傷の陰謀に加担した小間使マーガレットを詰問すると言つてゐるのに、どういふ申開きが行はれたかがはつきりしない。第二に、マーガレットは結婚式に立会つてゐるのが自然であるが、たとへそこに出席してゐなくても、事件は後で聞知つてゐる筈で、それなら、前の晩に自分がボラチョーに頼まれて演じた芝居がそれと関係のある事に気附くべきである。この善良な女がそれをレオナートーに報告しないのはをかしい。第三に、ベアトリスも、過去一年、ヒーローと寝室を共にしてゐながら、その夜だけは一緒でなかつたと言つてゐるが（第四幕第一場）、それなら、ヒーローは当夜に限つてどこで寝たのか、それをまたベアトリスがなぜ見過したか、探偵小説じみるが、いづれも解き難い謎である。

あるいは、これらの構造上の欠陥は書直しの際に生じたものではなく、もともとさういふ杜撰《づさん》なものだつたと考へる人もゐるかもしれない。しかし、如何に天真爛漫なシェイクスピアでも、これは少々ひどい。なるほど、彼は時々無理な筋立てをする。が、それらは分析的な散文の論理から言つての無理であつて、大抵の場合、作劇と観劇の心理の面から言へば、かへつて自然であり、効果的なものなのである。が、「空騒ぎ」における欠陥はその種のものとは異る。殊に顕著な例は、ボラチョーがドン・ペドローとクローディオーを導いて、自分がマーガレットと逢引する現場を彼等に目撃させる陰謀をドン・ジョンに献策する第二幕第二場の後で、見物は、いや、たんなる読者でも、当然その場面を期待する筈だが、肝腎のそれが無く、すべてが舞台裏で起つてしまふ事である。

「空騒ぎ」の筋は三つあつて、第一はヒーロー・クローディオー物語、第二はベアトリス・ベネディック物語、第三はドグベリー・ヴァージズの道化の世界で、この第一と第三とを繋いでゐるのがマーガレット・ボラチョーの挿話である。ウィルソンの推測によれば、シェイクスピアは最初この三つの筋を平等に、いや、むしろヒーロー・クローディオー物語を主にして書き進めて行つたのであらうが、書いてゐるうちに第二のベアトリス・ベネディック物語に一番興味を持ち始め、書き終つた後で、それをもつと前面に押出して主筋にしたくなつたのに相違無い。それが書直しの動機で、その結果、ベアトリス・ベネディックの部分に加つただけ、ヒーロー・クローディオーの部分から削らなければならなくなり、その皺寄せがマーガレット・ボラチョーの方に来てしまつたといふ訳である。その事は単に分量の点からだけでなく、もつと本質的な問題を含んでゐるが、それは第三章に後述する事にして、ここではウィルソンの書直し説を紹介し、私もそれに賛成である事だけを述べておく。

二

「空騒ぎ」における三つの筋には、いづれも下敷と見なされるべき作品がある。殊に第一のヒーロー・クローディオー物語には、さういふ類縁的作品が沢山あるのだが、シェイクスピアがそのすべてを読み、意識してゐたとは言へず、それらの大部分は単に同一淵源から発した偶然の一致に過ぎぬものであらう。しかし、さういふ詮議は後廻しにして、まづ左に類縁作品の表を掲げる事にする。

一　ヒーロー・クローディオー

a（伊）アリオスト「狂へるオルランド・第五篇」一五一六
b（伊）バンデルロ「短篇物語集・第二十二話」一五五四
c（英）ビヴァレー「ジェネーヴラ・アリオダンテ物語」一五六六
d（仏）ベルフォレー「悲劇物語・第三巻第十六話」一五六九・一五七四・一五八二
e（英）ウェットストーン「評判物語集・リナルドーとジレッタの話」一五七六
f（伊）パスクワリーゴ「忠実な男」（戯曲）一五七九
g（英）M・A「フェデーレとフォルチューニョー」（戯曲）一五八五
h（英）スペンサー「フェアリー・クイーン・第二巻第四篇」一五九〇
i（英）ハリントン訳アリオスト「狂へるオルランド」一五九一
j（独）アイラー「美しきフェニーチャ」（戯曲）一五九五
k（伊）デラ・ポルタ「兄弟が恋敵」（戯曲）一六〇一

二　ベアトリス・ベネディック
a（伊）カスティリョーネ「宮廷人」一五二八
b（英）ホビー訳同書　一五六一

三　ドグベリー・ヴァージズ
a（英）M・A「フェデーレとフォルチューニョー」（戯曲）一五八五

まづ第一のヒーロー・クローディオー物語であるが、これは源を尋ねると、古代ギリシア恋物語「カーエレーアスとカールリローエ」といふのがあり、それが中世を潜《くぐ》り抜けて十五世紀のスペインに「ティーランテ・エール・ブランコ」といふ同工の恋物語を生じ、アリオストは恐らくそれに刺戟されて「狂へるオルランド」の第五篇を書いたのであらうと言はれてゐる。その概略はかうである。場所はスコットランドで、そこの法律では、不義の噂が立つた女は、名誉の証しを立ててくれる騎士が現れぬ限り、死刑の宣告を受けねばならないのだが、たまたま王女のジェネーヴラ姫がその憂目に遭ひ、処刑されようとしてゐる。レナルドーはこの国に来て、その話を聞き、姫を救はうとして、スコットランドの守護者聖アンドルー寺院に向ひ、その途中で姫の侍女ダリンダの危難を救つて、その口からジェネーヴラ無実の証拠を得る。といふのは、ダリンダはアルバニー公ポリネッソーを慕つてをり、縄梯子をもつて公を主人ジェネーヴラの部屋に引入れ、逢ふ瀬を楽しんでゐた、しかし、ポリネッソー公はジェネーヴラと結婚しようとして、ダリンダを使つてその意中を告げようとするが、姫はイタリー人のアリオダンテを思つてゐて、公の言葉に全く心を動さぬ、そこでポリネッソー公はダリンダを巧みに口説き落し、姫の衣裳を著けて自分と逢引の場を演じることを承諾させ、恋敵のアリオダンテとその弟のルルカーニョーに、自分が縄梯子を伝つて姫の部屋に忍込むところを見せてやつた、そのためアリオダンテは絶望してどこかへ姿を消し、今では死んでしまつたと思はれてゐる、しかし、弟のルルカーニョーがジェネーヴラ姫を訴へたので、ポリネッソー公はダリンダの口を封じ、亡き者にしようとしたところを、今、かうしてレナルドーに助けられたといふのである。
その後で、レナルドーは聖アンドルー寺院で、何者とも知れぬ騎士がルルカーニョーと戦つてゐるのに出会ふ。そこへまたポリネッソー公がやつて来て、見知らぬ騎士に戦ひを挑む。公は騎士に討たれ、死ぬ前に悪事を懺悔《ざんげ》する。見知らぬ騎士はアリオダンテであり、やがてジェネーヴラ姫と結婚し、ダリンダは尼になる。

これがアリオスト〔*a*〕の荒筋であるが、明かにそれを直接に読み、下敷にしてゐるのはバンデルロ〔*b*〕・ビヴァレー〔*c*〕・スペンサー〔*h*〕であり、ベルフォレー〔*d*〕はバンデルロから、ウェットストーン〔*e*〕はアリオスト七分にバンデルロ三分と両者から、想を得たものらしく、いづれにせよ、アリオストがすべての源流なのである。シェイクスピアは、そのアリオストはもちろん、他の作品も、少くともバンデルロ、ベルフォレー、スペンサー位は、直接間接に読んでゐたと見なされる。なほ、ウェットストーン〔*e*〕の方は、この「空騒ぎ」より五六年後の「目には目を」（一六〇四—六）で、その「プロモスとカサンドラ」を利用してゐる位であるから、あるいは「評判物語集」も読んで知つてゐたかもしれぬが、アリオスト、バンデルロを知つてゐれば、殊更問題とする程のものではない。

バンデルロでは話はかうなつてゐる。アラゴン王ピエロの騎士ティンブレローは、メシーナの貧乏貴族リオナートーの娘フェニーチャを恋し、結婚を申込む。同じく娘に恋してゐた友達のジロンドーはそれを嫉妬し、二人の仲を裂かうともくろみ、ティンブレローのもとに使ひを遣《や》つて、恋人に疑ひを懐くやうに仕向ける。ティンブレローは友達の言附け通り、リオナートー家の近くに来、隠れて見てゐると、一人の伊達男が梯子を昇つて行くのが見え、やがてフェニーチャと話してゐる声が聞えて来る。すつかり絶望してしまつた彼は、仲人を介して申込みを取消し、相手の両親の前で不貞を責めさせる。フェニーチャはその場に気を失つて倒れる。父親は息を吹返した娘を直ちに田舎に遣つてしまひ、世間には死んだと触れこみ、時が経つたら、名を変へ別人に仕立てて、どこかへ片附けようと考へる。

もちろん、両親も世間もフェニーチャのふしだらを信じてはゐない。やがてティンブレローが、続いてジロンドーが後悔し始める。ジロンドーは嫉妬に駆られて罪を犯したものの根は善人なので、フェニーチャの墓の前でティンブレローにすべてを告白し、自分の剣をその手に持たせ、殺してくれと言ふ。が、ティンブレローは友達を許し、共にリオナートーの所へ行つて、委細を告げ、許しを乞ふ。リオナートーはティンブレローが自分に嫁選びを任せるといふ条件で、すべてを許す。一年経つて、フェニーチャは十七歳になり、大分成長して前とは様子が変つてゐるので、直ぐには見破られぬと思つたリオナートーは二人の青年を呼寄せ、ティンブレローにルーシーリャといふ女と結婚する事を薦める。ティンブレローは承諾する。だが、式が終つてもルーシーリャがフェニーチャである事に気附かない。そして、式の後の宴席で、すべてを知つてゐるフェニーチャの叔母に「お嫁さんを貰ふのは初めて?」と陽気に訊ねられた時、つひに堪へ切れなくなつて、死んだフェニーチャに対する思ひを口に出してしまふ。そこで話はめでたしめでたしで終り、ジロンドーの方もフェニーチャの妹を得るといふ事になつてゐる。

　改めて言ふまでもなく、このバンデルロの方がシェイクスピアのヒーロー・クローディオー物語にずつと近くなつてゐる。ピエロ、リオナートーの名はドン・ペドロー、レオナートーに照応してゐるし、ジロンドーは役割こそドン・ジョン、ボラチョーのそれであるが、主人公の友人である事、根が善良である事、同時に結婚する事など、ベネディックに繋るものが出て来てゐる。ベルフォレーの方は新味が無い。筋立ては殆どバンデルロそのままであり、道徳臭が強く、ジロンドーは利己的な人物に描かれてゐる。

　次に、この物語を初めて劇化したのはパスクヮリーゴ「*f*」である。もつとも、それは作品として残つてゐるもののうちといふ意味であつて、その前後に、それと思はれるものが三つばかり上演されてゐる。一番早いのはフランスで、一五六四年にフォンテーヌブローで上演され、題名、内容など、今日では全く解らないが、フランスにおける最初の悲喜劇として言ひ伝へられてゐる。第二、第三は英国で、前者は「パネーチャ(フェニーチャ?)」(一五七四年)、後者は「アリオダンテとジェネーヴォラ」と題され、それぞれバンデルロ、アリオストの反映が窺へる。パスクヮリーゴの「忠実な男」の出版はこの両者の間、一五七九年になるが、イタリアにおける上演は「パネーチャ」と同じ位、あるいはもつと早かつたかもしれない。しかし、内容はいづれにも関係が無いらしい。

バスクヮリーゴの「忠実な男」では、アリオストの浪漫的色彩やバンデルロのしんみりした味はひは全く消え失せてゐる。梗概から察するに、それはなかなか手の混んだ複雑な喜劇に仕立てあげられてゐるやうだ。女主人公も人妻で、しかも多情な女になつてゐる。そのヴィットーリャの恋人フェデーレが暫《しばら》くスペインに旅をして帰つて来てみると、友達のフォルチューニョーが自分の女に夢中になつてゐて、女の方でも男を自分に結附けておかうとして魔法使のメデューサにまじなひを頼みに行つてゐる。その話を、これまたヴィットーリャに思ひを寄せてゐる衒学者オノーフリョーから聞いて、フェデーレは女に、それでは夫のコルネーリョに知らせるぞと嚇《おど》す。すると、ヴィットーリャはやはり自分に夢中になつてゐる男の一人で、法螺吹きの臆病者フランジペートラに頼んで、フェデーレを亡き者にしようとたくらむ。一方、フェデーレもコルネーリョに妻の不貞を告げ、証拠を見せてくれと言はれて、自分の召使のナルチッソーがヴィットーリャの小間使アッティーリャと恋仲である事から一計を思附く。即ち、ナルチッソーにアッティーリャを訪ねさせ、相手をヴィットーリャのごとくもてなし、別れの挨拶をしてゐるところを、コルネーリョに覗かせるのである。結果は思ふ壺にはまつて、コルネーリョは烈火のごとく憤《いきどほ》り、妻を殺すと息巻く。フェデーレは毒殺の方が発覚の危険が無いと言ふ。

ところで、ヴィットーリャにはベアトリーチェといふ腹心の小間使がゐて、この女は甚だ陽気なたちで、好んで色恋の話をし、洒落や冗談ばかり飛してゐるのだが、その進言によつて、ヴィットーリャはフェデーレの目の前で死んだふりをし、男の機嫌を和げようとする。フェデーレは計略に掛り、追詰められたヴィットーリャを救ふ。なほ、劇中、衒学者オノーフリョーが乞食に扮してヴィットーリャの家に近附からうとし、小間使アッティーリャがそれを一緒に駆落ちする手筈だつたナルチッソーと間違へて、二人共に警官に摑《つかま》り、フランジペートラまでその巻添へを食ふといふ一景も含まれ、結構面白さうな喜劇になつてゐるやうである。

パスクヮリーゴに較べると、他の戯曲は大した事が無いらしい。M・A〔*g*〕といふのはアンソニー・マンデーではないかと言はれてゐる。マンデーなら、シェイクスピアと同時代の劇作家・役者で、シェイクスピアの「夏の夜の夢」に出て来るボトム達の喜劇的な場面は彼の示唆に負うてゐるのではないかといふ説もある。しかし、その「フェデーレとフォルチューニョー」は凡作であるばかりでなく、題名から察せられるやうにパスクヮリーゴの改悪であつて、殆ど問題にする必要は無いらしい。

ドイツ人アイラー〔*j*〕のものは題名からバンデルロに拠つたと思はれるが、このシェイクスピアの同時代人との間の影響といふ問題になると、どちらがどちらに影響を与へたか、解つたものではない。デラ・ポルタ〔*k*〕の本は一六〇一年刊ではあるが、上演はもつと前であるし、書かれたのは一五七〇年以後といふ事であつて、シェイクスピアがその存在を全く知つてゐなかつたとは断じえぬにしても、少くともそれを利用したとは言ひ難いものらしい。

以上で、「空騒ぎ」におけるヒーロー・クローディオー物語の類縁作品を紹介し終つた訳である。かうしてみると、シェイクスピアが最も負うてゐるのはバンデルロである。しかし、その場合でも、シェイクスピアはバンデルロを読んで、「こいつは芝居になる」と思つただけの事で、その点は現代の流行作家が警察の調書に小説の種を発見するのと何等の変りも無く、その間に起るものは芸術的影響とは全く別個の事柄である。大体、この種の比較文学が対象とする世界は、たとへば「シェイクスピアにおける植物の研究」と同じやうに、文学とは無縁の「茶飲み話」の世界に過ぎない。もちろん、「茶飲み話」はそれ自体として面白く、話し聞くに値する。が、第二のベアトリス・ベネディック、第三のドグベリー・ヴァージズの素材となると、余り意味があるとは思はれない。たとへば、パスクワリーゴの中にヴィットーリャの小間使でベアトリーチェといふ女が出て来て、その女の名前や性格から「空騒ぎ」のベアトリスを聯想《れんさう》し得るが、その事からシェイクスピアがこの作品を知つてをり、そこからベアトリスを思附いたのであらうといつた程度の事である。

表に掲げたカスティリョーネについても、彼はルネサンス・ヴェネチアの人文主義者で、その著「宮廷人」は標題の通り宮廷人としての教養や資格を論じたものに過ぎず、その中に出て来るエミーリャとガスパーレ卿との機智問答や、ウルビノ公邸で催された四晩に亙《わた》る貴族達の討論が、シェイクスピアにベアトリス・ベネディックの遣取りを思附かせたといふ学者もあるが、そこまで言ふのは果してどうか。なるほど、ルードヴィーコー伯爵といふ人物が恋愛を論じてゐる言葉の中に、たとへば、自分の知つてゐるある女で、初めのうちは少しも関心の無かつた男に、ただ周囲の者が彼を褒め愛してゐる事を知つたために、いつの間にか思ひを寄せ、すつかり夢中になつてしまつた例があるといふ話がある。しかし、この種の心理、あるいはそれに対する観察や興味は、文化の爛熟期にあつたルネサンス・イタリーには何も珍しい事ではなく、類例はボッカチオその他に幾らでも見出せる。もしシェイクスピアに影響を与へたとすれば、さういふ先進国の一般的な世態人情の醸《かも》し出す雰囲気そのものであつたらう。

　ドグベリー・ヴァージズの方は例のＭ・Ａに、随つてその源のパスクヮリーゴに似たやうな話が出て来るのは、既にその梗概に述べた通りである。それこそ「茶飲み話」としても大して面白くない。一方、シェイクスピア歿後十年に生れたオーブレーといふ古物蒐集家の書いたものによると、「『夏の夜の夢』（「空騒ぎ」の誤り）で警官が演じるユーモアは、シェイクスピア自身がたまたまストラトフォードへ行く途中、ロンドンを出たばかりの（今ではその市中西北部に位する）グレンドン村路上で出遭つた事をそのまま取込んだ」

とある。オーブレーの友人にウィリアム・ビーストンといふ役者があり、その父のクリストファーも役者で、シェイクスピアの属してゐた侍従長劇団がベン・ジョンソンの「人さまざま」を上演した一五九八年には、その主だつた喜劇役者の一人として名簿に名を連ねてゐた。恐らくその父から聞いた話を、息子のウィリアムがオーブレーに話して聞かせたのであらう。一五九八年と言へば、あたかも「空騒ぎ」執筆中の事で、その頃までは確かにシェイクスピアの仲間であり、事によるとドグベリーかヴァージズを配役され、作者から創作の楽屋話を聞かされたかもしれぬクリストファー・ビーストンを想像したはうが、文献的な素材漁りより遥かに面白い。

三

シェイクスピア喜劇の発展段階において、この「空騒ぎ」が凡《およ》そどういふ位置を占めるものかを示すために、左に全喜劇を年代順に並べてみる。

1　間違ひ続き　一五九二―三　習作時代
2　じやじや馬ならし　一五九二―四　←
3　ヴェローナの二紳士　一五九四―五

4　恋の骨折損　一五九四—五
　5　夏の夜の夢　一五九二—八　喜劇時代
　6　ヴェニスの商人　一五九六—七　←
　　7　ヘンリー四世（第一部・第二部）　一五九六—八
8　空騒ぎ　一五九八—九
　　9　ヘンリー五世　一五九八—九
　10　お気に召すまま　一五九三—一六〇〇　悲劇時代
　　11　ウィンザーの陽気な女房達　一六〇〇—一　←
　12　十二夜　一六〇二—六
　13　末よければ総べてよし　一六〇二—三
　14　目には目を　一六〇四—六
　15　ペリクリーズ　一六〇八—九
　16　シムベリン　一六〇九—一〇　浪漫劇時代
　17　冬の夜話　一六一〇—一　←
　18　あらし　一六一一—二

上段の1・2・4・8がパスクヮリーゴによつて窺はれるやうなイタリー喜劇の流れを

汲む作品であり、これは後に十八九世紀の市民的な風俗喜劇に延びて行き、今日の英国喜劇の基調をなしてゐる。素材は主として現実的な生活の中から採り、筋の論理的な発展と会話の面白味で見物を引張つて行くものである。それが中段になると、イタリーの喜劇からよりは、むしろその物語から、あるいはその物語の含んでゐる雰囲気から多分に影響を受けたもので、言はば浪漫喜劇とでも呼んで然るべき作品群である。前者が知的であるのに比して、これは情的であり、浪漫的、牧歌的な、時には超現実的な世界に見物を導き入れる。

次に下段7・9・11であるが、そのうち「ヘンリー四世」「ヘンリー五世」は普通喜劇と呼ばず「リチャード三世」「リチャード二世」「ジョン王」と共に歴史劇の名のもとに一括されてゐる。「ヘンリー四世」第一部には、後にヘンリー五世になる王子ハルが出て来るが、その部下で、歴史的には無きに等しいフォールスタフといふ喜劇的な人物を、シェイクスピアは歴史から離れて自由自在に創造してをり、この巨大な人物像を欠いては「ヘンリー四世」の魅力の大半が失はれるのである。もつとも、フォールスタフの巨大は歴史劇のみか、優に喜劇の枠をも超えるものであつて、もし人物創造といふ観点からだけ見るなら、彼の存在は悲喜劇を問はずシェイクスピア全作品の主人公達を顔色無からしめるほど、大きな影を投掛けてゐる。同じ下段の「ウィンザーの陽気な女房達」は、もしこのフォールスタフが恋をしたなら、どんな事になるかといふエリザベス女王の下問に応へて作つた芝居で、作品としてもフォールスタフの魅力の点でも、「ヘンリー四世」には到底及ばず、また「ヘンリー四世」無しには系列上説明し難いのである。随つて、シェイクスピア喜劇の発展過程を見る場合、この下段の三作品は一応除外して考へてよい。

「空騒ぎ」は風俗喜劇風の作品としては最後のものである。同時に、喜劇時代の最後を飾るものでもあるが、この何々時代といふのは便宜的なものであり、「お気に召すまま」「十二夜」といふ浪漫喜劇が悲劇時代の初めに組込まれてゐるのも、この二作より前に「ジュリアス・シーザー」による悲劇時代の開幕があるからで、要するに、この三つの喜劇は喜劇時代から悲劇時代に移る過渡期の作品と言へよう。

ところで、悲劇と喜劇との別だが、古典的定義においては、前者は主人公初め主要人物が終末に非業の最期を遂げるものの事であり、後者は誤解や敵意が解消して万事めでたく納るものの事である。要は最期がどうなるかで決る。もつともギリシア・ローマの古典劇においては、悲劇と喜劇との間は、最期だけでなく、全曲の調子に截然《せつぜん》たる差があつた。が、シェイクスピアにおいては、もちろん、その基調まで狂ふ事は無いが、悲劇の最中に言はゆる「喜劇的救済《コミック・レリーフ》」が投入される。それは「マクベス」の門番についてド・クィンシーが指摘してゐるやうに、その後に続く悲劇的効果を強める役割を演じる場合もあれば、単にそれに先立つ緊張から見物を解放する役割を演じるに留る場合もある。喜劇の場合は、当然その逆の効果を目的とする悲劇的場面が出て来る訳であるが、単にそれだけではなく、個々の作品を推進する喜劇的葛藤が、それを一皮剝けば、あるいはもう一押しすれば、たちまち悲劇的破局に転じかねぬといふ、さういふものがシェイクスピア喜劇には多い。ただ作者も役者も飽くまで慎重に喜劇の節度を守つてゐるので、見物はその枠内で安心して見てゐるだけの事である。

シェイクスピアにおいても、この種の喜劇は浪漫喜劇にのみ現れる特徴であり、その意味では既に「ヴェニスの商人」にその萌芽があると言へよう。しかし、その場合には幸福に終る側の人物と不幸に終る側の人物とが、はつきり分れてゐるのであつて、一人物の運命の背後に、あるいは劇全体の流れの底に、外見の明るさとは反対の悲劇的なものが存在するといふのではない。シェイクスピアの喜劇に幾らかでもさういふ調子が忍込んで来るのは、悲劇時代に入つて後の作品においてである。「お気に召すまま」「十二夜」にも多少その気はあるが、それは作品全体の調子に影響を与へるものではない。が、その次の「末よければ総べてよし」あたりから、それらと平行して書かれた「ハムレット」「オセロー」「リア王」「マクベス」の四大悲劇、及び「アントニーとクレオパトラ」「コリオレイナス」「アセンズのタイモン」等の悲劇と同一主題である人間不信の絶望感が、喜劇の底部に流れ始め、その響きは最後の浪漫劇時代に入つても、つひに全くは消去らなかつた。

かうしたシェイクスピア喜劇全体の発展過程を背景に、もう一度「空騒ぎ」を検討してみると、第一章に紹介したウィルソンの改稿説、即ち最初はヒーロー・クローディオー物語が主筋であつて、書いてゐるうちにベアトリス・ベネディック物語が面白くなつて書直したといふ説は、一層自然に受入れられはしないか。言ふまでもなく、ヒーロー・クローディオー物語は浪漫喜劇の世界であり、ベアトリス・ベネディック物語は風俗喜劇の世界である。シェイクスピアが風俗喜劇に力を入れたのは初期習作時代の事であつて、第二期の喜劇時代に入つては多分に浪漫喜劇への傾斜を示し、風俗喜劇的な要素の方は、それに拠りながら遥かにそれを超えてゐるフォールスタフの創造によつて、作者の慾望が十分に満たされてゐたのに相違無い。といふのは、シェイクスピアは、最初「空騒ぎ」を書かうとして、「ヴェニスの商人」の延長線上に、そして「末よければ総べてよし」や「目には目を」に繋る線上に、ヒーロー・クローディオー物語を採上げようとしたのではないかといふ事である。しかも、それは「ヴェニスの商人」の浪漫的、お伽話的性格よりは、もつと悲劇的要素を備へたものとして採上げられたのではないかと思ふ。

しかし、シェイクスピアは筆を進めて行くうちに、ベアトリス・ベネディックの「機智合戦」の方に遥かに興味を持ち始めたのではないか。恐らく、そのため主題は不明確になり、構成にも狂ひを生じたのに相違ない。そこで作者はそれを書終へると同時に、直ちにベアトリス・ベネディック物語を中軸として改稿の筆を揮《ふる》ひ、その結果、第一章に述べたやうに、ベアトリス・ベネディックに加つただけ、ヒーロー・クローディオーから削らねばならず、その皺寄せがマーガレット・ボラチョーの方に来たのであるが、それは単に上演時間の制限があるからばかりではない。ベアトリス・ベネディック物語を主筋にすれば、主役は当然ベネディックである。ベネディック役を劇団の主役役者にやらせるためには、ただその部分を書加へるだけでは不十分であつて、なほヒーロー・クローディオー物語から劇の主筋を貫く力線を弱めてしまはなければいけない、さうシェイクスピアは考へたのに違ひ無い。それには、ボラチョーがマーガレットと逢引する場面を省いてしまふに限る。見物の前で、クローディオーにそれを目撃させないといふ事は、クローディオーからこの劇の筋を運ぶ「主体性」を剝奪してしまふ事を意味するからである。かうしてクローディオー役はベネディック役に主役を譲つたのではないか。

　それはさておき、「空騒ぎ」といふ作品は、もし現代の作家が採上げたら、恐らく意地の悪い諷刺劇になりかねぬ皮肉な作品である、登場人物に対する作者の態度が、いささか現代的であり、批評的なのだ。殊に主人公のベネディックとベアトリスに関してであるが、この作品は「自己欺瞞《ぎまん》の喜劇」と呼ばれて来た。作者はこの二人に対して、「お前達の女嫌ひ、男嫌ひといふのはみづからを欺《あざむ》くものだぞ」と言つてゐるやうに思はれるからであらう。が、それはもう一歩進めれば、といつて、作者がそこまで意識してゐたと言ふのではないが、二人が自己欺瞞を捨てて手を取合つた時、「それもまた別の自己欺瞞ではないか」といふ声がどこかから響いて来るやうな気がしないでもないといふ事だ。その声は劇場では聞えない。が、芝居がはねて、レストランで今観て来たばかりの「自己欺瞞の喜劇」について話合つてゐるうち、誰かの口からさういふ批評が出て来さうなところがある。それは男も女も同じ段取りで型通りに改宗させられてしまふからであつて、それといふのも喜劇、あるいは笑劇の型をそのまま踏襲してゐるからであるが、その点が今日では妙に人間を木偶《でく》扱ひにしてゐるやうな皮肉な感じを与へるのであらう。また、ヒーローの真実を証《あか》しし得る者が、アリオストの騎士レナルドーの勇気と正義感ではもちろんなく、またバンデルロにおけるやうに張本人ジロンドーの良心の苛責《かしゃく》でもなく、自分が事件においてどういふ役割を果してゐるかについて全く無自覚で無学なドグベリー達の怪我の功名であるといふのも、甚だ笑劇的であり、それ故に皮肉でもある。

　コールリッジは、シェイクスピアの喜劇が他の作家のそれに較べて常にさうであるやうに、この作品においても、筋よりは個々の人物の魅力の方が遥かに大であると言つてゐる。が、その評言が英国の外においても、また今日においても掛値無しに通用するのは、既に述べたやうに「ヘンリー四世」のフォールスタフのみであらう。しかし、コールリッジの言葉は次の意味において、今なほ肯《うなづ》けるものがある。私は「じやじや馬ならし」の解題において、クイラ＝クーチを引用し、そのペトルーキオーには一種の「優しさ」がある事を指摘したが、この「空騒ぎ」のベネディックにもそれがある。もつと普遍的に言へば、シェイクスピア喜劇の登場人物には、それこそ他の劇作家のまねられぬ「艶」「色気」「ふくよかさ」とでも言ふべき何物かがあるのだ。

しかし、ベアトリスは大分評判が悪く、本国でも「単なる悍馬《かんば》に過ぎない」といふ評が多い。殊に前世紀まではさうだつたらしい。殊に日本では、たとへ戦後でも、さういふ読者が多いであらう。なるほど「じやじや馬ならし」のカタリーナ以上に減らず口を叩く。一つにはカタリーナにはペトルーキオーといふ強敵がゐたが、ベアトリスの相手のベネディックは時々閉口して逃げてしまふからで、それも女嫌ひを標榜《へうばう》してゐて、ペトルーキオーのやうに相手を征服しようとしないからである。もう一つの理由は、カタリーナは「敵」の前に弱味を見せるが、ベアトリスは少くとも表面上はそれを見せないからである。が、読むのと観るのとでは、そこに違ひがある。また下手な女優と名女優とではそこに違ひがある。カタリーナ役なら、勝気な、地もそれに劣らず悍馬の女優にも演じられなくはないが、ベアトリス役はさうは行かぬ。知的でゐながら、しかも内に女らしい優しさ、思ひやり、柔かさ、慎しさを含んでゐるやうに演じなければならないからだ。

「空騒ぎ」の上演史を見ると、ベネディックとベアトリスとに名優を得た時、常に成功してゐる。結局、二人の機智合戦にすべては掛つてゐるので、その点、飜訳には実に骨が折れた。ドグベリー達の「言葉の誤用《マラプロピズム》」にも往生した。後者については、日本語の限界といふものをつくづく思ひ知らされたものである。ついでに言つておくが、「空騒ぎ」は散文体が多く、主人公二人の問答や道化の場はすべてそれで、韻文は主としてヒーロー・クローディオーの世界に用ゐられ、全体の四分の一程度しか無い。

＊　第二章の素材の説明は、主としてジョフレー・バローの「シェイクスピアの素材」第二巻に負うてゐる。

（昭和三十七年七月二十五日）

お気に召すまま

一

「お気に召すまま」の出版は作者死後の最初の戯曲全集、即ち一六二三年刊の第一・二折本に収録されたのが最初で、これ以外に拠《よ》るべき原本は無い。作者生前の一六〇〇年八月四日附で「ヘンリー五世」「空騒ぎ」及びベン・ジョンソンの「人さまざま」と共に、この作品も登録されてはゐるが、それは当時作者が属してゐた侍従長劇団が海賊版の出るのを警戒して打つた手であり、実際に出版された事を意味しない。「空騒ぎ」の方は右の措置の行はれた日から三週間目の八月二十三日に出版され登録されてゐるが、「お気に召すまま」にはその記録が無い。といふ事は、後者はまだ上演中であつたか、あるいは少くともその年一杯位は再演が予想されてゐたか、そのいづれかであつて、劇団側としては出版を許す気にならなかつたのであらう。

その事実から推測して、「お気に召すまま」は当時の最近作であり、恐らく一五九九年の末か一六〇〇年の初めに書かれたものと考へられる。しかし、それだけでは、一六〇〇年の夏に上演中だつた「お気に召すまま」が新作であつたと断定する訳には行かない。「ハムレット」や「マクベス」の様に、シェイクスピア自身の旧作の改稿であつたかもしれないのである。いや、寧ろさう考へたはうが辻褄の合ふ点が多い、さうドーヴァ・ウィルソンは言ふ。この作品は全篇の六割までが散文で書かれてゐる。が、そのうち数箇処は明かに定型無韻詩に少し手を入れて散文化したものであり、またその他にも詩の痕跡こそ留めてゐないが、改稿時に散文に書き改めたと思はれる箇処が多いといふのである。もちろん、飜訳では納得して貰へぬであらうが、その間の事情は次の諸事実からおよそ推察し得るものと思ふ。

まづ第一幕第二場で相撲が済んだ後、現公爵フレデリック等が退場してしまつてから、オーランドーが最初に言ふせりふに「たとへフレデリックの養子になり」といふのがあるが、このフレデリックは明かに簒奪《さんだつ》者の現公爵の事であり、また最後の第五幕第四場でジェイキス・ド・ボイスが登場して旧公爵に向ひ、「ほかでもない公爵フレデリック殿は」と語りかける、それも同じく現公爵の事である。フレデリックといふ名が出て来るのは右二箇処のほかには第一幕第二場の初めの方でタッチストーンが登場して来てロザリンドに「お父様の老フレデリック様お気に入りの」といふ処だけであるが、この方は言ふまでもなく追はれた旧公爵を意味してゐる。ところで、現公爵を指してゐる上記二箇処は定型詩で書かれてをり、旧公爵を指してゐる後者は散文で書かれてゐるのである。ウィルソンに拠れば、このタッチストーンの部分は改稿の時に新しく書き加へられたもの、それも相当の年月を経てゐて、作者の記憶が曖昧になり、うつかり兄弟の名を間違へたのではないかといふ事になる。ついでに言へば、その後のフレデリックの登場から力士チャールズの退場までは定型詩の痕跡が随所に窺はれ、更にその後から第二場の終りまでは今日もなほ定型詩のまま残つてゐる箇処である。

第二に、最初の第一幕第一場で初めて力士チャールズが登場して来た時、「新しい主人を迎へた公爵邸から何か新しい知らせでも？」といふオリヴァーのせりふ、及びそれに続く二人の会話から、現公爵の簒奪は極く最近に起つた事件と見られるのに、第一幕第三場ではシーリアが父に向つて、ロザリンドの父の旧公爵が追はれた時の事を語り、「あの頃、私はまだ若過ぎて」と言つてをり、また第二幕第一場冒頭の旧公爵のせりふ「慣れてしまへば、かういふ日々の暮しも」以下では、吾々は彼の森棲ひが相当の歳月を経てゐるといふ印象を懐《いだ》かせられる。この場合も後二者が定型詩の箇処で、最初のが散文になつてをり、察するところ、旧作では、旧公爵が追はれてアーデンの森に逃げて後、数年を経た時からこの芝居は始つてゐたのを、散文化の改稿の際、作者はすつかり忘れてしまつたらしい。

第三に、第一幕第二場の終りでル・ボウがオーランドーにシーリアの事を「とにかく、小柄の方がお訊ねの姫」と答へてゐるが、これはマローンの校訂以来の事で、第一・二折本では「背の高い方が」となつてをり、それに反して第一幕第三場の終りでロザリンドが男装する事に思附いた時「普通以上に背の高い私の事だから」とある。そこからウィルソンはかう推測する、第一稿の時はシーリア役を演じた少年俳優はロザリンド役のそれより丈が高かつたのだが、数年後の改稿時には後者は別の丈の高い少年によつて演ぜられたか、あるいは同じ少年が育つて大きくなつてしまつたか、いづれかの理由により、第一幕第三場で右のやうに変へたのであらうと。

以上の考証はこの作品の執筆年代に関係して来る。改稿が一五九九年乃至《ないし》一六〇〇年としても、第一稿はそれより数年前に書かれたと考へるのが自然である。のみならず、第三幕第五場にシェイクスピアが尊敬してゐた劇詩人マーロウの「一目で恋に落ちずして、誰か恋を知ると言ふ？」といふ一句が引用されてゐるが、そのマーロウが死んだのは一五九三年五月三十日である。そればかりではない、マーロウはデトフォード・ストランドの宿屋の一室で、宿銭が因で起つた喧嘩のために殺されたのであるが、第三幕第三場の初めに出て来るタッチストーンのせりふ「折角書いた詩が人に解つて貰へなかつたり、気のきいた頓智が理解力あるおませな子供に受けとめられなかつたり、これほど応へる事は無いね、小部屋を宛てがはれて法外な宿銭を請求されるより恐しいよ」はその殺人事件を当込んだものだといふ。もしさうなら、その時事的な当込みが一六〇〇年まで効果を発揮するといふ事は考へられず、第一稿は精々一五九三・四年に書かれたものだと考へるのが至当である。なほその他の内証からウィルソンは「お気に召すまま」を一五九三年夏の執筆と見なしてゐる。しかし、一六〇〇年の加筆原稿から現存の一六二三年版第一・二折本まで、全く誰の手も加らなかつたとは言へない。第五幕第四場のハイメン登場の箇処はウィルソン等の指摘を俟《ま》たずとも、その唐突と異教趣味とは吾々の目にも不調和に映る。恐らくシェイクスピアの死後、誰かが補足したものであらう。それがそのまま劇団の後見台本として残つてゐて、第一・二折本刊行の時の原本となつたのに違ひ無い。

二

この作品の材料となつたものはトマス・ロッジの伝奇小説《ロマンス》「ロザリンド、即ちユーフュイーズ物語拾遺」（一五九〇年）である。一方、チョーサーが「カンタベリー物語」を書くために利用しようとして保存してゐた原稿の中に作者不明の「ギャミリン物語」（一四〇〇年）といふ九百二行ばかりの物語詩があつて、これは一七二一年まで刊行されなかつたが、ロッジはそれを原稿のまま読んでゐたらしく、あるいはシェイクスピア自身もロッジの作品だけでなく、この方も読んでゐたかもしれぬと言ふ学者もゐる。

「ギャミリン物語」の梗概は次の通りである。そこに登場する人名の下には括弧を附し、「お気に召すまま」においてそれと対応する人名を書き添へておく。騎士ジョハン・オヴ・ボウンディス（ローランド・ド・ボイス）は三人の息子を持つてゐたが、遺言により上の二人には土地五鋤《すき》分を（一鋤は一箇年八頭の牛から成る鋤車によつて耕される面積、通常百二十エーカー）与へ、その残りを末子のギャミリン（オーランドー）に譲つて死んだ。しかし、長男はその事実を隠してギャミリンを酷く扱ひ、ギャミリンが成年になつて自分の権利を知つて抗議すると、召使達に命じて体刑を加へようとしたので、ギャミリンは擂粉木《すりこぎ》で彼等を追払ひ、一時は難を免れたが、長男は猶《な》ほ機会を狙つてゐる。

一方、ギャミリンは偶々《たまたま》その地方で草相撲が行はれる事を聞き知り、馬で見物に出掛けるが、或る郷士が二人の息子を試合で殺され歎き悲しんでゐるのに同情し、彼等を殺した力士に挑戦して、その片腕と肋骨三本を折り、褒美に牡羊と指環を貰つて引揚げる。ところが、家に帰つてみると、兄は彼に閉出しを食はせ、中に入れようとしない。ギャミリンは激怒して門番に摑み掛り、つひに相手を殺して、その死骸を井戸に投込んでしまふ。しかも、その後七日七晩、大勢の友達を集めて盛んに飲み食ひに興じ、一向参る様子も無い。それを見て、兄の方は仲直りがしたいと申出るが、唯その条件に門番を殺した罰としてギャミリンの手足を縛つたまま話合ひたいと言ふ。人を信じ易いギャミリンがそれに応じて縛に就くや否や、兄は世間に向つて弟の狂気を言ひ触《ふら》し、縛《いまし》めを解かず、食物も与へずに放つておく。ギャミリンは飢ゑ死にしさうになり、賄方《まかなひかた》のアダム（同名）に救ひを求める。アダムは彼の縄を解き、食物を与へた後、もう暫《しばら》く今まで通り縛られた振りをしてゐるやうに奨め、次の日曜日、僧侶を招いて祝宴がある筈だから、その機会を利用しようと言ふ。当日、アダムの合図で客達の隙を狙ひ、二人は兄に足枷《かせ》を掛け、乱闘の末、つひに逃亡に成功する。

しかし、森に逃込んだ二人は道に迷ひ、飢ゑに苦しむ。弱り果てたアダムを力附けながら歩き廻るギャミリンは、突然、七人の若者が円座を組んで猟の獲物を食つてゐる場面に出遭ひ、その歓迎を受けて、彼等アウト・ロウ達の頭目に迎へられる。長男の方はその後シェリフになり、ギャミリンの公民権剝奪を命じる。ギャミリンは一度投獄されるが、次兄のオート（ジェイキス・ド・ボイス）が保釈保証人となり、ギャミリンは二たび森に戻る。しかし、約束の次期公判の日になつてもギャミリンが戻つて来ないので、長男のシェリフは次兄を捕へる。それを聞き知つたギャミリンは部下を引連れ、次兄を救出し、長兄を絞首刑にしてしまふ。その後、この「ロビン・フッド」は王と和を結び、王室料林の治安判事となり、次兄の養子となり、美しく操正しい妻を得て幸福に暮す。

以上の言はば男性的な、しかし殺伐な物語がロッジの「ロザリンド」では、遥かに牧歌的になり、恋愛が主題の中心部に出て来てゐる。まづ「ギャミリン」と異る点は、騎士ジョン・オヴ・ボルドーは末子ロザダー（オーランドー）に遺産の大部分を与へてゐる事である。また次子ファーナンダイン（ジェイキス）は学者でパリに留学中といふ事になつてゐる。長子サラディン（オリヴァー）がロザダーを奴隷の如く扱ひ、その抗議を受けるまで財産を横領してゐたり、争ひの後で一時和解を申出たりするのは、「ギャミリン」をそのまま踏襲してゐる。それと異り、且つ「お気に召すまま」に利用されてゐる筋は王位簒奪者トリスモンド（フレデリック）と先王ゲリスモンドを登場させた点、その先王がアーデンの森でアウト・ロウの生活をしてゐる点、更に先王の娘ロザリンド（同名）を登場させ、それをトリスモンドの娘アリンダ（シーリア）と共に宮廷に留らせた点などである。相撲はトリスモンドの命の下に行はれ、ロザダーがそれに加るのは、実は兄のサラディンに奨められたからであり、サラディンは予《あらかじ》めノルマンの選手を傭つておいて、それに弟を殺させようといふ企みがあるのだが、この点もシェイクスピアはロッジに負うてゐる。またロッジは相撲の始る前にロザダーをロザリンドに会はせ、恋に陥らせてゐるし、ロザリンドの方も目色に想ひを現し、ロザダーを励してゐる。勝負の後で、ロザダーの家柄が解り、ロザリンドから宝石を貰ふ点も「お気に召すまま」と同じである。ロザダーはギャミリンのやうに閉出しを食はされても殺人は犯さず、オーランドーと同じにロザリンド讃美の詩をひねくりまはす。アダム（同名）は父親時代からの老僕で、ロザダーを助け、サラディンとの仲を取持たうと努める。

　更にロッジはロザリンドとアリンダを追放の憂目に遭はせ、アーデンの森に迷ひ込ませてゐるばかりでなく、ギャニミード、エイリイーナの変名を用ゐさせてゐる。またモンタナス（シルヴィアス）、フィービ（同名）、コリドン（コリン）等の田舎者も既にそこに登場してゐるのである。ロザダーがアダムに助けられて逃亡し、森に入込むのは「ギャミリン」と大体同工だが、飢ゑてもアダムの方がロザダーより弱らず、自分の血をロザダーに与へようと申出て、それがロザダーに最後の勇気を振絞らせ、やがて二人は前王ゲリスモンド達の所に到達する。この点は「お気に召すまま」は「ギャミリン」に近い。

次にサラディンはトリスモンドに捕へられ、追放される。彼は前非を悔いて弟を探しに出掛ける。それから話は二たび森の中に戻り、ロザダーが木に恋の歌を彫りつける話や、二人の娘に出遭つて、さんざん嬲《なぶ》られる話が出て来る。ギャニミードはロザリンドなどといふ女は諦めて、このエイリイーナに乗換へろと奨め、ロザリンドの役を演じて、ロザダーの心を確めようとしたり、エイリイーナの発案で結婚式のまね事が行はれたりする。そのうちサラディンも登場して来て、獅子に襲はれようとするところをロザダーに助けられ、続いてエイリイーナが悪者に掴り、淫蕩な父のトリスモンドに売られようとする寸前、ロザダーと一緒に救出し、サラディンとエイリイーナとの間の恋が成立する。フィービに対するモンタナスの不幸な恋をギャニミードとエイリイーナとが覗き見し、ギャニミードが割つて入つて、フィービを叱る処も、フィービがギャニミードに一目惚れし、相手から「自分が万一女と結婚するなら必ずお前とする」と答へられる処も、既にロッジの中に出てゐる。もちろん、最後は前王の前ですべてが明るみに出され、めでたしめでたしで終る。「お気に召すまま」と異り、ロッジでは前王がトリスモンドと一戦を交へ、トリスモンドは戦ひに敗れ、殺される事になつてゐる。

以上の梗概から察せられるやうに、「お気に召すまま」の源流と見なされる二作品には全く影も形も無く、シェイクスピアの手によつて初めて造り出された人物といふのは、旧公爵に仕へる貴族の一人ジェイキスと、新公爵に仕へながらシーリアに随《したが》つて宮廷を出た道化タッチストーンと、この二人の皮肉屋だけである。

三

「お気に召すまま」は所謂《いはゆる》喜劇時代の最後に属する「空騒ぎ」の直後に書かれたものであり、また所謂悲劇時代の冒頭に、即ち「ジュリアス・シーザー」「ハムレット」執筆の直前、或はそれと同時期に書かれた喜劇である。なほ「空騒ぎ」の解題で触れておいたやうに、これは「じやじや馬ならし」「空騒ぎ」等の風俗喜劇的なものとは系統を異《こと》にして、寧ろ「夏の夜の夢」「ヴェニスの商人」に繋り、シェイクスピア最後の作品「あらし」において完成を見る浪漫喜劇的なものである。

しかし、クイラ＝クーチは「空騒ぎ」の場合と同様に、この「お気に召すまま」においても、登場人物の「自己欺瞞」を重視してゐる。それが何を意味するかは、もう一度「空騒ぎ」の解題を振返つて頂きたい。そこに私はかう述べておいた。

「空騒ぎ」といふ作品は、もし現代の作家が採上げたら、恐らく意地の悪い諷刺劇になりかねぬ皮肉な作品である。登場人物に対する作者の態度が、いささか現代的であり、批評的なのだ。殊に主人公のベネディックとベアトリスに関してであるが、この作品は「自己欺瞞の喜劇」と呼ばれて来た。作者はこの二人に対して、「お前達の女嫌ひ、男嫌ひといふのはみづからを欺《あざむ》くものだぞ」と言つてゐるやうに思はれるからであらう。が、それはもう一歩進めれば、といつて、作者がそこまで意識してゐたと言ふのではないが、二人が自己欺瞞を捨てて手を取合つた時、「それもまた別の自己欺瞞ではないか」といふ声がどこかから響いて来るやうな気がしないでもないといふ事だ。

クイラ＝クーチではないが、確かに「お気に召すまま」においても似たやうな事が言へる。ベアトリス＝ベネディックと同様に、ロザリンド＝オーランドーも、互ひに恋の決定から逃れようとしてゐるかのやうに見える。「空騒ぎ」における男嫌ひ女嫌ひといふ設定は無いが、ロザリンドは男装によつて相手からも自分からも韜晦《たうくわい》し、相手の、そして自分の本心を確めようとしてゐるからである。オーランドーにしても、ギャニミードが目ざすロザリンドである事に終始気附かずにゐるといふのは不自然で、寧ろ気附くのを恐れ、気附きたがらぬと解釈したはうが自然である。だが、さう言へば、恐らく次の様な反問が出るであらう。その方が自然だといふのは現代人の合理主義的・心理主義的な解釈ではないか。ロザリンドについても、自己欺瞞、自己韜晦といふのは穿《うが》ち過ぎでそれは既にロッジにもあるやうに、相手が自分に夢中である事を十分に承知の上で、安心して恋の遊びをしてゐるのではないか。そして、かういふ趣好はロマンスには珍しくなく、更に「間違ひ続き」などに見られるやうに、人違ひや双生児による喜劇的混乱はギリシア以来の常套的な作劇術に過ぎぬものではないか。

言はれるまでもなく、その通りである。クイラ＝クーチが「自己欺瞞の喜劇」と言ふ時、恐らくそれらすべての事を前提としての話に相違無い。彼はこの作品におけるアーデンの森の「魔力」を強調してゐる。彼に拠れば、「アーデンを知るには、イングランドの心臓を覗き見、濠に囲まれた島の緑濃き唯中に囀《さへづ》る鳥の声を聞かねばならない。恐らくそのためであらう、あらゆるシェイクスピアの作品のうちで『お気に召すまま』に限り、海峡を越え大陸に渡つて、彼の賞讃者、読者、批評家にいまだかつて理解された例が無いのである。」シェイクスピアの故地ウォリックシャーを埋めるアーデンの森の五月の美しさは、既に「夏の夜の夢」でお馴染みのものである。なるほど「お気に召すまま」においては、それ程の自然描写は無い。が、シェイクスピアが、そして当時の見物がこの森を一種の桃源境と見なし、その約束の下にこの作品が書かれ観られた事は明かである。そしてクイラ＝クーチは次の様に吾々の注意を促してゐる。

このアーデンの森に迷込んで来る逃亡者達は、申合せたやうに疲れた脚を引きずり、弱り果ててゐるといふ事実に注目して貰ひたい。ロザリンドは溜息をついて言ふ、「ああ、ジュピター！ すつかり心の張りを無くしてしまひました！」ついでに言へば、（クリスト教徒であるのに）この様にジュピターの名を口にするのも、いつの間にか（あのトロイア王の子で、美しかつたためジュピターに連去られ、その小姓にされた）ギャニミード（といふギリシア神話の登場人物）の役を演じてゐるかのやうである。それに対してタッチストーンは答へる、「心などどうでも構ひはしませんよ、この脚さへ疲れてゐなければね。」シーリアもかう言ふ、「御免なさい、でも、もう一足も歩けないの。」（以上第二幕第四場）同様、少し後で（第二幕第六場）、老人のアダムが似たやうな事を言つてゐる、「旦那様、これ以上とても無理です。」更に忘れてならぬ事は、オリヴァーも裸足で襤褸《ぼろ》を纏《まと》つて、森に這入《はひ》つて来るのだが、打ちのめされた様に疲れ切つてゐて、深い眠りに落ち、蛇が首に巻き附いても目を醒さない。唯一の例外は膂力《りよりよく》衆に秀れたオーランドーだけで、彼だけが楽に旅を続ける。

しかし、旧公爵を初め、すべての者にとつて、もちろんオーランドーにとつても、アーデンの森は厭《いと》はしき現実の世界に対置された桃源境であつて、そこに働く「魔力」は争ひや憎しみに疲れた心を癒し、失意を慰めてくれるものなのである。この芝居の最後で、フレデリック公爵が一修道僧の言葉により、戦はずして去り、悔いて位を退くといふのも、やはり森の「魔力」の働きであり、これはロッジの「ロザリンド」には無い、シェイクスピアの思附きである。改めて言ふまでもなく、この「魔力」の働きは「あらし」において、遥かに意識的に前面に押出されて来るのだが、それについては改めて述べる。要するに、アーデンの森といふ仮象の世界を前提としなければ、「お気に召すまま」は理解できない。それを一つの約束事として受入れてしまへば、オーランドーがギャニミードをロザリンドと知つてゐたのかゐないのかといふリアリスティックな詮議立ては大した意味の無い事になつてしまふし、その他の「馬鹿らしさ」も結構楽しい笑ひの種になる。

　シェイクスピアは図式的な作劇術に随つて、旧公爵と現公爵、オーランドーとオリヴァーといふ二組の兄弟を並置し、それを更に善悪の対置として描いてをり、いづれも「勧善懲悪」の枠内で処理してゐる。またロザリンドとシーリアの存在も対照的であり、その二人をそれぞれオーランドーとオリヴァーの兄弟と結婚させてゐるのも対照的である。のみならず、シルヴィアスとフィービ、タッチストーンとオードリー、この二組の男女の恋愛、結婚といふ組合せも図式的であり、またこれらが前二者に対して身分的に対立してゐるのも図式的である。が、かういふ図式化は当時の伝奇、喜劇の約束事であり、シェイクスピアはそれを森の「魔力」で正当化してゐるのである。が、それだからといつて、クイラ＝

クーチの「自己欺瞞」説を牽強附会《けんきやうふくわい》の言として却《しりぞ》けてしまふ訳には行かない。なぜなら「自己欺瞞」といふ意識の分裂は劇といふものの、少くともシェイクスピア劇の本質に関るものだからである。ハムレット、マクベス、リア、オセロー、これらの悲劇的主人公も果して「自己欺瞞」に囚《とらは》れてゐなかつたかどうか、それを考へてみるがよい。在りのままの自分と、みづからさう在りたい自分との間の分裂、そこからシェイクスピア劇は始る。いや、さういふ事に対する強烈な自己意識から、シェイクスピアの悲劇時代が開幕する。その時期に当る二つの喜劇作品「空騒ぎ」と「お気に召すまま」のうちにクイラ＝クーチが「自己欺瞞」を読取つたのは、必ずしも合理主義的、心理主義的な現代流の解釈とは言ひ切れぬのである。

殊にジェイキスとタッチストーンの役割は微妙である。ここでも作者は貴族と民衆とにそれぞれ諷刺家を対置してゐるが、いづれも主人に附合つて現世を捨てて来た人物であるが、いづれも同様に森の中にあつて、その森の仮象を信じてゐない。言はば、他の登場人物達が「魔力」に惑はされてゐるのを傍観し、醒めて批評してゐるのである。なるほどタッチストーンはオードリーと結婚するが、それもまた宮廷道化としての附合ひといつた趣きがある。愚に附合つてみづから愚を実演し、さうする事によつて愚を批評し、しかもそれを肯定して受入れようとしてゐるかのやうである。「リア王」の道化の前身と言へる。だが、ジェイキスの皮肉は更に意地が悪い。最後の幕で万事がめでたく納り、旧公爵の流離の生活も終つて、後は帰還と復位を待つばかりといふ時になつて、それまで苦労して彼に附き随つて来た忠実を裏切るやうにフレデリックの下へ走らうと言ひ出す、「あの方の所へ行かう、そのやうに悔い改めた人にこそ、聞くべき事、学ぶべき事が多々あるもの……」更に続けて旧公爵始め周囲の人々に祝福を述べた後で、「さあ、皆さん、精々お楽しみになるがよい、この私は踊りには向いてゐないのだ」「浮かれ騒ぎは見たくはありませぬ。何か御用とあらば、お待ち申上げませう、もう御用の無くなつたあの洞窟で」と言ひ捨てて去る。下手な役者が演れば厭味《いやみ》になりさうな人物である。が、彼には「リア王」のケント伯の面影が漂つてゐる。

いづれにせよ、この二人の人物の点綴《てんてい》は、この作品が喜劇時代の終結と悲劇時代の開始の交錯点に立つてゐる事を証《あか》ししてゐると言へよう。

（昭和三十八年七月十七日）

ジュリアス・シーザー

一

「ジュリアス・シーザー」初演の時期はほぼ確実に解つてゐる。ジョン・ウィーヴァーといふ人が一六〇一年に「殉教の鑑《かがみ》」といふ詩を出版してゐるが、その中に明かな言及がある。

衆人はブルータスの言葉に聴入り
シーザーの野心を知りてどよめきぬ
時に雄弁なるマーク・アントニー立ち
故人の徳を称《たた》ふ、ブルータスに罪なきや

このウィーヴァーの詩は一六〇一年の刊行であるが、その献辞の中に「二年ばかり前の作」とあるので、この詩人が「ジュリアス・シーザー」を観たのは一五九九年といふことになる。

一方、スイス人のトマス・プラターの旅行記なるものがあつて、その一五九九年の箇処に次のごとき記述がある。

> 九月二十一日、昼食後、およそ二時過ぎ、友人数名と共に河を渡り、藁《わら》ぶきの小屋にて、史上最初の皇帝ユリウス・カイザーの悲劇を観る。演ずる者十五名ばかり、なかなか巧みなり。

この芝居がシェイクスピアの「ジュリアス・シーザー」であることは、種々の証拠からまづ間違ひないらしい。そこに出てくる「藁ぶきの小屋」といふのは、シェイクスピアの劇団によつて一五九九年の一月か二月に工事を始められたもので、七箇月程で完成したといはれる「グローブ座」のことである。プラターが観たのが九月であるから、「ジュリアス・シーザー」はその「こけらおとし」に上演されたのであらう。シェイクスピアはおそらくそれを目的としてこの作品を書きおろしたのに違ひない、とウィルソンは言つてゐる。「ジュリアス・シーザー」には作者生前の四折本は無い。一六二三年の第一・二折本におけるそれが最初の出版である。しかも、それはほとんどそのまま採用しうるほど瑾《きず》の少い善本である。学者のうちには、シェイクスピア自身の原稿から直接に印刷されたのであらうと言ふものがある。だが、ウィルソンはそれに反対し、後見用台本のおそらく写しを印刷に附したものと推定してゐる。もちろん、その写しといふのは、第一・二折本刊行を目的として行はれたものである。その担当者が他の場合に比べて注意ぶかく有能であつたことはウィルソンも認めてゐるが、なほそこには写し手の、のみならず、それ以前の、おそらくは劇場後見役の、手が加つてゐることは明かであるとし、幾つかの証拠を挙げてゐる。

第一に、舞台裏の音響効果を示すト書で、同じものが二度重つて出てくることがしばしばある。たとへば第二幕第一場の最後は、第一・二折本では、リゲーリアスに向つて言ふブルータスのせりふ「さあ、それなら来てくれ」の後に「雷鳴、退場」とあるが、これは続く第二場の冒頭のト書「雷鳴」と重複する。第一場の終りから第二場の初めにかけて雷鳴を「ブリッジ」として用ゐるなどといふ手法は当時はなかつた。ウィルソンによれば、第一場の終りのそれはシェイクスピアの与り知らぬことであつて、劇場の後見役が自分にあてがはれた台本の欄外余白に、効果の心覚えとして書きこんだものであらうといふ。その場所が少しずれてゐたのを、写し手が間違へて第一場の終りに挿入してしまつたのだといふのである。

また第一・二折本の第五幕第二場では、冒頭のブルータスの出の前に「警鐘、ブルータスとメサーラ登場」とあるのに、すぐその後の彼のせりふ「飛ばせ、飛ばせ、メサーラ、大急ぎだ、この指図書きを反対側の友軍に渡してくれ」の次の行間にふたたび「激しい警鐘」と入れてある。これも後見役の欄外書きこみであらうといふ。同様の例が他に幾つかある。いづれも警鐘、太鼓などの効果音の場合である。

ト書に関して、もう一つの重要な指摘がある。第四幕第二場の幕開きであるが、それが第一・二折本では「太鼓の音。ブルータス、ルーシリアス、その麾下《きか》の一隊が登場し、ティティニアス、ピンダラスがそれを迎へる」とある。これはをかしい。なぜならこの場はブルータスの天幕前であつて、彼は太鼓の音により自分の部下の到着を知り、天幕から出て来て、隊長のルーシリアスにキャシアスのことを訊ねてゐるのだ。また、ピンダラスはキャシアスの奴隷で、ルーシリアスと一緒にキャシアスの陣地から来たところだ。さらに、キャシアスの部下であるティティニアスは暫《しばら》く後でキャシアスと一緒に登場することになつてゐたのに相違なく、右のト書のとほりなら、前半の沈黙は不自然であるし、後半も最後まで話しかけられぬのもをかしい。ウィルソンはかういふ矛盾が作者自身の手ぬかりによるものとは考へられないと言ふ。

第二に、「ジュリアス・シーザー」はシェイクスピアの作品中、批評に牽制されて手を入れた唯一の例であり、それも確かに作者の死後、おそらく一六二三年の第一・二折本刊行のために行はれたものらしい。最も顕著な例は第三幕第一場のシーザーのせりふである。殺される少し前だが、そこにはかうある。

いいか、シーザーは不当に人を遇しはしない、同時に、謂はれなくして人の言葉に耳は貸さぬ。

第一・二折本以来、どの版でもさうなつてゐる。ウィルソンの校訂でも、それに随《したが》つた私の訳でも、そのままになつてゐる。しかし、シェイクスピアはさうは書かなかつたらしい。そのことは当時シェイクスピアを尊敬しながらも、絶えず目の敵にしてゐたオックスフォード出の劇作家ベン・ジョンソンの揶揄《やゆ》によつて推測される。彼は批評集「発見」の中でかう述べてゐる。

彼は（シェイクスピアは）始終その種の失敗を犯したが、その度に笑ひの渦を巻き起した。たとへば、シーザーに言はせてゐるせりふがその一例だが、相手方の言葉「シーザー、そのお裁きは不当にございます」にたいして、シーザーはかう答へてゐる、「シーザーは正当な謂はれなくして不当に人を遇した覚えはない」と、万事がこの調子である。滑稽と言ふほかはない。

シェイクスピアにはさうあつたと言はれる部分は、右の日本語訳では、劇場で「笑ひの渦を巻き起す」ほど「滑稽」とは言ひがたいかもしれぬ。なぜなら、「正当な謂はれなくして不当に」までを一群として一気に喋れば、「正当な謂はれなくして」と「不当に」とが同格の副詞的役割を果して、共に「人を遇した」を修飾しうるからである。が、もし「正当な謂はれなくして」で切り、「不当に人を遇した覚えはない」を一群として喋ると、「正当な謂はれ」さへあれば「不当に人を遇した」ことがあるといふことになり、さらに「不当に人を遇した」以上、その動機に「正当な謂はれ」があると言ふのは論理的に矛盾してくる。原文の英語では、その感じがもつと強い。（Cæsar did never wrong but with just cause.）

この「発見」の刊行はジョンソン死後の一六四〇年であるから、一六二三年の第一・二折本にそれが直接の影響を与へることはありえない。しかし、ジョンソンは生前一六二六年頃すでにこの「発見」を一冊本として整理してゐたこと、また同じく一六二六年に国王劇団によつて上演された自作「話の種」の序劇で「ジュリアス・シーザー」を肴《さかな》にしてゐることから、右引用箇処にたいするジョンソンの悪口は劇壇内部に拡つてゐたと考へられる。第一・二折本の「ジュリアス・シーザー」担当者はおそらくそれを聞き知つてゐて、現在の形にみづから改めたのか、あるいはジョンソンに頼んで直してもらつたのか、いづれかであらうといふのがウィルソンの説である。もちろん、そのことから直ちに印刷用台本が作者の自筆原稿でなかつたとは断じえないが、少くとも第一・二折本が自筆原稿そのままではないことだけは確かである。

第三に、これは誰しもをかしいと思ふことであるが、たとへば第四幕第三場において、ブルータスはキャシアスと口論したのち、妻のポーシャの死をみづから知らせてゐるのに、その暫く後でメサーラの口からふたたびその訃報を受けてゐる。このままでもさしつかへないとも考へられるが、元来はそのいづれか一方しかなかつたものを、誰かが、いや、おそらく作者自身が、完成後の、いはゆる「後思案」によつて別様に書き改めたのに、それが新旧両生きのまま残つてしまつたのであらう。さう考へる学者が多い。もしさうだとすれば、後者が旧稿、前者が新稿によるものではあるまいか。

同じく「後思案」と見なされるのが、第二幕第二場におけるパブリアスの登場である。これは初めキャシアスであつたのを誰かが何かの都合でパブリアスに変へたのではないか。なぜなら、その前の第一場で、シーザー暗殺の首謀者たちがブルータス邸に集つたときディーシアスがシーザーを「みごと議事堂に連れだしてみせよう」と言つたのにたいして、キャシアスは「それより、みんなで呼びだしに行つたほうがいい」と応じ、同行を主張してゐるからだ。その第一場の連中がことごとく第二場のシーザー邸に押しかけて来てゐるのに、キャシアスだけが姿を現さず、その代りに前場にはゐなかつたパブリアスが出てゐるのは確かに不自然である。それならそれだけの理由がどこかに語られてゐなければならない。が、どこにもそれはない。

その謎を解く最も有力な説は、キャシアスとリゲーリアスとが同じ役者によつて演ぜられたといふ一人二役説である。さう考へれば、すべてがもつともらしくなる。前の第一場で、首謀者たちがブルータス邸を辞去した後、リゲーリアスが病中を押して訪ねて来る。しかも、その間にはブルータスとポーシャとの遣取りがかなり長く続いてゐるので、キャシアス役者が顔を造りなほしてリゲーリアスに早変りするだけの余裕は十分にあるし、頭に布を巻いてゐるので同一人物でもさほど気にならなかつたであらう。さう言はれれば、なるほど次の第二場でも、キャシアス役者が前場の終りのままリゲーリアスとして登場して来たものとして納得できる。事実、第一・二折本のト書はそこにリゲーリアスの登場を指示してゐる。のみならず、すぐその後でシーザーはリゲーリアスに呼びかけ、「きみを敵あつかひした覚えはない、むしろ、きみをそんなに痩せさせた病ひの方がよほど手ごはいぞ」と言つてゐる。さう言はれれば、誰しも第一幕第二場の同じシーザーの言葉を思出すであらう。彼はキャシアスを評して「痩せてひもじさうな様子」の男と言つてゐた。

　おそらく最初の台本ではパブリアスは登場せず、それがキャシアスになつてゐたのであらう。シーザーへの最初の挨拶「お早うございます」はキャシアスが言ひ、それにたいしてシーザーの「よく来てくれた、パブリアス」の「パブリアス」は「キャシアス」だつたのに違ひない。なにしろ一つの劇団でこれだけの人数を賄ふのは容易でなかつたらうし、ことにそれが痩せた男といふ条件づきなので、なほさらであつたらう。

　コールリッジはキャスカの性格に摑みどころのないのも、その役者不足のためで、暗殺共謀者の第何人目かの役をキャスカに押しかぶせてしまつたのであらうと言つてゐる。確かに第一幕第二場後半に初めて登場するやや狷介《けんかい》な熱血漢キャスカと、次の第三場でシセローを相手に前兆や迷信について恐しげに語るキャスカと、またブルータスやキャシアスの口を通じて知りうるキャスカと、それぞれから一人の明確な人物像を思ひ浮べるのがむづかしい。コールリッジの言ふやうに、手不足のため二つの役をキャスカに演ぜしめ、キャスカの頭書の下に「一人二役」ならぬ「一役二役」の無理を通してゐるのであらうか。ウィルソンは第一幕第二場の、ことにその終りの方のキャスカは、あるいはシェイクスピアが完成後みづから手を入れた修正部分ではないかと言つてゐる。だが、私にはキャスカの性格が矛盾してゐるとは思はれない。

二

シェイクスピアは「ジュリアス・シーザー」の材料を、そのほとんどすべてと言つてよいほどプルタークの「伝記」から採つてゐる。処女作「ヘンリー六世」以来、彼の史劇はその材料をすべて英国史に仰いできた。シェイクスピアの作品について普通「史劇」と言へば、それらのみを指す。「ヘンリー六世」「リチャード三世」「リチャード二世」「ジョン王」「ヘンリー四世」そして最後に「ヘンリー五世」が来る。「ヘンリー五世」は「ジュリアス・シーザー」の直前に書かれたものである。したがつて、シェイクスピアは「ヘンリー五世」をもつて英国史劇に別れを告げ、初めて古代ローマに材料さがしに赴き、その手始めにこの「ジュリアス・シーザー」を書いたわけである。

シェイクスピアがプルタークを読んだのはもちろんギリシア語の原文によつてではない。モンテーニュが座右の書として親しんだのはジャック・アミヨーの仏訳版であるが、さらにその英訳がトーマス・ノースによつて行はれ、一五七九年に刊行された。シェイクスピアは専《もつぱ》らそれによつてプルタークを読んでゐたのである。エリオットの言ふとほり、「シェイクスピアがそれによつて身につけた歴史は、今日おほよその人々が大英博物館全体から得るものより遥かに本質的なものであつた」に違ひない。

「ジュリアス・シーザー」の後にもプルタークに拠《よ》つた劇をシェイクスピアは二つ書いてゐる。「アントニーとクレオパトラ」と「コリオレイナス」とで、いづれも傑作である。「アセンズのタイモン」でも多少はそれを利用してゐるが、大したことはない。また前二者にしても、「ジュリアス・シーザー」におけるほど真正面からその史材に取組んではゐない。シェイクスピアはこの初めて手掛けるローマ史劇において、それこそ骨までしやぶるやうに、プルタークから奪つてゐるのである。

それほど自分を棄てて材料に身を任せながら、しかも彼独自の人間劇と人物像とを造りあげたシェイクスピアの天才を知るうへにも、また散文と劇との対比を感得するうへにも、両者を比べて読むことをすすめる。さいはひ河野与一氏の名訳「プルターク英雄伝」（全十二冊・岩波文庫）が出てゐる。そのうち「ジュリアス・シーザー」に関係のあるのは「カエサル」篇（第九冊）及び「ブルートゥス」篇・「アントニウス」篇（第十一冊）である。プルタークそれ自体の面白味はそれらによつて、味はつてもらふことにして、ここでは専ら「ジュリアス・シーザー」の展開に沿ひ、各場ごとにプルタークとの照応を明かにしておく。それだけでも相当な分量になると思ふが、河野氏の御好意により左のとほり引用を許していただいた。

1　第一幕第一場

カエサル　五六　これはカエサルが行なつた最後の戦争となつた。この戦争の後で挙げた凱旋《がいせん》式は他に例がない程ローマの人々を傷《いた》ませた。他国の将軍や蛮族の王を打破つたのではなく、数々の不運な目に会つたローマ最大の人物（ポンペーイウス）の息子たちと家族を根こそぎ滅ぼした人に、祖国の不運の中で凱旋式を挙げさせるのは感心できないからである。

ブルートゥス　九　これらの原因になつたのはカエサルの阿諛《あゆ》者たちで、いろいろと嫉妬を招くやうな尊敬の徴《しるし》をカエサルのために思ひついた上、殊にカエサルの立像に冠を載せて、民衆がディクタートルといふ代りに王と呼ばせようとしたのである。

カエサル　六一　これらの反感に附け加へて、トリブーヌス　プレービス（護民官）に対するカエサルの侮辱事件が起つた。その頃ルペルカーリアの祭（カピトーリウムの丘の西隅に当る洞穴ルペルカルに祀《まつ》つたファウヌスの神の祭。二月十五日に行なはれた。）が行なはれてゐたが、これについては多くの学者が昔行なはれた羊飼の祭だと記し、アルカディアーのリュカイアの祭と何か因縁がある。……ところでその後カエサルの立像に王の冠を戴いてゐるのが幾つか見られたので、トリブーヌス　プレービスの二人フラーウィウスとマリュルスとはそこへ行つて冠を取去り、最初にカエサルを王と呼んで挨拶した人々を見つけ出して牢獄に引張つて行つた。すると民衆は拍手しながらその後に従ひ二人をブルートゥスたちと呼んだのは、ブルートゥス（ルーキウス　ユーニウス　ブルートゥス。昔ローマの王政を顛覆《てんぷく》して共和政を創《はじ》めた人。前五〇九年最初のコーンスルになつたと伝へられてゐる。）が王の継承を廃棄して権力を独裁者から元老院及び民会に移した人だからである。これを聞いたカエサルは憤激してマリュルスたちの官職を奪ひ、二人に対する弾劾に際して民衆にも侮辱を加へ、二人を度々ブルートゥス（ラテン語で「愚鈍」の意）及びキューメー人（キューメーは小アジア西岸中部の町。その住民は愚鈍だとされてゐた。）と罵《ののし》つた。

2　第一幕第二場

カエサル　六一　その際身分のある若者や高官が大勢裸で町中を駈け廻り、出会ふ人々を毛皮の片で笑ひ戯《たはむ》れながら打つのである。上流の婦人たちも大勢わざとそれに向つて行つて学校の子供のやうに両手を出して打たれると安産が恵まれ、子供のないものは懐妊すると信じてゐた。この祭をカエサルは演壇の上にある黄金の椅子に坐り凱旋式の衣裳を著けて見物してゐた。アントーニウスもこの祭の行列に加はつて走つてゐた一人で、この時コーンスルになつてゐた。

カエサル　六三　その三月の、ローマの人々がイードゥースと呼ぶ日（三月五月七月十月の十五日、他の月の十三日）に大きな危険を用心するやうにと或る予言者がカエサルに前以て云つたが、その日が来たのでカエサルは元老院へ出掛ける途中その予言者に挨拶して冗談のやうに『三月のイードゥースの日が来たね。』と云ふと、その人は静かにカエサルに向つて『いかにも来ました。しかしまだ済みません。』と云つた。

ブルートゥス　一　ここに伝記を書くブルートゥスは、哲学による教養を性格に及ぼし、重々しく柔和な天性を実践的な熱意を以て振ひ起し、徳性に対して最も調和を得てゐるやうに思はれたので……

ブルートゥス　六　それは、ブルートゥスの荘重な態度と恩恵を求める人の言葉を容易に聴かず原則と推理に基づいて立派な事を行なふ点とが、何事に向つても力強い遂行的な勢を示したからである。不正な懇願に対しては、機嫌を取られても耳を藉《か》さない人であつた。

ブルートゥス　八　実際、ブルートゥスが暫く我慢してカエサルの次位に甘んじ、その勢力が盛りを過ぎて数々の成功で得た名声が衰へるのを待つたならば、確実にローマの第一人者になれたものと思はれる。ところが、カッシウスは怒りつぽい人間で公の利益のために独裁を憎むといふよりも私の怨からカエサルを憎み、ブルートゥスを煽動して承服させた。つまり、ブルートゥスは支配そのものに憤慨しカッシウスは支配者を憎悪したのである。

ブルートゥス　一〇　カッシウスが友人たちをカエサルに対する陰謀に巻込まうと試みた時、友人たちはブルートゥスが指導者になるなら賛成すると云つた。その計画が必要とするのは暴力や勇気ではなく、この人のやうにその首唱によつてそこに正義があると立証することになる人物の名声だと考へて、さもなければ、行動に際して勇気が欠けるし行動の後にも疑念を招くし、もし言分が立派なものならブルートゥスがその計画を拒む筈はないと云はれるからであつた。かういふ風に考へたので、カッシウスは前の不和（本篇七節）以来初めて自分の方からブルートゥスを訪ねてこれと和解し、その好意を取戻してから、三月の朔日にカエサルの友人たちがこれを王にするための演説をすると聞いてゐるが、この日に元老院へ出る決心かどうかと質《ただ》した。ブルートゥスが出席しないと云ふと、カッシウスは『我々が呼び出されたら、どうする。』と云つたので、ブルートゥスは『私の任務はもとより沈黙しないこと、祖国のために闘ふこと、自由のために死ぬことだ。』と云つた。するとカッシウスは興奮して、『君に先に死なせてローマ人の誰が我慢してゐられる。ブルートゥス、君には自分自身がわからないのか。それとも、君の演壇に文句を書きつけたのが織物工や小商人で、一流の有力者がやつたのではないと思つてゐるのか。他のプラエトルからは施物や催物や格闘の競技を要求してゐるが、君からは先祖に対する責務として独裁政の顚覆を要求してゐるのだから、君がその要望と期待に副《そ》ふものとわかれば、みんなは君のために喜んでどんな目にも会ふぞ。』と云つた。さうしてブルートゥスを抱擁して接吻し、仲直りをして一緒に仲間のところへ行つた。

ブルートウス 七　さて、プラエトル（最初はコーンスルの題名であつたが、後にこれとは別に裁判を掌《つかさ》どる三名の高官を指す。）の職の中で最も品位の高いのはウルバーヌス（「都市の」といふ意）と呼ばれてゐたが、ブルートゥスかカッシウスか二人の一人がそれになるものと考へられてゐた。或る人の云ふところでは、この二人は前からあつた様々の原因によつて幾らか不和になつてゐたが、この事のために親戚同士でありながら一層仲が悪くなつたのださうである。親戚だと云ふのは、ブルートゥスの妹のユーニアをカッシウスが娶《めと》つたからである。しかし別の人は、この対抗がカエサルの仕業であつて、銘々に密かに期待を持たせた結果かういふ風に煽動され刺戟されて競争を始めたのだと云つてゐる。その競争にブルートゥスは名声と徳性を以て臨み、カッシウスがパルティアーで挙げた様々な花々しい勲功に対抗した。カエサルは両方の言分を聞き友人たちとも協議して『カッシウスの言分が正しいけれども、ブルートゥスに首位を与へるべきだ。』と云つた。そこでカッシウスは別のプラエトルに任命されたが、その職を得た感謝よりも取逃がした怒の方が強かつた。

カエサル　六二　しかしカエサルもカッシウスに対して嫌疑を懐《いだ》いてゐたので、或る時友人たちに向つて『君たちにはカッシウスが何を望んでゐるやうに見える。あれはあまり私の気に入らない、あまり蒼白いから。』と云つた。又アントーニウスとドラーベルラ（五一節）が革新を企ててゐるといふ非難がカエサルの耳に入つた時、『私が恐れてゐるのは髪の長い肥つたその二人ではなくて寧ろ蒼白い痩せたあの二人だ。』と云つたのは、カッシウスとブルートゥスを意味してゐたと云はれてゐる。

アントーニウス　一二　それに混ざつて走り廻つてゐたアントーニウスは、旧来の習慣を棄てて、冠の周りに月桂樹の枝葉を巻いて演壇に駈けつけ、一緒に走つて来る人々に持上げられてそれをカエサルの頭に載せ、カエサルは当然王になるべきだといふことを示した。カエサルはわざと困つた顔をしてそれを拒むと、民衆は喜んで拍手し、アントーニウスが又載せようとするとカエサルは又それを押しのけた。長い間さういふ争ひが続き、無理に強ひるアントーニウスには少数の友人が、辞退するカエサルには民衆全体が拍手喝采したのであるが、不思議な事に、事実上は王に治められてゐる人民の態度に甘んじてゐる人々が、王といふ名を自由の廃棄として避けてゐたのである。そこでカエサルは不機嫌に演壇から立上り、咽喉のところから上衣を外して刺したいものはここを刺せと叫んだ。カエサルの立像の一つに載せてあつた冠はトリブーヌス プレービスの幾人かが引きちぎつて投棄て、それを喜んだ民衆は拍手を以て賛成を表はしたが、カエサルはそれらの人々の官職を奪つた。(「カエサル篇」六一節)

ブルートゥス 七 実際ブルートゥスは、欲しさへすればカエサルの友人の筆頭として最大の勢力を得ることもできたのであるが、カッシウスの一味がブルートゥスを引張つてそこから離れさせ、……友人たちがうつかりカエサルに懐柔され籠絡されないやうに、独裁者の好意や恩恵は相手の徳性を尊重するどころか気力を挫き抵抗を殺《そ》ぐものだと知つてそれを斥《しりぞ》けなければいけないと勧告するのに従つてゐた……。

3 第一幕第三場

カエサル 六三 しかし運命は予知されないものだといふよりも避けられないものだ

といふ証拠には、この時も不思議な前兆が現はれたと云はれてゐる。例へば、天に光が現はれ、夜物を叩く音が方々に聞え、群を好まない鳥がフォルムに降りて来たといふやうな事は恐らくあれ程の変事に際して持出す価値はないかも知れない。しかし哲学者のストラボーンの伝へるところでは、光を放つてゐる人間が大勢突進するのが見えたり、或る兵士の奴隷の手から盛んに炎が出て、見てゐる人々には焼け死ぬものと思はれたのに、炎が止むとその男は全く無事であつたり、カエサル自身が犠牲《いけにへ》を献げると、その動物の心臓が見当らなかつたりしたさうである。元来心臓のない動物といふものはないのであるから、この前兆は恐ろしいものだと述べてゐる。

4　第二幕第一場

ブルートゥス　九　ブルートゥスの方は、仲間のもののいろいろな意見や市民のいろいろな書き物によつて、その計画を促され励まされたのである。例へば、王政を顚覆させた先祖のブルートゥスの銅像に、『ブルートゥスが今ゐてくれたら。』とか、『ブルートゥスが生きてゐるといいのだが。』とか書きつけられた。又、ブルートゥス自身のプラエトルの演壇にも毎日、『ブルートゥス、眠つてゐるのか。』とか『あなたは本当のブルートゥスではないぞ。』とかいふやうな文句が一ぱい書きつけられた。
(「カエサル」篇六二節)

ブルートゥス　一二　それ以来、これらの人々は自分たちの信頼する知名の人々を密かに吟味し、計画を伝へて仲間に入れ、極く親しい人々ばかりでなく、勇気があつて死を顧みない人々を選んだ。そこで、キケローについては、信頼や好意の点では第一人者であつたけれども、天性果敢なところがなく、年齢から云つても老人らしい慎重な態度を取つてゐるばかりでなく、すべての事を一々考慮して極力安全を図り、自分たちのやうな迅速を必要とする勇猛な鋭気を鈍らせる人と見て、これには全く隠してゐた。……正式な誓を立てたわけでもなく犠牲を献げて保証を取り交したわけでもないが、すべてのものが互ひの間に計画を進めて内密に行なひ最後まで協力したので、神々が予言や託宣や犠牲の前兆に示したにも拘《かかは》らず（「カエサル」篇六三節）、この計画を信ずるものはなかつた。

ブルートゥス　一八　計画を論議する度に他の人々は皆、カエサルと同時にアントーニウスも殺さうといふ意見を出した。これこそ単独支配を図る横暴な人間で、軍隊と親しく交はり勢力を得てゐる上、殊に天性が不遜で大望を懐き、コーンスルの位まで占めて、この頃カエサルの同僚だつたからである。ところがブルートゥスは、第一に正義を主張し、第二にアントーニウスの改心を期待して、この提議に反対した。ブルートゥスはアントーニウスが天性優秀で体面を重んじ名声を欲する人間だといふ判断を棄てず、カエサルが除かれてしまへばアントーニウスも祖国のために自由を望み、

自分たちの力によつて徳性を志す方に引かれるものと考へてゐた。（「アントーニウス」篇一三節）

ブルートゥス　二〇　その後で、カエサルの遺言とその埋葬に関する論議が始まり、アントーニウスの一派は、遺言を読み上げることと、遺骸を葬送する際に民衆を刺戟しないために、覆ひ隠さず、敬意を失はないことを要求したので、カッシウスは激しく反対したけれども、ブルートゥスが譲歩してこれを認めたのは、二度目の失策を冒したものと考へられた。つまりブルートゥスは、アントーニウスの命を赦したことによつて、誓を共にした人々にとつて強大な手剛い敵を拵《こしら》へたことになる。

ブルートゥス　一三　さてブルートゥスは、ローマで一流の思慮と家柄と徳性を持つ人々を味方に附け、危険を悉《ことごと》く見通してゐたので、外部では意図を自分の心に蔵《をさ》めて取繕つてゐたが、自分の家では夜の間全く別人となり、幾ら抑へても心配のために眠られず、殊に思案に耽《ふけ》つて当惑してゐる様子は傍に臥《ね》てゐる妻の眼を免れず、いつになく取乱して、心に包みかねるこの解明のつかない計画を思ひ廻らしてゐるところを見抜かれた。

　ポルキアは前に述べた通りカトーの娘で、その従兄弟に当るブルートゥスが娶《めと》つた時には処女ではなく、前の夫に死なれてまだ若かつたが、ビブルスといふ名の小さい息子を持つてゐた。……ポルキアは身内思ひで夫思ひの人で、気位が高く悟性が豊かだつたから、夫にその秘密を訊かうとはせず、先づ次のやうにして自分の力を試した。理髪師が爪を剪《き》るのに使ふ小刀を取つて、召使の女たちを悉く部屋から下らせ、自分の腿を深く斬りつけたので血が沢山流れ、間もなくその傷から激しい痛みと寒けのする熱が出た。ブルートゥスが心配のあまり取乱してゐるのを見て、極度の痛みに堪へながらかう話し掛けた。『私はカトーの娘です。おうちに貰はれたのは、何もお妾のやうに寝床や食卓を御一緒にするためではなく、喜びを共にし苦しみを共にするためです。夫としてあなたがなさる事にはすべて申分がございませんけれども、あなたの秘密な悩みや信頼が必要な煩《わづら》ひ事まで御一緒に堪へられないとすれば、どうして私の心持を打明けたり感謝したりすることができませう。女の天性は弱いもので秘密な話を保つことができないとされてゐることは承知してをりますが、育ちも良くて附合ふ人も優れてゐれば気質《きだて》がしつかりすることもあります。幸ひ私はカトーの娘でブルートゥスの妻です。今まではさういふ事にも自信が持てずにゐました。けれども今私は自分が苦痛にも負けないと悟つたのです。』さう云つてブルートゥスに傷を見せて試煉の顚末《てんまつ》を話した。ブルートゥスはすつかり驚いて両手を天の方に挙げ、神々が自分にポルキアの夫としてふさはしく計画を成功させるやうに祈つた。さうしてこの時妻を一味に加へた。

ブルートゥス　一一　ここにガーユス　リガーリウスといふ人があつてポンペーイウ

スの味方をしたために告発されたのを、カエサルは赦してやつた。ところが罪を免れたことを感謝せず、自分を危険な目に会はせた支配権を怨んでカエサルに敵意を懐き、ブルートゥスの最も親しい仲間の一人となつた。病気になつた時、ブルートゥスが見舞に行つて『何といふ大事な時に病気になつたのだ。』と云つた。すると直ちに肘をついて起上りブルートゥスの右手を握つて、『あなたがあなたらしい考になつてくれれば、私の病気は癒る。』と云つた。

5　第二幕第二場

カエサル　六三　その後で、いつものやうに妻の傍で眠つてゐたが、部屋の戸と窓が一時に開いたので、その物音と射し込む月の光に驚いて目を覚ますと、深く眠つてゐるカルプルニアが夢の中でわけのわからない言葉と切目のない呻きを発してゐるのに気づいた。実際カルプルニアは殺されたカエサルを腕に抱いて嘆いてゐる夢を見たのである。

しかし或る人は妻が見たのはこの夢ではなく、カエサルの家には元老院の決議によつて荘厳な装飾として出張つた棟が附いてゐたとリーウィウスも記してゐるが、カルプルニアはその棟が崩れた夢を見て悲鳴を揚げ涙を流したのだと云つてゐる。とにかく夜が明けると（前四四年三月十五日）カルプルニアはカエサルに、できるならば出掛けないことにして元老院を延期するやうに頼み、もしも自分の夢を全く気に懸けないにしても別の予言と犠牲によつて未来の事を判断するやうに勧めた。そこでカエサルも幾分疑念と恐怖に襲はれたらしいといふのは、それまでカルプルニアが他の女のやうに迷信を懐いたことがないのに、この時は非常に心配してゐたからである。ところで予言者たちは幾つも犠牲を献げたが不吉だと告げたので、カエサルはアントーニウスを遣《や》つて元老院を延期する決心をした。

カエサル　六四　丁度その時、アルビーヌスといふ副名のあるデキムス　ブルートゥスつまりカエサルに信頼されて第二位の相続人と記されながらべつのブルートゥス及びカッシウスの陰謀にも加はつてゐたブルートゥスは、カエサルがその日を避けて、事が発覚するのを恐れ、予言者たちを愚弄してカエサルを非難し、元老院は侮辱されたとして非難や攻撃を浴びせるに違ひない、元老院はカエサルの命令によつて集まり、議員たちは喜んでカエサルがイタリア以外の統治の州の王と呼ばれイタリア以外の陸でも海でも行く時には王冠を戴くことを決議によつて認めようとしてゐる、今折角集まつてゐるところへ人が行つて散会を告げ、カルプルニアがもつといい夢を見た時に又集まつてくれと云つたならば、悪意を持つ人々からどんな噂が起るか、又友人たちがこれを奴隷制でも独裁政でもないと説いたところで誰が耳を傾けるか、それよりもこの日が全く不吉と思はれるならば自分で元老院に出掛けて延期する旨を演説する方がいいと勧めた。から話しながらブルートゥスはカエサルの手を取つて連れて行つた。

6　第二幕第三場

カエサル　六五　又、クニドスの生まれでギリシャ哲学の教師となつたためにブルートゥスの仲間と親しくしてゐたアルテミドーロスは、計画の大部分を知つてゐたので、告発しようと思つた事を手紙に書いて持つて来たが、カエサルが方々から来た手紙を受取つて一つ一つ傍にゐた召使に渡してゐるのを見て、つかつかと傍に寄り、『これをお独りで早くお読みになつて下さい。あなたに関係のある重大な事柄について書いてあります。』と云つた。そこでカエサルは受取つて度々読まうとしたが、会ひに来てゐる人々が多いために妨げられ、手にその手紙だけを持つたまま元老院に入つて行つた。或る人の話では、その手紙を渡したのは別の人で、アルテミドーロスは全く近づくことができず、来る途中ずつと阻まれてゐたのだと云ふ。

7　第二幕第四場

ブルートゥス　一五　丁度その時に、ブルートゥスのところへ家から使のものが駆けつけて、妻が死んだと知らせた。ポルキアはこれから起る事に気が気でなく、心配の大きさに堪へかねて家にじつとしてゐられず、物音や叫声《けうせい》を聞く度に、バッコスの祭で踊り狂ふ女のやうに、飛び出してはフォルムから来る一人一人にブルートゥスがどうしてゐるかと訊き、別に次々と使を出してゐた。時間があまり掛かるので到頭体の力が続かなくなり、へとへとに弱つて困惑のあまり気が変になつた。さうして部屋に戻る余裕もなく、ゐた場所にそのまま侍女たちの真中に坐り込み、手がつけられないほど滅入つて呆然となり、顔色も変り声も全く出なくなつた。侍女たちはこの有様に叫声を揚げ、近所の人々も戸口に駈けつけたが、間もなく死んだといふ知らせが出て、噂が弘まつた。それでも暫くすると息を吹き返して正気に戻つたので、女たちは看護を続けた。ブルートゥスは、その知らせが届くと勿論取乱したが、公の事を棄てず、悲しみのために家に走り帰らうとはしなかつた。

8　第三幕第一場

カエサル　六六　孰《いづ》れにしても、それらの事はひとりでにさうなつたのであるが、その時元老院の人々が集まつて来てあの虐殺と闘争が起つた場所は、ポンペーイウスが奉献物として劇場に増築した部分で、ポンペーイウスの立像が置いてあり、全く神が密かに導いてそこに事変を招き寄せた仕業であることが明らかになつた。

ブルートゥス　一五　ブルートゥス自身とカッシウスにも、元老院議員のポピリウスラエナースがいつもより愛想よく挨拶してそつと囁き、『君たちが企ててゐる事が成功するやうに祈る。ぐづぐづしない方がいい、計画はもうわかつてゐるから。』と云つた。さう云つて立去つたが、計画が発覚したのではないかといふ強い疑念を懐かせた。

ブルートゥス　一六　やがて、カエサルが轎《かご》に乗つてやつて来るといふ報告があつた。犠牲に現はれた前兆に気を落したので、この日には重大な事柄は批准せず、病気を言立てて延期することに決してゐたのである。カエサルが轎から下りると、少し前ブルートゥスの一味に幸運と成功を祈つたポピリウス　ラエナースが馳せ寄つて暫く話合ひ、カエサルは立つたまま耳を傾けた。誓を共にする人々、と云ふことにするが（本篇一二節に見えるやうに、この一味は別に誓は立ててゐなかつた。）、その人々にはラエナースの声が聞えはしなかつたけれども、自分たちが疑念を懐いてゐるところから、その会談を陰謀の密告だと察して計画の自信を失ひ、顔を見合せ目配せをして、逮捕を待たず直ちに自分たちの手で死ななければならないといふ意味を伝へ合つた。既にカッシウスその他の人々は、上衣の下に隠した短剣の欛《つか》に手をかけて抜かうとしたが、ブルートゥスは、ラエナースの様子から熱心に頼み込んでゐるだけで告発してゐるのではないと看取り、一味に加はらない人が大勢間にゐたため何も言はなかつたが、晴々しい顔附でカッシウスたちに元気をつけた。間もなくラエナースはカエサルの右の手に接吻して立去り、自分自身のために且つ何か自分に関する争ひ事について相談してゐたといふことが明らかになつた。

カエサル 六六　さてカエサルの信任を得てゐた力の強いアントーニウスには、ブルートゥス　アルビーヌスが外で引留めてわざと長話を仕掛けてゐた。カエサルが入つて来ると元老院の人々は敬意を表して起立したが、ブルートゥスの一味の或るものはカエサルの椅子の後ろを取巻き、他のものは追放になつてゐる兄弟のために嘆願するティルリウス　キンベルの口添をするためにカエサルを迎へて椅子のところまで随《つ》いて行つた。カエサルは腰を卸してその嘆願を拒絶し、相手の人々が頑強に主張するのを一人一人叱りつけると、ティルリウスはカエサルの上衣を両手で捉まへて喉頭のところから引き下した。それが兇行の合図であつた。先づカスカが剣で頸のところを打つたが、その傷が浅くて死に到らなかつたのは、勿論この大それた行動の手始めに取乱したためである。そこでカエサルはその方に向き直つて剣を捉まへて抑へた。打たれた方がラテン語で『不屈者のカスカめ、何をする。』と叫んだのと、打つた方が兄弟に向つてギリシャ語で『おい、手を藉《か》せ。』と云つたのと同時であつた。かういふ風に事が始まつたので、一味に加はつてゐない人々は非常に驚いてこの行動に慄《ふる》へ上り、逃げ出したり助けたりすることは愚か、声を立てる勇気さへなかつた。暗殺を企ててゐた人々は銘々抜身の剣をかざしたので、カエサルは周りを取巻かれ、どつちを向いても打下して来る剣を顔と眼に受けて野獣のやうに狂ひ廻りながら皆の手の間に揉まれた。誰も彼も我先に止めを刺さなければならなかつたからである。そこでブルートゥスもカエサルの腿の附根に一撃を加へた。或る人の話によると、カエサルは他の相手に対しては身を防いであちこちと体を躱《かは》し、大声に叫んでゐたが、ブルートゥスが剣を揮《ふ》り上げるのを見ると（有名な『我が子よお前もか』といふ言葉は、紀元一―二世紀にローマの人スエートニウスがその「ユリウス伝」八二節にギリシャ語で引用されてゐるが、彼はその資料を疑つてゐる。なほその後紀元二―三世紀ビーテューニァーの町ニーカイアーの人ディオーン　カッシオスの「ローマ史」第四十四巻二〇節にも見える。）顔を上衣で覆ひ身を投げ出して、偶然かそれとも暗殺者に押されたためか、ポンペーイウスの立像の置いてある台の下に倒れた。血潮が一ぱいその台を汚してその足許にカエサルが横《よこた》はり無数の傷を受けて喘《あへ》いでゐる様子は、ポンペーイウス自身が政敵に対する復讐に立会つてゐるやうに見えた。受けた傷は二十三箇処と云はれ暗殺者たちはこの一つの体にこれ程多くの傷を浴びせようと逸《はや》つたので、多くのものは互ひに傷つけ合つた。（「ブルートゥス」篇一七節）

9　第三幕第二場

ブルートウス　一八　ブルートゥスの一味はカピトーリウムに登り、血だらけになつた手に抜身の剣を揮《ふる》つて、市民に自由を促した。ところで最初は叫声が揚がり、惨事に続く興奮によつて起つた人々の馳せ違ひに騒ぎを大きくしたが、他の人は殺されず財物の掠奪も行なはれなかつたので、元気を取戻した元老院議員や多くの平民も、カピトーリウムにゐる一味のところに登つて行つた。大勢集まると、ブルートゥスは民衆を馴致《じゅんち》するために時機にふさはしい演説を始めた。聴衆はそれに賛成を示し、丘から降りて来るやうに叫んだので、一味のものも安心してフォルムに下る際、他のものは互ひに纏《まと》まつて来たが、ブルートゥスは名士の真中に取囲まれて、如何にも花々しく丘の上から降り、演壇の上に立たされた。その姿を見ると、大衆は雑然としてゐて騒擾《さうぜう》を引起さうとしてゐたにも拘らず、威圧されて整然と沈黙したまま、何が起るかと待つてゐた。ブルートゥスが進み出ると、みんな静粛にして演説に耳を傾けた。しかし今度の行動が必ずしもすべてのものに喜ばれなかつたといふことは、キンナが演説を始めてカエサルを弾劾すると、人々が怒り出してキンナを罵つたところからも明らかになつたので、一味のものは再びカピトーリウムに引揚げた。（「カエサル」篇六七節）

アントーニウス　二　（父に追はれたアントーニウスは）暫くの間、その頃の民衆煽動家の中でも最も過激で恥知らずのクローディウスが国政を乱した運動に参加したが、やがてクローディウスの気違沙汰が厭になり且つクローディウスに反抗して集まつた人々を恐れ、イタリアからギリシャに去つて、戦闘のために身体を鍛錬し、又演説の練習をして日を過ごした。その際選んだのは謂はゆるアジア風の弁論（アレクサンドロスの少し後に出たマグネーシアーの人ヘーゲーシアースに始まる演説の様式。それまでの簡明で自然な様式に対抗して彫琢を盛に加へた飾の多いもの。ローマではホルテーンシウスがこれを代表し、それに対する様式はキケローの代表するアッティカ風であつた。）で、特にこの時期に栄えたばかりでなく、アントーニウスの生活と多くの類似点を持ち、けばけばしく驕慢で、空虚な誇示と不均衡な名誉心に充ちたものであつた。

ブルートゥス　二〇　先づ遺言によるとローマ市民全部に一人づつ七十五ドラクメーを与へ、民衆には河の向側の、今のフォルトゥーナの神殿のあるあたりの果樹園を贈ることになつたので、カエサルに対する驚くべき好意と追慕が市民の心を捉へ、次に遺骸がフォルムに運ばれた時、アントーニウスは慣例に従つて頌讃《しようさん》の演説をして行くうちに、大衆が自分の言葉に動かされたのを見ると哀悼の辞に転じ、カエサルの血だらけになつた上衣を手にして拡げ、剣で刺した痕と傷の数を示した。かうなつてはもう秩序が保てないことは明らかであつた。或るものは大声で下手人を殺せと叫び、或るものは、前に煽動政治家のクローディウスの場合のやうに、市場の店から腰掛や卓子を引摺つて来て一つ処に積み重ね巨大な焚木《たきぎ》の山を作り、遺骸を上に置いて、多くの神殿や馳込んで命の助かる祠やその他神聖な場所の真中で荼毘《だび》に附した。ところが火が燃え上つたので、八方から人々が銘々駈けつけ、半分火のついた木片を持出してカエサルを暗殺した人々の家を焼くために走り廻つた。（「カエサル」篇六八節「アントーニウス」篇一四節）

ブルートゥス　二二　事態がかうなつてゐたところへ、若いカエサル（オクターウィアーヌス。「アントーニウス篇」一一、一六節）が帰国したので、又別の変動が起つた。これはカエサルの姪の息子であるが、書類によつて（「遺言によつて」とも「法律上」とも取れる。）カエサルの息子（養子）且つ相続人として遺された。カエサルが殺された時はアポルローニアー（同節）に留まつて文学の勉強を続け、やがてパルティアーに出征することに決してゐるカエサルを待つてゐた。事変を聞くや否やローマに帰つて来たが……（「アントーニウス」篇一六節）

10　第三幕第三場

カエサル　六八　ところでカエサルの友人の一人キンナ（詩人）は丁度その前の晩不思議な夢を見たと云はれてゐる。それは、カエサルから食事に招かれたのを辞退したのに、厭がつて抵抗するのをカエサルに手を取られて引張つて行かれる夢であつた。さてキンナはカエサルの遺骸がフォルムで焼かれてゐると聞くと、夢見が気になつたので熱があつたのに起き上つて弔意を表しに出掛けた。その姿が見えると、その名前を訊いた人に群衆の一人が答へたのをその人が又別の人に告げて行く間に、それはカエサルを暗殺した一人だといふ騒ぎが（諸本には「直ちに」とある。ツィーグレルが読み直してゐるのに従ふ。）全体に弘まつた。実は陰謀に加はつた人の中にそれと同じキンナといふ名の人（ルーキウス　コルネーリウス　キンナ。前八七、八六、八五、八四年のコーンスルのルーキウス　コルネーリウス　キンナの息子。レピドゥスの叛乱に加はり、イスパニアではセルトーリウスに従ひ、赦免されてローマに戻つてからこの年のプラエトルを勤め、カエサルの暗殺を是認したため三月十七日元老院へ行く途中で襲はれ、レピドゥスによつて救はれた。その妻はポンペーイウスの娘である。）がゐたので、よくも考へずにこれをその人と思ひ込んだ群衆は忽ち《たちま》駈け寄つてこの人をその場で八裂きにした。（「ブルートゥス」第二〇節）

11　第四幕第一場

アントーニウス　一九　そこで三人は河を廻らしてゐる小島に集まつて三日間協議をした。大体の点は適当に協定がついて、版図全部を恰《あたか》も父祖伝来の財産のやうに互ひに分配したが、死刑に処すべき人に関する論議が甚しい面倒を招き、銘々は自分の政敵を殺して親戚を救ふことを要求した。結局憎んでゐる人々に対する怒のために親戚に対する顧慮と友人に対する好意を断念して、カエサルはアントーニウスにキケローを委ねるし、アントーニウスは自分の母方の叔父に当るルーキウス　カエサルをカエサルに委ねるし、レピドゥスにはその兄弟のパウルスを殺すことが認められたが……

ブルートゥス　二八　カッシウスがその意見に従つて戻つて来たので、ブルートゥスはこれを出迎へ、前にペイライエウス（アテーナイの外港）で袂《たもと》を別ち一人はシリアへ一人はマケドニアへと出発して以来初めてスミュルナ（小アジアの西岸中部の町）に相会した。銘々が軍隊を引連れて来たので、二人とも勿論非常に喜び元気を出した。二人ともイタリアを去つた時は、最もみじめな亡命者と同様、金もなく武器もなく艣《ろ》の附いた船もなく、一人の兵士もなく町もなかつたのに、大して長く経たないうちに同じ場所に集まり、軍艦も歩兵も騎兵も財物もローマの支配権のために戦ふに足りるだけ備へてゐたからである。

13　第四幕第三場

ブルートゥス　三四　ブルートゥスはカッシウスをサルデイス（小アジア西岸中部の地方リューディアー中央の都）に招き、その来るのを友人たちと共に出迎へたところが、武装した軍隊全部は二人をインペラートルと呼んだ。大きな事業の際にはよくあるやうに、大勢の友人や諸隊長の間で互ひに非難や誹謗が生じたので、二人は次の段取に入る前に、著くと直ぐ自分たちだけ一室に閉ぢ籠り、扉を鎖《とぎ》して誰も入れず、先づ非難を持ち出し、次に批判と弾劾に移つた。しかしやがて涙を流し、感動を籠めた直言に走つたので、その怒の激しさと強い調子に驚いた友人たちはこれから何か始まるのではないかと恐れたが、二人は室に入るのを許さなかつた。ところがカトーの崇拝者で、理論よりも気魄と気違じみた感情によつて哲学を修めてゐるマルクス　ファウォーニウスは、内にゐる二人のところへ行かうとして召使たちに阻まれた。しかし何事にせよ一旦かうと思ひ立つたファウォーニウスを抑へるのは、すべての点で過激な性急な人物だけに、大変な事であつた。実際自分がローマの元老院議員だといふことには何の値打もないと考へてゐたし、承知で厭がらせを言ふ癖は大抵の場合却《かへ》つてその直言の粗暴なところを消したので、人々はこの人のあたり構はぬ言動を面白がつて受容れてゐたのである。そこでこの時も居合せる人々の間を押分けて戸口から入り、作り声をしてホメーロスの詩にあるネストール（トロヤを征《せ》めたギリシャ軍の長老の将軍）の使つた言葉（「イーリアス」第一巻二五九）を、『いや、私の言ふ事をお聴きなさい。お二人とも私よりは若いのだ。』から始めて、次々と朗誦した。それを聞いてカッシウスは笑ひ出したが、ブルートゥスはファウォーニウスをやくざ犬の贋犬め（アンティステネースの学徒は「犬のたぐひ」と呼ばれてゐた。）と呼んで追ひ出した。それでもこれで互ひの不和の結末がついて、二人は一旦別れた。やがてカッシウスは宴席を設け、ブルートゥスは友人たちを招いた。客が座に著くと、ファウォーニウスは入浴を済ませてからやつて来たが、ブルートゥスは、この人は招きもしないのに来たのだときつぱり云つて、末席に連れて行かせたのに、ファウォーニウスは無理に真中に入り込んで座に著いた。結局その宴会は中々はずんで妙味と哲学を発揮した。

ブルートゥス　三五　次の日ブルートゥスは、前にプラエトルにもなつて自分が信頼してゐたローマ人のルーキウス　ペルラを、サルデイスの人々の訴により、公金著《ちやく》服《ふく》の廉《かど》で有罪と認め栄誉を剝奪したが、この事はカッシウスを並々ならず痛めつけた。と云ふのは、カッシウス自身が数日前に、同じ罪状で告発された友人を二人、私にたしなめただけで公には釈放し、引続き使つてゐたからである。そこでカッシウスは、政策と寛大を必要とする大事な時にあまり法律ばかり守つて正義を振廻し過ぎるとブルートゥスを責めた。するとブルートゥスは、三月のイードゥースの日を思ひ出せと云つて、あの日カエサルを殺したのは、カエサル自身がすべての人の物を掠奪したからではなく、他の人々にさうさせる力を持つたからだと説き、正義をなほざりにしてもいい程の立派な口実があるとしても、我々は自分達の仲間が不正を行なふのを看過ごすよりも、カエサルの味方にそれを許す方がいいと述べた。『後の場合には我々が臆病だと云はれれば済むが、前の場合には危険や労苦に加へて不正だといふ評判を取るからである。』ブルートゥスの主義はかういふものであつた。

ブルートゥス　三二　さてブルートゥスは、パタラの町が強く反抗すると知つたが、同じやうな狂乱を恐れて当惑したため、攻撃を躊躇し、そこの女たちを捕虜にしながら身代金も取らずに釈放した。その女たちは顕要な人々の妻や娘で、ブルートゥスが最も思慮のある正義の士であることを認め、夫や父を説得して町を引渡すやうに譲歩させた。それ以来他の町の人々もブルートゥスのところにやつて来て降服し、予期以上の好意と深切を受け、丁度その頃カッシウスはロドス島の人々を強ひてすべてのものに銘々が持つてゐる金や銀を出させた結果八千タラントン集まつた上、公には尚町に五百タラントンの罰金を課したのに、ブルートゥスはリュキアーの人々から百五十タラントン取立てただけで、他に少しも害を加へず、軍隊を率ゐてイオーニアーに向つた。

ブルートゥス　三〇　さて、ブルートゥスはこの時スミュルナで、カッシウスが集めて置いた財物の一部を貰ひたいと要求した。と云ふのは、内の海（地中海）全部を配下に収めるほどの艦隊を送るために、自分の財産を使つてしまつたからである。ところで、カッシウスの友人たちは、君が節約して保ち人々の怨みを買つてまで集めた物を、ブルートゥスが取上げて民心を収攬《しうらん》し兵士を懐柔するために使ふのは正しくないと云つて、やるなと勧めたが、それでもカッシウスはブルートゥスに全体の三分の一を与へた。

ブルートゥス　五三　ブルートゥスの妻ポルキアは、哲学者のニーコラーオスやワレ

リウス　マクシムスの記すところでは、死なうと思つたが、友人たちが一人としてそれを許さず、傍に附いて番をしてゐたので、火の中から燃えてゐる炭を素早く取つて嚥《の》み込み、口を固く閉ぢたまま死んだと云ふ。しかしブルートゥスが友人たちに宛てた手紙として伝はつてゐるものには、友人たちに見放されて病気のために生きてゐるよりも死んだ方がいいと云つてゐるポルキアの事を嘆き、友人たちを非難する文句が書いてある。その手紙が本物だとすれば、この妻の病気や愛情や死に方までちやんと書いてあるところを見ても、ニーコラーオスは時日を誤つてゐることになる。

ブルートゥス　二七　その後、カエサルとアントーニウスとレピドゥスの三人は互ひに和解して統治の州を分配し、二百人のものを追放及び死刑に処したが、その中に入つてゐたキケローも殺された。

ブルートゥス　三九　そこで、カッシウスは現状のまま戦闘によつて勝敗を決する気がなくなり、味方は武器も人間も数が劣つてゐるが、財物は豊富にあるから、時間を掛けて戦争を長引かせるのがいいと考へた。しかし、ブルートゥスは、前にもできるだけ早く危険な状態の解決を図つて、祖国に自由を取戻させるか、出費や出征や軍務に悩まされてゐるすべての人を禍害から解放しようと急いでゐたが、この時も自分の部下の騎兵が前哨戦の小競合《こぜりあひ》に成功を収め敵を圧服したのを見て、元気が起つた。且つ幾人かの兵士が敵方に脱走し、カッシウスの部下との間に誹謗と疑念が生じたので、カッシウスの友人は多数、協議の席に於てブルートゥスの側に移つた。ただブルートゥスの友人の一人アティーリウスだけはそれに反対して、少くとも冬を越すやうに勧めた。ブルートゥスが、一年経てばどういふいい事があると思ふのかと訊くと、『別にいい事がなくても、それだけ長く生きられるわけです。』と云つた。それを聞いてカッシウスは機嫌を悪くし、他の人々にもアティーリウスは少からず厭な思ひをさせた。とにかくその次の日に戦ふことに決められた。

ブルートウス　三六　ところでこの頃は戦争が始まつてゐて、全局に関する要務を握つてゐたし、将来に対する配慮に煩はされてゐたので、夕方食事の後少しまどろむと、あとはもう急ぎの用に夜の時間を使はなければならなかつた。しかしそれらの事務を纏めて処理することができれば、夜番の第三刻（日没から日出までを四分して夜番の交代する時刻を数へる。つまり午前三時頃。）まで本を読むと、その頃百人隊長やトリブーヌス　ミーリトゥム（民選の役人で軍団に配慮されてゐた。）がブルートゥスのところに来ることになつてゐた。さて、軍隊をアジアからヨーロッパに渡さうとしてゐた時に、夜はずつと更けてゐてテントには燈が弱く輝き宿営全体は沈黙してゐた。ブルートゥスは何か思ひを廻らして考へ込んでゐたが、誰かが入つて来る音を聞いたやうな気がした。そこで入口の方に眼を遣ると、人並外れて大きな体をした恐ろしい異様な姿が、黙つて自分の傍に立つてゐるのを見た。勇気を出して『どなたです。人ですか、神ですか。何の用があつて来たのです。』と訊くと、幻影が答へて『あなたの悪霊だ。フィリッポイ（ラテン語はフィリッピー。マケドニアの東岸パンガイオス山の平原にある町。クレーニーデスの跡に前三五八―三五七年フィリッポス二世が建てたもの。）で会ひませう。』と云つた。そこでブルートゥスも平然として『会ひませう。』と云つた。（「カエサル」篇六九節）

14　第五幕第一場

ブルートゥス　三八　ところで、数の点ではカエサルの側よりもずつと劣つてゐたが、武器の飾と花々しさにかけてはブルートゥスの軍隊は驚くべき外観を示してゐた。ブルートゥスは通例、諸隊長に質素で控へ目な生活をさせてゐたけれども、大部分の武器には惜気もなく金や銀を施したからである。

ブルートゥス　四〇　それから二人は友人たちも列席したところで戦列について協議した。ブルートゥスはカッシウスに右翼を指揮したいと云つたが、人々は経験からしても年齢からしても、これは寧ろカッシウスが指揮すべきものだと考へた。それでもカッシウスはそれを承認したばかりでなく、最も精鋭な部隊を率ゐてゐるメッサルラに右側の位置を取るやうに命じた。

アントーニウス　九　これらの事のためにアントーニウスは民衆から憎まれ、著実で慎重な人々からも平生の生活のために気に入られず嫌はれてゐたことは、キケローも云つてゐるが、その場所柄を弁《わきま》へない泥酔や、やりきれない浪費や、女相手の耽溺や、昼間眠つたり二日酔の頭を抱へて歩き廻つたりすることや、夜酒盛をしたり芝居をやらせたり道化役者の結婚式に列席したりすることで人々の眉を顰《ひそ》めさせた。

ブルートゥス　四〇　ブルートゥスは食事の時に見事な希望を述べ、哲学の議論を行なつてから休み、カッシウスはメッサルラの伝へるところによると、自分のところに少数の親しい人々を招いて食事をしたが、天性さうではないのに考へ込んで黙つてゐるやうに見えた。食事が終るとメッサルラの手を強く握つて、好意を示す時にいつもやるやうに、ギリシャ語を使つてから云つた。『君を証人にして云ふが、私は大ポンペーイウスと同じ心持になつて、祖国に関する賽《さい》を唯一の戦闘によつて投げなければならなくなつてゐる。しかし我々は勇ましい心を持つて運命の女神を見ることにしたい。我々の計画が間違つてゐるとしても、運命の女神を信じないといふことは正しくない。』この最後の言葉を述べてからカッシウスは自分を抱擁し、次の日はカッシウスの誕生日であつたから食事に招かれてゐたのだとメッサルラは云つてゐる。

ブルートゥス　三七　その幻影が消え失せてから、ブルートゥスは召使を呼んだが、音も聞かなかつたし姿も見なかつたと云つたので、その時はそのまま徹夜をして、夜が明けるとカッシウスのところへ行つてその幻影の話をした。カッシウスはエピクーロス（前四―三世紀の有名な哲学者）の学説を信奉してゐて、それについてはいつもブルートゥスと論争してゐたのであるが、『我々の学説では、我々が感じたり見たりするものがすべて真実だとは考へず、感覚は不安定で人を欺くものであり、悟性は活動の鋭いもので、ありもしないものをいろいろな形に変へるのだと考へてゐる。現に印象は蠟に似てゐて、人間の精神は型をつけるものと型をつけられるものとを持ち、容易に自分の力でいろいろな性質や形状を取ることができる。それは、睡眠の際に現はれる夢の変形によつても明らかであつて、想像力が僅かな原因からあらゆる種類の感情や表象を生ずるのである。想像力は元来いつも動いてゐて、その運動が表象になつたり悟性になつたりする。君の場合も、疲労してゐる体が本性によつて悟性を動揺させ異常にするのである。霊などといふものは存在するとは考へられないし、存在するとしても人間の姿だの声だの我々にはたらきかける力だのを持つてゐるとは信じられない。私としては寧ろさうあつてくれればいいと思ふが、それは、これ程多くの兵士や馬や船ばかりでなく、神々の助けによつて元気を出し、最も神聖な最も立派な事業を遂行するためなのである。』と云つた。カッシウスはかういふ議論をしてブルートゥスを宥《なだ》めようとした。

ブルートゥス　三九　それにも拘らず、浄めの式には不吉な前兆が起つたとカッシウスは思つた。それは、リークトルが自分のところへ持つて来た冠が裏返しになつてゐたからである。その上、これよりも前の催物と行列の時、カッシウスの持つてゐたウィクトーリア（勝利の女神）の黄金の像を、運んで来たものが滑つて取落したと云はれてゐる。その他、肉食鳥が毎日沢山陣営の上に飛び、防壁の中の或る場所には蜜蜂の群の止まつてゐる塊が見られたが、予言者はその場所の立入りを禁じ、カッシウスさへ次第にエピクーロスの説から離れて、兵士を全く支配してゐた迷信的な神々に対する恐れを儀式によつて解かうとした。（「カエサル」篇六六節）

ブルートゥス　三七　さて、兵士が船に乗り込んでゐる時に、二羽の鷲が先頭の二本の旗の上に止まつてそのまま運ばれ、兵士に養はれながらフィリッポイまで随《つ》いて行つた。しかしそこへ行つてから戦闘の一日前に飛び去つてしまつた。

15　第五幕第二場

ブルートゥス　四一　丁度その時アントーニウスの部隊は、陣地の周囲にあつた沼地から平原の方へ壕を掘つて、カッシウスが海岸に出て行く路を遮断した。カエサルは自分が病気であつたためにそこには顔を見せず陣営に留まつてゐたが、その軍勢は敵が戦を交へようとは全然予期せず、ただ防備の工事に対して攻撃を加へ壕を掘つてゐる兵士を軽い矢と石や騒がしい叫声で掻き乱すだけだと見てゐたので、対陣してゐる敵を気に懸けず、壕の辺に起る雑然とした大きい叫びが聞えて来るのに驚いてゐた。

その時、ブルートゥスのところから諸隊長に合言葉を書いた小さな書きもの板が配られ、ブルートゥス自身は馬で戦列を駈け廻つて士気を鼓舞してゐたが、合言葉が口から口へ伝へられるのをうまく聴取つたものは少く、大部分の兵士は待切れず一度にえらい勢で鬨《とき》の声を揚げて敵に突撃を加へた。この無秩序のために戦列が不規則に散乱して……

ブルートゥス　四二　カエサルの部隊を迂回せずにそれと戦つたブルートゥスの部隊は、容易にその戦列を潰走《くわいそう》させ白兵戦で三中隊も撃滅し、勝に乗じて逃げる敵を追ひ、ブルートゥスも一緒に陣営に突入したが、勝ち誇つてゐる側（ブルートゥス側の兵士）が気づかなかつた事を、負けてゐる側（カエサル側の兵士）ではその機会に看取つた。それは、右翼が追撃に行つてしまつたあとの手薄になつた敵の部隊（カッシウスの率ゐる左翼）に攻撃を加へたそれらの兵士（カエサル側の兵士）は、……既に起つた状況を知らずに混乱した左翼を潰走させて追撃に移り、防壁に突入してこれを壊滅させた……そのうちに中央は前面の敵を撃退して多数を殺し、ブルートゥスは完全に勝利を占め、カッシウスは完全に敗北を受けたと思はれた。ところが、この一事が二人の形勢を失敗に陥いれることとなつたもので、ブルートゥスはカッシウスも勝利を得たと信じて救援に赴かず、カッシウスはブルートゥスも敗北を受けたと思つて抵抗を続けず、又メッサルラは、二人が何も得てゐないのに自分は敵の鷲章《わしじるし》（ローマの軍団のしるし）を三つと軍旗を多数取つたのを勝利の証拠と見た。

16　第五幕第三場

ブルートゥス　四三　カッシウスの形勢は次のやうになつてゐた。カッシウスはブルートゥスの部下が最初に合言葉も命令も待たずに突撃したのを見て面白からず感じ、勝利を得ると直ぐそれらの兵士が戦利品掠奪に掛かつて敵を包囲するのを怠つたのでその行動が気に入らなかつた。それに、熱意と考慮によるよりも寧ろ幾分躊躇しながら暇取つて指揮をしてゐるうちに敵の右翼に包囲され、騎兵は直ちに算を乱して海の方に逃れたので、歩兵も退却しかけてゐるのを見るとそれを抑へて呼びつけようと試みた。逃げかけた一人の旗手から旗を奪つて足許の地面に突刺したが、自分の身を護つてゐる兵士はもはや踏《ふ》み留まる気がなくなつてゐた。そこで止むを得ず少数のものと一緒に、その平原を見晴らす丘の上に退却した。しかし気力が弱つてゐたので、自分では陣営が破壊されてゐるのを殆ど見ることができず、手許にゐた騎兵だけはブルートゥスが遺した多数の騎兵の駈けつけて来るのを見た。それをカッシウスは敵が自分のところへ追撃して来るのだと推察した。それでも傍に居合せたティティニウスといふものを斥候に出した。騎兵はこの人の近づいて来るのを認めたが、カッシウスの信頼する友人だと知つて喜びの叫声を挙げ、それと親しい人々は馬から飛下りて挨拶の握手を交し、他の人々も馬をその周りに走らせて、止度《とめど》もない歓喜に勝関を揚げると同時に武具を敲《たた》いたのが、却つてこの上もない禍《わざはひ》を惹き起すことになつた。

と云ふのは、カッシウスは、ティティニウスが実際敵に捉まつたと思ひ込み、『我々は命を惜んだために、見す見す大事な人を敵に捕へさせてしまつた。』と云つて、人のゐないテントに引込み、クラッススが不幸な目に会つた時以来かういふ危急の場合に備へて自分が養つて置いた解放奴隷のピンダロスにも入らせた。パルティアーの兵からは逃れることができたが、その時は外套を顔に掛けて喉頭を露はし、剣で斬れと云つた。実際、人々が行つた時には、首が胴から離れてゐたのである。その殺害の後誰一人ピンダロスを見たものがなかつたので、或る人は命令も受けないのに主人を殺したのだらうと推測した。暫くして味方の騎兵であることが明らかにわかり、それらのものから冠を載せられたティティニウスがカッシウスのところへやつて来た。ティティニウスは味方の嘆き悲しむ叫声を聞いて、将軍の悲運と過誤を覚り、剣を抜いて、ぐづぐづしてゐたことを自ら責めて自殺した。

ブルートゥス　四四　ブルートゥスはカッシウスの敗北を知つて駈けつけたが、既に陣営に近づいてからその死を聞いた。屍体に抱きついて嘆き、カッシウスを最後のローマ人と呼んで、これほど気位の高い人はもうローマには生まれないといふ意味を含め、遺骸を包んでタソスに送つたのは、喪を表はしてその場に動揺が起らないやうにしたのである。

ブルートゥス　五一　間もなく、自分のために戦闘で斃《たふ》れた仲間の名を一々挙げ、特にフラーウィウスとラベオーの名を言ふ時には溜息をついた。ラベオーはブルートゥスの副官であり、フラーウィウスは技師の頭であつた。

17　第五幕第四場

ブルートゥス　四七　カエサル及びアントーニウスの側でも情勢はやはり面白くなく、糧食が窮乏した上、陣営が低い場所にあつてひどい冬の生活を期待する他なかつた。現に、沼地の辺に陣営を構へ、戦闘の後に晩秋の雨が続いたためにテントは泥と水に充たされ、しかもそれが寒気のために凍つたからである。さういふ状態でゐるところへ、輸送中の軍隊が海上で不運な目に会つたといふ報告が届いた。それは、カエサルの要求によつてイタリアから輸送された多くの軍隊をブルートゥス側の艦隊が撃滅し、そのうち敵の手を逃れた極く少数のものも飢ゑに責められ帆布や綱を食べてやうやく過ごしてゐるといふのである。それを聞いた人々は、ブルートゥスがどれ程大きな幸運を授かつたか自身も知らずにゐる間に、戦闘によつて勝敗を決しようと急いでゐた。と云ふのは、同じ一日のうちに陸戦と同時に海戦が勝敗を決することになつたのである。ところが、艦隊の指揮官たちの怠慢といふよりは寧ろ何かの運命によつて、ブルートゥスは二十日経つまでその成功を知らずにゐた。さもなければ次の戦闘を始めるにしても、長い間掛けて軍隊に必要な物を用意し、有利な地勢を選んで、冬の猛威を感ぜず敵から攻撃のできないやうな陣営を構へ、確実に海上を制圧し陸上でも勝利を収めることによつて、自分の側に大きな希望と士気を得てからにする筈であつた。

ところが推察によれば、ローマの政権はもはや民衆の手に握られてゐないで単独支配を必要とし、神は支配力を持つものの邪魔になつてゐる唯一人を取除き覆《くつがへ》さうと欲してゐたらしく、もう少しでブルートゥスが気づくところまで来てゐたその幸運を断ち切り、ブルートゥスがいよいよ戦闘を始めようとしてゐた一日前のしかも夕方、クローディウスといふものが敵方から脱走して来て、カエサル側では味方の艦隊の滅亡を知つて決戦を急いでゐることを告げた。それを報告した男が人々に信ぜられずブルートゥスの前に連れて来られなかつたのは、愚にもつかない話を聞いて来たか又は機嫌を取るために嘘の報告をしてゐると思はれて全く無視されたからである。

ブルートゥス　四八　その晩再び幻影がブルートゥスの眼に現はれ、同じ幻影だとわかつたが、何一つ言はずに立去つたといふ話である。（「カエサル」篇六九節）

ブルートゥス　四九　その際、カトー（小カトー）の息子は、最も勇敢で高貴な青年の間で闘つて疲れ果てたのに逃げず退かず、剣を揮ひながら、父の名も添へて名乗を揚げ、多くの敵の屍体の上で斃れた。他の最も屈強なものもブルートゥスを庇《かば》ふために危険を冒して戦死した。

ブルートゥス　五〇　ブルートゥスの友人の中にルーキルリウス（「アントーニウス」篇六九節）といふ勇敢な人がゐた。この人は、追撃する幾人かの蛮族の騎兵が他の人々には少しも構はずえらい勢でブルートゥスの方に走つて来るのを見て、危険を冒してもそれを妨げようと決心した。そこで皆から少し遅れて、自分こそブルートゥスだと云ひ、カエサルを恐れてはゐるがアントーニウスには平気だからアントーニウスのところへ連れて行つてくれと頼んだので、敵はそれを信用した。思ひも懸けない拾ひ物に大喜びをして何か素晴らしい幸運に恵まれたと思つた敵は、既に暗くなつてからこの男を引いて行き、仲間の幾人かを遣つてアントーニウスに報告させた。さてアントーニウスは喜んでそれを引張つて来る兵士たちを出迎へたが、他の人々もブルートゥスが生きたまま連れて来られると聞いて馳せ集まり、或るものはブルートゥスの不運を憫《あはれ》むべきものと考へ、或るものは命を惜んで蛮族の獲物になつたことはあの人の名折だと見た。しかし一行が近づくと、アントーニウスは立止まり、ブルートゥスをどういふ風に迎へ入れればいいか当惑してゐたが、連れて来られたルーキルリウスは至極大胆にかう云つた。『マルクス　ブルートゥスは如何なる敵にも捕へられなかつたし、これからも捕へられないでせう。それ程まで幸運を徳性に勝たせたくないものです。いや、あの人がまだ生きてゐるかそれともあの人にふさはしく屍となつて横はつてゐるか今にわかります。私はあなたの兵士を瞞《だま》してここへ来たのですから、そのためにはどんなひどい目にでも会ふ覚悟です。』ルーキルリウスがさう云ふと、すべての人は驚いたが、アントーニウスはこの人を連れて来た兵士の方を見てから云つた。『兵士諸君、このやり損ひには莫迦にされたと思つて定めし腹が立つだらう。しかし実は、探してゐた獲物よりも遥かにいいものを見つけて来てくれたのだ。敵を探しに行つて我々の味方を連れて来たことになるのだから。生きてゐるブルートゥスだとすると私は全くどう扱つていいかわからなかつた。かういふ人ならば敵でなく味方として迎へよう。』かう云つてルーキルリウスを抱き、その時は友人の一人に預けたが、後にはずつと信頼するに足る確実な人としてあらゆる事柄に使つた。

18　第五幕第五場

ブルートゥス　五一　さて、ブルートゥスは林の中の崖の間を流れる小川を渡り、暗くなつて来たので幾らも進めなかつたが、大きな岩のある窪んだ場所に腰を卸《おろ》し、少数の隊長や友人に取巻かれて、先づ星の一ぱい出てゐる天を仰ぎ……ブルートゥスが戦闘ではさう大勢死んでゐないと推測したので、スタテュルリウスは、他に方法がないから敵の間を潜《くぐ》り抜けて（味方の）陣営を偵察し、そこの者が無事だとわかれば炬火《たいまつ》を揚げてから又ここへ戻つて来ると約束した。果して陣営に辿《たど》り著《つ》いたスタテュルリウスの炬火が揚がつたけれども、長い間戻らなかつたので、ブルートゥスは云つた。『スタテュルリウスは生きてゐればきつと戻つて来る。』しかしスタテュルリウスは、帰り途に敵に出会つて殺された。

ブルートゥス　五二　夜が更けてから、丁度横になつてゐたブルートゥスは自分の召使のクレイトゥスの方を向いて何かと話をした。クレイトゥスが黙つて涙を流してゐるので、今度は盾持のダルダヌスを呼び寄せて、いろいろ個人的な事柄を話した。最後にウォルムニウスにギリシャ語で学問修行中の思出話をした。やがて自分の身を突き刺すから剣に手を添へて一緒に力を入れてくれと頼んだ。ウォルムニウスが拒み、他の人々も同様に拒んでゐるうちに、或る一人が、ここに留らずに逃げなければいけないと云つたので、ブルートゥスは立上り、『さうだ、どうしても逃げなくては。しかし足でなしに手で逃げよう。』と云つた。さうして銘々と機嫌よく握手してから、友人が誰一人自分を偽らなかつたことを非常に嬉しく思ふが、運命に対しては祖国のために怨むと云ひ、自分は昨日や一昨日ばかりでなく今でも自分に勝つた人より幸福であつて、徳性の聞えを残して行くが、それを征服者が武器や財物によつて残せないのは、正しい人を滅ぼす不正な人にも善人を殺す悪人にも立派な支配ができないと思はれてゐるからだと云つた。人々にはどうか逃げてくれと頼んでから、二三人を連れて離れたところへ去つたが、その中には弁論術を学んだ頃から親しくしてゐたストラトーンもゐた。ブルートゥスは、この人を自分の直ぐ傍に立たせ、抜身の剣の欛《つか》を両手で握りその上に落ちかかつて死んだ。或る人は、ブルートゥス自身ではなくストラトーンが切《しき》りにブルートゥスに頼まれて、眼を外らせて剣を突きつけ、ブルートゥスはそこへえらい勢で胸を当てがつて突き刺さり、瞬く間に死んだと云つてゐる。

ブルートゥス 五三　このストラトーンを、ブルートゥスの仲間のメッサルラは、カエサルと和解してから閑な時に連れて行つて、涙を流して云つた。『この人です、私の大事なブルートゥスに最後の深切をしてやつたのは。』

ブルートゥス 二九　ところが、ブルートゥスに対しては政敵も一人としてさういふ変節を責めたものはなく、アントーニウスでさへ、ブルートゥスだけはカエサルに反抗するに当つてその計画の光輝と美名に促されたのであるが、他のものはカエサルに対する憎悪と羨望によつて集まつたのだと云つたのを、多くの人が聞いてゐる。（本篇一節）

ブルートゥス 四八　しかし、最初からブルートゥスと共に従軍した哲学者のプーブリウス　ウォルムニウスは……

ブルートゥス 五三　ブルートゥスの遺骸はアントーニウスが発見して、その体を自分の最も高価な紅い上衣で包めと命じた。

三

「一六〇一年はシェイクスピアの運命の上で著しい年であつた。」レオ・シェストフは彼のシェイクスピア論をさういふ書出しで始めてゐる。シェストフがそれを書いたのは一九〇三年であつたが、その四年前の一八九九年までは、「ジュリアス・シーザー」は一六〇〇年もしくは一六〇一年の作と考へられてゐたのである。一八九九年にパーシー・シンプソンの考証によつて、それが一五九九年には既に出来あがつてゐたことが明かにされた。しかし、その後も一九一〇年にはマッカラムが、一九一三年にはファーネスが、一九一六年にはシドニー・リーが、なほ一六〇〇―一年説を主張してゐた。一九〇三年のシェストフがそれに随つてゐたとしても別に不思議はない。要するに、「ジュリアス・シーザー」は一六〇一年に書かれたものとして、シェストフは次のやうに続けてゐる。

　我々は其年に此の大詩人の身の上に何が起つたか、正確には知つてゐない。批評家達は色々違つた臆説を提出してゐる。或者は、彼の友人にして保護者である所のエセックス及びサザンプトン両伯爵が、エリザベス女王を廃するといふ馬鹿げた陰謀を、更に馬鹿げた手段で遂行しようとしたために処刑を受けたといふ事件が、彼にかなりな打撃を与へたのだといつてゐる。或者は彼がその十四行詩の中で謳つてゐる「浅黒い婦人」に関する不幸な愛について語り、更に或者は此の時に彼の父が死んだのだといつてゐる。

人々はその傾向や性質に応じて、之等の臆説のうち何れかを多かれ少かれ信じようとするだらう。然し兎も角此の年に、シェイクスピアの生涯に於て彼の全存在を震駭《しんがい》させた恐ろしい事件が起つたことだけは確かである。一六〇一年以後彼は全く違つた人間であり、その結果として、彼の作品は別の色調を帯びてゐる。

（河上徹太郎訳「シェイクスピアに於ける倫理の問題」、芝書店版「虚無よりの創造」所収）

シェイクスピアのやうな古典を論じる場合、作者の個人的な生涯を作品理解の索引とすること、あるいはその反対に作品を生涯や思想の索引に利用することは、近代文学のやうに必ずしも手際よくはゆかない。たとへば、シェイクスピアはその極く初期に「リチャード三世」のやうな陰惨な芝居を書いてゐるのである。が、シェストフの言ふことも全くは無視できない。シェイクスピアの作品はこの「ジュリアス・シーザー」から確かに「別の色調を帯び」はじめる。以後、死に至るまでの十年間を、一般に「悲劇時代」と呼んでゐる。シェイクスピア悲劇の傑作はすべてこの時期のものであり、「ジュリアス・シーザー」がその先駆をなす。

シェストフは『ジュリアス・シーザー』では一瞬間でも笑ふ人物が一人も出て来ず、更にこれに続いたのは『ハムレット』であるが、そこで笑ふのはハムレット一人だけであつて、しかもその笑ひは、極度に狂乱した歔欷《きよき》よりもつと恐ろしいもの」と書いてゐるが、ハムレットの笑ひが「恐ろしいもの」かどうかは別として、なるほど「ジュリアス・シーザー」には笑ひがない。「マクベス」や「リア王」にさへある「息ぬきのをかしみ」もない。また「ハムレット」や「オセロー」に度々出て来る「下がかり」もない。ウィルソンは一五九九年に道化役者ケンプがシェイクスピアの劇団を去つた事実を指摘し、そのため作者はこの作品を道化役なしで仕上げねばならなかつたのかもしれぬと言つてゐる。

　いづれにせよ、この作品はシェイクスピアの他のどの悲劇に比べても、生真面目で色気がない。そのためであらう、現在の英国で最も人に知られ読まれてゐるシェイクスピア悲劇は「ジュリアス・シーザー」であらうと言はれてをり、広く教科書に採用され、常に学生演劇の対象として好まれてゐる。おそらくシェイクスピア自身、古代ローマを扱ふといふことから意識してさうしたのであらうが、語法も文体も簡潔、率直であり、響きの上でも単音節語を多く用ゐてその力強い効果を出してゐる。それがまた教科書として採用され、青年に好まれる理由にもなつてゐよう。さらに政治劇としての解り易さがそこにはある。シーザー、ブルータス、キャシアス、アントニー、それぞれが明確な筋書をもつた政治的事件において、明確な役割を果してゐるからである。が、「ジュリアス・シーザー」はそれだけのものであらうか。それなら書生芝居、壮士芝居の域を出でない。事実、うつかり上演すれば、さういふものになりかねないのである。

なるほど、ウィルソンは新シェイクスピア全集「ジュリアス・シーザー」の序において、この作品を「政治劇として最高のもの」だと言ひ、しかもそれが最高である所以《ゆゑん》は、題材が政治的であるためでも、またそれに適した簡潔、明晳な文体のためでもなく、そこに登場する「公人」があくまで「私人」として生々と描かれてゐるためであると言つてゐる。その限りにおいて、私は彼の言葉に賛成する。だが、その序が書かれたのが第二次大戦直後の時期だつたからであらうか、彼は専制主義といふものをこの作品の主題としてあまりに重視しすぎる。もしこの作品がわれわれの時代に書かれたとしたら、「シーザーとシーザイズム（専制主義）」と名づけられたかもしれぬが、シェイクスピア時代には、シーザイズムなどといふ抽象語ははやらなかつたし、事実一八五七年までこの語はなかつたと彼は言ふ。要するに、ウィルソンはシーザーと暗殺者との対立に「独裁に抗する自由」の主題を見ようとしてゐるのである。

そのため、彼は従来この作品の構成上の欠陥として挙げられてゐる二つの問題に論点を集中し、それは欠陥であるどころか、彼の主張する主題を生す最も効果的な技法だと言つてゐる。まず第一に、第四幕第三場におけるブルータスとキャシアスとの口論だが、たとへばブラッドレーなどはそれを単なる「挿話」に過ぎぬものと見なし、ここを省いてしまつても全体になんの影響もないとまで極言してゐる。なるほど「ジュリアス・シーザー」は短い方から数へれば、全作品中七番目で、「空騒ぎ」「ヴェニスの商人」「アセンズのタイモン」と同じであり、悲劇の中では最短の「マクベス」に次ぎ、それと数頁しか違はない。本全集では全体が八十頁足らずである。そのうち第四幕第三場は十頁あり、最も長い場になつてゐる。その次が第三幕第一場のシーザー暗殺の場と第二幕第一場のブルータス邸の九頁、次が第一幕第二場の競技の場の八頁、第三幕第二場の演舌の場の七頁の順である。「公人」の行動を描きつつある政治劇のさなかに、ほとんど「私人」の、二人だけの口論で終始する第四幕第三場は、なるほどブラッドレーの言ふごとく単なる「挿話」的装飾部分に過ぎぬかもしれぬ。

　第二に、この作品はシーザーの暗殺の前と後とで、主題が二つに分裂してゐると解く学者が相当にゐる。そこから、以前は二つの別個の芝居だつたものを、すなはちシーザーの死に終る悲劇とブルータスの死に終る悲劇とを、無理に一作に結合したものだといふ説も出て来る。ウィルソンに言はせれば、この二つの欠陥にこだはる論者は、結局は同一の誤りを犯してゐるのである。つまり、ウィルソンの言ふ「独裁に抗する自由」の主題を見そこなつてゐるといふことになる。果してさうであらうか。シェイクスピアは「謀反人の運命」に気をとられてゐたのではなく、「ローマの未来」を測つてゐたのであらうか。私はさうは思はない。

もちろん、私もブラッドレーには服さない。口論の場はこの作品の中で私の最も惹かれる場である。それは単なる「挿話」に過ぎぬ無用の脱線であるどころか、おそらく作者の最も書きたかつた場面でもあつたらう。が、ウィルソンの言ふやうに、私達にさらによくブルータスとキャシアスを知らしめ、彼等に愛情や同情を感じさせる効果があるとばかりは言へない。ブルータスの高潔とキャシアスの利己心との対照が作者の覘《ねら》ひではない。もしその二つの対照があるとすれば、ブルータスのうちにも利己心があり、キャシアスのうちにも高潔がある。あるいはブルータスの高潔な冷酷とキャシアスの利己的な友情と、その二つの対立がある。二人はたがひに相手の醜さを暴露する鏡のやうに相対してゐる。

一体、この劇の主人公は誰か。作品の題名にもかかはらず、明かにシーザーではない。では、ブルータスか。私達は誰に同情すればよいのか。誰の悲劇なのか。シェストフはブルータスを主人公と見、彼の理想主義が破れてゆく過程にシェイクスピアの深刻な懐疑を想像してゐる。ウィルソンもこの劇には「ハムレット」や「リア王」のやうな「主人公はゐない、危機にあるのは、さういふ個人の心ではなく、「ローマの未来」だと言ひながら、やはりブルータスに最も同情的である。暗殺者の中で「ただこの男だけだ、純粋な正義の精神にかられ、万民の公益を願つて一味に加つたのは」といふアントニーの言葉をそのまま信じてゐる。彼はルネサンス期イタリーの共和政論者や芸術家が多くブルータスを聖者として崇《あが》めてゐたことを指摘し、「ルネサンス期特有の感情はシーザーにたいする渇仰と暗殺者にたいする渇仰とが一つになつてゐたことであつた」といふブルクハルトの言を否定する。が、おそらくブルクハルトの言ふとほりであつたらう。ルネサンスに限らない。いつの時代でも、その二つは一つになりやすい。

「高潔」なブルータスにはそれが見ぬけなかつた。民衆の中で一つの渇仰がもう一つの渇仰に変つてゆく心の動きが、「高潔」であればこそ彼には見ぬけなかつた。のみならず、彼は自分自身の中で「高潔」におさへつけられた「利己心」が、やがて「高潔」そのものを追ひつめてゆくであらう人間精神の腐蝕作用に気づかなかつたのである。ウィルソンにもそれが見えてゐないのではないか。が、ウィルソンよりもブルータスに近いウィンストン・チャーチルがそれを見落さなかつたのは興味ふかい。チャーチルは戦前にシェイクスピア物語の一つとして「ジュリアス・シーザー」を書いてゐる。二十頁ばかりの短篇であるが、無駄のない名文である。その口論の場は次のやうな文章で始る。

その時、彼は（ブルータスは）自分の天幕の外に立つて、キャシアスが来るのを待つてゐた。二人とも自分達が置かれてゐる情勢の急迫に心が歪んでゐた。ブルータスはおのれの廉潔《れんけつ》、理想、自尊の念をあくまで固持し、傲岸不遜になつてゐた。キャシアスの方は貪慾と、あまつさへ収賄の誘惑に屈し、ブルータスにたいする深い友情と尊敬との底に嫉妬と怨恨とを隠しもつてゐた。

読者は天幕の中で相争ふ二人の男のどちらに同情するであらうか。いや、その二人の男は決して二人の個人ではなく、共同して「謀反人の運命」を、あるいは「独裁に抗する自由」の宿命を演じてゐるのではないか。なるほど、モンテーニュがシーザーを評してゐるとほり、独裁にたいする野心は「寛容の徳」を破壊するであらう。が、独裁を打倒しようとする自由の精神も、もし「精神の政治学」を欠くならば、同じやうに「寛容の徳」を破壊するのである。正義もまた敗北の過程においては、それが正義であるがゆゑに、あるいは正義でしかありえないならば、やはり腐敗を免れない。シーザーの亡霊が「高潔」な志士の眠りを妨げるのである。

シェイクスピアの目にはそのことがはつきり見えてゐたのである。あるいはシェイクスピアはエリザベスにたいする謀反人達に親しく接してゐるうちに、さういふ人間不信の劇をまざまざと見せつけられ、その末路をひそかに予見してゐたのかもしれぬ。

（昭和三十五年八月二十五日）

ハムレット

一

「ハムレット」の初演は一六〇一年か一六〇二年と推定されてゐる。したがつて、書かれたのは早くとも一六〇〇年で、それ以前といふことはありえない。当時はもちろん、現在でも戯曲の出版は上演後に行はれるのが普通である。当時はことに遅れた。「ハムレット」の最初の上梓は一六〇三年で、この版を第一・四折本（First Quarto）と呼んでゐる。誰かがグローブ座初演の時の記憶をたよりにこしらへた盗版で、現在のものよりはずつと少く、全体の行数は二千百四十三行しかない。

更に二年後、一六〇四・五年に同じ型の四折本が出版されたが、これは第二・四折本（Second Quarto）と呼ばれ、行数は三千八百行近くにふえてゐる。第一・四折本の杜撰《づさん》なのに憤慨した作者自身、あるいはその身近のものが、それを正すために上梓せしめたらしく、扉には「真正、完全なる写本に随《したが》ひ、ほとんど原形そのままに増補印刷せる新版」と断書《ことわりがき》が出てゐる。

次に作者の死後、一六二三年になつて最初のシェイクスピア戯曲全集が出てをり、これを第一・二折本（First Folio）と呼んでゐるが、それに収められた「ハムレット」がある。これはグローブ座初演のさい、作者の肉筆原稿から写しとつた後見用台本をもとにして印刷されたものらしい。第二・四折本に比して二百行余り少く、全体で三千五百行になつてゐる。しかし、それにないところが八十行余りある。

定本決定の場合、問題になるのは右の二つ、すなはち第二・四折本と第一・二折本であつて、一六〇三年の第一・四折本は一応除外していい。だが、信ずべき善本が二つあるといふのは、一つしかない場合よりも、かへつて面倒である。どちらを基本として採り、どちらを参考として採るにとどめるか、そしてその根拠は何かといふことがまづ問題になる。

昔から「ハムレット」の定本として使はれてきたものは、いづれも元は一つで、それは第一・二折本を正典と見なし、第二・四折本の方は異本として、ただ増補のために参照するにとどめ、なほ多少は第一・四折本から採つたといふ、いはば折衷的定本が出来てゐて、各版の相違は、それぞれの註釈者が自分の判断と趣味にしたがひ、部分的な語句の修正をほどこすことによつて生じたものに過ぎない。

しかし、私の飜訳の原書として用ゐた新シェイクスピア全集の校訂者ドーヴァ・ウィルソンは、さういふ折衷的定本の無批判的な受入れに満足せず、さらに根本に溯《さかのぼ》つて、二つの原本のいづれがよりよいかを問ひ、定説とは逆に第二・四折本こそ最も信頼すべき正典と見なしてゐる。

ウィルソンによれば、第一・二折本は写しのまた写しである。それは一六二三年の全集出版のために、その年もしくは前年に改めて作られた写しで、何から写したかといふと、当時のグローブ座の後見用台本からである。なるほどその後見用台本はシェイクスピア自身の肉筆原稿からぢかに写しとられたものであるらしい。が、その間に誤りは起らなかつたとしても、後見用台本として使用してゐるうち、稽古中、上演中に、劇場側が一つも手を入れなかつたといふことはありえないし、また出版用の写しを作るまへに勝手な削除や加筆がおこなはれなかつたなどといふことも考へられない。さらに、その出版のための写しを作るとき、劇場側の写し手が後見用台本との照合をどこまで注意ぶかく行つたか、その点がまことに怪しい。上演中の記憶に頼つて、いいかげんに事を進めたにちがひないとウィルソンは言ふ。

それに反して、第二・四折本はシェイクスピアの肉筆原稿そのものを印刷に附したものと考へられる。当時の事情から推して、劇団では一度役者のために台本を作つてしまへば、原稿の方は不要になるので、それをそのまま版元に売渡したはずである。唯、この四折本は扉の宣伝文句にもかかはらず、いかにも誤植が多い。また語、句、節の脱落がある。そのうへ、さらに始末の悪いことに、その版を組んだ印刷工の手落ちがそのまま出てゐるならまだしも、それをただす役割の校正者がどうやら原稿をろくに参照せず、自分の能力と勘にしたがつて朱筆を入れたらしいのである。

それでもなほウィルソンは第二・四折本の方を遥かに重視する。印刷工の誤植も綿密に調べてみれば、暗号の解読の場合と同様、そこには一種の法則に似たものがあつて、その裏にシェイクスピア独自の筆癖が辿《たど》れるからといふ。それが出来るのも一方に第一・二折本があるからであるが、言ふまでもなく、ウィルソンはつねにそれを校合してをり、その必要を説いてゐる。のみならず、盗版の第一・四折本さへ傍証確認の材料として有用だと言つてをり、ことにそのト書は二つの善本より豊富で、当時の劇場機構を知るうへに便であり、一二をそのまま採用したと断つてゐる。

二

次に「ハムレット」物語の源について大体のことを述べておく。シェイクスピアと同時代の劇作家で「スペイン悲劇」のやうな復讐劇の元締的存在だつたトマス・キッドといふ人物があり、おそらくそのキッドが書いたものらしい「原ハムレット」が、シェイクスピアの「ハムレット」の出る数年前までロンドンで上演されてゐたのである。「原ハムレット」といふのはドイツの学者の命名であるが、それは今日すでに失はれて残つてゐない。が、シェイクスピアがこれを観て、「ハムレット」の著想を得たのであらうことは、まづ疑ひない。

さらに溯れば、十二世紀末、デンマーク人サクソーが「デンマーク国民史」といふ本を書いてをり、その第三巻に「ハムレット」物語が出てくる。それはラテン語で書かれてゐるが、その骨子をフランスのベルフォレーが一五八二年刊の仏文「悲劇物語」第五巻に書きおろしてゐる。シェイクスピアの「ハムレット」はそのいづれかに負うてゐるかもしれぬし、両方に負うてゐるかもしれぬ。

シェイクスピアとの関係を別にすれば、「ハムレット」物語の源流は遠く民間伝承や民族詩のうちに求められる。英国とスカンディナヴィア半島の間には、古くから海上の交通が行はれ、バルティック海の南岸のあたりや、あるいはアイスランドとノールウェイ氷原地帯とにはさまれた海峡は、つねに両民族の航行を可能ならしめてゐたといふ。さうした状況のなかで、「ハムレット」といふ名前はまづアイスランド系の「アムロオジ」といふ形で現れる。一二三〇年頃の散文物語「エダ」の中の詩に出てくるさうである。一方、古代英語の民族詩「ベオウルフ」に「オネラ王」といふのが出てくるが、これが「ハムレット」といふ人物の原型「アムロオジ」と同じだといふ説がある。「アムロオジ」は「アンレ」と「オジ」との合成で、「アンレ」はスカンディナヴィア地方の一般男性名、「オジ」は「戦闘的」「狂的」の意味の綽名《あだな》の接尾語的用法だといふのである。どこまで信じられるか解らないが、「ハムレット」と狂気との結びつきといふ点では面白い。

サクソーの「デンマーク国民史」でも「ハムレット」はやはり狂気をよそほつてゐる。そればかりではなく、ほとんどすべての道具だてがシェイクスピアの「ハムレット」と一致してゐる。シェイクスピアが直接にそれから借りたのではないとしても、キッドの「原ハムレット」が既にそれを取入れてゐたことは確かで、それが現在の「ハムレット」の原型であることだけは否定しえない。

「デンマーク国民史」によれば、「ハムレット」は「アムレス」である。父はデンマーク王ではなく、ジャトランド半島の一領主で、デンマーク王の娘「ゲルサ」を妻にしてゐる。「アムレス」は一騎打においてノールウェイ王を殺し、四方に勇名を轟かせる。が、弟の「フェング」は彼をそねみ、暗殺して、みづから領主になり、「ゲルサ」を妻にする。「アムレス」の子の名はやはり「アムレス」で、彼は復讐を決意するが、時をかせぐため、また叔父の疑ひをそらせるため、わざと狂気と愚昧をよそほふ。しかも、その狂気の言葉には深い智慧がこもつてをり、鋭い真実が含められてゐるのだが、それが意識的なものであるといふ証拠を少しも見せなかつた。

叔父「フェング」はこの佯狂《やうきやう》を暴露するために二つのもくろみを考へつく。一つは幼時のころから知つてゐるある美しい女性を使つて、「アムレス」を誘惑することであり、もう一つは自分の友人を間者にして「アムレス」が母親と二人だけのときをねらひ、立聴きさせることである。

「アムレス」は第一の罠《わな》からは、忠実な親友の警告によつて救はれ、第二の罠からは自分の用心によつてのがれる。彼は寝台の下に隠れてゐた間者をそのまま突き刺し、死体を切りきざんで、熱湯で煮くたらしたあげく、溝に投げすてて豚の餌にしてしまふのである。

　それから悪罵のかぎりを尽して母親を責める場面がある。尻軽の淫売のと罵《ののし》る。自分の息子の父親を殺した男に取入り、色仕掛でものにしたと悪態をつく。相手きらはず本能の赴くままに番《つが》ふ獣そつくり、しかもこれまた獣同様、先の夫をきれいに忘れてしまつたとわめきちらす。最後に「アムレス」は母に向つて、わが子の弁《わきま》へなさを歎かず、おのが心の穢《けが》れのために泣けと言ふ。かうして、彼は母の心を真二つに裂き、絶望の底に陥《おとしい》れたあげく、徳の道を歩めと救ひの手をさしのべる。

　叔父「フェング」は二つの計画が失敗したので、「アムレス」を英国に使ひせしめる。国書をもつた二人の男が随行するが、国書には英国到着後「アムレス」を死刑に処するやうにとある。しかし、二人が眠つてゐる間に、「アムレス」は国書を探しだし、自分ではなく、その二人の命を奪ふやうにと書き改め、「フェング」の偽署名をしておく。英国王はそのとほりにし、「アムレス」を歓待し、王女を妻に与へる。青年の人格と気質にすつかり惚れこんでしまふのである。

　一年後に「アムレス」はジャトランドに戻り、「フェング」をはじめその一味のものに酒を強ひ、館に火を放つて、生身のまま焼き、逃げようとする叔父をみづから刺し殺す。

叔父はあらかじめ「アムレス」の剣先を使へなくしておいたのだが、「アムレス」はそれを知り、自分の剣を叔父のそれと変へ、つひに復讐を遂げるのである。以上、一々指摘するまでもなく、そこには「ハムレット」の筋だてがほとんとすべて揃つてゐる。

一方、明かにこのサクソーから借りたベルフォレーの「悲劇物語」には、「アムレス」の「異常な気鬱」といふ性格は、それとはつきり書いてないし、またポローニアスの前身と思はれる男の才智、わが子の毒舌に傷つく母親の苦悩など、サクソーにあつてベルフォレーにないものである。ただ二点だけベルフォレーの創意と思はれるものがある。その一つは「アムレス」の母と叔父とが父の生前から密通してゐたことであり、もう一つは叔父が囮《をとり》に使つた娘が「アムレス」と相思の仲になつてゐることである。この二点についてはシェイクスピアは直接ではないにしても、ベルフォレーに負うてゐると言へよう。

三

シェイクスピアの「ハムレット」について、いつの時代に、誰が、どう言つてゐるかは、「批評集」(「福田恆存飜訳全集」第六巻、新潮社版「シェイクスピア全集」第十巻)に譲ることにして、私がこの作品を、のみならず一般にシェイクスピアをどう考へてゐるかについて簡単に述べておく。それが飜訳者の責任といふものであらう。どの作品の場合でもさうであらうが、飜訳には創作の喜びがある。自分が書きたくても書けぬやうな作品を、飜訳といふ仕事を通じて書くといふことである。それは外国語を自国語に直すといふことであると同時に、他人の言葉を自分の言葉に直すといふことでもある。さういふ創作の喜びは、また鑑賞の喜びでもある。本当に読むために私は飜訳する。さらに戯曲の飜訳においては、演戯し演出する喜びが伴ふ。実際に演戯し演出する機会の有無は別として、その行動意慾なしに戯曲の飜訳は不可能であり無意味である。

　私のシェイクスピア飜訳を評して舞台の上演を主眼としたものであると言つて、暗にその偏してゐることを諷した英文学者があり、また自分はシェイクスピアが書いたとほりに訳すと称して、あたかも私の飜訳が意訳に過ぎるかのやうな当てつけを書いた飜訳者がある。いづれも過つてゐる。私の飜訳を待つまでもなく、シェイクスピア自身、舞台の上演を主眼とし、いや、上演のために、すべての作品を書いたのである。上演に不適当な飜訳はシェイクスピアの飜訳ではない。そしてさういふものは、いかに逐語的に訳語を並べてゐようが、それこそ意訳と言ふべきものである。つまり、シェイクスピアの原文はかういふふうになつてゐるのだと説き示す解釈に過ぎず、それは決して訳ではない。直訳こそ意訳だといふ原理の洞察がまづ必要である。飜訳はそれから先のことだ。

　戯曲の飜訳についてことにさう言へる。声のひびかぬ言葉をつらねてせりふの生動感を殺してしまつてはならない。シェイクスピアの日本語訳は、日本人の役者が日本語をもつて、といふのはその日本語を発声することによつて演戯慾、行動慾を満足せしめうるものでなければならない。そのためには、飜訳者が自分の飜訳を通じて演戯し演出する喜びを味はつてゐなければならないのだ。

　私は自分の飜訳を擁護するためにそれを強調するのではない。事はシェイクスピア観にかかはる根本の問題なのだ。私がウィルソンの定本を採つた理由もそこにある。彼は単に著実綿密な考証家として優れてゐるだけではない。その柔軟な作品鑑賞力においても凡ではないが、さらに得がたいことに、従来のシェイクスピア学者に欠けてゐた、いはば演劇的直観とでもいふべきものに恵まれてゐる。それあればこそ、彼のためにシェイクスピア学は大いに深められたのであり、ことに「ハムレット」解釈は決定的な変化を受けたのである。

　さう言へばをかしな話だが、従来のシェイクスピア学ないしは一般の批評鑑賞は、シェイクスピアの作品が舞台のための上演台本であることを忘れてゐた。いや、ある意味では、そのことが不必要に強調されすぎたと言つてもいい。といふのは、これまでシェイクスピアの作品が上演台本だといふことを考慮に入れた学者や批評家のほとんどすべては、ただ部分においてそれを強調しただけであり、しかも大抵はシェイクスピアの矛盾や気紛れや欠点を認め、それを許すための消極的口実としてに過ぎない。

たとへば「ハムレット」第三幕第一場の尼寺の場であるが、ハムレットは壁掛のうしろにクローディアスやポローニアスが隠れてゐることを知つてゐたのか、知つてゐたとすれば、どうして知つたのか、次の劇中劇の場では、クローディアスはなぜ黙劇を中途で止めさせなかつたのか、なぜハムレットはクローディアスを殺すのをためらつたのか、またハムレットはオフィーリアを本当に愛してゐたのか、なぜあんな猥褻な言葉をオフィーリアに向つて吐くのか、一体ハムレットの異常は佯狂のためなのか、本物の狂気からくるものなのか、等々の疑問を突きつけられたとき、学者や批評家の返答は判で押したやうな決り文句をくりかへすにとどまつてゐた。

　すなはち、エリザベス朝の芝居は娯楽であり、当時の見物は下等であり、作劇術は粗雑きはまりないものであり、そして天才シェイクスピアもまた単なる座附作者に過ぎなかつたといふ、その一言を人々は免罪符のやうに振りまはすだけであつた。あるいはまた、その一言で、名作「ハムレット」もたちまち駄作の汚名を著せられ、失敗作として葬られる憂目にさへあつたのである。

　だが、ウィルソンはシェイクスピアの矛盾や気紛れを許すのではない。ウィルソンの演劇的直観といふ照明を与へられると、それらの矛盾や気紛れは、たちまち霧のやうに消えてなくなり、登場人物たちは奥深い遠近法の中にくつきりした立姿をもつて現れ、統一的な行動の強い線を描きはじめるのである。ウィルソンがハムレットの性格について考へるまへに、まづ作品「ハムレット」について、その構成や筋について考へろと言ふとき、彼は個々の登場人物のをさまるべき遠近法を全体としてとらへることの必要を説いてゐるのだ。

浪漫派のハムレット観はハムレットを「ハムレット」の外に連れだし、遠近法も背景もなしに不当な巨像を造上げてしまつたのだが、その巨像がやがて虚像にすぎぬことに気づきはじめたとき、人々は「ハムレット」のすべてを失つてしまつたのである。そのハムレットをふたたび「ハムレット」の中に連れもどすために、ウィルソンがどういふ努力を払つたか。今、それについて詳しく述べる余裕はない。しかし、私のハムレット観、ないしそのための「ハムレット」観は完全にウィルソンのそれと一致する。私はむしろ自分の言葉でそれを述べておかう。

前にも度々言つたことだが、ハムレットの最大の魅力は、彼が自分の人生を激しく演戯してゐるといふことにある。既にハムレットといふ一個の人物が存在してゐて、それが自己の内心を語るのではない。まづ最初にハムレットは無である。彼の自己は、自己の内心は、全く無である。ハムレットは自己のために、あるいは自己実現のために、語つたり動いたりはしない。自己に忠実といふ概念はハムレットにもシェイクスピアにもない。あるのはただ語り動きたいといふ慾望、すなはち演戯したいといふ慾望だけだ。この無目的、無償の慾望はつねに目的を求めてゐる。その目的は復讐である。決して自己実現などといふ空疎な自慰ではない。慾望の火はそんなものには燃えつかないのだ。

ハムレットは演戯し、演戯しながらそれを楽しんでゐる。そのことはシェイクスピア劇の主人公すべてについて言へることで、ハムレットの場合、それが今日の私たちの眼には度を超えるほどに過剰だといふだけのことに過ぎない。といふのは、人生を演戯したいといふハムレットの慾望は、復讐といふ目的を得て燃えあがるのだが、さうしてひとたび燃えあがつた火は、今度は周囲のあらゆるものに燃えつき、それらを焼き尽さうとする。その激しい演戯慾のために、ハムレットは本来の自己を失ふ。もしさういふものが在りうるなら、彼は本来の自己を見失つて、その他のあらゆるものになりうる。ハムレットは意地悪であり、無邪気であり、冷静であり、情熱的であり、軽率であり、慎重であり、上品な王子であり、下劣な悪友であり、信頼しうる人物であると同時に自分勝手なわがままな男でもある。

　ハムレットを演じる役者には、ほんの一寸した心がけが必要である。シェイクスピア劇においては、自分の役の内面心理の動きや性格をせりふから逆に推理し帰納して、その表現を目ざすといふ写実主義的教義は有害無益である。ハムレットの演技法はハムレットに教はることだ。シェイクスピア劇の演技法はシェイクスピアに教はることだ。そのハムレットは演戯し、演戯しながらそれを楽しんでゐる。さういふハムレットを役者は演戯すればいい。演戯といふことが既に二重の生であるがゆゑに、そこには二重の演戯がある。

　これは私の持論だが、人生においても、そのもつとも劇《はげ》しい瞬間においては、人は演戯してゐる。生甲斐とはさういふものではないか。自分自身でありながら自分にあらざるものを摑みとることではないか。ハムレットの狂的性格をウィルソンはその自己相剋《さうこく》において説明し、かう書いてゐる。

> 彼を狂気だと見るのは意味がない。しかし、彼が自分のことを「ひどい精神錯乱に悩まされてゐるのだ」と言ふとき、誰もその言葉を信じたくなりはしないか。なぜなら、彼は全曲を通じて明かに狂熱の発作にとりつかれてゐるからである。彼はその発作と格闘してゐる。それはオセローが自分の嫉妬と、マクベスが自分の精神的不安定と格闘してゐるのと同じである。この格闘こそ、彼の悲劇の土台をなすものだと言つてさしつかへない。

ウィルソンの言は正しい。この自己相剋の激しさにおいて、ハムレットは悲劇の主人公の気品と高邁とを獲得するのである。一体、シェイクスピアの周囲のどんな人物が、彼にハムレット創造の刺戟を与へたのか。それは多くの学者の臆測によれば、「才気縦横の気むづかしやで、興奮しやすく移り気の放つたらかしやで、不幸な最期をとげた当時のエセックス伯」であらうといふことになつてゐる。

（昭和三十四年九月六日）

マクベス

一

マクベスはシェイクスピアの四大悲劇の一つとして、「ハムレット」「リア王」「オセロー」と並称されてゐる。そのうちでも、一番最後に書かれたものらしい。最初に上梓されたのはシェイクスピア歿後の一六二三年に出た二折本全集においてである。上演の記録として明瞭に残つてゐるのは、シモン・フォーマンといふ占星学者の観劇記で、それによれば、フォーマンは一六一一年四月二十日にグローブ座で「マクベス」劇を観た事になつてゐる。

このことは次の事実と符合する。二折本の「マクベス」劇は、同時代の劇作家で「魔女」の作者ミドルトンの補筆があると推定されてをり、その「魔女」といふ作品は一六〇九年から一六一〇年にかけて上演されたと見る事が出来る。即ち、フォーマンがグローブ座で観た「マクベス」劇は、恐らく「魔女」の作者が手を入れた直後の初演のものだつたに相違ない。

次の問題は、ミドルトン加筆前の「マクベス」劇は、いつ上演され、いつ書かれたかといふ事だが、これには色々の説がある。ドーヴァ・ウィルソンによると、一六〇六年といふ事になる。当時の王はジェームズ一世だつたが、彼はそれまでスコットランド王であり、一六〇三年、エリザベス女王歿後、イングランド王をも兼ね、ステュアート王家の祖となつた。一六〇六年、義兄弟のデンマーク王クリスチャンの来訪に際して、宮中に観劇の宴を催した。その一つに選ばれたのが「マクベス」劇だといふのである。その証拠として第二幕第三場の有名な門番の場が挙げられてゐる。

ほう、二枚舌のいかさま師かい。両天秤にかけやがつて、やたらに誓ひを立ててさ、神様のためには、嘘も方便とかぬかしたつけが、その二枚舌ぢや、やつぱり天国にもぐりこめないつてわけか。

たまたまこのせりふと符合する事実が当時あつた。ジェスイット会のヘンリー・ガーネットが陰謀事件で偽誓し、絞首罪に処せられたのである。この事実は、なほ第四幕第二場におけるマクダフ夫人と息子との間の会話にも影響を与へてゐる。母子は謀反、偽誓、絞首罪の事などを冗談まじりに語つてゐるのだ。ガーネットの処刑は一六〇六年五月三日であつた。デンマーク王クリスチャンの来訪は同年七月十七日から八月十一日までである。

第四幕第三場の「王の病ひ」に関するくだりや、同じくマルコムとマクダフとの間に交される国王の資格についてのやや退屈な会話などでは、作者はジェームズ王に媚びてゐると見なされよう。ジェームズ王は作中に出て来る「王の病ひ」の主エドワード懺悔《ざんげ》王の子孫であり、宗権と結附いて国王の権威を樹立した人である。

　ところで、この現在残存してゐる「マクベス」が一六〇六年の天覧用台本にミドルトンが補筆したものだとしても、ただそれだけのものであるかどうかが問題になる。なるほど、右の第四幕第三場などは、どう見ても天覧用のため新しく附加へられたものとしか思はれぬとしても、その前に既に「マクベス」劇は書かれてあつたのではないか。天覧のために新たに附加へられた箇所があるにしても、同時に省略された場面もずいぶん多いのではないか、さういふ臆測が当然出て来る。「マクベス」劇はシェイクスピアの悲劇としては、いかにも短か過ぎるからである。全行二千八十四行、「ハムレット」の半分より数十行多いだけであり、シェイクスピア全作品中、これより短いのは「あらし」の二千十五行、「間違ひ続き」の千七百五十三行の二つで、しかも両者共に喜劇である。この作品が悲劇として短か過ぎる事は、宮中観劇用台本である証拠とも考へられる。宮中では一般興行よりも時間が限定されてゐたからである。

　のみならず、もつと長い「マクベス」を想定しうる内的証拠が幾つかある。注意ぶかい読者なら、この台本を飜訳で読んだだけで、それに気附くかもしれない。第一に、マクベスはいつダンカン王の殺戮を決心したか。それをいつ夫人に打明けたか。また、夫人の言によれば、気の弱い彼が、どういふ経路を辿《たど》つて、その気になつたか。第二に、マクベス夫人の性格に少々不明な点がありはしないか。第一の疑問と関聯《くわんれん》して、最初に陰謀を企てたのは夫人だつたのか。夫人は自分で手を下すつもりだつたのかどうか。第三に、バンクォーの態度が曖昧に見えはしないか。マクダフはなぜ妻子を見殺しにしたか。さういふ劇の論理的構成といふ点から考へて、第一の「マクベス」劇から多くの場面が割愛され、一六〇六年の「マクベス」劇が出来たのではないかといふ想像が生れるのである。

もちろん、今日の「マクベス」劇はそれらの難点を補つてゐる。むしろシェイクスピア作品中、最も密度の高い凝集力をもつてゐると言へよう。右に述べた心理や性格の不明確といふ事も、いはば論理的な観点に立つたものに過ぎない。その圧縮された詩的表現は、説明上の曖昧を超えて、読者や見物を統一した劇的発展の中に否応なく引きずりこんで行くのである。ドーヴァ・ウィルソンの言ふやうに、一六一一年のミドルトン補筆とは違つて、一六〇六年の補筆は、やはり天才シェイクスピアの手によつたものであらう。一例を挙げれば、マクベス夫人が、夫を励してダンカンの寝室に追ひやつた後、「あいつ達の短剣は、あそこに出しておいた、見つからぬはずはない。あのときの寝顔が死んだ父に似てさへゐなかつたら、自分でやつてしまつたのだけれど」といふ夫人のせりふで、我々は既に夫人がダンカンの寝室にゐた事を知ると同時に、夫人がこの陰謀において積極的でありながら、なほかつ人間の弱さを蔵してゐる事を知る。
そのやうに、「マクベス」劇では、ただ一つのせりふが多くの説明的な場面に代つてゐて、我々は一行もうくわつに読み過す事が出来ない。また、さういふせりふが多すぎるため、より長かつた「マクベス」劇といふ臆測も出て来るのである。

　さうなると、この第一の「マクベス」は一体いつ書かれたのかといふ事が問題になつて来る。ドーヴァ・ウィルソンは、まづこの第一の「マクベス」も一六〇六年の第二のそれと同様、ジェームズ一世に捧げられたものだと断定してゐる。ジェームズ一世は宗教をただ権力のために利用したのではなく、生来、宗教心が厚かつた。独裁的ではあつたが、ある意味で名君でもあり、「自由なる君主国の真の法」や「悪魔研究《デモノロジー》」の著者でもあつた。第一の「マクベス」そのもののうちに、さういふ国王に対する顧慮が現れてゐたと考へられる。「魔女」の作者ミドルトンの補筆が入る前に、魔女は既に第一の「マクベス」の中に出てゐるのである。魔女の預言に唆《そそのか》されるといふのは、「マクベス」創作の材料として用ゐられたホリンシェッドの年代史中にもあり、これ無くしては「マクベス」劇は成立たない。作者が「悪魔研究《デモノロジー》」の著者ジェームズ一世の目を意識してゐた事は明瞭である。

　さらに大きな根拠は、スコットランド王家の出であるジェームズ一世への讃美が、この作品の筋書と密接に結附いてゐることだ。マクベスはスコットランド王家に対する反逆者であり、それが倒れて、バンクォーの子孫が歴代の王統となるといふ魔女の預言は、そのとほりに実現された。アイルランドに逃げたフリーアンスはそこの王女と結婚し、その子孫はスコットランド王となるのである。その末のジェームズ一世がイングランド王家に乗りこんで来たのであるから、彼がこの作品によつて大いに気を良くした事は確かだ。

それなら、「マクベス」はジェームズ一世がイングランド王になつた後、即ち一六〇三年以後の作品といふ事になる。そこで、より長かつた第一の「マクベス」劇は一六〇三年から一六〇六年までの間に書かれたと推定しうる。「マクベス」はこの三年間のいつかに書かれた。大体「ハムレット」に近い作品といふことになる。

いや、その前かもしれぬとウィルソンは言ふ。彼によれば、「マクベス」第一幕第二場におけるマクベスの武者ぶりを伝へるせりふ「無雑作に真向から唐竹わり」は、「ハムレット」第二幕第二場における役者のせりふ、即ちプライアムが倒れる場面の描写「唸《うな》りを生ずる凄き太刀風に、思はずよろめき倒れたり」とともに、マーロウ作の「ダイドーの悲劇」中のプライアムの死を描く箇所のせりふの中に出て来る言葉遣ひに照応する。シェイクスピアはデンマーク王子ハムレットの性格を、プライアムを殺すピラスの残忍ぶりと対照したい気持から、マーロウの詩句を借りたのであり、同様に、マクベスの残忍を、同じマーロウの詩句に借りたといふ事になる。

さらに、ウィルソンが強調してゐるのは、ハムレットとマクベスの性格上の補足的対立である。両者は表裏をなすと言ふ。彼の言葉をそのまま用ゐれば、「一方は決して始める事の出来ぬ男であり、他は決して打切る事の出来ぬ男である。」その他、たとへば、マクベスはバンクォーを殺すために刺客を説得するが、それは「ハムレット」劇において、クローディアス王がレイアーティーズを利用しようとする時の説得の仕方と同じ手口であると言ふ。さういへば、結果や効果は違ふが、「ハムレット」における亡霊の役割と「マクベス」劇における魔女の役割とは、劇的機能として同一である。

かうして、ウィルソンは第一の「マクベス」は「ハムレット」の直ぐ後、一六〇一年から一六〇二年に書かれたと断定する。いづれにしても、ジェームズ即位前といふ事になるが、それではスコットランド王家の正統に対する讃美といふ事と、どうして一致するか。ウィルソンは大胆にかう推測してゐる。シェイクスピアの劇団はエリザベス時代の末年、スコットランドのエディンバラに来てゐた。その時、何を上演したかは解らないが、恐らく第一の「マクベス」が書かれ上演されたのだらうと言ふ。それなら、当時のスコットランド王ジェームズ一世への讃美といふのも筋が通る。あるいは、シェイクスピア自身、そのとき劇団と一緒にスコットランドに来てゐたのかもしれぬ。そして王家の鎧《よろひ》持《も》ちがシートン家である事を知り、また、劇の材料の一部として利用したらしいステュアート家の「スコットランド年代史」を、そこで手に入れたのかもしれない。ここまで来れば、全くの臆測に過ぎぬ。ウィルソン自身もそれを認めてゐる。

以上の事を纏《まと》めると、「ハムレット」と殆ど時を同じくして書かれた第一の「マクベス」

があり、それは一六〇一年か一六〇二年に書かれてをり、第二の短い「マクベス」は一六〇六年の宮中観劇用のためシェイクスピア自身が大幅の削除をしたものであり、第三に、それを基としたミドルトン補筆の「マクベス」が一六一〇年から一六一一年に書かれたといふ事になる。この第三のものは一六二三年の二折本のものであり、現在のそれである。が、ミドルトンの補筆といふのは、今日までシェイクスピア学者たちの研究により、大したものではない事が明かにされてゐる。まづ動かぬところは、第三幕第五場全部、第四幕第一場中の十二行位であらう。なほ、そのとき省かれたものも想像できる。たとへば、マクベスがコーダの領主の裏切りを知らなかつたのはをかしいといつた程度のことで、その種の省略が四五箇所あると見られるが、それらは第一の「マクベス」から第二の「マクベス」を作る際、シェイクスピア自身が行つた省略と、果してどこまで見分けられようか。いづれにせよ、私達は、現在の「マクベス」を、まづ信用してよいのである。

二

次に「マクベス」劇の材料について書いておく。すでに触れたやうに、シェイクスピアは、この劇の大部分をホリンシェッドの「イングランド・スコットランド・アイルランド年代史」に負うてをり、マクベス夫人の性格についてはステュアート家の「スコットランド年代史」から暗示を得たらしい。

それにしても、マクベスその人の史実については、殆ど知られてゐない。はつきりしてゐる事は、彼が一〇四〇年から一〇五七年までの十七年間、スコットランド王であつたこと、しかも、その間、武勇の誉れ高く、信仰心も強く、国王として立派な業績を挙げた事位なものである。なるほど、前王であり親戚であつたダンカン一世を殺し、後にマルコム三世に復讐された事は確かだが、当時としては、わが中世と同様、下剋上は決して珍しいことではなく、それだけでマクベスを悪人と見なす事は出来ない。

そればかりではない。むしろマクベスの側に正当な主張があつたのである。ダンカン王の祖父マルコム二世は、当時の習慣により親族の強者に王位継承権が移ることを恐れ、孫のためにその協力者数名を殺した。ところが、そのうち一人の女を見逃した。この女は、後にマクベスに嫁するが、先夫との間に一人の息子があつた。マクベスは当時モーレーの領主に過ぎなかつたが、母方の血の繫《つなが》りにより、マルコム二世の甥だつたと言はれてゐる。さうでなくとも、彼は妻子の名により、正当な王位を主張しうる立場にあり、逆にダンカンこそ王位簒奪《さんだつ》者だと言へるのである。また、これも当時としては当然であり、日本史にもその例は幾らもあらうが、歴史はその時代時代の権力者の手によつて書き変へられるのが常である。とすれば、ステュアート家の年代史がマクベスを否定するのは当然である。

さて、シェイクスピアはホリンシェッド及びステュアート家の年代史による史実をどう変へてゐるか。第一に、マクベスの治世十七年間を、僅か十週間位に圧縮し、劇的効果を強めてゐる。第二に、さうする事によつて、簒奪者マクベスの非運を強調してゐる訳だが、そのために、ホリンシェッドのうちに僅かに認められるマクベスの正当な王位要求権を抹殺し、同時にダンカンの弱い性格と国王としての弱点を隠蔽し、むしろ名君中の名君として描いてゐる。第三に、これは前にも触れたが、バンクォーの扱ひ方が史実に比べて曖昧になつてゐる。ホリンシェッドによれば、バンクォーも王位簒奪の野心をもつてゐたのであり、マクベスの陰謀の相談にも与つてゐるのだ。それは「マクベス」劇の中にも幾分か形跡を残してゐるが、シェイクスピアはバンクォーの子孫であるジェームズ一世の目を慮《おもんぱか》つて、その点を曖昧にしてゐるだけではなく、むしろバンクォーの忠節、正義感を強調してゐる。が、ドーヴァ・ウィルソンによれば、このバンクォーの性格は少しも曖昧ではない。あるいは曖昧であるままで、人間の真実を表してゐると言へよう。

三

マクベスの生き方がハムレットのそれと相互に「補足的対立」をなしてゐるといふのは、言換れば、後者が陽画であるとすれば、前者はその陰画をなしてゐるといふ事だ。が、これは何もウィルソンの指摘に俟《ま》つまでもなく、既にブラッドレーも言つてゐる事である。

その「マクベス」論は次のやうな書出しで始る。

> ある点において、「マクベス」は「オセロー」や「リア王」よりも、むしろ「ハムレット」を想はせるものがある。

私が初めて「マクベス論」を書いたのは二十四年も前の事であるが、それは終始ハムレットとの比較においてマクベスを論じたものである。その時の私はウィルソンを読んでゐなかつたが、たまたまブラッドレーを知つて、「マクベス」に関する限り、そこにすべてが語られてある事を発見し、落胆すると同時に甚だ意を強くした事を覚えてゐる。私の「マクベス論」はその後昭和二十二年に手を入れて、「批評」第六十号に発表した。全篇、ブラッドレー教授に語りかける形式を採つたのは、その書直しの時の事である。それはそのまま私の全集第二巻に収録してあるが、その冒頭の部分に書いたやうに、ブラッドレーのうちには私の言ひたい事のすべてが語られてゐるにもかかはらず、それらがいづれも「胚種」のままに止つてゐて、私の目を楽しませるやうに開花してくれぬ。さういふ「もどかしさ」があつて、私としては彼を素通りする訳にもゆかず、といつて私のマクベス観を彼のそれによつて間に合せておく訳にもゆかず、その反語的状況が私をしてブラッドレーに「絡む」形式を採らしめたのである。

二十四年後の今それを読み直し、私のマクベス観そのものは殆ど変つてゐない事を知つて、以下、その大部分を再録して解題に代へようと思ふ。ただ次の事を断つておかねばならない。私の「マクベス論」は「自我の崩壊」といふ主題の提出に性急であるため、時に不用意な言葉遣ひや言過ぎがあり、読者のうちには、古典シェイクスピア劇を余りに現代的に解釈し過ぎてゐると思ふ人がいるかもしれぬ。その非難は確かに当つてゐる。なぜなら、これを書いた当時、その事を私自身はつきり自覚してゐたからである。それは必ずしも弁解ではない。その自覚があつたればこそ、私は絶えずブラッドレーに「絡む」といふ反語的形式を採つたのである。その手続さへ済せれば、後は素直にブラッドレーに還つて行くにしくはない、私自身さう思つてゐる。ついでに言へば、「ハムレット」を「失敗作」だと断じたエリオットに倣《なら》つて、私は「マクベス」こそ「失敗作」だと言つてゐるが、エリオットの場合も恐らくはさうであつたやうに、これもやはり反語的表現に過ぎない。

また事実、「マクベス」は評者にさういふ反語的姿勢を採らせるものを含んでゐるのである。「マクベス」のみならず、それこそシェイクスピア劇の特徴だと言つてもよい程である。いや、「悲劇的反語法」（トラジック・アイロニー）といふ言葉そのものに示されるやうに、反語的性格こそ悲劇のものと言ふべきかもしれぬ。シェイクスピアに現代人の自意識を読みこむ事は、もちろんそれだけでは無意味な業であるにしても、自意識を現代の「特権」と見なし、シェイクスピアの与り知らなかつたものと思ひこむのも間違ひである。

シェイクスピアの作品が他の古典劇を超えて、いや、近代劇や近代小説をも超えて、なほ今日まで生き伸びて来、かつ将来も生き伸びて行くであらう秘密は、むしろその強烈な自意識に見られる近代的性格のゆゑではないかと。あるいはかう言ひなほしてもよい、「マクベス」は甦つた「オイディプス王」ではあるまいかと。

前置きはその位にしておく。以下が当時の「マクベス論」である。

＊

ブラッドレー教授よ。あなたは魔女に関する従来の二つの解釈に抗議してゐる。その二つの解釈とは、第一に魔女をマクベスが抵抗しえぬ運命の神とするそれであり、第二にマクベス自身の無意識的、半意識的な罪悪の象徴的表現だとするそれである。手取早く言へば、前者はマクベスにとつて全く外的な存在であり、後者は全く内的な存在である。それに対して、あなたはかう言つてをられる——「魔女の言葉が主人公にとつて致命的である所以《ゆゑん》は、ただ、彼の心中に、その言葉を聞くや否や明るみに飛び出す何ものかが存在するからである。しかし、同時にそれは、彼の周囲の世界にも、それに屈服するや否や宿命の網に捲き込んで離さない力が存在して、絶えず活動を続けてゐることを証明するのである。この内的連結が一度会得されるならば……」確かにそのとほりだ。が、あなたはこの事に関してもうこれ以上語る必要は無いとでも言ふかのやうに、固く口を閉ぢてしまはれた。

が、僕の「マクベス」に対する興味は、正にここから始る。

マクベスにとつて全く外のものとも、全く内のものとも言切れぬといふのは何を意味するのか。運命でもなく自由意思でもないものとは一体何事であらうか。いや、それについて僕の考へを述べる前に――ブラッドレー教授よ――まづあなたがいかに問題の核心に触れてゐるかについて、あなたの「名誉」のために、数箇所引用させていただかう。第一に、あなたは「マクベス」のうちにしばしば用ゐられてゐる「反語法《アイロニー》」を指摘してゐる。マクベスが登場して最初に述べるせりふは「晴れたかと思へば、また曇る、こんな妙な日は初めてだ」(第一幕第三場)といふ一言であり、これは第一場の魔女の言葉「きれいは穢《きたな》い、穢いはきれい」に呼応する。確かにあなたの言ふとほり、これを作者の意識せぬ偶然とは言ひがたい。その他、至る所で「人物や事件の皮肉な組合せ」が見られる。が、それらは作者自身が意識しなかつたものとは言ひがたいどころではなく、シェイクスピアは正にその事のために「マクベス」を書いたのだ。なぜあなたはそこまで主張を推し進めなかつたのか。

第二に、あなたは「マクベス」における魔女の預言と、「ハムレット」における亡霊の告知と、「オセロー」において主人公が引掛かるイアーゴーの虚言と、この三つを比較して、マクベスはその預言について全く自由な立場にある、彼は「ハムレットよりも更に自由でさへある」と言つてゐる。あなたの言ひたかつた事は、マクベスが完全に魔女の運命的な支配下にあつたのではないといふ事だ。が、自由とは何か、運命とは何か——そこまであなた自身の思想を展開する事を避けてゐる。第三に、マクベス夫人がマクベスの、ともすれば挫けがちな野心を鞭打つ場面で（第一幕第七場）、あなたはマクベスの心の動揺と、それゆゑの「哀れさ」を指摘して、彼が「如何に自己を了解してゐないか」が察せられると述べてゐる。僕は、正にそこだ、そこが「マクベス」劇のキー・ポイントだと思つた瞬間、あなたは事の真相を甚だ日常道徳的な低い次元に還元してしまつた。

第四に、マクベスは己が非道の野心を十分に感じてゐるのであるから、もし夫人の助力が無かつたならば、彼の恐怖感は到底、野心や魔女の預言の征服しうるところではなからう、さうあなたは述べてゐる。要するに、マクベスは彼自身の「盲目的な又裏切り易い情熱を通して破滅して行く」と見ることは出来ないのであつて、その弑逆《しいぎやく》行為は「恐怖の中に、そして些《いささ》かの慾望も功名感もなしに行はれる——あたかも戦慄すべき義務であるかのやうに行はれる」と言つてよいと言ふ。そこだ——ここでも僕はさう呟《つぶや》いた。「義務であるかのやうに」——鋭い観察だ、とさう思つたにもかかはらず、あなたはもうその先へ一歩も進まうとしない。最後に、あなたはもう一度僕を緊張させる。マクベスが大逆を行つてしまつたあとで、どうせもう「血の流れにここまで踏みこんでしまつた以上、今さら引返せるものではない、思ひきつて渡つてしまふのだ」（第三幕第四場）と決心するが、この場面についてあなたはかう書いてゐる——「地獄へ下る道すがらに、何と恐しくはつきりした自己意識であらう。しかも彼を駆り立てる生命と自己主張との本能は何といふ恐しい強さであらう。」が、そこでまたもや僕は失望を与へられた。

さて、僕は右の五つの印象から帰結せられる、あるいは、それらの印象の背後に一つの原理を想定するところの、僕自身のマクベス観を述べなければならぬ段どりになつた。そのために僕は一つの迂回をしよう。まづ「ハムレット」だ——

エリオットは「ハムレット」における必然性の喪失を指摘し、それを「気分にまさしく相応する外的対象の欠如」に帰してゐる。この事は、自己の宿命との激しい闘ひのうちにともすれば己れを失ひがちになり、意識はくらめき、想像力のみがいたづらに空転するハムレットの精神状態を巧みに突いたものであり、それは多かれ少かれ、シェイクスピアの悲劇全体に適用しうる言であらう。が、他のどの作品よりも、「マクベス」こそその「非難」を甘受すべきものではなかつたか。エリオットはそのゆゑに「ハムレット」を「失敗作」だと断定する。ハムレットの混乱は、狂気とは言へなくとも佯狂以上のものであり、その軽躁は周到な計画ではなく、「気分的負担解除」の一形式であると言ふのだ。さらに、あの明確な外的対象をもたない、あるいはその対象を遥かに超えてしまつた強烈な感情は、感受性の鋭敏なものなら誰しも経験することであるが、普通人は大抵の場合そのやうな感情を眠らせてしまふか、時がいつしかそれをこの現実に適合するやうに弱めてしまふ。これに反して芸術家は自分の性格と才能とにかけて、その感情をあくまで生かしきり、つひに世界を自分の気分にまで高める――シェイクスピアは「ハムレット」において果してそれをなしえたかといふのが、エリオットの僕達に言ひたかつた事にほかならぬ。

　なるほど「ハムレット」においては、感情が対象を凌駕してゐる。彼は自己の宿命をも余りに意識し過ぎてゐるのだ――宿命が個性の深みに混沌の渦を巻いてゐるのを眺めては、その宿命の純粋な発現を一体いかなる行為に託したらよいか、ハムレットの悩みはそこにあつた。彼はただ茫然自失し、なすところを知らぬといふ有様だ。何をなさうとも、その行為が自分自身の志を純粋に表現してゐると信じ切れず、彼の純粋な夢を的確に、いささかの誤解もなく表現し切るやうないかなる肉体的な行為もありえない。ここにハムレットは一寸の身動きも出来ぬかのやうに停止する。が、僕達が「ハムレット」を読む時、ハムレットの滑稽とも称すべき一事に出遭ふ。それは、あのポローニアスを刺したり、レイアーティーズに躍りかかつたり、その挑戦を無造作に受諾したりする事である。その本来の性格とは殆ど逆とも思はれるやうな、行動への軽々しい転化は、ドン・キホーテとの類似をさへ感じさせる。とはいへ、ここにこそハムレットの性格の鍵があると言へよう。彼は自己の宿命の深刻を意識し、それが過つた行為の一連を辿つて実現されて行くことを極度に恐れてゐるがゆゑに容易には行為に移れない。しかし、もしその行為が自己の本来の宿命とは無縁のものであり、個性の発動とは無関係のものであると考へた時には、驚くほど軽快に、むしろ軽薄にすら、一つの行為を遂行しうるのである。が、重要な事は、ハムレットがかほどに用心に用心を重ね、慎重に宿命の不在を覘《ねら》つて冗談半分に突出した剣が、彼の意図に反して、宿命的な血に染められるといふ事だ。かうして彼は恋人の父を殺し、恋人の兄に殺される。宿命の不在どころか、それはまさしく宿命の核心だつたのだ。

小さな現実が強大な個性を虜《とりこ》にする。それこそ「ハムレット」劇の主題であり、また「リア王」や「オセロー」の主題でもあつた。感情が対象を超える事――それは失敗作への危機を蔵してもゐようが、そのこと自身が主題であつて、失敗の原因ではない。さらに言へば、外部的な運命のからくりが、内部的な宿命の足どりを罠《わな》に掛けたとも言ひえよう。卑小なもの、狭小なものが強大なものを打ち倒す事、限られた現実が無限な精神、自由な個性を限定する事、これが実生活上の悲劇であるとすれば、この強力な精神がなほも囲みを破つて生きんとするのが、芸術上の悲劇の創作にほかならず、この場合、作品の切実性が、したがつて作品の動機の真実性が、僕達の胸を打つ効果の度合を決定する。エリオットは「ハムレット」を失敗作だと言ふ。しかし僕達はハムレットの精神の高貴を信じてゐる――僕の疑ふのは、同じ主題が展開せられてゐる「マクベス」における主人公の心事である。ハムレットは死を前にして、三たび親友ホレイショーに、己が心事を解せざる世間に事の始終を伝へてくれと頼む。

もうだめだ、ホレイショー。かはいさうな母上、さやうなら！　どうした、みんな、顔色を変へて震へてゐるではないか、黙劇の役者よろしく。それともこの大芝居の幕切を見物しようとでもいふのか。ああ、もう間に合はぬ。死の使ひが情容赦もなくおれをせきたてる。話しておきたい事もあるのだが——どうともなれ。ホレイショー、もうだめだ。せめてお前だけでも、生きて伝へてくれ、事の次第を、何も知らぬ人達にも納得のゆくやうに、ありのまま。

　頼む、ホレイショー、このままでは、後にどのやうな汚名が残らうも測りがたい！　ハムレットの事を思うてくれるなら、ホレイショー、しばし平和の眠りから遠ざかり、生きながらへて、この世の苦しみにも堪へ、せめてこのハムレットの物語を……

　おゝ、ホレイショー、これでお別れだ。激しい毒が五体の隅々まで、もう頭も痺《しび》れて。イギリスよりの使ひを待つ間も保たぬ命。さうだ、一言、先の事を。国王にはフォーティンブラスが選ばれよう、さうするやうに。それが死に臨んでのハムレットの遺志だ。フォーティンブラスにもさう伝へてくれ、始終の仔細もな。もう何も言はぬ。

（「ハムレット」第五幕第五場）

ハムレットはなぜこのやうにくどく「始終の仔細」を気にかけたか、死んでゆく彼にとつて、それ以外に何も念頭に無いかのやうに見える。父の復讐の巧みに成らなかつたのを後悔するのでも、また母までも殺してしまつた事を悲しむのでもないらしい。彼はただ自分の心中が闇に葬られるのを悩んでゐるだけだ。あれほど深く、あれほど無限にみづから感じてゐた個性と、その純粋なる夢とが、これほどあつけなく、これほど小さな世界に解消せしめられてゆく事——その感慨がハムレットをして「もう何も言はぬ」と言はしめたのにほかならない。ホレイショーに託された事は何か——それは現実の行為につまづいて、そのかげに後世永遠に見失はれようとしてゐるハムレットの宿命を物語り、証しする事である。

　ここまではシェイクスピアのうちに一点の光明を信頼しうる。たとへハムレットは傷つきながらも、その汚名のかなたに、自己の個性の真実性を信じ、彼自身のものとして宿命の存在を実感してゐた。それゆゑに「せめてお前だけでも、生きて伝へてくれ、事の次第を、何も知らぬ人達にも納得のゆくやうに、ありのまま」と言ひえたのである。またオセローもイアーゴーの操る運命の羂に陥りつつも、奮然、彼を突刺して「義のための人殺し」と傲語《がうご》し、「私の行ひにはいささかの私怨も含まれてはをりませぬ、すべては義によつて行つたもの」とみづから信じて疑はなかつた。苛酷にして不合理きはまる運命に対するリアの憤激に至つては、作者自身なんら十分な根拠も条理も与へてをらず、ただ主観的な憎悪と憤激とに終始せしめてゐるにもかかはらず、その怒りのみが作中最も美しい詩となり、しかも読む者をしてリアの憤《いきどほ》りのひたすら真実なる事をしか感ぜしめぬ。殊にその結末においては、澄んだ心のみがもちうる清浄な静けさをさへ印象づけてゐる。

が、ひとりマクベスのみは、彼等のもつてゐる高貴な精神に欠けてゐる――これは一体どうした訳か。「マクベス」を良心の悲劇と呼ぶことは出来ない。マクベスは劇中いかなるところでも自分の悪行を真には悔いてゐない――恐れてはゐても良心に照して悔いる事をしない。彼はむしろ事の成らざるを恐れ、すべてが自分の意思に逆ふのに苛立つてゐるだけだ。恐れ、苛立つがゆゑに、またマクベスは悪魔の偉大をも具へてはゐない。彼は無自覚に運命に飜弄されるのではないと同時に、運命を支配しうるのでもない――ブラッドレー教授よ――僕はあなたが近附いた地点にいま迫りつつあるのだ。僕は「マクベス」から近代理智の一つの様相を描き出さうとしてゐるのである――その衰退の一様相を。

「ハムレット」はもちろん、「オセロー」「リア王」においても、あの恐るべき悲劇の原因は主人公自身の性格のうちに内在的に見出しうるものである。ただハムレットのみがその事を明瞭に意識してゐた。いはば、彼のみがはつきりと自己の宿命を見究めてゐたといふだけの事である。が、その理由によつて、「ハムレット」は他の三つの悲劇の頂点にあると言へると同時に、「マクベス」と最も近き地点に立つてゐるのである。なぜなら、この力なき王位簒奪者もまた自己の宿命といふ事に明確な意識を働かせてゐたからにほかならない。にもかかはらず、マクベスはつひにハムレットではなかつた。なぜか——血をもつて贖《あがな》つた王の称号には、高貴な王子の血脈はかよつてゐない。所詮、マクベスはハムレットのごとき宿命的な個性をもつてはゐないのだ。「マクベス」が性格劇になりえなかつたゆゑんがそこにある。そこには事件はある、プロットは確かに存在する。のみならず詩もあり情緒もある。そして心理も——いや、心理といふよりは観念がある。にもかかはらず、マクベスは自己のうちに高く掲げるべき個性の真実性をもつてゐないのである。ハムレットが、結局はその命に随《したが》はねばならないながらも、あれほど恐れ避けようと試みてゐた宿命のつたなき実現を、マクベスは逆に軽率に追廻してゐる。ハムレットが恐れたのは、自分の本来の宿命が小さな現実の形のうちに押しこまれてしまふことであつた。が、マクベスの欲し求めてゐた事は、ややもすればその影を見失ひがちな宿命が、さうであればこそ何とかして自分の納得のゆくやうに、明確な現実的な形をとつて現れる事である。ハムレットは愛情と信頼との純粋を願つたので、王冠がほしかつたのではない。しかしマクベスは何よりも王冠と笏《しやく》とを手に入れたがつた。理由は簡単だ——前者は生れながらの王者であり、王冠の所有者であつたが、後者は暴力と好運とによつてしかそれを自分のものになしえないのだ。

　マクベスは確かな個性が忌み嫌つた行為の束縛のうちに、狂気のごとく己れを駆りやる。といふのは、彼のやうな男は、自己の歴史を自己のうちに内在する力によつて書く事が出来ぬために、絶えず心の空虚を感じて、その空しさを満すものとして外部的な行為の連続でしかない運命を頼り、事件の連りをもつて歴史の頁を埋めようと試みるのである。もちろん、この場合にもマクベス自身は、それを己が宿命の真の所在と思ひこんでゐる。で、彼はかう口走る——

その手は食はぬぞ、運命め、さあ、姿を現せ、おれと勝負しろ、最後の決著をつけてやる！　（第三幕第一場）

混乱に陥つたマクベスは個性の発現としての宿命と、外部的な事件の連続としての運命とを、ともすれば取違へる。彼は何か外部的な形をとらなければ自己の真実を信じえず、かといつて静止における自己の空虚に堪へえず、自己を証しするものをどうでもかうでも外形化しようと焦るのである。ゆゑにハムレットの場合とは正反対に、これこそ自己の宿命の命ずるところと早飲みこみに勢ひこんで突出した刃は、ただ運命の「両義語」を掘出すのみで、覘つた宿命はどこへか姿を隠し、マクベスはなほも落著かず、自分を探し求めて果しない行為の連続へと駆立てられて行くのだ。ハムレットを限定し、狭小な世界に閉ぢこめようとしながらも、その個性を証拠だてた行為は、逆にマクベスを解体してしまつたと言ひえよう。彼は行為の一つ一つに己れを失ひ、その生涯の記録は自己の宿命の血液をもつてではなく、ただ偶然に満ちた事件の羅列をもつて埋められて行く。マクベスの一生は自己の宿命と闘ふのではなく、ただ運命と駆引する事で過されるのだ。作品について見よう――

魔女の預言にバンクォーもまた心を掻乱《さうらん》されなかつた訳ではない。しかし王冠を戴き、笏を握ることを約束されたのは彼の子孫であつて、彼自身ではない。彼は事も無げに預言を却《しりぞ》け、頭を擡《もた》げかかつた野心を押潰してしまふ。が、これはマクベスの最も恐れるところであつた。

　このおれは、頭上には実らぬ王冠、手には不毛の笏、つまりは赤の他人にもぎとられ、一代かぎりで終らせようといふ魂胆か。（第三幕第一場）

マクベスの約束されたものは、つまり「実らぬ王冠」であり、「不毛の笏」なのである。即ち、彼において欠けてゐるもの、それは王者の血統そのものにほかならない。この言葉の直ぐ前に、マクベスはバンクォーを「生れながらの気品」の持主と言つてゐるが、これこそ彼の生涯をかけてほしいと思つたものであり、また彼の一生の宿敵だつたとも言へよう。自分には許されてゐないもの、血統のみが保証してくれるこの「生れながらの気品」を羨み切望すればこそ、彼はかの王者の典型とも言ふべきダンカンを殺したのではなかつたか。それは憧憬と劣等感とから生れた復讐だとも言へる。第四幕第三場に「王の」病の話が出て来る。ここは後から挿入せられた疑ひもあり、かつ英国王に対する作者の挨拶と解せられぬ事もないが、その前の王者たる資格を述べる対話を受けて一種の比喩とも考へられるであらう。そこにはかうある、「わけのわからぬ病ひに悩むともがらを、それも体中はれあがり、うみただれ、医者も匙《さじ》を投げた、二目と見られぬ重病人をだ、王はただその首に金貨をひとつのせてやり、心をこめて祈られる、それだけで治るのだ。」――マクベスこそはこの「わけのわからぬ病ひに悩むともがら」の一人ではなかつたか。

　繰返して言ふが、「マクベス」一巻は血統の純粋と精神の高貴との憧憬と復讐の物語である。冒頭に戻らう――第一幕第三場において、運命はあたかもマクベスの身方のごとき様子を装ひ、彼をして自分が王者としての血統的な宿命を与へられてゐると思ひこませるやうに現れて来る。マクベスはいつの間にかこの外部的な運命の進行に頼りはじめる。

「いちばん大きいのが残つてゐる」といふ王位簒奪の野心をもちはじめるのだ。が、それは野心と言ふべく、あまりに力弱く、独立性を欠いてゐる。ルビコン河を渡るには運命の力に頼るよりは、自己のうちにそれだけの力をもたねばならぬのだ。シーザーの覇業はシーザーの血と力とが遂行しえたものであつて、運命とはこの場合単なる素材に過ぎない。しかるにマクベスは王者たるの力なくして、自分が欠いてゐるすべてのものを運命の力に借りようとしてゐる。

運で王になれるものなら、手をくださなくても、向うから舞ひこまぬでもあるまい。
(第一幕第三場)

かういふ彼にもし勇気といふものがあるならば——いや、それは勇気とは呼びえない——ブラッドレー教授よ、あなたは実に適切な言葉を見附けたではないか。「あたかも戦慄すべき義務であるかのやうに」と。まさしくそれは「義務」である。その「義務」が、どんな恐しい事も、どんな苦しい事も、やがては過ぎ去つて行くといふ一種の諦めを彼に教へる。それは性格的な力の盛上りとしての勇気では決してない。どんな凡人でも、もう手の下しやうもないと観念した敗北感の苦痛から、甚だ事も無げにこの諦念的な義務を身に附けるものなのだ。マクベスは絶望的に——既に罪を犯す前に早くも絶望的に、次のやうな言葉を口走つてゐる——

どうともなれ、どんな大あらしの日でも、時間はたつ。 (第一幕第三場)

義務とは運命のいたづらな暗示から受けた自己催眠だ。ブラッドレー教授よ、ここでもあなたは巧みに言つてゐる——マクベスは「自己を了解してゐない」と。確かにさうだ。

彼は身の程知らずに、自己の能力にあまつた大仕事に直面して、なんとかしてその気になるやうに自己催眠をかけ一所懸命に無力な自分を大逆罪に駆りやらうとしてゐる。

　やつてしまつて、それで事が済むものなら、早くやつてしまつたはうがよい。暗殺の一網で万事が片附き、引きあげた手もとに大きな宝が残るなら、この一撃がすべてで、それだけで終りになるものなら……あの世のことは頼まぬ、ただ時の浅瀬のこちら側で、それですべてが済むものなら、先ゆきのことなど、誰が構つてをられるものか。

（第一幕第七場）

力の弱い者は、一つの悪事を行ふのにも、これこそは自分の逃れられぬ宿命であり、絶対不可避のものだといふ自己催眠を掛けなければ、容易に事を運びえぬのである。したがつて、絶えず自己の行為を正当化するために、自分こそは自己本来の歴史を歩んでゐるのだといふ事を己れ自身に納得させようとして、宿命の片影を探し求め、これこそは自分の宿命だつた、必然だつたと信じて、初めて心の落著きが得られるのだ。見たまへ、マクベスは常に運命に問ひを掛け、運命を試してゐるではないか。彼にしてみれば、たとへそれがいかなる悪事であつてもよいから、自分の宿命を見出し、そこに安住したいのである。彼は王者の血統を自分のうちに見出したいのである。

夜が明けたら、さうだ、すぐにも、例の女達のところへ行つてくる。いろいろ聞きだしてやるのだ、今となつては、どうしても知りたい、どんな忌はしい手を使はうと、どんな忌はしい未来であらうと。　（第三幕第四場）

道徳的な罪ばかりではない、自分にとつての最悪な不幸ですら、それが己れの宿命を形造るものでありさへすれば、それを身に附けようといふのだ。が、運命はマクベスの期待を最後まで繋留めておきながら、最後の瞬間に彼を裏切る――なぜなら、宿命が常にマクベスの手から漏れて消え去る事、そこに彼の宿命があつたからだ。ブラッドレー教授よ、マクベスは預言に対して「自由」だつたと、さうあなたが言ふのは、一体いかなる意味からであらうか。確かに彼は自由だ――彼は羂に掛けられる「自由」をもつてゐた。ここに「ハムレット」における超自然と「マクベス」におけるそれとの相違が考へられなければなるまい。「ハムレット」において、それは「父王の霊」であるが、「マクベス」のそれは「地獄の手先ども」であり、前者は王者の血統といふ必然そのものの象徴であるのに反して、後者の魔女は卑しい偶然の「地の泡」に過ぎぬ。劇の進行と共に、それが正体を現して来る。それはマクベスの金箔が剝げ落ちることを意味する。自分に何の資格も力も無くして高貴な血統を絶つた苦悩は、早くも兇行の直後、門を叩く訪れの音を聞くや「あゝ、その音でダンカンを起してくれ！　頼む、さうしてくれ、出来るものなら！」といふ弱音となつて表れる。

マクベスは自己の苦悩の傷手に初めて、それでは王位簒奪は自分の柄ではなかつたのか、自分の宿命ではなかつたのかと、自己の行為に疑ひを掛け始める。それでもなほ幾たびかその疑ひを逃れようとして運命を呼出し、運命を試みる。最後に敵軍に囲まれながら、バーナムの森が動き出すまでは敗北しないといふ預言も、実は森の枝葉を偽装して攻め寄せる敵の作戦によつて破られ、女の生み落した人間には殺されぬといふ魔女の言葉も、一騎打の相手が母親の腹を裂いて取出された男であるといふ事実によつて見事に裏切られる――ブラッドレー教授よ、あなたはこの反語の重要性に気附いてゐた。が、それこそこの「マクベス」劇の主題だつたのだ。重要どころではない、正にそのための作品なのである。運命は「両義語」でマクベスを操つて来て、最後の瞬間に彼を放り出す。さうなれば――一人になつたマクベスは一介の力なき凡人に過ぎない。バーナムの森が動き出したといふ報告を受けとつたマクベスはかう言ふ――

　ぐらつきだしたぞ、おれの決心も。あの鬼婆め、どうにでも言抜け出来るやうに、
真実めかして、嘘を言つたのではないか……

（第五幕第五場）

またマクダフが母親の腹を裂いて取出された男と知つたとき、マクベスは愕然として叫ぶ――

畜生、憎いその舌の根、その一言で勇気もくじけた！　あのいかさまの鬼婆め、もう信用しないぞ、このおれをことごとに二重の羂に引掛け、約束は言葉どほりに守りながら、最後には、まんまと裏をかく。　（第五幕第八場）

が、彼は二たび気を取直す。しかし、またしても「運試し」だ――彼は「たとへバーナムの森がダンシネインの城に迫らうと、女から生れぬ貴様を相手にしようと、さあ、これが最後の運試しだ」（同上）と叫ぶ。それでもとにかくここで初めてマクベスは身一つになるのだ。彼は地位も力も運命も、その他すべての己れを守るものを放棄する、「このとほり頼みの楯も投げすてる」（同上）と。さらに続けて彼はかう言ふ――

打つてこい、マクダフ、途中で「待て」と弱音を吐いたら地獄落ちだぞ。　（同上）

ブラッドレー教授よ、あなたのすぐれた洞察力は、この場合にも恐らくこのせりふのもつ意味の重さを十分に感じ取つてゐたに相違ない。なぜなら、あなたは「地獄へ下る道すがらに、何と恐しくはつきりした自己意識であらう。しかも、彼を駆立てる生命と自己主張との本能は、何といふ恐しい強さであらう」と言つてゐる。それならば、なぜあなたはこのマクベスの最後の言葉を引用しなかつたのか——僕はあなたの「名誉」のために実に残念に思ふ。負けると解つてゐる戦ひ、自分の死への苦悶と醜態とをすら、あくまでもプログラムどほりに演出せしめようといふ自己意識と自己主張と——まことに凄じいものがあるではないか。これをハムレットの最後の言葉「もう何も言はぬ」と較べてみるがよい。

「マクベス」をこのやうに見て来た後で、僕達はその作者についてかういふことが言へる——エリオットがボードレールについて語つた言葉をもぢつて言へば、シェイクスピアはその豊富な想像力のゆゑにルネサンスの子であつた、と同時に早くもルネサンスに反逆してゐる。自我解放の喜びに彼程酔ひ痴《し》れた詩人も無かつたが、しかも解放されて仕へるべき何物をも持たぬ自我の不安は「マクベス」を通して彼のうちに忍びこんでゐるのだ。稀に見る天才のうちにも、絶えず昇騰してやまぬ想像力の自由な羽ばたきのかげに、何か黒い空洞があつて、恐らく時折はそこを冷たい風がさつと通りぬけるのが感ぜられたに相違ない。今や彼は何人に向つても「デンマークのハムレットだ」(「ハムレット」第五幕第一場)と誇らしく叫ぶことは出来なくなつてゐたのではないか。解放さるべき個性の実体とは何か。王冠や笏《しやく》を取去つてみれば、果して人は何者であるか。ハムレットにしても、もしデンマークの王子でなければ、野心家マクベスたらざるを得ないではないか。
が、そのマクベスにも――あらゆる行為のうちにつひに自己本来の姿を見出す事の出来なかつたマクベスにも――ただ一度、素直に己れの宿命のうちにゐる瞬間が訪れる。自分の野心の支柱とも言ふべき妻の死を知らされた時がそれだ。

あれも、いつかは死なねばならなかつたのだ、一度は来ると思つてゐた、さういふ知らせを聞くときが。　（第五幕第五場）

この時、マクベスは初めて孤独を予感する。個人の権威とは、その生涯の業績とは、所詮、影のごとく幻のごとく、頼りなくはかないものでしかない。続けて彼は言ふ――

あすが来、あすが去り、そしてまたあすが、かうして一日一日と小きざみに、時の階《きざはし》を滑り落ちて行く、この世の終りに辿《たど》り著くまで。いつも、きのふといふ日が、愚か者の塵《ちり》にまみれて死ぬ道筋を照してきたのだ。消えろ、消えろ、つかの間の燈火《ともしび》！　人の生涯は動きまはる影にすぎぬ。あはれな役者だ、ほんの自分の出場《でば》のときだけ、舞台の上で、みえを切つたり、喚いたり、そしてとどのつまりは消えてなくなる。白痴《はくち》のおしやべり同然、がやがやわやわや、すさまじいばかり、何の取りとめ

もありはせぬ。　（同上）

ワイルドではないが、この世ではギルデンスターンがハムレット役を振当てられ、ハムレットがギルデンスターンの代役を勤めさせられる。近代の目標とした個性の尊厳といふ事が凡人に教へた夢の内容とは、そんな事だつたのか。そして彼等の最後に辿りつく慰藉《ゐしや》と休息とは、「人の生涯は動きまはる影にすぎぬ」といふ諦め以外に何も無いのであらうか。シェイクスピアが「マクベス」を書いた時から三百年後の我々現代人にとつても、いまだ解答は保留されたままなのであらうか。

が、ルネサンスに反逆したシェイクスピアも、またルネサンスの子として、見事にみづから予感した危機を乗超えてゐる。ブラッドレー教授よ、あなたが「シェイクスピアの悲劇」において一貫して彼の創造の秘密であると考へてゐた想像力こそ、確かにそれを可能ならしめたものにほかならない。そしてこの想像力こそ――イメージを眼前にはつきりと見る能力こそ、今日の僕達に僕達の詩人や小説家に、何よりも欠けてゐるものなのである。ハムレットの不安が想像力の過剰に起因してゐるとすれば、マクベスのそれはむしろ観念と意識との過剰にすぎぬ。前者の不安はまた同時に想像力によつて救はれる。が、後者の不安を救ひとるものは何も無い。「ハムレット」はいかに危機を内に蔵してゐようとも断じて「失敗作」ではない。が、「マクベス」は明かに「失敗作」だ。なぜなら、マクベスこそは想像力の源泉そのものを涸《から》す自意識であるからにほかならぬ。

お身の上が。それを御存じない。御血統の泉が、源が、涸《か》れ果ててしまつたのです
――流れのもとが止つてしまつたのだ。　（第二幕第三場）

これはダンカンを殺した後で、マクベスがその息子達にまことしやかに告げる言葉だが、実は他の誰よりも彼自身の源泉を彼自身の手で断つたのであり、その意味において、それは他の誰よりも彼自身を悼む言葉になつてゐる。反語とは正にこの事だ。が、シェイクスピア自身、果してそれを意識してゐたかどうか――自分に権威を許す血統をみづからの手で断つたマクベスの不安は、また同時に作者の想像力に対して悪意に満ちた猜疑心を育んでゐたことを。

*

以上で私の「マクベス論」は終る。要するに、「マクベス」劇の主題は不安にある。その点、シェイクスピア作品中、もつとも近代的要素をもつてゐると言へよう。魔女の出現や王位簒奪は現在の私達の共感を呼ばないにしても、現実や他人に対する徹底的な不信の念、自分の地位を揺《ゆるが》すものが周囲に忍び寄つて来るといふ不安、その地位を守らうとしな

から、ますます破局に陥つて行くのみならず、むしろ不安に堪へて、来たるべき破局を待つ事の恐しさから、進んで破局に突入しようとする自己破壊的な意思、これらはあくまで現代的なものである。マクベスのせりふの一つ一つが、自己破壊への隠れた意思を示してゐる。彼は破滅によつてしか安心できない人間なのである。なぜなら、他人に対する彼の不信感の根柢には徹底的な自己不信があるからだ。さういふ男を表現する事によつて、そこから脱出しえたシェイクスピアの他の作品に、二たび私達は目を向けるべきであらう。

（昭和三十六年十一月七日）

オセロー

一

「オセロー」上演に関する記録中最古のものは宮中大膳職《だいぜんしき》年間行事録のそれで、そこには、一六〇四年十一月一日が万聖節に当るので、国王劇団により「ヴェニスのムーア人」が上演されたとある。「ヴェニスのムーア人」とは言ふまでもなく、「オセロー」の副題であり、第一・四折本、第一・二折本以来、今日までその名で通つてゐる。しかし、大膳職の記録をそのまま新作「オセロー」初演の日と見なすわけにはゆかない。ただ「オセロー」が一六〇四年十一月一日以前の作であることだけはこれにより確かである。

一方、当時の劇作家デカーとミドルトン共作の脚本に「正直な娼婦」といふ作品があり、これは同年三月十四日以前に書かれた確証があるのだが、その中に、妻を殺した男を非難する言葉として「ムーアより残忍だ」といふ箇処が出てくる。これは明かに「オセロー」への言及と見なされ、したがつて「オセロー」は一六〇四年の春には既に上演されてゐたと見なさねばならない。

のみならず、一六〇三年に出版された「ハムレット」の悪しき四折本には、もぐりの役者が「オセロー」劇に出演してゐたことを仄《ほのめか》す言葉が数回にわたつて出てくる。それから推せば、「オセロー」は遅くとも一六〇三年春頃までには既に上演されてゐたといふことになる。さらにその他の事実から、ドーヴァ・ウィルソンは一六〇二年頃の作と推定し、「ハムレット」作後あまりたたぬうちに書かれたものだらうと言つてゐる。

「オセロー」の定本決定において、拠《よ》るべき版は二つある。一つは作者死後の一六二三年に出た最初の戯曲全集第一・二折本中のそれであり、もう一つはその前年に出た単行の四折本である。問題はどちらを、いかなる理由によつて採るべきかにある。

その前に断つておかねばならぬことがある。シェイクスピアの戯曲のうち、作者の生前に単行本として出版されたものは、かならず四折本であつて、二折本形式は第一・二折本全集以後のものであるが、言ふまでもなく、彼の戯曲作品全部が生前に四折単行本として刊行されたわけではなく、第一・二折本において初めて活字になつた作品もある。作品総数三十六篇中、全集前に四折単行本形式で刊行されたものは十九篇あるが、そのうち「ペリクリーズ」のみが第一・二折本全集に脱落してをり、したがつて、その全集収録作品数は三十五篇になる。それはよいとして、四折単行本十九篇中「オセロー」以外はすべて生前、しかも大抵はそれぞれの上演された年、あるいはその後の数年間に出てをり、「オセロー」だけが、死後六年目、上演後約二十年目に出版されてゐるのである。といふことは、四折単行本として刊行されはしたものの、他の十八篇とは全く意味が異り、第一・二折本において初めて活字になつたその他の作品と同一に見なしてよいものだといふことを意味する。

　ところで、「オセロー」に関しては、第一・二折本のそれと第一・四折本のそれと、どちらが善本か。新修シェイクスピア全集の「オセロー」ではウィルソンはアリス・ウォーカー女史と共同校訂に当り、第一・二折本全集の方を採用してゐる。もちろん、第一・四折本からも大いに採つてをり、むげにその価値を否定するやうなことはしてゐない。もつとも、第一・二折本優位説はなにもウィルソンだけではなく、過去の大抵の校訂者がさうであつた。ただウィルソンは両版本の関聯《くわんれん》において、それを主張する。ウィルソンによれば、一六二二年刊四折本は、上演のために「カット」された劇場用台本、それもごく不注意な写しを基にして印刷されたものだといふ。第一・四折本は第一・二折本に比して百六十行少いが、そのうち印刷過程における脱落を考慮に入れるにしても、大部分は上演の便宜のために削除されたと見てよいと言ふ。事実、その箇処を一々検討してみると、ウィルソンの言は大体妥当のやうに思はれる。

　それなら一六二三年の第一・二折本はどういふ過程で作られたか。これも簡単に結論だけを言ふと、第一・四折本を、おそらく作者自筆の、あるいはそれに近い、信頼しうる原稿と参照しながら訂正したものを基にして上梓したのだらう、ウィルソンはさう推定してゐる。しかし、この二折本の原本作製者、植字工を全面的に信用しえぬことは言ふまでもない。さらに校正者の間違ひ、または不穏当な語句などの意識的な削除などが当然行はれたはずである。

　要するに、ウィルソンたちはそれらの暗礁を避けるべく最善の注意を払ひながらも、大本においては第一・二折本の潮の流れに乗り、機に応じて第一・四折本の潮流をも利用し、やうやく現在の新シェイクスピア全集版「オセロー」（一九五七年刊）に到達したわけである。彼等の苦心に感謝すると同時に、それに拠つた私の訳に従来の訳本と異つた箇処がかなりあることをお断りしておく。ウィルソン校訂の新シェイクスピア全集は、どの作品も最新の研究資料に基づくものであるが、ことに「オセロー」は細部において従来の定本と異つたところが多いからである。

二

「オセロー」の材料ははつきりしてゐる。一五六六年、ヴェニスにおいて刊行されたツィンツィオの「百物語」第三篇第七話がそれである。英訳は一七五三年まで出てゐないが、仏訳は一五八四年に出てゐる。したがつて、シェイクスピアはそれをイタリー語の原文で読んだか、仏訳で読んだか、いづれかといふことになるが、彼が仏語を十分に読みこなすほど堪能であつたかどうか疑問であり、ましてイタリー語が読めたとは考へられない。おそらく当時早くも英訳が出てゐて、シェイクスピアはそれを読んでゐたのではないか、そしてその版は早く消滅してしまつて今日残つてゐないのではないか、さう想像する人もゐる。あるいはまた、シェイクスピアは誰か原文を読んだ者から、詳しく話を聞いてゐたのではないかとも考へられる。

アーデン版の附録に原作の大部分が英訳されてゐる。シェイクスピアが原作の散文をいかに脚色し劇に仕立てあげるか、この場合とくに興味ふかくうかがへるので、それをさらに飜訳して紹介しておかう。ツィンツィオの物語もまづムーアとデズデモーナとの恋から始る。ムーアは美丈夫で、ヴェニス政庁に重んぜられてゐる軍人である。それに慎しく美しいデズデモーナが恋をする。二人はヴェニスで幸福な日々を送つてゐるが、やがてサイプラス守備隊の編成変へがあつて、ムーアはその指揮官に任命される。この原作でも、デズデモーナの積極的な請ひによつて、ムーアはサイプラスへ妻を連れて行くことになる。以下、ツィンツィオは次のやうに話を進める。

ムーアの部下に、美男ではあるが非常に腹黒い旗手がゐた。この旗手をムーアはことのほか寵愛してゐたが、その腹黒さには気づいてゐなかつた。彼は内にある邪心を、美しい立派な言葉やその風采《ふうさい》をもつて覆ひ隠し、勇者ヘクトールかアキレスのやうにふるまつてゐた。この悪党もまた身分のある美しい妻をサイプラスへ連れて来てゐた。同じイタリー人である彼女は、ムーアの妻に深く愛され、二人は毎日をほとんど一緒に過した。また同じ隊にムーアの最も気に入りの隊長がゐたが、彼はムーアの家へ頻繁に出入りし、ムーアやその妻と食事を共にしてゐた。デズデモーナは夫がこの男を高く評価してゐることを知つてゐたので、出来る限りの深切をその男に示した。それがムーアを深く喜ばせた。腹黒い旗手は、妻にたいする貞節、ムーアに対する友情、忠節、義務を顧みず、デズデモーナを強く愛するやうになり、あらゆる智慧を絞つて彼女を喜ばせようとした。が、彼は万一ムーアに見つかつた場合、たちまち殺されてしまふであらうことを恐れて、本心を見せぬやうに気を配つてゐた。それでも彼は自分の恋を相手にだけは通じさせようと、ひそかに肺肝をくだいたが、女はムーアのことしか念頭になく、旗手、あるいは他のいかなる男にも全く心を留めなかつた。かくして女の心に愛を吹きこまうとした旗手の努力はすべて徒労に終つた。彼は、それといふのもデズデモーナが隊長に惚れこんでゐるためだと思ひこみ、この邪魔者を取り除く決心をした。さらに女にたいする彼の恋は激しい憎悪に変り、隊長を殺したあとで、たとへデズデモーナを自分の思ひどほりにしえなくとも、ムーアもまた女を思ひどほりにできなくなるやうにするには、どうしたらよいかと彼は考へた。さうして卑劣な計画をあれこれ思ひめぐらしたあげく、つひに彼はデズデモーナに不義の罪を負はせ、ムーアにはその相手が隊長であるかのやうに思ひこませようと決心した。しかし、ムーアのデズデモーナにたいする並々ならぬ愛情と、隊長にたいする友情とを知るに及び、彼はムーアをよほど巧みに欺く以外に、二人のうちいづれを破滅させることも不可能であると悟つた。そこで、彼はこの卑劣な策略を実行する適当な時機と場所とを静かに待つことにした。間もなく、隊長が警備中の兵士を剣で殴りつけ傷を負はせるといふ事件が起り、ムーアは止むなく隊長を免職した。デズデモーナはこのことを少からず心痛し、度々夫と隊長との仲を取りなさうとした。その間、ムーアは妻がひどく隊長のことを気に病んでゐるので、いづれは彼を復職させなければならないだらうと、腹黒い旗手に語つたことがあつた。それが腹黒い男の頭に、ある陰謀を思ひつかせるきつかけになつた。「多分デズデモーナ様に奴のことで気をもむだけの理由があるのでせう、」と彼は言つた。「なぜだ？」とムーアは問ひ返した。「私の本意ではございません、」と旗手は答へた、「あの男と奥様とのことに口出しなどしたくないのです、しかし、目を開いてさへおいでになれば、自然にわかることです。」旗手はムーアの警戒を恐れてそれ以上語らうとしなかつた。しかしこの言葉はムーアの心に、その意味を考へるだけで恐しくなるやうな大きな不安を残した。そして彼はすつかり陰気になつてしまつた。

ある日、妻が隊長にたいする彼の怒りを柔げようとして、あんな小さな過ちのために長い間尽してくれたあの男の忠勤と友情とを忘れてしまふべきではない、それに傷を負つた兵士と隊長とは全く和解したのだからと言ふと、ムーアは腹を立てて、かう言つた、「どうもおれにはわからない、デズデモーナ、お前はをかしいくらゐあの男のことにこだはるが、あいつは兄弟でもなければ親戚でもないのだ、それなのにどうしてあの男のことをさうまで気にするのだらう。」夫人はやさしく答へた、「私にお怒りをおうつしになつてはいや、ただ私はあの方との深い友情が失はれるのを見るのが辛いだけなのです。あなたのおつしやつたことから判断して、あなたがかうまであの方をお憎しみになる、それほどの過ちをあの方が犯したとは思へません。でも、あなたはムーア人で、気性が激しいため、ほんの些細なことでもあなたを怒り狂はせ、復讐に駆りたてるのでせう。」ムーアは一層憤激して答へた、「知らない者も感じることは出来る。自分が受けた苦痛にたいしてはなんとしても復讐してやる。さうすれば気がすむといふものだ。」夫人はこの言葉に非常な恐怖を感じ、いつになく自分に激しい怒りを示した夫を目の前にして控へ目に言つた。「ただ私は善意から申しあげてゐるだけ、ですから何も私にお怒りにならないで、もう二度とこのことについては申しあげません。」妻が隊長のことで再三懇願するので、ムーアは旗手の言葉からデズデモーナが彼に愛情を懐《いだ》いてゐるのだと思ひこみ、悄然として旗手を訪れ、もつと腹蔵なく話してくれと頼んだ。旗手は夫人を罪に陥《おとしい》れようとして、初めは彼に不快な思ひをさせたくないから、これ以上言ひたくないといふやうに見せかけ、ムーアがなほも懇願するのを待つて言つた、「あなたにこの上ない苦痛を与へるやうなことを申しあげねばならぬのは、全くのところ辛いことなのですがたつてのお頼みとあれば、あなたを上司としてお仕へせねばならぬ自分のことでございますし、お望みをお満し、自分の義務を果すためにはどの道申しあげねばならぬことでございませう。何はさておき、奥様があなたを疎《うと》んじて隊長などにお目をおかけになるなど、由々しきことでございます、それも、あの男が始終お宅に出入りするうち、なんとなく官能がくすぐられるからであり、要するに奥様はあなたの黒い肌の色が厭になつたのでございます。」この言葉はムーアの胸を奥深く突き刺した。しかし、彼はなほも確めたいと思ひ（彼はすでにさういふ疑ひを懐いてゐたために、旗手の言葉をそのまま信じてしまつたのだ）、血相を変へて言つた、「よくもありもしない妻の醜聞を言ひ立てたな、その舌を切取つてやる！」そこで旗手は答へた、「このやうなことを申しあげて、あなたに取入らうといふのではございません。ただ当然の務めと思ひますし、またあなたの名誉をお穢ししたくないと願つてをればこそ、ことの次第をそのまま申しあげるわけでございます。もつとも、かりに奥様の愛情があなたの目を欺き、当然見るべきものもお見えにならなくなつておいでだからと申して、それだけでは真実を申しあげる気にはなれません。あの隊長自身が完全な幸福といふものは他人と分け合ふことによつて初めて得られるものだと、いかにもさう言はぬばかりに、事実を私に語つて聞かせたからであります。」そしてさらに彼は附け加へた、「あなたのお怒りを恐れなかつたならば、奴がさう言つたとき、私は奴の当然受ける報いとして、奴を刺し殺してゐたに違ひありません。ですが、誰よりもあなたに関係のあることをお話しした報いがこんなことであるならば、いつそ何もお話ししないはうがましでした。黙つてさへゐれば、御寵愛を失はずにすみましたのに。」それを聞いて、ムーアは激して言つた。

「この目に貴様が話したとほりのことを見せてくれぬ以上、黙つてゐたはうがましだつたと思ひ知らせてやるから、さう思へ。」

「以前なら、それもたやすい事でした。」と腹黒い男は答へた。「彼がよくお宅へ出入りしてゐた時分でしたらともかく、奴を閉め出しておしまひになつた今となつては、まあ、難しいといへば難しくなつてしまひました。ですが、あなたがその機会さへ与へておやりになれば、奴いまだにデズデモーナ様と歓《くわん》を通じてゐることが、きつとお解りになりませう。しかし、奴はあなたに嫌はれ、以前にも増して注意深くなつてゐるに決つてをります。とは言つても、とても信じたくないとお思ひになるやうなことを、御覧に入れる望みはまだまだございませう。」このやうな会話を交して二人は別れた。

　不幸なムーアは鋭い矢で射ぬかれたやうな心持を懐いて家に帰り、旗手が永久に自分を不幸に陥れてしまふやうな事実を見せてくれる日の来るのを待つた。しかし、覚悟してゐたことだが、慎み深い夫人の貞操は呪ふべき旗手を大いに狼狽《らうばい》させた、ムーアに語つた嘘を信じさせる方法がないやうに思はれたからである。彼はあれこれと思ひめぐらしたあげく、新しい悪質な方法に思ひついた。すでに述べたやうに、ムーアの妻はしばしば旗手の家を訪ね、その妻と終日過すことが多かつた。ふとしたことから、旗手は夫人がハンカチーフを持ち歩いてゐることを知つた。ムーア人独特の方法で非常に巧妙につくられたそのハンカチーフは夫が与へたものだつた。それは夫人にとつてもムーアにとつても同様に貴重なものであつた。それを夫人に気どられぬやうに盗み取り、それを材料にして自分の陰謀の仕上げをしようといふ考へが頭に浮んだ。旗手には三つになる少女がゐて、その子をデズデモーナは大層かはいがつてゐた、ある日、夫人がこの悪党の家を訪ねたとき、彼はその少女を腕に抱きあげ、夫人の膝の上にのせた。彼女は子供を胸に抱きしめた。その間に、手先の器用なこの悪党は巧みに夫人の腰帯からハンカチーフを抜取つてしまつた。彼女はそのことに全く気づかず、上機嫌で子供を返した。そして何が起つたかも知らずにデズデモーナは家へ帰つたが、そのあとも色々と考へることが多くて、ハンカチーフを失つてゐることに気づかなかつた。が、二三日して、それに気づき、探してみたが見つからないので、前にもよくあつたやうに、ムーアがハンカチーフのことを尋ねはしないかと気をもんだ。好機を摑んだ悪党の旗手は、隊長を訪問し、うまく策略を用ゐて、彼の寝室の枕もとにハンカチーフを置いて帰つた。隊長は翌朝までハンカチーフのあることに気づかなかつた。翌朝寝床から起き出たときに、下の床にハンカチーフが落ちてゐるのに気づき、それを拾ひあげた。が、彼はどうしてそれがこんな所にあるのか理解できなかつた。しかし、そのハンカチーフがデズデモーナのものであることを知つてゐたので、彼はそれをどうして返したものかと思ひ惑つた。彼はムーアが家を出て行くのを見とどけてから、裏口へ廻り戸を叩いた。が、運命は旗手とぐるになつて、哀れな夫人を死に追ひやるかのやうに、ちやうどそこへムーアが帰つて来て、戸を叩く音を聞き、窓辺に寄つて荒々しく言つた。「戸を叩くのは誰だ？」ムーアの声を聞いた隊長は、彼が降りて来て自分に危害を加へはしないかと恐れ、一言も答へずに逃げてしまつた。ムーアは階下へ降りて来て、戸を開け、往来に出て辺りを見廻したが、男を見つけることはできなかつた。そこで彼は不機嫌になつて、家に戻ると、妻に向つて、今そこで戸を叩いてゐたのは誰かと訪ねた。夫人は知らないと答へた。事実そのとほりであつた。が、ムーアは言つた。「隊長のやうだつたぞ。」「あの方だつたかどうか、私には解りません。」と彼女は答へた。ムーアは怒りに燃えてはゐたが、それを外に表さなかつた。彼は旗手に顚末《てんまつ》を伝へるまでは何もしたくないと思ひ、直ちに旗手を訪ね、事の経緯をすべて語り、隊長から出来るだけ何か嗅ぎ出してくれるやうにと頼んだ。旗手は事がうまく運んだことを喜び、さうすることをムーアに約束した。

そしてある日、彼は隊長と話してゐるところをムーアに見えるやうにして、夫人のことだけ話から除いて色々のことを話しかけ、ひどく相手を笑はせ、自分の方は何か唯事でない話を聞いてでもゐるかのやうに、手振り身振りを混へて、さも驚いたふうな大仰な仕草をして見せた。二人が別れるとすぐムーアは旗手の所へ走り寄り、あの男は一体どんなことを話してゐたのかと問うた。旗手はなかなか口を割らず、再三懇願させた後にかう言つた、「奴は私には何も隠さず、あなたが外出された機会を狙つては、奥様とうまくやつてゐたと申してをりました。しかも、この前、奥様と一緒だつた時に、例の御結婚の記念のハンカチーフを貰つたのだと申しました。」

ムーアは旗手に感謝した。そして妻がハンカチーフを持つてゐるかゐないかを確めてみさへすれば、旗手の言ふことが間違つてゐるかゐないか明瞭になると思つた。

さういふわけで、ある日、夕食をすませた後、ムーアは夫人と二三、会話を交してから、ハンカチーフを持つてゐるかと訊ねてみた。不幸なことに、この問ひを非常に恐れてゐた夫人は、顔を紅《あから》め、じつと凝現してゐるムーアの眼にそれと気づかせまいとして、箪笥の前に駆け寄つて、ハンカチーフを探すやうなふりを装つた。かなり長い間探した後「どうしたのかしら、」と彼女は言つた、「いくら探しても見つからないなんて——あなたがお持ちになつていらつしやるのではなくて?」「おれが持つてゐるとしたら、」と彼は言つた、「どうしてお前に訊いたりするか？　まあ、後でもつとよく探してみるがいい。」ムーアは一人になると、妻を隊長もろとも誰にも怪しまれずに殺す方法はないものかと考へ始めた。昼となく夜となく彼はそのことばかり考へてゐた。さういふ彼の態度が以前と違つてきたことに気づいた夫人は時をり夫に聞いてみた、「どうかなさいましたの？　なぜそのやうにふさぎこんでおいでなのです？　誰よりも陽気だつたあなたが、この頃はすつかり陰気におなりになつてしまつた。」ムーアはあれこれ言ひつくろつたが、彼女の気は少しも安まらなかつた。ムーアをこれほど苦しめるやうなことは何もした覚えはなかつたけれども、おたがひに始終相手の顔を見て暮してゐることが、かへつて彼の重荷になつてゐるのではないかと思つてもみた。そして彼女は時々旗手の妻にこんなことを言つた、「どんな風にムーアのことを考へたらいいのか解らないの。いつも私に大層やさしくしてくれてゐたのに、ここ二三日、全く別人のやうになつてしまつて。私、両親の意思に逆つて結婚した者の見本になるのではないかしら。イタリーの女が私から学べることと言つたら、性格や習慣の違ひがおたがひを不和にしてしまふやうな男を追ひまはさないといふことなのね。でも、あなたの御主人とは親しい間柄だから、何か打明けて話してゐるかもしれない。お願ひだから何か聞き出せたら、知らせて頂戴。きつと助けてくださいね。」さう言ひながらも、彼女は烈しく泣き続けてゐた。何もかも知つてゐる旗手の妻は

（夫が彼女に夫人を殺させようとしたが、彼女はどうしても同意しなかつたのだ）夫を恐れて何も語らうとはしなかつた。そして、ただかう言つただけだつた。「旦那様に疑ひを起させないやうに注意して、ひたすら奥様の愛情と貞淑を信じさせるやうにすることしかございません。」「さうします、」と彼女は言つた、「でも、どうしてもだめかもしれない！」

一方、ムーアは色々手を尽して、望ましからぬ事実を確認しようとしてゐた。そこで彼は旗手に頼んで、隊長がそのハンカチーフを所有してゐるのを見きはめられるやうに手配してくれと言つた。それは困難なことではあつたが、とにかくこの悪党は、なんとかさうできるやうに骨を折らうと約束した。ところで、隊長の家へよく来る女で白い麻布にみごとな刺繍をする者がゐた。その女が例のハンカチーフを見つけ、それがムーア夫人のものだとわかると、彼女に返す前に、それと同じものを一つ作りたいと思ひついた。ところが、彼女が刺繍してゐるところをたまたま旗手が見かけ、なほ女が窓近く腰掛けてゐるので、道を通る者なら誰の目にもつくことも確めた。そこで彼はこのことにムーアの注意を向けさせた。それを見たムーアは、あの誠実な妻が実は姦婦であると完全に思ひこんでしまつた。そこで彼は旗手と共に、妻と隊長とを殺す計画を立てた。二人はその手段をあれこれ論じあつた。ムーアはこれから先ずつと旗手を取りたてることを約し、隊長を殺すやうにと頼んだ。隊長は勇敢であるうへに機敏でもあつたので、ただちに実行にかかるのは困難でもあり危険でもあると言つて、旗手があまり乗り気でないので、ムーアは多額の金を与へて熱心に頼みこみ、とどのつまり、相手が一かばちか、とにかくやつてみようと言ひだすまでに漕ぎつけた。二人の間にこの話が取りかはされて後、ある夜、隊長が気ばらしにはひつた淫売の家を出てきたところを、旗手は夜陰にまぎれ、抜身を手にして襲ひかかり、脚に切りつけ、相手を地に倒した。うまくその一撃が右股に当り、その倒れた体の上に旗手は馬乗りになつて止めを刺さうとした。しかし隊長は勇敢な男で、流血や殺人には慣れてゐるので、自分も剣を抜きざま、傷を負つてはゐたものの、いきなり身構へて大声で「人殺し！」と叫んだ。

　これを聞きつけて、近くに宿泊してゐた兵士や町民が駆けつけて来た。それを知ると、旗手は摑《つかま》つては事だと慌てて逃げ去つた。そして町を一廻りして帰つて来て、自分も警報を聞いて駆けつけて来たやうに装つた。そして、人混みにまぎれて、相手の半ば切断された脚を確め、たとへまだ生きてゐても、いづれはあの一撃が因で死ぬに違ひないと思ひ、大いに満足した。だが、彼はあたかも隊長の兄弟ででもあるかのやうにひどく悲しんで見せた。朝までには町中にこの事件の噂が拡り、それがデズデモーナの耳にも達した。やさしい気性の彼女は、それが自分に害を及すことになるとは知らず、心から男のために悲しんだ。が、それを見てムーアの邪推はいよいよ激しくなつた。ムーアは外に出て行き、旗手を見つけると、かう言つた、「馬鹿な奴だ、あれは、今度のことで気を失はんばかりに嘆き悲しんでゐる。」「ほかに考へやうはありませんな、」と旗手は言つた、「やはり奴は奥様の魂なのですな。」「何、あれの魂だと？」とムーアは言つた、「その魂をあれの体から引きぬいてやる。こんな不正をこのままにしておくやうなら、おれを男と呼んでくれるな。」そして二人はなほも夫人を殺すのに、毒薬にするかナイフにするかを論じ合つた後、そのいづれでもない方法を思ひついた。

以上がツィンツィオの直訳である。さらに旗手は疑はれずに殺人を犯す計画を進言する。ストッキングに砂をつめてデズデモーナを打ち殺し、天井の腐つた梁をその上に落して、事故死のやうに見せかけようといふのである。計画は成功する。が、その後、ムーアは死んだ妻を悼むあまり錯乱状態になり、やがて旗手を憎み、免職する。旗手は復讐をもくろむ。隊長を説いてヴェニスに逃げ、彼の脚を傷つけたのもデズデモーナを殺したのもムーアであると告げる。隊長は政庁に訴へ、ムーアは捕へられて、ヴェニスに連れて来られる。しかし彼は黙して語らない。止むなく政庁は彼を追放処分にするが、その後、デズデモーナの親戚に殺される。旗手もやがて事実が露顕し、拷問を受け、命を落すのである。

三

一五九九年に書かれた「ジュリアス・シーザー」以後、シェイクスピアの作品に暗い影がさしはじめた。それがおよそ十年続く。この期間を普通「悲劇時代」と呼んでゐるが、なるほどその間に書かれた十四篇のうち九篇までが悲劇であり、しかもそれらはいづれもシェイクスピア悲劇の代表作ばかりである。極言すれば、シェイクスピアが最もシェイクスピアらしい悲劇を書いたのはこの期間だけだとも言へる。その九篇といふのは、「ジュリアス・シーザー」「ハムレット」「トロイラスとクレシダ」「オセロー」「リア王」「マクベス」「アントニーとクレオパトラ」「アセンズのタイモン」「コリオレイナス」である。このうち「ハムレット」「オセロー」「リア王」「マクベス」を「四大悲劇」と呼んでゐる。だが、この四篇のうち「オセロー」には、「偉大なる悲劇」と呼ぶにはふさはしくない何かがある。あるいは「リア王」を除いて、「ハムレット」「マクベス」と共有してゐる「弱点」が、この「オセロー」において一番あらはにうかがへるやうに思はれる。エリオットは「ハムレット」の中には、主人公の激しい感情の揺れにたいして、それを必然ならしめ、かつそれを受けとめるに足る対応物が欠けてゐると評した。私はその評をそのまま肯定しようとは思はない。ウィルソンの言ふやうに、それはハムレットといふ人物を作品

「ハムレット」の外に連れ出してしまふ試みであらう。が、エリオットの評もある程度まで当つてゐる。それを私流に飜案して言へば、ハムレットは一人相撲の空廻りをしてゐるといふことになる。それにもかかはらず、ハムレットは行動してゐる。つまり空廻りする感情や心理を内面の世界にだけ止めず、外に向つて発散させてゆくので、無理にも自分の手でそれに相当する対応物を造りあげてしまふ。ハムレットの想像力が幻影を生み、行動を導き出し、外界を変へる。マクベスもまた魔女のうちに幻影を見る。それにそそのかされて、妻に助けられてではあるが、やはり行動に踏み切り、外界を動かし変へてゆく。

　しかし、「オセロー」においては、行動し、外界を変改しようとする意思の担ひ手はイアーゴーであつて、主人公のオセローではない。「ハムレット」の亡霊が、「マクベス」の魔女が、ここではイアーゴーといふはつきりした現実の人物になつて劇を推進する。オセローの方は歌舞伎でいふ「辛抱立役《しんばうたちやく》」である。劇の渦中にあつて専《もつぱ》ら受身の姿勢でその渦に堪へてゐなければならない。彼がイアーゴーから劇の主導権を奪取するのは、最後の場においてデズデモーナを殺し、さらにみづからを刺し殺すときであり、しかもその瞬間においてイアーゴーの計画は完全に成功したのである。魔女に誘惑されたマクベスは、劇の前半において既に殺人といふ決定的な行動に出てゐるのに、オセローは終幕まで動かない。なるほど、三たび妻にたいして自分の疑ひを打ちつける、が、厳密に言へば、疑ひをではなく、怒りを打ちつけるのである。ハムレットがさうするとき、口に出しては危険な疑ひだからといふ弁護が成立つかもしれぬが、オセローにその弁護は通用しない。彼は身になんの危険も受けることなしに、事実を確めることが出来たはずだ。が、オセローは自分の疑念を内面に閉ぢこめ、それにじつと堪へてゐるだけである。

ハムレットもマクベスも超自然の力を借りて、危く行動の切つかけを摑むのだが、「オセロー」劇には超自然の要素が欠けてをり、またオセローのうちにその幻影を見る想像力が欠けてゐる。オセローは自分の内部から行動を推進してゆく悲劇的性格をもたない。むしろ調和的、現実的な性格の持主なのである。「オセロー」を「偉大なる悲劇」と呼ぶにふさはしくない「弱点」と私が言つたのはその意味においてである。そのことと関聯して指摘しておきたいことが二つある。その一つは、オセローのせりふには、他の悲劇の主人公に較べて詩がないといふことである。それが詩的に美しくないといふ意味ではない。リア王やハムレットやマクベスのやうに、オセローは言葉をまじなひとして自己の可能性を喚《よ》びだし、自己を行動に追ひやるといふことをしないのだ。唯一の例外は最後のせりふだけである。概してオセローのせりふは短く、少い。他の悲劇の主人公に較べてばかりでなく、イアーゴーよりも遥かに少い。シェイクスピア悲劇の主人公としては珍しい例外である。

もう一つ言つておきたいことは、「オセロー」には「宇宙感情」とでも呼ぶべき一種の雰囲気が薄弱だといふことである。この言葉によつて私が何を意味してゐるかは、いづれ

「リア王」あるいは「あらし」の解題において述べるつもりだが、私はそこにシェイクスピアの最もシェイクスピアらしい面目を見る。それはシェイクスピア以外のどの作家にも感じられないものだ。私の知るかぎり、わづかにゲーテの「ファウスト」にそれがある。が、ゲーテの「宇宙感情」はやや形而上学的であり、シェイクスピアほどの生々しさをもつてはゐない。シェイクスピアの「宇宙感情」はあくまで健康な自然感覚に基くものでありながら、しかもそれを超えてゐる。それゆゑ、多くの人はそれを超自然と呼ぶが、むしろそこにシェイクスピアの最も本質的な自然感覚が息づいてゐるのである。やはり「宇宙感情」と名づけるはうが当つてゐるやうに思はれる。悲劇では「リア王」に、喜劇では「あらし」に、それは最高の表現を得てゐる。が、それは「ハムレット」にも「マクベス」にもある。「四大悲劇」のうち、「オセロー」にだけはそれが乏しい。

　アーデン版の「オセロー」の編者リドレーはかう言つてゐる、シェイクスピアの他の悲劇においては、主人公の運命はそのまま彼の属する国家や国民の運命を左右し、したがつてその破局のあとでは、かならず新秩序の再建が暗示されて終ると。たとへば「ハムレット」では、主人公の暗い黄泉路《よみぢ》めぐりのあとで、新王フォーティンブラスの登場が曙光のやうに明るい印象を観客に与へる。「マクベス」でもマルコムの存在が同様の働きをなしてゐる。その印象は、観客がそこに至るまでの主人公の性格や行動に共感を覚えてきたといふ心理的事実とは、全く別の次元に属する。私たちは自分の同情する主人公の死にもかかはらず、彼が死によつて「情念」といふ業病から解放されたことに一息つくのである。私たち観客の心理は看病人の心理に似てゐる。その虚脱の隙に、新王の登場が微妙な働きをする。ところが、「オセロー」にはそれがない。リドレーは、主人公オセローの運命はヴェニス国家の秩序になんの影響ももたらさないからだと言ふ。

確かにオセローはヴェニス国にとつて単なる傭兵隊長に過ぎず、しかも彼の起した事件は私的な家庭悲劇の域を出でない。第一幕第三場において示されたヴェニス国の危機は、偶然によつてあつけなく解決され、場面も遠く離島のサイプラスに移つて、完全に鎖《とざ》された狭い個人的世界に切換へられてしまふ。私たちは終幕のロードヴィーコーの出現に、それまで忘れてゐたヴェニス国といふ背後の広い世界を想起させられるだけである。明かにロードヴィーコーはフォーティンブラスやマルコムと同じ劇的役廻りを負はされてゐるのであるが、それは旧秩序に交替する新秩序ではなく、秩序から離れた世界に自分の存在を思出させるために顔を出した秩序なのである。

一口に言へば、「オセロー」は、「四大悲劇」の中ではもちろん、シェイクスピアの他の悲劇と比較して考へても、この作者には珍しい、ほとんど唯一の例外に属する家庭悲劇であるといふことだ。あるいはそれゆゑに、「四大悲劇」として代表作の一つに数へられるに至つたのかもしれない。ほかならぬその世話物的性格のため近代人にも容易に感情移入が出来るせゐであらうか、この作品はやや過当な評価が与へられてゐるやうに私には思はれる。

　そこから幾つかの誤つた解釈が生れる。多くの批評家はオセローよりもイアーゴーに興味を覚える。それは当然のことだ。イアーゴーには近代人の心理に通じるものがある。が、それを過当に買ひかぶつてはならない。この劇の主人公はイアーゴーであるとする評家も多いが、そこまでゆけば、明かに誤りである。第一に、イアーゴーにはシェイクスピア悲劇の主人公にふさはしい品格がない。ここに品格といふのは品性または性格を意味するものではなく、あくまで劇的品格のことである。第二に、当時の悲劇の約束として、少くとも主人公は最後に死ななければならぬのに、イアーゴーは死なない。イアーゴーは決して劇の主人公ではない。「オセロー」劇において最も多くのせりふを与へられ、他の悲劇の主人公と同様に、ほとんど出《で》突《づ》つぱりに動き廻つてゐるが、彼の劇的役廻りは狂言廻しのそれであり、いはば作者の役割である。したがつて、イアーゴーはオセローにとつて真の敵であるのにもかかはらず、オセローは最後まで彼を敵と認めず、彼に敵対しない。デズデモーナの裏切についてその真偽を確めようとしないオセローは、同様の意味において、イアーゴーの奸計を少しも疑はないのである。オセローがイアーゴーを疑ふといふことは、「オセロー」劇の作意を作者に問ひただすことであり、さうなれば作品のメカニズムは崩壊してしまふ。作劇術上、オセローにはそれが禁ぜられてゐる。

　そのため、オセローは現代の私たちにとつて愚かしく見えはしないか。イアーゴーにたいしてあまりに軽信的でありすぎはしないか。が、そこからもう一つの誤つた解釈が生れる。といふのは、オセローが黒人あるいはムーア人であるといふ事実に力点を置きすぎることである。なるほど、さういふオセローの劣等感を強調することによつて、イアーゴーに操られる受動性から主人公を救出することが出来る。それはいい。が、オセローの劣等感をすべて黒人の引けめに帰するのは明かに行き過ぎである。その方が辻褄はよく合ふだらうが、作品の普遍性は失はれる。ウィルソンさへ、その点を警戒しながら、やはりその誤りに陥つてゐるやうに思はれる。ウィルソンは一九三〇年五月十九日にサヴォイ劇場で初日の幕を開けた黒人俳優ポール・ローブソンのオセローを観て、オセローが黒人であるといふ事実こそ、この劇を完全に理解する鍵であると知つたと書いてゐる。

　私もニュー・ヨークで無名の黒人が演じるオセローを観て感動した。その後、ストラトフォードの記念劇場でアンソニー・クウェイルのオセローも観たが、その比ではなかつた。が、私が前者に感動したのは、それが黒人によつて演ぜられたからではない。それを観てゐる間、私はその役者が黒人であるといふことすら意識してゐなかつた。前者が後者より優れてゐた理由は簡単である。後者がただイアーゴーの奸計に操られる受動的な、したがつて愚かでもあり滑稽でもあるオセローであつたのに比して、前者には気品があり、優しさがあり、強さがあつた。私たち見物には、彼がイアーゴーに欺かれたのだといふこと、しかも、余りにもたわいのない手続によつて欺かれたのだといふこと、さういふ嫉妬の原因が全く気にならなかった。事実が嫉妬に値するかどうか、その必然性があるかどうか、それは問題にならなかった。愚かしいとかたづけられぬ、気品を保った嫉妬の情念が目の前に厳然として存在してゐた。私たちは否応なくその真実と激しさとを信じなければならなかつたのである。

そのことに関聯して、人々の陥りがちなもう一つの誤つた解釈に触れておかねばならない。「オセロー」を「嫉妬の悲劇」と見るのがそれである。嫉妬といふ情念には、確かに私たち近代人の市民感情に訴へる一般性がある。が、これほど受動的で非生産的な情念はない。それだけでは劇の主題として弱い。それに、ブラッドレーの言つてゐるとほり、オセローの性格は本来嫉妬とは無縁である。彼は疑ひ深くはない。オセローは妻に嫉妬したのではない。事実を見過つたのである。そのことは多くの評家の直接間接を問はず指摘してゐるところである。

「オセロー」は「愛の悲劇」である。隙間のない完全な愛が毀《こぼ》たれてゆく過程がその主題である。そこには「ジュリアス・シーザー」から始つて最後の悲劇「コリオレイナス」に至るまで、あるいはその後の浪漫劇「シムベリン」や「冬物語」にまで尾を引いてゐる何か救ひのない暗いものがある。人はイアーゴーの性格の暗さを言ふが、オセローの内心の絶望はそれよりはさらに暗いものであらう。それは悲劇時代のシェイクスピアを捉へてゐた、いはば絶望的な人間不信感であらう。が、オセローの絶望は最後に救はれる。彼がイアーゴーに欺かれたと知つたとき、デズデモーナは自分を最後まで愛してゐたのだと知つたとき、つまり自分の過ちを認め、完全に敗北を自覚したとき、オセローは愛の破壊者イアーゴーに勝つたのだ。ブラッドレーは言つてゐる、「オセローは世界の文学作品に現れる最大の愛し手の一人であり、シェイクスピアの作品における最大の愛し手である」と。オセローは最後のせりふに「かつてはどんな悲しみにも滴《しづく》ひとつ宿さなかつた乾き切つたその目から、樹液のしたたり落ちる熱帯の木も同様、潸然《さんぜん》と涙を流してゐた」と、その場の自分について語つてゐるが、そのオセローの涙は「喜びの涙」であつたはずだと言ふウィルソンの言葉は正しい。

「辛抱立役」に終始してきたオセローはこの最後のせりふによつて、イアーゴーに操られてきた受動性から完全に脱出し、主人公の面目を示すのである。

（昭和三十五年四月二十三日）

十二夜

一

この作品も作者生前の四折本は無く、それが始めて活字になつたのは、作者死後の一六二三年に刊行された最初のシェイクスピア戯曲全集、第一・二折本においてである。私がいつも飜訳の原本として使用してゐるのはケンブリッジの「新修シェイクスピア全集」であるが、それも勿論、第一・二折本に依拠してゐる。尤《もつと》も、校訂者ドーヴァ・ウィルソン独自の解釈により、他の版と多少の相違がある。これも毎々の事であるが、私はそれを殆どそのまま受け容れた。

さて、この「十二夜」の製作年代であるが、これも余り問題は無い。それを推定する唯一の決定的な根拠は、当時四つあつた法学院の一つであるミドル・テンプルの弁護士ジョン・マニンガムの日記である。その一六〇一年二月二日の記述に次の如く書かれてゐる。

二月二日――吾々の祝宴には十二夜、或はお望みのものと題される芝居が演ぜられた。それは間違ひの喜劇やプラウトゥスのメネクミとよく似てゐる、なほそれ以上にイタリーの喜劇インガンニと酷似してゐる、その中に、面白い策略が出て来る、というのは夫を失つた女主人が自分に恋をしてゐると思込んだ執事の話である、彼は如何にも女主人のものらしい字句によつて書かれた偽手紙によつて騙《だま》される、その手紙には女主人は彼をこの上も無く愛してゐると書かれてあり、更に頬笑みを絶やすなとか、衣服はかくかくしかじかの物をとか、その他の指示が出て来る。当の執事が、それを信じて策略に引掛かると、周囲の者は彼を狂人扱ひするのである。

右に出て来る「間違ひの喜劇」がシェイクスピア作のそれを差すものか、或は昔から屢々《しばしば》取上げられて来た喜劇の一様式を差すものか、その点は断定出来ないが、続いてプラウトゥスの「双生児メネクミ」や同時代のイタリー喜劇「リ・インガンニ」（騙し）が出て来る処を見ると、どうも後者の様に思はれる。要するに、この日記の主ジョン・マニンガムが「十二夜」を先づ双生児によつて巻き起される間違ひの喜劇として受取つた事は確かだが、劇中の一挿話「マルヴォーリョー騙し」に少からぬ興味を覚えたらしい事も見逃せぬ。なほ、オリヴィアを未亡人としてゐるのは、マニンガムの間違ひである。題名の「十二夜、或はお望みのもの」とあるのは、当時からさうなつてゐたので、第一・二折本以来、今日までそのまま踏襲されてゐる。私の訳本では副題を省いてあるが、それは煩雑になるのを避けたまでで、正式の題名は飽くまで「十二夜、またの名お望みのもの」である事をお断りして置く。

処で、この日記が一六〇二年二月二日附である事、しかもマニンガムが観た芝居が初演のものであるといふ確実な証拠は無いが、恐らく極く最近の新作である事は、その文章から十分に察しが附く。十二夜といふのはクリスマスから十二日目、即ち一月六日の公現祭（東方の三博士がベツレヘムのクリストのもとに現れた日を祝ふ祭）を意味するので、初演は一六〇一年一月六日ではなかつたかと推測し得る。この作品の中に法律への諧謔的言及が多いので、法学院における公現祭用の祝祭劇としてシェイクスピアが書下したものではないかと言はれてゐる。それが引続き上演されてゐたか、或は二月二日の聖燭祭の為に再演されたか、いづれにせよ、マニンガムはそれを観たのであらう。

なほ、この作品の執筆年代が一六〇〇年以後であるといふ傍証は他に幾つかある。その一つは、一九二四年にヴァイオレット・ウィルソンといふ女性シェイクスピア研究家が指摘してゐる事実だが、第二幕第三場で「清教徒」マルヴォーリョーがサー・トービー達の盃盤狼藉《はいばんろうぜき》に文句を言ふ処がある、これは当時、似た様な事件が現実にあり、一六〇〇年から一六〇二年頃までの間、始終、人々の噂の種になつてゐたといふのである。といふのは、ヨークシャーのハクネスに居を構へてゐた騎士のポスチュマス・ホビーといふ頑固で物笑ひの種になつてゐた男が、或日の事、狩猟に出掛けたのだが、その留守を狙つて、一群の地方郷士達がその邸に押入り、呑んだくれて大騒ぎを演じ、家族の祈禱《きたう》の妨げをした事件である。それだけなら、噂にならずに済んだかも知れぬが、騎士ポスチュマス・ホビーは乱暴者を相手に訴訟を起し、法廷論争が展開された為、英国中に知れ渡つたのである。第二幕第三場は、シェイクスピアがこの事件を当込んで書いたものだとすれば、やはり一六〇〇年作といふ説は有力になつて来る。

第二に、一六〇〇年一月にイタリーの公爵、ドン・ヴァランタイン・オーシーノーが英国の宮廷を訪ねた事があるが、このヴァランタインとオーシーノーといふ名は作品中にも出て来る、これは単なる偶然ではなく、作者が偶々《たまたま》英国王室を訪ねて来たイタリーの公爵の名から思附いたものと見做《みな》される。とすれば、この作品は一六〇〇年の二月以降の作といふ事になる。第三に、第三幕第二場に「新大陸のアメリカまで描き加へた近頃売出しの地図宜《よろ》しく」といふマリーアのせりふがあるが、当時はどの地図にも既にアメリカ大陸は出てゐたが、「近頃売出しの」といふのは投影法を用ゐたもので、一六〇〇年にエドワード・ライト、リチャード・ハクルート、ジョン・デイヴィスによつて造られ、アメリカ大陸がこれまでにないほど大きく扱はれてをり、これを当込んだものとすれば、やはり一六〇〇年以降の作品と見做さざるを得なくなる。

第四に、ペルシア王への言及が第二幕第五場、第三幕第四場と二度も出て来るのだが、これは騎士アンソニー・シャーレーといふ人物が二人の兄弟と共にペルシア行を企て、一五九九年から一六〇〇年まで一年足らずの間、ペルシア王の宮廷に滞在してゐた事があり、それがロンドンで大評判になつた事実に対する当込みと思はれる。この事件がそれほど大評判になつたのは、このペルシア行がなかなか冒険的なものだつたからでもあるが、一つには騎士アンソニーがエリザベス女王に叛乱を起したエセックス伯の強力な支持者だつたといふ事にもよる。いづれにせよ、「十二夜」が一六〇〇年になつてからの作と見做す有力な傍証と言へよう。以上四点と最初に引用したマニンガムの日記と考へ併せ、「十二夜」の執筆年代は一六〇〇年、それもその後半の作と推定してよささうである。尤も、マニンガムの日記の日附に問題があり、同じ二月二日附にしても、一六〇一年ではなく一六〇二年ではないかといふ説もあり、もしさうだとすれば、「十二夜」執筆は一六〇一年になつてからと考へられよう。

しかし、一六〇〇年、或は一六〇一年の、最初に書かれた「十二夜」と第一・二折本に収められたそれとが全く同一の物であるとは言へない。第一稿はもつと短かつたものと考へられる。法学院で行はれる祝祭劇の為の作品といふ事からも、そんなに長いものではなかつたらうといふ推論は当を得てゐるが、なほ、書き換へ、書き加へが行はれたに違ひないと思はれる推測の根拠は、他に幾つかある。本文を気を附けて読めば誰にも気附く事だが、神父が出て来たり、その他クリスト教団の出来事を扱つたものと考へられる作品にも拘《かかは》らず、所々にジュピターの名が出て来る。これは一六〇六年五月、「舞台上、むやみに神の名を出す事」を禁止するお触れが出たからで、シェイクスピアは早速、クリスト教の神をローマ神話の最高神ジュピターに書き換へたのに相違無い。尤も、その為、第四幕第二場でトービーが「ジュピターの御加護を、神父殿」と叫ぶ処など却《かへ》つて滑稽になり、ドーヴァ・ウィルソンが言つてゐる様に、これはシェイクスピアが意識して禁止令を逆用したものだと考へられる。

　更に書き直しの跡が歴然としてゐるのは、ヴィオラと道化との関係である。先づ第一幕第二場で、ヴィオラは船長に向つてオーシーノー公爵の小姓に推薦してくれと頼み、「私、唄も歌へるし、色々音楽のお話相手にもなれるし」と言つてをり、第二幕第四場では、公爵がサゼーリオーのヴィオラに対して「何か唄を聴かせてくれ」と言ひ、それも「あの唄がいい、ゆうべ聴かせてくれた古風な昔の唄だ」と言つてゐるが、そのせりふを受けて、キューリオーが「真に申訳ございませんが、あれを歌へる者が只今ここにはをりませんので」と答へ、更に、それを歌つたのはフェスティといふオリヴィア家出入りの道化だと言つてゐる。これはどう考へてもをかしい。この矛盾に一つの解釈を与へたのはリチモンド・ノーブルといふ批評家である。詰り、この作品が最初に書かれた頃には、唄の上手な少年の役者がゐて、それがヴィオラを演じ、実際に唄も歌つたに相違ないのだが、その少年役者が後に声変りしてしまつたか、劇団を止めてしまつたか、いづれにせよ、ヴィオラに唄を歌はせる事が出来なくなつてしまつた、一方、道化のフェスティを演ずるアーミンといふ役者が唄の点でも評判になつて来たので、ヴィオラの歌ふ筈の唄をフェスティに与へ、新たにフェスティの為に唄を附け加へたりしたのであらうといふのである。その新しい唄といふのは最後のエピローグの雨の唄だが、これは「リア王」第三幕第二場に出て来る唄の替唄である。その本歌が「リア王」上演当時、今日の映画の主題歌と同じく、かなり人口に膾炙《くわいしや》してゐたので、それを捩《もぢ》つて新しくエピローグを附け加へたのだらうといふ推測である。「リア王」の執筆年代は一六〇四年末から一六〇六年初頭といふ事を考へれば、シェイクスピアが「十二夜」に新しく手を入れたのは一六〇六年の夏頃だらうといふドーヴァ・ウィルソンの推定は大体辻褄が合ふ様に思はれる。一六〇六年加筆説については、最後にもう一つ根拠がある。第三幕第二場の始めの方で、アンドルーとフェイビアンとの間に次の如き会話が交される。

フェイビアン　それなら、お嬢様があなたに気のある何よりの証拠だと思ひますがね。

アンドルー　何を抜かす！　俺を驢馬《ろば》扱ひする気か？

フェイビアン　とんでもない、筋道立てて証明して御覧に入れませう、判断力と理性に賭けて。

これは当時、カトリック教徒のイエズス会員の間で、プロテスタントの裁判官に裁かれる場合、エクィヴォケイション（相反する二つの意味に解釈出来る様な言ひ抜け）を使つてもよいかどうかといふ事が問題になつた事があるが、フェイビアンの言葉は、さういふ場合にイエズス会員が法廷で誓ふ言葉の決り文句だつたといふのである。偶々一六〇五年十一月、ヘンリー・ガーネットといふイエズス会の修道院長がプロテスタントのカトリック迫害に怒つて、議会の地下に火薬を仕掛け、建物を爆破しようと企んだ事件があり、その裁判は翌一六〇六年に行はれた。その時、ガーネット一派は国教忌避者としてエクィヴォケイションを用ゐても構はぬといふ事を、ガーネット自ら公言し、しかも、それを是とした秘密文書が発見されたので、ロンドン子の反感を買ひ、大騒ぎになつた事がある。それが第三幕第一場冒頭で道化とヴィオラとの間に交される言葉論議の終りの方で、次の様な形で表れてゐるといふのである。

道化　巧い……何といふ世の中だ！　近頃、利口な手合にとつては、言葉は伸縮自在の仔山羊の手袋同然——あつと言ふ間に裏返しにされてしまふ！

ヴィオラ　全くその通りだ、言葉を玩具にして楽しんでゐる連中に遭つては、どんな言葉も忽《たちま》ち穢《けが》されてしまふ。

もしこれが議会爆破事件の裁判を当てこすつたものとすれば、この箇処はシェイクスピアが新しい道化役者を得て、得たりとばかり書き加へたものと言へよう。

二

「新修シェイクスピア全集」の序文を書いてゐるクイラ＝クーチは、この「十二夜」が何を下敷にして書かれたかといふ点について、余り関心を持つてゐないらしい。既にマニンガムの日記を引用した際、「それは間違ひの喜劇やプラウトゥスのメネクミとよく似てゐる、なほそれ以上にイタリーの喜劇インガンニと酷似してゐる」と書いたが、いづれも双生児の登場によつて事件が起り、紛糾し、最後は解決されるといふもので、成るほど、その程度なら、特に下敷を云々するまでもない事である。マニンガムが触れてゐる「リ・インガンニ」の他に「リ・インガンナッティ」といふ作品があり、これは「騙されし人々」といふ意味のものである。後者の方が「十二夜」の筋とよく似てゐる。シェイクスピアはこの作品の筋書を誰かに聴いたか、或はこの作品を「盗作」した同じイタリーの小説家バンデルロの英訳本で読んでゐたのであらう。それとも、このバンデルロの小説はフランスのベレフォレーが飜訳して「悲劇物語」の一部に収められてゐるが、それと同じ話を、ベレフォレーからか或は直接バンデルロからかは解らぬものの、バーナビ・リッチが「アポロニアスとシラの物語」の第二話に飜案してゐるものがあるので、シェイクスピアはそれを読んで想を纏《まと》めたのかも知れない。オーシーノー、オリヴィア、ヴィオラの三角関係の経緯、その混乱と解決といふ点では、バーナビ・リッチと「十二夜」とは殆ど同じと言つてよい。

しかし、トービー、アンドルー、マルヴォーリョー、マリーアは全くシェイクスピアの創作であると考へられる。そのうちでも、殊にマルヴォーリョーは彼の独創と言へるであらう。それにしても、下敷の詮議は、クイラ＝クーチの言つてゐる様に、この作品においては余り意味のある事ではない。譬《たと》へば、「マクベス」の様な作品では、或は「ジュリアス・シーザー」「アントニーとクレオパトラ」「コリオレイナス」の様な作品では、ホリンシェッドやプルタークと読み較べて、シェイクスピアが如何に「劇的天才」を発揮してゐるかを知り、多少の感銘を受けるであらう。が、「十二夜」の下敷を「リ・インガンニ」「リ・インガンナッティ」に求めるくらゐなら、寧ろシェイクスピア自身の初期の作品「間違ひの喜劇」を持出したらいいと、クイラ＝クーチの様に開き直る気持も解らないではない。年上のアントーニオーと若いセバスチャンとの友情は「ヴェニスの商人」にも出て来る。さう言へば、「ヴェニスの商人」でも年上の男は、名も同じアントーニオーであつた。男装のヴィオラの前身としては、「ヴェローナの二紳士」のジューリアがあり、「お気に召すまま」のロザリンドがあり、「ヴェニスの商人」のポーシャ、ネリサがある。トービーには、「ヘンリー四世」「ウィンザーの陽気な女房達」におけるフォールスタフの面影があり、アンドルーにはやはり「ウィンザーの陽気な女房達」のスレンダーの面影がある。マルヴォーリョーといふ人物は、「十二夜」独自のものかも知れぬが、マルヴォーリョー騙しのトリックそのものは、「空騒ぎ」のベアトリス、ベネディックで既に実験済みである。

三

「空騒ぎ」「お気に召すまま」の解題において述べて置いたが、この「十二夜」もまた「自己欺瞞《ぎまん》」の喜劇だとクイラ＝クーチは言つてゐる。言ふまでもなく、この劇の主筋はオーシーノー、オリヴィア、ヴィオラの三角関係にあるのだが、彼等は確かに「自己欺瞞」に陥つてゐる。オーシーノーのオリヴィアに対する愛情はどう見てもそれほど激しいものとは思はれない。もしそれが強烈なものであつたら、終末において、ヴィオラに対する愛に転位してしまふといふ事はあり得ないであらう。同じ事がオリヴィアについても言へる。ヴィオラに対する愛情が、如何に双生児でよく似てゐるとは言へ、セバスチャンによつて満されてしまふ事はあり得ないであらう。オーシーノーはオリヴィアを愛してゐるといふよりは、恋を恋してゐるのであり、恋に伴ふ憂愁を結構楽しんでゐる様に見える。オリヴィアも兄に対する喪に服してをり、他の男性は眼中に無いといふ感傷に耽《ふけ》つてゐるのであつて、ヴィオラ（サゼーリオー）に対する一目惚れは、それがヴィオラであるからではなく、若く美しい男性一般に対する恋に過ぎまい。詰り、オリヴィアの「自己欺瞞」は二重になつてゐる。亡き兄を追想する悲しみといふ「自己欺瞞」から解放されたいといふ気持が、オーシーノーの求愛に追詰められて、ヴィオラを愛してゐるといふ別の「自己欺瞞」に取憑かれたままでの事である。この二人に反して、ヴィオラの「自己欺瞞」はもつと意識的である。自分は女でありながら男を演じてをり、その為にオーシーノーに対する自分の恋を騙さねばならず、他方、オリヴィアに対しては、まるで自分の事の様にオーシーノーの愛情を押売りしなければならないのだが、それはすべて十分に意識した上での事である。にもかかはらず、オーシーノーの代りにオリヴィアを口説く時には、オーシーノーに対する自分の愛情が混つて来、それに酔つてゐる節がある。

　クイラ＝クーチはダウデンの次の言葉を引用し、「自己欺瞞」の喜劇といふ自説を強調してゐる。「吾々は仲間の誰かによつて、運命によつて、或は偶然の出来事によつて欺かれる、が、最大の騙し手は常に自分自身である——吾々自身の感傷、虚栄心、恐怖心、利己心などである。」尤も「自己欺瞞」といふ言葉は最後の切札の様なもので、「お気に召すまま」の解題において述べた様に、これを持出せば、大抵の喜劇はすべて片が附くのみならず、悲劇についても、少くともシェイクスピアのそれはすべて片が附いてしまふ。しかし、悲劇の場合は、「自己欺瞞」といふ言葉よりは寧ろ「自己劇化」といふ言葉の方がふさはしいであらう。ハムレットも、リアも、オセローも、マクベスも、「あるがままの自分」よりは「さうありたい自分」にまで自分自身を劇化し、その矛盾に斃《たふ》れる。いや、斃れる事によつて、ますます自己を劇化し、壮大なものに仕立て上げる。彼等はいづれも「自殺」への過程を無意識のうちに演じてゐるのである。しかし、喜劇における「自己欺瞞」はそれに耽つてゐる人間を破局に追込まない。最後には、彼等はそれから解放され、「あるがままの自分」といふ常識に立戻る。さう考へれば、「十二夜」は確かに「自己欺瞞」の喜劇である。マルヴォーリョーにしても、必ずしも他人の悪だくみによつて騙されただけとは言ひ切れない。自分自身のうちにオリヴィアの恋人を以て自ら任じたい気持が潜在的に働いてゐるのであり、それに乗ぜられたのに過ぎないからである。のみならず、彼の清教徒的正義派振りもまた一種の自己欺瞞であると言へよう。

　それにしても、オーシーノー、オリヴィア、ヴィオラと異り、マルヴォーリョーだけは救ひが無い。しかも、マルヴォーリョー騙しは際立つて面白く描かれてゐる。その為、「ヴェニスの商人」におけるシャイロックと同様、上演に際しては、この副筋の主人公が強調され、一座の座頭的役者がこの役を演じる事が屢々ある。それに対して、クイラ＝クーチは「この種の人間が吾々の日常生活を支配する事を許してはならぬと同様に、この役に全作品を支配せしめてはならぬ」と警告してゐる。全く同感である。シェイクスピアは喜劇時代の終りから悲劇時代の始めに掛けて、「空騒ぎ」「お気に召すまま」「十二夜」と三つの名作を書いてをり、それぞれに特色があつて面白いが、全体の構成、筋の運び方、伏線の張り方などでは、この「十二夜」はウェル・メイド・プレイの典型と言ふべく、オーシーノー、オリヴィア、ヴィオラ達によつて醸《かも》し出される浪漫喜劇的要素とマルヴォーリョー、トービー、アンドルー、マリーアによつて演ぜられる風俗喜劇的要素とが過不足なく渾然一体として描かれてゐる処に面白味があるのであつて、これを上演する場合、どちらか一方が他方を否定するほど強く印象づけてはならない。が、同時に、両方を公平に扱つても、現代の客の目には、マルヴォーリョー達の世界の方が面白く映ずる事も、また否定し得ぬ事実であらう。

（昭和四十六年十二月二十日）

リア王

一

「リア王」の制作年代推定は左程の難事ではない。その作品登録は一六〇七年十一月二十六日となつてをり、約一年前の一六〇六年十二月二十六日に宮廷において上演されたものである事が附記されてゐる。のみならず、その第一幕第四場の数十行がエドワード・シャーファムといふ劇作家の「蚤」の中に模倣されてゐるが、この作品の上演初日が一六〇六年一月三十日と記録されてゐる事から、「リア王」は当然それより前の作品であり、およそ一六〇五年の冬、遅くとも翌一六〇六年の始めに掛けて書かれたものと推定し得る。尤《もつと》も、これだけなら事は簡単すぎる。もう少し複雑な問題がある。

シェイクスピアが「リア王」を書くに当つて下敷に利用した作品に、同じ題名の戯曲があり、今日もなほ残つてゐるが、この「原リア」は一六〇五年五月八日に作品登録されてをり、同じ年に出版されてもゐる。そこで、シェイクスピアは一六〇五年の夏から秋にかけてこの作品を検討し、その後直ちに仕立直しに掛つたものと推定され、右に述べた事実と話が合ふ。ところが、この「原リア」が上演された最初の記録は一五九四年の事であり、同年五月十四日に作品登録も既に済ませてゐるのである。ただ、この時は作品上演の権利確保のための登録のみに終り、出版は行はれなかつた。それが改めて一六〇五年五月八日に再び登録され、続いて出版されたといふ事になるが、ここにをかしな事が二つある。その一つは、「原リア」がリアの復位に終つてをり、コーディーリアも死なず、めでたしめでたしになつてゐるのに、「悲劇」と銘打つてある事である。その二は、「原リア」の登録文中に「最近上演した」とあり、また本の扉にも「最近屡々《しばしば》上演され」とあるのだが、一五九四年の「原リア」が初演以後、一度も上演、出版されて来なかつたのに、十年後の一六〇五年になつて急に「最近屡々上演され」始めたといふ事である。

右二点から次のやうな仮定が成立つ。といふより、次の仮定に随《したが》へば、右の疑問は忽《たちま》ち氷解する。詰り、一六〇五年の春には、既にシェイクスピアの「リア王」は完成し上演されて、評判になつてゐたといふ仮定である。もしさうなら、その成功に刺戟された出版社シモン・スタフォードが十年間忘れられてゐた「原リア」を慌てて出版し、それをシェイクスピアの最近の評判作と間違へて買ふ慌て者を期待したのだといふ事になり、すべて辻褄が合つて来る。「悲劇」と銘打つたのも、「最近屡々上演され」と扉に書き立てたのも、そのための詐術と解釈し得る。牽強附会のやうだが、これに似た行為は、当時と比較にならぬほど権利義務の法制化された今日においても、良心的であるべき著作出版の世界においてすら、なほ平然と行はれてゐるのであるから、一六〇〇年代の英国人にその位の智慧が働かぬ筈は無い。

それはともかく、もし右の仮定を受入れるとすると、シェイクスピアが「リア王」を一六〇五年の初頭に完成してゐたといふ事実と、その夏に出版された「原リア」を下敷にしたといふ事実と、この二つの事実の矛盾をどう解決したらよいか。それには再び次のやうな仮定を導入すれば簡単に鳧《けり》が附く。即ち、「原リア」が一五九四年に登録された時、その写しの原本になつた後見用台本が偶々《たまたま》侍従長劇団の手に入つたのではないかといふ事である。もちろん、同劇団はいづれ折を見て手を入れ、上演する積りでゐたので、それが一六〇四年の終りから一六〇五年の始めにかけて、つひにシェイクスピアの手により実現されたといふ訳である。彼がそれを下敷にして傑作を書上げてしまつた後の「原リア」の後見用台本は劇団にとつて紙屑に等しく、スタフォードがこれを手に入れ、出版するのは容易な事に違ひ無い。そこで、「リア王」の制作年代は最初に言つた一六〇六年初頭を下限とし、上限は一六〇四年末まで溯《さかのぼ》り得るといふ事になる。

次に定本の問題だが、「リア王」の場合は実に複雑を極めてゐる。第一に、この作品は作者生前の一六〇八年に出版されてをり、これを第一・四折本と呼んでゐる。第二に、作者の死後三年目の一六一九年にその再版が出て、これを第二・四折本と呼んでゐる。後者は「ヴェニスの商人」の解題で説明したジャガード版と称する十冊一組のシェイクスピア全集の一冊で、扉に「一六〇〇年刊」と虚偽の日附を印刷し、作者生前の刊行の如く見せ掛けたものである。第三は一六二三年の全集第一・二折本所収のものであり、やはり大体は第一・四折本に基づいてゐるものと見做される。四折本と二折本との間には、前者に有つて後者に無い箇処が三百行、後者に有つて前者に無い箇処が百行といふ相違が有るのみならず、細部に亙《わた》つて両者の差が著しく、そのいづれを採るべきかについて、昔から校訂者を苦しめて来たと同時に、その研究心を大いに煽《あふ》つて来たやうである。

まづ第一・四折本について言へば、これは善本と見做される。が、それ自体、厄介な問題を含んでゐるのである。といふのは、今日残存してゐるもの十二冊のうち、三冊は同じもので、他の九冊はそれと異り、結局第一・四折本は十種類在るといふ事になる。なぜかういふ事になつたかと言ふと、版を全部組上げ印刷に掛つてから、あるいは印刷に掛つてもなほ、その途中で逐次校正が行はれ、しかも製本の際に校正の手の入つた台と手の入らぬ台とを無差別に綴ぢ合せてしまつたからである。その結果、第二・四折本、第一・二折本がいづれも第一・四折本に端を発してゐるといつても、それぞれ次の様な異つた綴ぢ合せの本を用ゐてゐるのである。（各台はA・B・C……と名附けられる。）

	（校正済みの台）	（未校正の台）
第二・四折本	C・E・K	D・F・G・H
第一・二折本	D	H・K（E・G）

（そのほかは不明）

前者の方が後者より校正済みの分量の多い本を用ゐてゐる事は明かであるが、だからと言つて、後者の第一・二折本は権威が無いとは言へない。なぜなら、第二・四折本の校正者は誤植を見逃す事はもちろん、屢々台本になつた原稿を見ずに独《ひとり》合点《がてん》の臆測で手を入れてゐるからである。それればかりではない、第一・二折本の校訂者は第一・四折本のみならず、時折第二・四折本をも参照してをり、傍ら当時の後見用台本を参考にしてゐる事が明かに窺はれる。先に述べた三百行の脱落も、一六二〇年代には初演当時と異つて、それだけ省かれたものとも見られる。またある学者が指摘してゐるやうに検閲のためだつたかもしれぬ。四折本から二折本への過程には、その他にも学者達が色々複雑な推測を働せる余地があるが、それよりも重要なのは、すべての基調となつてゐる第一・四折本の由来であらう。

　この第一・四折本は善本であると言つたが、一般に四折本について、これは悪本だと言ふ場合、その芝居に出てゐた一人、あるいは数人の役者の記憶に頼つて作られ、田舎の劇団や出版社に売られた原稿を元にして印刷出版したものが大部分である。「リア王」についてもその疑ひが全く無いとは言へぬ。が、それにしては余りによく出来すぎてゐる。それは私にも解る。が、シェイクスピアの原稿、あるいは信用できる後見用台本から版を起したものと推定し得る根拠は何も無く、随つて諸説紛々として入り乱れ、いづれが是かいづれが非か、それを判定する能力は私には全く無い。随つてここでは、例によつてドーヴァ・ウィルソンの説を要約提示するに留めるが、日頃自信家の彼が今度はさすがに心もと無げである。新修シェイクスピア全集一九四九年版の時に発表した意見を最新の一九六〇年版では撤回して、アリス・ウォーカーの見解を採入れ、それに修正を加へてゐるのだが、いづれにしてもその語調は弱い。

一九四九年版に示されたウィルソンの仮説は、侍従長劇団が旧作を持つて地方を巡業して歩いてゐた時、何かの都合で新作を演らうといふ事で「リア王」が選ばれたが、手もとに後見用台本が無いので、役者全員が記憶によつて各々持役のせりふを復元したといふのである。書記役は周囲の役者達が科《しぐさ》無しで次々に朗読してゆくのを急いで書き留め、後でそれを整理し清書して当座の後見用台本を作製した、それが今日の第一・四折本の基を成す原稿だといふ訳である。一九六〇年版に出てゐる仮説では話が更に曖昧になつてゐる。「リア王」を演じた事のある誰かが、それも多分二人か三人で、どこかの劇場から台本を借出した。それは後見用台本とは異り余り信用できぬ写しだつたので、彼等は自分の記憶に頼つてそれを修正しながら、より良い写しを作つたといふのである。

かうなると、第一・四折本は事実上善本と悪本との中間に位するものと言ふべきで、定本決定に際し、今日まで二折本の方を重視するのが常識となつてゐる。私の用ゐた新シェイクスピア全集の「リア王」一九六〇年版もウィルソンとジョージ・イアン・ダシーとの共同校訂になるものだが、「二折本と四折本とのいづれを採るべきか確たる根拠の見出せぬ場合は、二折本に随はねばならぬ」といふウィルソンの考へが一貫してゐる。が、それも絶対的なものではなく、現在でも四折本の方を高く買ふ学者がゐない訳ではない。要するに、「リア王」は絶対的に善いとも絶対的に悪いとも言切れぬ、しかも一が他から出てゐながら相互に異同の多い二つの台本があつて、校訂者はその一々を比較対照する事によつてどちらかを採り、あるいは両者を結ぶ線上にそのいづれでもないものを探り求めるといふ苦労を重ねつつ定本決定を行はねばならぬのである。

二

シェイクスピアが「リア王」を書くに当つて、直接間接の影響を受けてゐたと思はれるものは左の七篇である。

一　作者不明「原リア」
二　ホリンシェッド「年代記」
三　スペンサー「フェアリー・クィーン」
四　ヒギンズ「君主のための鏡」
五　シドニー「アーカディア」

六　ハースネット「宣言」

七　モンテーニュ「随想録」

右のうち「原リア」だけが戯曲であり、一番直接的な影響を与へてゐると思はれるので、まづそれとシェイクスピアとの相違について述べる。第一に、発端はこの方が自然であり、現代人にも受入れられる尤もらしい筋立てになつてゐる。末娘のコーデラは相手が王侯貴族でも愛の無い結婚はしないと言つて父王を悩ませる。そこで王は一計を案じて、三人姉妹のうち誰が一番自分を愛してゐるかを問ひ、もしコーデラが姉に劣らず父を愛してゐると答へたなら、それなら父の眼鏡に適つた婿を迎へろと迫るといふ段取りになつてゐる。コーデラが王の思惑と異つた返事をし、王は裏切られて怒るといふ後の運びはシェイクスピアと同じだが、三人の姉妹の愛情を試す動機は確かにこの方が自然である。これに較べると、シェイクスピアのリアは現代人の理性が納得しかねるほど「愚か」に過ぎる。それはオセローがイアーゴーに瞞《だま》される過程の手軽さに今の人が感じる不満と同じ不満を惹き起すかもしれない。が、今の人に限るまい、その点はエリザベス朝の英国人にしても同じだつたのに相違無く、だからこそシェイクスピアのそれより十年前の「原リア」の作者もそれだけの心理的必然性を用意しておいたのであらう。シェイクスピアは恐らくそれを承知の上で、リアの動機を「愚かさ」にまで単純化したのに違ひ無い。

第二に、右の事から推測し得るやうに、それほど「愚か」でも老いてもゐない「原リア」の王は、常識的な性格を備へてゐて、その悲運にも感情移入しやすいものがあると同時に、シェイクスピアのそれのやうな巨大な悲劇的人物としての力は全く欠けてゐる。第三に、彼は同じく二人の娘に追出されるが、嵐の荒野をさまよふ事もなく、気も違はねば死にもせず、最後はめでたく復位する。コーデラも死なない。第四に、道化はシェイクスピアの独創であつて、「原リア」にはその影も認められない。第五に、副筋として劇的に重要な機能を果してゐるグロスター物語も無いし、ケントに当るペリラスも追放されない。

ところで、「原リア」のほかは、ホリンシェッド、スペンサー、ヒギンズのいづれにおいても、コーディーリアは死ぬ事になつてゐる。但し、ホリンシェッドとヒギンズでは短剣で、スペンサーでは首を吊つて自殺するのだが、シェイクスピアだけが他殺になつてゐる。次に「リア王」に対するシドニーの寄与の大なるものはグロスター物語であらう。それは「アーカディア」第二巻第十章に出てをり、その見出しには「パフラゴニアの薄情な父王と情の深いその息子との悲しき物語、前半は息子の口より、後半は盲《めし》ひし父の口より語られる」とある。なほハースネットやモンテーニュ（フロリオの英訳）は思想、措辞、名句などにおいて、直接「リア王」に影響を与へたと見られるものが多い。ある学者によれば、シェイクスピアが一六〇三年前には一度も用ゐた事が無く、始めて「リア王」に用ゐた措辞が百十六語もあるといふ。

以上は専らアーデン版「リア王」の校訂者・解説者であるケネス・ミュアに負ふもので

あるが、なほ詳しい事を知りたい人は同書の解説を、更に巻末の附録に収められてゐる各書の抜萃を参照して頂きたい。

三

「リア王」はシェイクスピア悲劇の最高峰である。のみならず、この作品において始めてシェイクスピアは彼のみが書き得る、紛れも無い彼自身の刻印を持つた悲劇を書いたと言へる。これを書いてゐた時の彼は、他の如何なる悲劇詩人の目も届かなかつたほど深く世界の核心に入込み、その秩序の崩壊と、引続いて起る醜怪な不条理の様相とを、まざまざと眼前に眺めてゐたのである。これに較べれば、ギリシア悲劇の最高のものすら影が薄くなる。アイスキュロスやソフォクレスにおいてさへ、作品の裏側では常に理性が神々の世界と取引をしてはゐないか、その帳尻が必ず零になるやうな安定感に支へられてゐはしないか。「リア王」の主題は誰の目にも明かなやうに、第一に親子の間の愛情と信頼に関るものである。リアとグロスターは信じてゐる子に裏切られ、コーディーリアとエドガーは愛してゐる父に裏切られる。更に追従と虚偽が忠誠と正義を圧し、ケントは追放される。この作品の第二の主題は虚飾の抛棄《はうき》である。だが、それは必ずしも貧者に対する憫《あはれ》みだけを意味するものではない。リアは言ふ、「必要を言ふな、如何に賤《いや》しい乞食でも、その取るに足らぬ持物の中に、何か余計な物を持つてゐる。」この時、現実家シェイクスピアの目に人の姿の哀れと映じたのは、貧しきが故に何か必要なものを欠いてゐるからではなく、貧しきにも拘《かかは》らずなほ何か余計なものを持つてゐるからであつた。親と国王といふ権威のうちに包まれてゐたリアは、その事実に「殆ど心附かなかつた」のだが、それを奪はれて孤独になつた今、彼はすべてが「ごまかし」であり、「人間、外から附けた物を剝《はが》してしまへば、皆、貴様と同じ哀れな裸の二足獣に過ぎぬ」と観念する。

　グロスターもリアに韻を合せるやうに言ふ、「この俺に行くべき道などあるものか、それなら目は要らぬ、俺は目が見えた時にも、よく躓《つまづ》いたものだ。例は幾らもあらう、人間、有るものに頼れば隙が生じる、失へば、却つてそれが強味になるものなのだ。」更にリアとグロスターに無一物の人間の姿を教へた筈の「裸の二足獣」エドガーすら、悲惨な父の有様を見て、なほ失ふべきものを持つてゐた事を教へられて、かう呟く、「誰が言へよう、『俺も今がどん底だ』などと？　確かに今の俺は前にくらべてずつと惨めだ。……だが、あすからはもつと惨めになるかもしれぬ、どん底などであるものか、自分から『これがどん底だ』と言つてゐられる間は。」

　ここまで来ると、第一幕第一場のリアの怒りが「原リア」に比して動機を欠いてゐると言ふある種の批評家の言葉は色褪《あ》せて来る。なるほど、シェイクスピアのリアは「愚か」である。が、その「愚かさ」のために、彼は王位の虚飾を通じて人間存在そのものの虚飾を見る事が出来たのではないか。トルストイはシェイクスピアを嫌ひ、その「リア王」よりは「原リア」の方が遥かに秀でてゐると言つた。第一に、彼の目には副筋が余計な夾雑《けふざつ》物《ぶつ》に見え、主筋の担つてゐる主題を掻乱《さうらん》し曖昧にするものとしか映じなかつた。第二に、リアの激情は不自然であり、道化との対話も悪ふざけとしか思はれなかつたのである。が、ヒースに蔽はれた荒野を駆けめぐるリアを嘲笑したトルストイの最期は、恐らく他の誰よりもリアに似てゐる。リアが「愚か」に見えたのは、彼がリアと同じ「愚かさ」をもつてゐたからであらう。が、シェイクスピアが、その作劇術が、愚劣に見えたトルストイは単に生真面目な近代小説家といふだけの事に過ぎまい。

「リア王」におけるシェイクスピアの作劇術は、トルストイが指摘した右の二点において最も秀れてをり、しかもそこにおいて最も強力に主題を支へてゐる。まづ全二十六場に亙る主筋と副筋との交錯ぶりを概観してみよう。次の表によつて明かに読取れる事は、作劇術を無現したかの如き不羈《ふき》奔放の見せ掛けの裏で、天才は電子計算機の及ばぬ緻密な計算をしてゐるといふ事だ。第一に、全体は第一場から第五場までのⅠと第六場から第十五場までのⅡと第十六場から第二十六場までのⅢと、序破急の整然たる形をもつて進められ、Ⅰは少々少く九百十八行、ⅡⅢは殆ど同じで千百二十三行、千百九十二行と均衡を保つてゐる。第二に、全体を通じて、殊にⅠⅡでは十分に芝居を見せる重要場面と、伏線を張り、筋を繋いで行く場面とが殆ど交互に現れ、見物の負担が適当に配分されてゐる。第三に、主筋と副筋との交錯も互ひ違ひになつてゐて、副筋の主人公はⅠでは影が薄いが、Ⅱの7 9で主筋の世界に関り始め、13 15では積極的にその中に踏込んで行く。

第四に、Ⅲに入ると、第十六場から第二十一場までの六場四百六行の間、主人公リアは主筋の世界から完全に姿を消してしまふばかりでなく、ⅠⅡと異りⅢでは大詰を除いて16 17 22と副筋の側に重要場面が移つてしまふのであるが、これは一体何を意味するのか。ここでトルストイの第一の非難に応へる段階に達した訳だが、主筋から「見物の注意を逸《そ》らせるだけの余計な人物」としか彼の目に映じなかつたグロスターもエドガーも、実はこの時のために作者が用意しておいた存在だと言つても過言ではない。その作劇上の存在理由は重要である。第一に、リアの精神錯乱は既に第十一場で隠顕し、第十五場で激しくなつてゐるが、それは飽くまで弱々しい放心の姿であつて、いまだ狂乱といふべきものには達してゐない。完全に狂気のリアは第二十二場で始めて吾々の前に登場する。が、その過程を舞台の上で一段一段演じる事は、一つには嘘になるし、また効果も弱くなる。後ジテの迫真性と強烈な効果のために、暫《しばら》くリアは舞台裏に隠さねばならぬのである。

しかし、それだけの理由なら、むしろ消極的である。第十八場から第二十一場まで、ただリアのゐない主筋だけの世界を展開しても済む。が、リアは隠さねばならぬと同時に、飽くまで吾々の前にその苦しみを見せ、更にそれを深めて行かねばならないのだ。そこでグロスターがリアの受苦の代行者《スタンド・イン》として登場する。その意味で、「リア王」の副筋は、た

副（行数）		主（行数）
		1(304) リア王宮殿
2(187) グロスター伯の居城	Ⅰ	
	(918)	
		3(27) アルバニー公の館
		4(349) 〃
		5(51) 〃
	*	
6(129) グロスター伯の居城		
7(170) 〃		
8(21) 野原		
		9(305) グロスター伯の居城
10(55) 荒野	Ⅱ	
	(1123)	
		11(95) 荒野
12(24) グロスター伯の居城		
		13(184) 荒野
14(26) グロスター伯の居城		
		15(114) グロスター伯の居城に近い百姓家
	*	
16(106) グロスター伯の居城		
17(78) 荒野		
		18(97) アルバニー公の館
		19(56) フランス軍陣営
	Ⅲ	20(29) 〃
	(1192)	21(40) グロスター伯の居城
22(283) ドーヴァー附近の田舎		
		23(96) フランス軍陣営
		24(69) ブリテン軍陣営
25(12) 英仏両軍の間の戦場		
		26(326) ブリテン軍陣営

（太字は主要場面）

とへば「ハムレット」のそれのやうに、単に主筋を反射するアイロニカルな鏡の役割に終つてはゐない。グロスターはリアのゐない舞台で、その受苦の亡霊のやうに見物の前をさまよふ。作者はあたかもリアを嘖《さいな》み足りぬやうである。なぜなら、彼はリア一人の心理的動機では達し得ぬ、そしてまたリア一人の肉体によつては背負ひ切れぬ、さういふ孤独の苦しみを吾々に見せようとしてゐるからだ。リアに限らぬ、それは一個の人間の堪へ切れぬものであり、一人の役者の演じ切れぬものなのである。それを肩代りしたグロスターは、それが堪へ切れぬものである事を証しするために、吾々の前で一度自殺して見せる。その死を踏台にして、リアの苦しみは老いて棄てられた親と王の苦しみから、普遍的な世界苦の次元に飛躍する。第二十二場に現れるリアの狂乱は、それが死の苦しみを超えたものである事を、死なねば狂気しかありえぬ事を、グロスターの受苦によつて保証されてゐるのである。

　トルストイの「リア王」非難の第二はリアと道化との対話であるが、それは単なる悪ふざけに過ぎぬものであらうか。さうは思はぬ。さうは思はぬどころではない、道化の創造こそ、「リア王」創作においてシェイクスピアが最もその天才を発揮したところのものであり、また「リア王」をして他の悲劇を超えた世界に達せしめたものなのである。事実、これだけは作者が下敷にしたどの作品にも無いものであつた。では、彼の天才的直観は道化に対して、作劇術上、如何なる役割を期待してゐたのか。「リア王」の道化は単に見物を悲劇的緊張から解放し、さうする事によつて却《かへ》つてそれを高める常套手段としての「喜劇的救済《コミック・レリーフ》」とは異る。いや、やはりそれは広義の「喜劇的救済」であつて、むしろその本質的に深化した形と見るべきものである。一般に笑ひは局外者のものであり、その意味で、「リア王」の道化はリアの「愚かさ」を笑つてゐると同時に、その手厳しさは屢々作品「リア王」に対する嘲笑にさへ成りかねぬものがある。それは作者の失敗ではなく、そこに道化の果す劇的機能がある事は言ふまでもない。ミュアの言ふ通り、「リアの行為は批判的に見れば愚かであつて、狂気の演戯は同情よりも寧ろ笑ひを惹き起しがちである。そこで道化を導き入れ、見物から笑ひを引出し、さうする事によつてリアの厳粛を確保しようといふ訳だ。」

　実は私もこれを訳しながら、道化の出現と同時に、直ぐその事を考へた。リアの怒りが第一場における心理的動機を欠いてゐるばかりではない、あらゆる激しい感情が動機を欠いてゐるか、その表出を虚偽として却《しりぞ》けるかするものであつて、それ故に作者はリアを「愚か」に描いてゐるのに過ぎない。が、この場合、リアの「愚かさ」は単に描写するだけで済ませられる限度を超えてゐる。そして劇場における見物は書斎における読者と異り、人間の「愚かさ」を眺めてゐるだけでは気が済まず、積極的に劇の進行に参与してそれに笑ひを浴せ掛けずにはゐられぬものなのだ。作者はその慾望を抑圧してはならない。そこで見物の笑ひがリアに対する直接の抵抗として現れぬやうに、道化に対する共感のうちにそれを間接的に吸込んでしまはなければならない、作者は殆ど本能的にさう感じたのであらう。事実、その効果は挙《あが》つてゐる。

が、道化の果してゐる劇的機能がただそれだけの消極的なものになつてはゐない事が、劇が進むに連れて次第に私達に解つて来る。道化もまたグロスターと同様に、しかし、グロスターとは稍々《やや》異つて、リアの一機能の代行者としてその役割を果してゐるのだ。グロスターの自殺によつて、みづからも死に、更にその死を超えた者として現れたリアは、同様に道化の笑ひによつて、みづからを笑ひ、更にその笑ひを超えた者として吾々の前に現れるのである。「愚かな親」は「狂気の人」によつて乗超えられる。その時、もはや道化は為す術を知らず、引退らねばならない。第十三場で、道化は贋《にせ》気違ひのエドガーに驚され、掘立小屋から追出される。この場からエドガーが徐々に道化の役を引継ぎ、リアの「愚かな親」から「狂気の人」への、あるいは笑はれる者から笑へぬ者への転化を用意し始めるのだ。

既に述べた二つの主題、即ち親子の間の不和といふ心理的な主題と、虚飾の抛棄といふ道徳的な主題と、この二点を照準にして、その向うに第三の、言はば哲学的な主題が現れて来る。が、それを作者が意識してゐたかどうかはまた別である。いや、恐らく意識してゐなかつたに相違ない。それ故にこそ、シェイクスピアはギリシア悲劇より大きいのである。後者においては、人間世界を分裂させる神々の意図が常に明確に捉へられてゐた。のみならず、人間は為すところ無くそれに堪へながらも、分裂を調和に導く神々の能力を信じてゐた。が、「リア王」においては、作者にその信仰が無かつたと言ふのではない、ただ登場人物の目にも、作者の目にも、それとはつきり見極めがたい巨大な裂け目が口を開いてゐるだけである。神々は如何なる意味においても意図などといふものをもつてはゐない。「いはば気紛れな悪戯児《いたづらつこ》の目に留つた夏の虫、それこそ、神々の目に映じた吾等の姿であらう、神々はただ天上の退屈凌《しの》ぎに、人を殺してみるだけの事だ。」さう言ふグロスターは平地の上で断崖から落下する。神々は人を裂け目に陥《おとしい》れるのではない、裂け目が裂け目と見えず、裂け目でないものが裂け目と見える、収拾の附かぬ観念の分裂をこの世に齎《もたら》したのだ。が、それは裂け目が余りに巨大であるため、人の目にはそれが果し無い平地と見えるだけの事であり、またそこに落込んでゐる者は低地の自覚を持たず、更に裂け目を求めて、そこに吾が身を突落さうとしてゐるだけの事ではないのか。

　シェイクスピアが虚飾に蔽はれた世界の核心に入込み、それを裏側から眺めた時、彼の目に世界は分裂したものとしてしか映じなかつた。しかも、その分裂は余りに大き過ぎ、作意として取込む程に意識されなかつた。それ故にこそ「リア王」における世界分裂は迫真的な実在感をもち、その巨大な裂け目が不気味な姿を曝《さら》してゐるのである。ここまで来れば、道化の存在も単なる作劇術の問題ではなくなる。世界を裏側から眺めた作者の目には、非劇といふ如き、およそ実体的なものはすべて影を薄め、それは笑劇と重つて見えて来るのだ。意味は無意味と混在し、意味が無意味になり、無意味がそのまま意味になる。あらゆる価値と実体は消滅し、存在するのはただ形式だけ、といふ事は詰り形式を失つた世界の醜怪さだけである。第十一・十三・十五・十七場において、さういふ「この世の関節がはづれた」（「ハムレット」）醜怪さが、純粋に形式の歪みとして吾々に直かに感ぜられて来るのだ。

その時、嵐の荒野をさまよふリアの姿には、トルストイの目に映じたやうな単なる「愚かさ」ではなく、いはば、崩壊する秩序を建て直さうとするデミウルゴスの意思さへ感ぜられる。私が「オセロー」の解題において暗示した宇宙感覚とはそれである。道化の善意＝悪意に自分の痛みを逆撫《さかな》でされる事によつて、リアは世界が纏《まとま》りよく自分の歴史に奉仕するやうな悲劇を表出する事が出来ない。かうして一歩一歩自分の中に後退して行かざるを得なかつたリアは完全に孤独になる。彼のうちの国王に仕へてくれるケントの忠節も、つひにはその救ひにはならぬ。ケントもケイアスも最後までリアに認められないのだ。さういふ完全な孤独が発見するものが、どこまで行つても境界線の見出せぬ宇宙といふ概念である。それは果し無いものであり、実体の無いものであつて、それ故にただ感覚があるだけなのだ。

今や、リアの目には親子の愛情を始め、すべての人間の「自然」が姿を消してしまつたばかりでなく、地上の大自然そのものも全く存在しなくなつてしまつたのである。自然とは吾々が心を通はせる手掛りであり、比喩である。さう為しうるものを吾々は自然と呼んでゐるのに過ぎぬ。が、一切の手掛りを失つたリアに残されたものは、およそ心を通はせる事の出来ぬ物理的な世界だけであつた。人間が拒絶し人間を拒絶する物の世界に直面すれば、人は狂気になるほかはない。いや、狂気のみさういふ世界を発見する。荒野を駆けめぐるリアに見えてゐたものは、雷と稲妻であり、風と雨であり、無限に拡る闇とその彼方の蒼穹《さうきゆう》と星とである。リアが立つてゐた所はブリテンの荒野ではなく地球の一端であつた。リアはそこにデミウルゴスのやうに立ちはだかり、一切を創世記から始めようとしてゐるかのやうだ。狂気はリアをそこに駆りやり、リアはそこで狂気するが、「リア王」そのものは、すべてが崩壊し去つて後、始めて吾々のうちに芽生えて来る、あるいはその時になつて始めから吾々のうちにあつたと気附く、さういふ秩序感覚、即ち宇宙感覚に吾々を導いてくれる。

創作年代の上から言ふと、「リア王」は四大悲劇の最後に書かれた作品であり、シェイクスピアはその後三つの悲劇を書いただけで、二度と悲劇は書かなくなる。が、私が右に述べた宇宙感覚は最後の作品「あらし」において、しかし「リア王」における危機意識とは異つた形で、むしろ積極的な秩序感覚として、二たび現れて来る。なほ「空騒ぎ」解題に全喜劇を創作年代順に提示しておいたので、ここでは悲劇作品のみを左に表として掲げておく。（下段は史劇）

1 ヘンリー六世（第二部・第三部・第一部）　一五九〇―二　習作時代

2 リチャード三世　一五九二―三　←

3 タイタス・アンドロニカス　一五九三

4 ジョン王　一五九〇（四）

5 ロミオとジュリエット　一五九五　喜劇時代

6 リチャード二世　一五九五―六　←

7 ジュリアス・シーザー　一五九九　悲劇時代

8 ハムレット　一六〇〇―一　←

9 トロイラスとクレシダ　一六〇一―二

10 マクベス　一六〇一―二・六

11 オセロー　一六〇二

12 リア王　一六〇四―六

13 アントニーとクレオパトラ　一六〇六―七

14 コリオレイナス　一六〇七―八

15 アセンズのタイモン　一六〇七―八

（昭和三十七年十一月二十七日）

アントニーとクレオパトラ

一

「アントニーとクレオパトラ」は作者死後の一六二三年、第一・二折本戯曲全集刊行の際に始めて上梓されたもので、生前に単行の四折本は一度も出てゐない。しかも、第一・二折本中のそれは作者の原稿から直かに写されたものらしく、綴りや句読法の誤読と思はれるものを除いては、ほとんど問題の無い善本である。

　製作年代についても、推定はさほど困難ではない。第一に、一六〇八年五月二十日附で作品登録が行はれてをり、その記録が今日も残つてゐる。言ふまでもなく、「アントニーとクレオパトラ」はその日附以前に書かれたものである。第二に、「マクベス」の中でマクベスがバンクォーについて語るせりふから、もう少し推定範囲が狭つてくる。そのマクベスのせりふといふのはかうである――「おれの守護神も奴の前では手も足も出ない、アントニーの守護神はシーザーの前に尻ごみしたといふが、ちやうどそれと同じだ。」（第三幕第一場）これは「アントニーとクレオパトラ」第二幕第三場における占師の警告と一致し、いづれも「プルターク英雄伝」に基づいてゐる。結論として言へることは、シェイクスピアが「マクベス」を書いてゐた時、遅くともそれに手を入れてゐた時、彼の脳裡には既に「アントニーとクレオパトラ」の著想があつたのではないかといふことである。「マクベス」は「ハムレット」の直ぐ後、一六〇一・二年頃に書かれ、その加筆は一六〇六年夏前頃と推定されてゐる。したがつて、「アントニーとクレオパトラ」も一六〇六年には既に著想されてゐたか、あるいは書き始められてゐたと考へてよい。

　第三に、この作品を知つてゐて、それを取入れたと思はれる脚本が、相次いで二つ現れ、さいはひその二作品の刊行、上演の年月が明かになつてゐるので、さらに推定範囲が狭められる。一つはサムエル・ダニエルの「クレオパトラ」であり、他はバーナビ・バーンズの「悪魔の特許状」である。前者は一五九四年に書かれたものであるが、一六〇七年に改訂版が出てをり、それを見ると、作者は明かにシェイクスピアの「アントニーとクレオパトラ」を観て手を入れたことが解るといふ。ダニエルの改訂版上梓の明確な月日は記録が無い。しかし、それが一六〇七年末までに本になるためには、元のシェイクスピアの作品が一六〇六年末から一六〇七年春頃までに既に上演されてゐなければ間に合はぬはずである。

　バーンズの作品についても同様の事が言へる。その題材はクレオパトラではなく、ただ毒蛇を殺人に用ゐてゐるのであるが、その使用法、クレオパトラへの言及など、シェイクスピアをそのまま踏襲してゐるところがある。この作品が上演されたのは一六〇七年二月二日であつて、その事から、シェイクスピアの「アントニーとクレオパトラ」は遅くとも同年一月までには上演されてゐたはずだといふことになる。もつとも、バーンズの作品が登録されたのは一六〇七年十月で、それには扉に「読者のための増補改訂新版」とあるから、ダニエルの場合と同様、あるいは毒蛇の箇所は、二月の自作上演後シェイクスピアを観て、加筆されたものかもしれない。さうだとすれば、「アントニーとクレオパトラ」の上演は一六〇七年前半を下限として考へられる。要するに、それは一六〇六年後半から一六〇七年前半までの一年間に書かれたものと思つて間違ひなからう。

二

素材は「ジュリアス・シーザー」の場合と同様、ノース訳「プルターク英雄伝」（一五七九年）から得てゐる。ここに断つておかねばならぬことが一つある。私は「ジュリアス・シーザー」の解題で、「アントニーとクレオパトラ」及び「コリオレイナス」においても「プルターク英雄伝」から材料を仰いでゐるが、「ジュリアス・シーザー」ほど忠実にはそれに随《したが》つてゐないといふ意味のことを書いた。それが誤りであることを訂正しておく。私の誤りは大部分のシェイクスピア学者の意見をそのまま受入れたことから起つたのである。ドーヴァ・ウィルソンでさへ、といふよりは彼はことに甚だしく、その事を強調してゐる。原作を学生時代に読んだだけの記憶で、私はそれをまともに受入れてしまつたのである。が、今度、読み直してみて、その誤りを知つた。「アントニーとクレオパトラ」においても、シェイクスピアは前作「ジュリアス・シーザー」と同様、史実と見なされた「プルターク英雄伝」を綿密に追つてゐる。なほ、その事に関しては次章に書く。

「プルターク英雄伝」の「アントーニウス」篇（岩波文庫版第十一冊）に、ほとんどすべてが出てゐる。その第二十五節に始めてクレオパトラに関する記述が出てくるが、それ以後はパルティア遠征について述べた第三十七節から第五十二節までを除き、最後の第八十七節まで、シェイクスピアはその記述を忠実に辿《たど》つてゐる。紙数が許さぬので引用は避けるが、併せ読むことをおすすめする。ここには大英百科辞典から「アントーニアス」及び「クレオパトラ」の項を抜書きして、作品の時代的背景としての「史実」を略記しておくにとどめる。

アントーニアス

前八三年生。前四四年三月十五日のシーザー暗殺後、アントニーは独裁者たらんと決心した。彼は初めのうち暗殺者達を寛大に遇するつもりだつたらしい。が、同時に、シーザーの遺言状公開に伴ふ追悼演説によつて民衆を煽動したため、暗殺者達はローマにゐたたまれなくなつて去つた。アントニーは元老院を動し、アルプス以南のゴール地方を自分のものにしようとした。当時、その地方は暗殺者の一人デシマス・ジュニアス・ブルータスの領地であつた。彼がその譲渡を拒絶したので、アントニーは同年十月ブルータス征討に出掛けた。

　たまたまその頃、シーザーの養子オクテイヴィアスがイタリーに帰つて来て、父の権利の継承を要求した。元老院とシセローはその主張を支持し、精兵達は彼の旗のもとに集つた。アントニーは公敵として否定され、オクテイヴィアスはアントニー征討を委任された。その結果、アントニーはブルータス包囲中にミュティナの戦ひ（前四三年）で敗れた。一方、元老院はオクテイヴィアスの野心を疑ひ始めたが、オクテイヴィアスの方では自分に対する元老院のその後の処遇に腹を立て、大軍を引連れてローマに戻ると、八月、元老院を強ひて執政官の職を手に入れた。アントニーは一旦アルプス以南のゴールに逃げ、レピダスと通じ、共に大挙してローマに向つた。そこで、オクテイヴィアスは二人と和を講じ、三巨頭がボノーニャに会して、共同統治の形式として三頭政治体制を確立した。そしてゴールはアントニーの、スペインはレピダスの、アフリカ、サルディニア、シシリーはオクテイヴィアスの所管に定められた。この体制は五年間継続した。が、政情の不安は相変らずであり、その間、政敵追放、財産没収、死刑執行が絶えず行はれ、シセローもつひにアントニーの復讐に倒れた。翌年（前四二年）、アントニーとオクテイヴィアスは暗殺者のブルータス、キャシアス等追討の軍を起し、フィリッピにおける二度の会戦で、元老院派、共和政派を完全に滅してしまつた。続いてアントニーはギリシアに、さらに小アジアに進撃した。前四一年にはシリアに向つたが、途中クレオパトラに出会ひ、その魅力に抗しえず、冬をアレクサンドリアに過した。が、やがてパルティア軍がシリアに侵入したため、また妻のファルヴィアと弟とがオクテイヴィアスを相手に戦ひを始めたといふ知らせを受けて、アントニーは落著いてゐられなくなつた。彼はイタリーに駆附けた時には、戦ひは既にオクテイヴィアスの勝利に帰してゐた。ファルヴィアは戦死してゐたので、三執政官はたがひに和し、アントニーとオクテイヴィアスの姉との結婚をもつて友誼の固めとした。さらにブルンドシウムにおいてローマ帝国の分割を新しく議定し、その結果、アントニーは東方諸国を得ることになつた。アントニーは自分の領地に戻り、何度かパルティア征伐を試みたが、いづれもはかばかしい効果を収めずに終つた。前三九年、彼はアテネを訪れ、その地で甚だ大仰に振舞ひ、ディオニュソス神の衣裳を身に纏《まと》つて歩いたりした。前三七年、イタリーでオクテイヴィアスと会談し、過去五年にわたる三頭政治の更新を取極めた後、シリアに戻り、クレオパトラと一緒になつた。彼は諸王国及び諸領をクレオパトラの欲するままに処理したが、その遺口が次第に彼の支持者達を背かせるに至り、前三二年、つひに元老院は彼の権限を剝奪し、クレオパトラに対して宣戦を布告した。アントニーは対戦準備に二年を費したが、その結果はアクチャムの会戦（前三一年九月二日）で大敗してしまつた。六十艘の船を率ゐて逃出したクレオパトラの後を追ひ、エジプトに逃れたのだが、なほ敵の追求を受け、身方に捨てられたうへに、クレオパトラが自殺したといふ虚報を信じて、自分も自殺して果てた（前三〇年）。アントニーは一生のうちにフェイディア、アントーニア、ファルヴィア、オクテイヴィアと次々に結婚し、多くの子を残してゐる。

クレオパトラ

前六九年生。エジプトのプトレマイオス王朝の女王歴代の通称――中略――最も有名なのはプトレマイオス十一世の女。十七歳で弟と共に王位に就き、エジプトの慣習に随ひ、弟の妻となる。数年後、女王の位を剝奪され、逐はれてシリアに退いたが、復権の機会をねらつて軍備を怠らなかつた。丁度その頃、ジュリアス・シーザーがポンペイを追つてエジプトに侵入して来た。シーザーはクレオパトラの魅力に捉へられ、そのために戦ひを起した。弟のプトレマイオスは戦死し、クレオパトラはその下の弟と共に再び王位に就くが、その弟も間もなく毒殺してしまつた。その後、クレオパトラはローマに行き、シーザーが暗殺されるまで、公然とその妾として共に暮した。暗殺が起ると、自分の不評を知つてゐたクレオパトラは直ちにエジプトに帰つた。が、引続いてマーク・アントニーの同盟者かつ妾となつた。二人の結附きがローマ人の激しい不評を招くに至り、オクテイヴィアスは二人を相手に軍を起し、アクチャムに戦つて大勝した（前三一年）。クレオパトラはアレクサンドリアに逃げ帰り、アントニーも後を追つてそこに至つた。クレオパトラは結局勝目なしと悟り、アントニーを暗殺すべしといふオクテイヴィアスの要求を受入れ、かつてアントニーと共に死ぬために造つた廟《べう》に彼を呼ぶが、アントニーは既にクレオパトラが自殺してしまつたといふ虚報を信じて、先に自殺してしまつた。クレオパトラはオクテイヴィアスが自分の魅力に惑されぬと知り、言伝へによると、毒蛇アスプを胸に当てがつて、みづから命を絶つた（前三〇年八月二十九日）。クレオパトラの死と共に、プトレマイオス王朝は滅亡し、エジプトはローマ領になる。クレオパトラにはアントニーとの間に三人の子があり、シーザーとの間に出来た男子シーザリオンはオクテイヴィアスに処刑されたといふ。

　ウィルソンの新シェイクスピア全集の序に随ひ、ついでにシェイクスピア以前にクレオパトラを素材とした主な作品を挙げておく。第一は、チョーサー（一四〇〇年歿）の長詩「善女物語」の第一話がそれである。題名の示すごとく、そこではクレオパトラが「善女」として取りあげられてゐる。第二は、エティエンヌ・ジョデルの悲劇「クレオパートル」

（一五五二年）で、クレオパトラ劇化を最初に手掛けた功はフランスに帰せられねばならない。続いて、やはりフランスでガルニエの「マルク・アントワーヌ」（一五八五年）といふ悲劇が作られてゐる。これは七年後の一五九二年に、シドニーの妹のペンブローク伯夫人が英訳してをり、それを切掛けに英国演劇史にこの題材が盛んに登場することになつたと言はれてゐる。

三

シェイクスピアが「アントニーとクレオパトラ」を書いたのは、いはゆる四大悲劇の最後の作品「マクベス」を書き終へた直後である。この作品の後には、同年から翌年にかけて、「コリオレイナス」と「アセンズのタイモン」の二つの悲劇が続けて書かれ、「ジュリアス・シーザー」に始つたシェイクスピアの「悲劇時代」は終りを告げる。それ以後は多少暗い色調を残しながらも徐々に夢幻的要素を濃くして行き、その「浪漫喜劇時代」の最後に万有調和の澄明な世界を啓示する「あらし」が来て、シェイクスピアの世界は完結する。

私は「ジュリアス・シーザー」の解題において、ブルータスを「聖者」とするドーヴァ・ウィルソンの見解に疑ひを示しておいたが、この「アントニーとクレオパトラ」においても二たび彼のいささか単純な理想主義に異見を提出せざるをえない。ウィルソンはクレオパトラのうちにプルタークの見てゐた悪女とは異る純情を見、アントニーのうちにもプルタークの見てゐた「放蕩者」とは異る英雄の寛大を見、したがつて二人の関係に、やはりモラリストのプルタークが認めなかつた聖なる愛を見てゐる。彼によれば、次の第一幕第一場のアントニーのせりふと第五幕第二場のクレオパトラのせりふとは、たがひに照応して、その間に起る俗事の上に天界の橋を架してをり、ローマ帝国に対する侮蔑と愛の勝利とがこの作品の主題だといふのである。

アントニー　王国などは土くれ同然、このけがらはしい大地ときたら、畜生も人間も見さかひなしに餌をくれる。人生に貴きものありとすれば、ただかうすることだ。（クレオパトラを抱く）これほど想ひ想はれた二つの魂が、このやうな二人の男女が、かうして抱きあへるなら、もうそれだけでよい、おれは世間の奴ばらに有無を言はさず認めさせてやる、それだけで二人は眉をあげ、無類の仕合せ者と言ひきれるのだと。

（第一幕第一場）

クレオパトラ　シーザーになるなど詰らぬこと、あの男は運命の女神ではなくて、その僕《しもべ》に過ぎぬ、何でもその意に随ふ手先でしかないのだ。偉大な事といふのは、そ

れをなしとげてしまへば、万事がお終ひになる、その一事に賭けることではないか、
さうして偶然を寄せつけず、転変を食止める、深い眠りに身を委ね、乞食やシーザ
ーを養ふ食べ物になど、もう二度と手を触れぬのだ。　（第五幕第二場）

さらにウィルソンはクレオパトラの性格について、ブラッドレーの非難に弁護を試みてゐる。ブラッドレーの非難といふのは、クレオパトラは最初は死ぬつもりではなく、出来ればシーザーを惑して生き残りたいと思つてゐたが、自分をローマの見世物にするといふシーザーの意図を見届けてやうやく死を決意したといふのである。それに対して、ウィルソンは抗議する、アントニーの後を追はうといふクレオパトラの心は終始一貫してゐると。たとへばシーザーの面前でのセルーカスとの争ひも、死の決意をシーザーに見破られて止められることを虞《おそ》れて打つた芝居だと言ふのである。なるほど読んでゐては解らぬが、舞台ではそれとはつきり演じ分けることは出来る。が、果してシェイクスピアの意図はそこにあつたかどうか。

　その前に、ウィルソン程ではないにしても、シェイクスピアはクレオパトラの性格に、プルタークの、あるいは「史実」の及ばぬ生彩を与へたといふ大方の批評を検討してみる必要がある。私はそれが誤りだとは言はない。しかし、性格を問ふ前に、まづ事実について見るがよい。クレオパトラはどう行動したかが問題であつて、どういふ動機からそれを

なしたかを問題にすることはない。そして外面の行動に関する限り、シェイクスピアのクレオパトラがプルタークのそれとほとんど変らぬことに注意すべきである。シェイクスピアがプルタークに対して採つた手続は、ただその観点を捨てたことである。その代り、事実はそつくりそのまま受け入れてゐる。なるほど、観点についてもプルタークのそれを必ずしも捨ててしまつたとは言切れぬ。シェイクスピアはむしろそれを遠慮なく採用してゐる。が、厳密に言へば、クレオパトラに対する批評をプルタークから借りたのは作者シェイクスピアではなくて、その登場人物達である。それは彼等の「せりふ」であり、彼等はそれを信じて口に出したのである。シェイクスピアはさういふ彼等を描いただけであつて、その「せりふ」を信じてゐたわけではない。

同様に、クレオパトラが昂然と「乞食やシーザーを養ふ食べ物になど、もう二度と手を触れぬのだ」と言切る時、シェイクスピアはウィルソンのやうには素直にその決意を信用してはゐなかつたはずである。「ジュリアス・シーザー」の場合にも、多少はその傾向はあつたが、「アントニーとクレオパトラ」において、さういふ彼独得の作劇術は最高潮に達したと言つてよからう。その意味で、この二つの作品には「悲劇時代」の入口と出口との差を分ち示すものが窺へる。同じアントニーの興隆と滅亡との対照は偶然に過ぎまいが、一つは谷底に降りてゆく者の暗さがあり、他はそこから這ひあがる者の、明るさではない、自嘲がある。

ウィルソンが指摘した序奏部におけるアントニーの愛の讃歌も、さらにその導入部としてファイロの嘲笑を用意したうへでなければ歌はれない。のみならず、二人の男女の愛の場面は、まづ諍《いさか》ひから始る。それは単なる痴話喧嘩ではない。長年の爛熟した恋が頽廃《たいはい》と破局とに近づいてゐるのだ。クレオパトラの嫉妬は子供つぽい若妻のそれではない。アントニーの讃歌の背後には、不安と逃避とがある。彼の守護神はシーザーを恐れてゐるのだ。この作品の主題はそこにある。アントニーの寛大は英雄の美徳ではない。おそらく彼の性格と年齢とから、そして耽溺と敗北感とから生じた弱さとしか思はれぬ。そればかりではない、この作品では、美、偉大、純粋が祀《まつ》りあげられると、その前後のどこかでそれを引きずり降すやうに、醜、卑小、不純の嘲笑の声が響くのである。

　アントニーは死をもつて愛に殉じる。が、それは恋人が先に殉じたと思つたからであり、眼前にエロスの殉死を見たからである。彼が生きてゐるクレオパトラの前に運ばれ、二人が抱合ふ瞬間に、悲劇は最高潮に達するのであるが、おそらく見物の心にカタルシスは起らぬであらう。二人の背後には、恋人の虚偽と奴隷の真実とが重り合つて皮肉な笑ひの不協和音を響かせてゐるからである。第二の破局とも言ふべきクレオパトラの死も、ウィルソンの言ふやうに美しくはない。セルーカスの暴露、ギャラスの闖入《ちんにふ》、道化の出現はむしろ不様である。このギャラスの不意打はプルタークではプロキュリーアスによつて行はれることになつてをり、第一・二折本でもさうなつてゐる。いづれにせよ、プロキュリーアスだけは信じてよいと言つたアントニーの言葉を裏切るものである。最後に、クレオパトラもまた侍女の死によつて先手を打たれてゐる。

悲劇の主人公は、ハムレット、マクベス、リア、いづれもみづから死ぬのではないが、その死は自殺と紙一重である。なぜなら自分の主題を生き抜くために、われとわが身を死に追ひ遣るからである。キャシアスやブルータスもさういふ悲劇的な宿命を背負つてゐる。が、アントニーにはそれが稀薄であり、クレオパトラにはそれがほとんど無い。彼等の死は始めから彼等の内部にあり、やがて熟柿が落ちるやうに、それが外部に表れてくる。死は官能の頽廃から遣《や》つて来る。悲劇的な意思とは何の関係も無い。クレオパトラは自分でさう思つてゐるやうに、名誉を守るために死ぬのではなく、アスプの快感に身を委ね、死と戯《たはむ》れるやうにして死んでゆくのである。その死と戯れ掛引きするものは、ハムレットやマクベスにおけるやうな意思ではなく、単なる官能に過ぎない。

「アントニーとクレオパトラ」を書いた時のシェイクスピアは「悲劇時代」の出口に立つてゐた。おそらく彼は悲劇に酔へなくなつてゐたのに違ひない。その代り、彼の目には人間性の現実が的確に映じてゐたのではなかつたか。この作品では、すべてが「ちぐはぐ」に進行する。そこにこの作品特有の「シニシズム」があるのだが、シェイクスピアはそれさへ意識してゐなかつたであらう。彼はただ「史実」にしたがつて「写実」したまでである。

最後に、「アントニーとクレオパトラ」の文体について一言する。シェイクスピアの悲劇の中で、これほど訳しにくい作品は無い。少くとも私にはさう思はれる。四大悲劇を書き終つた後のシェイクスピアは文体においても「写実」に近づき、いはば散文的になつてゐる。美辞麗句や比喩も少く、声の弾《はづ》みも抑制され、登場人物達は内から溢れ出る観念を思ひのままに言葉に委ねることもなく、喋りたいから喋るといふこともない。アントニーもクレオパトラも、喋り出す前に自分の言ふべきことが解つてゐて、それを最も経済的に語るといふ風である。「アントニーとクレオパトラ」では一語一語が煮つまつてゐて多元的に意味を蔵し、他国語に訳すとなると、それぞれに数語を費さねばならぬ。それを避けようとすると、勢ひ硬くなり、せりふの流露感を欠く。玄人批評ではシェイクスピアの最高の傑作と言はれる作品だが、その点では甚だ自信が無い。

（昭和三十六年六月二十日）

コリオレイナス

一

「コリオレイナス」は作者生前の四折本としては一度も刊行されてゐない。随《したが》つて、死後最初に出た一六二三年のシェイクスピア戯曲全集、第一・二折本のみが最も信用出来る原本である。だが、これには五六十語の誤植と思はれるものがあり、必ずしも善本とは言ひ難いが、それ等の誤植が却《かへ》つて信用度を高めてゐると言へるのである。といふのは、譬《たと》へば大文字のIがAと読み違へられ易いシェイクスピア自身の筆癖などから容易に原語が復元出来るからだ。とすれば、第一・二折本の「コリオレイナス」はシェイクスピア自身の書いた原稿に基づいて印刷されたものと見做《みな》してよいといふ事になる。

この様に第一・二折本がシェイクスピアの生原稿から直かに印刷されたとすれば、考証上には何の支障も無い訳だが、生前に四折本が無く、その版権登録の記録も残つてゐないばかりか、一六八二年、テイトによる飜案上演の際に至るまで、この作品についての感想、批評は愚か、この芝居を観たといふ日記の類も全く無いので、その執筆、初演の時期を直接的な外証から推定する事は出来ない。

しかし、間接的には幾つかの材料があり、「コリオレイナス」執筆時期は大体一六〇八年の初め頃と考へられてゐる。その根拠の一つは第一幕第一場に出て来るメニーニアス・アグリッパの胃袋の役割についての寓話である。勿論、これはノース訳「プルターク英雄伝」中のコリオレイナス篇第六節に出てゐるものであり、そのノース訳は一五七九年刊であるから、シェイクスピアの「コリオレイナス」執筆時期推定には何の手掛りにもならぬが、同じ寓話がウィリアム・カムデンといふ当時の歴史家の著書「ブリテン史拾遺」の中に英国出身の法王エイドリアン四世の話として出てをり、そのうち二三の語句はシェイクスピアが明かにこれを読んで借用したものと見做され、このカムデンの本が市場に出たのは一六〇五年の春であるから、「コリオレイナス」がそれ以前の作でない事は先づ間違ひ無い。そればかりではない、第二幕第二場でコミニアスがコリオレイナスを推賞する長い演説があるが、その中に「あらゆる功を一身に蒐《あつ》め、他の戦士の剣をして顔色無からしめた」といふ一句があるが、ベン・ジョンソンは自作の喜劇「沈黙の女」でこの英雄的行為をもぢつて笑ひの種にしてゐる。その「沈黙の女」が書かれたのは一六一〇年の初めであり、観客にもぢりが受容れられ、その笑ひを誘ふ為には、「コリオレイナス」が初演以後続演中であるか、或はその記憶がまだ生々しいうちでなければならない。とすれば、「コリオレイナス」の執筆上演は一六〇五年から一六〇九年までの間といふ事になる。しかも、その文体や韻律は一六〇七年に書かれた「アントニーとクレオパトラ」のそれを踏襲したものであるといふのが定説になつてゐる。それに、一六〇六年か一六〇七年には「アセンズのタイモン」が書かれてをり、一六〇五年前後にはシェイクスピアは「リア王」に力を注いでゐたのであるから、「コリオレイナス」の執筆はやはり一六〇八年になつてからと見るのが妥当であらう。

以上はドーヴァ・ウィルソンの説であるが、彼はなほ次の二つの事実を傍証として提供してゐる。といふのは、「コリオレイナス」を一貫して流れてゐる政治的主題に金持と貧乏人との闘争といふ事がある。これが一六〇七年には最高潮に達し、ノーサンプトン、ウォリック、レスターなどの各州で数週間に亙《わた》る暴動が起り、公有地の石垣や堀などが破壊された事がある。もう一つの傍証といふのは、やはり一六〇七年から一六〇八年に掛けての冬、異常な寒気がロンドンを襲ひ、一六〇八年の一月にはテイムズ河が凍り、その氷上で石炭が燃えてゐたといふ記録が残つてゐる。これは第一幕第一場でコリオレイナスが登場して来るや否や民衆に向つて罵倒を浴びせ掛けるが、そのせりふの中に「氷の上の火の方がまだましだ」といふ言葉が出て来るのと照応する。

二

「ジュリアス・シーザー」及び「アントニーとクレオパトラ」の場合と同様、この作品においてもシェイクスピアは殆ど忠実にプルタークに随つて筋を展開してゐる。尤《もつと》もその他にもパドヴァのティトゥス・リヴィウスが書いた「ローマ史」の英訳が一六〇〇年に出てゐるので、シェイクスピアはそれも読んでゐたに違ひ無いが、その内容はプルタークに遠く及ばないし、両者を較べて見れば、シェイクスピアがプルタークにのみ随つた事は明かである。前章に述べた胃袋の寓話も、たとへカムデンが無くてもプルタークで十分間に合つたであらう。プルタークの邦訳は河野与一氏の訳で岩波文庫から出てゐるが、その第三巻の末尾に「ガーユス（＝ケイアス）・マルキウス（＝マーシャス）・コリオラーヌス（＝コリオレイナス）」の項がある。それを読んで見れば、シェイクスピアのせりふの細部に至るまで、如何に多くをプルタークに負うてゐるかが、と言ふより如何に多くをそのまま取入れてゐるかが解り、興味深く感じるであらう。

譬へば、第一節の冒頭にコリオレイナスの家系を述べ、「その一人アンクス・マルキウスはヌマの娘の子でトゥルルス・ホスティーリウスに次いで王となつた。ローマの町に非常にいい清水を最も多く導き入れたプーブリアスとクィントゥスも、ローマの民衆が二度まで国勢調査官のケンソルに任命したが、却つてその提議によつて法律を制定しこの職は何人も二度勤めてはならないと決議することにしたケーンソーリーヌスも、マルキウス家の人であつた」とあるが、これは「コリオレイナス」第二幕第三場の護民官ブルータスのせりふに巧に利用されてゐる。巧にといふのは、唯コリオレイナスの家柄を見物に納得させる為だけではなく、軽率にコリオレイナスに票を投じた市民達が前言を飜す口実として、自分達護民官に説得されたからだと言へといふ具合に、シェイクスピアは逆手に、或は劇的にこれを利用してゐるのである。

第二節には、コリオレイナスが「子供の時から武器を玩《もてあそ》び、生まれながら身に具はる武器を役に立つやうに磨いて置かないものには後天的な武器は何にもならないと考へてゐたので、あらゆる戦闘を目当に身体を鍛錬して、走るには身軽に、敵に組み附いて打倒すには力強く、屈服し難いものとして置いた」とあり、第三節ではタークィンがローマを襲つた時、「直ぐ傍でローマの兵士が倒れたのを見てそのままにせず、その人の前に立ちはだかり、打掛つて来る敵を防いでそれを殺した」とあるが、シェイクスピアはいづれもこれを取入れてゐる。

その他、コリオライ攻防戦の模様もそつくりそのままプルタークから借用してゐる。ただコリオライの城門内に這入《はひ》つたのはシェイクスピアではコリオレイナス唯一人となつてゐるが、プルタークでは少数の者が敵と入り乱れて這入つた事になつてをり、その後で城門が閉ぢられたといふ記述は無い。しかし、コリオライ陥落後、「大多数の兵士は掠奪と財産の収得」に夢中になつてゐるのを見て、コリオレイナスが怒つた事や、その直ぐ後、野戦の身方の処に馳せ附け、コミニアスに「敵軍の配備がどうなつてゐるか」と訊ねるくだりから、最後の勝利まで大方の経緯はプルタークそのままである。コミニアスが戦利品である「多くの財物と馬と人のうち、他の兵士に分配する前に十分の一だけ選び取るやうに」コリオレイナスに命じたところ、彼はそれを拒絶し、「銘々のものと同様の分配だけで満足だ」と答へ、コミニアスの馬だけを貰つた事、またこの戦で始めてコミニアスからコリオレイナスの称号を贈られた事、いづれもプルタークに随つてゐる。

以上はプルタークのコリオレイナス篇第十一節までの概略であるが、ここまでの記述にはコリオレイナスとオーフィディアスとの出遭は無い。プルタークの中で二人が始めて会ふのは、コリオレイナスが追放されて、オーフィディアス邸の台所に忍び込んだ時である。その時の状景もシェイクスピアとプルタークとは全く同じである。勿論、プルタークでは召使達は登場しないが、コリオレイナスは頭を覆ひ、初めオーフィディアスには誰だか解らず、「誰であるか、何を欲して来たか」と訊ねられ、漸《やうや》くコリオレイナスは覆ひを脱ぎ、暫《しばら》く黙つてゐた後、「トゥルルス（＝タラス）よ、まだ私がわからず、見ても信じられないとすれば、私は自分の告発者にならなければならない……」云々の長ぜりふがあるが、これもシェイクスピアは殆どそのまま流用してゐる。

その点では、第五幕第三場で女達がローマ救済の為、コリオレイナスの天幕に哀願に来た時、ヴォラムニアの長ぜりふも要点はプルタークから借りてゐるし、それを聴き終つて変心したコリオレイナスの最初のせりふ「おゝ、母上、母上！ 何といふ事をあなたはなさつたのだ？」はプルタークの「母よ、何といふ事をなさる」と全く同じである。

かういふ事を一々書き連ねていつたら切りが無い。寧ろ両者で異つてゐる点を述べた方が早い位だ。その一二の例を挙げて置かう。シェイクスピアでは、コリオレイナスは執政官に推薦される為に戦で受けた傷を民衆に向つて誇示する事を拒んだとなつてゐるが、プルタークでは仕来り通りそれを見せたとなつてゐる。また、シェイクスピアでは、コリオレイナスがローマに攻めて来た時、最初にコミニアスが講和を結びに出掛けたとあるが、プルタークにはそれは無い。次にシェイクスピアではメニーニアスがコリオレイナス説得に赴く事になつてゐるが、プルタークでは「元老院から遣《つか》はされた人はマルキウスの近親」とあるだけである。前述のリヴィウスの「ローマ史」によれば、メニーニアスはコリオライ陥落の年に死んでゐるのである。さう言へば第二幕第一場でコリオレイナス凱旋《がいせん》の通知がメニーニアスの留守宅にも届いてゐる筈だとヴァージリアに言はれて、メニーニアスは「これで寿命が七年延びた」とあり、その直ぐ後にコリオレイナスが登場し、メニーニアスに向つて「まだ生きてゐたのか？」と挨拶するくだりがあるが、これはシェイクスピアがリヴィウスを読んでゐた証拠と見る学者もゐる。

三

シェイクスピアの悲劇時代は一五九九年作の「ジュリアス・シーザー」から始り、所謂《いはゆる》四大悲劇と称される「ハムレット」「マクベス」「オセロー」「リア王」と進み、その後に「アントニーとクレオパトラ」「アセンズのタイモン」が続き、「コリオレイナス」を以つて終る。即ち「コリオレイナス」はシェイクスピア最後の悲劇である。しかも、分量、内容、いづれの点から見ても大作と言へる。

一見、誰の目にも明かなこの作品の主題は貴族主義と民主主義との抗争、その長短に対する反省であらう。大抵の批評家がそれについて色々述べてゐる。しかし、貴族主義といつても、当時のローマはこの作品、或はプルタークにも見られる様に、護民官制を取入れ、執政官も一応選挙によつて選ばれるなど、民主主義的な色彩が強く、今日の全体主義国ほど独裁的ではない。もともと貴族主義と民主主義との抗争などといふ事が許されるのは、その前提に多少とも民主主義の地盤がなければならない。同時に、如何に民主主義的政体を採つたにしても、現代の大部分の民主国においてさうである様に、支配的権力が無ければ全くの無政府状態になつてしまふ。随つて、貴族主義と民主主義との抗争とは封建制の下では現れず、寧ろ民主主義において生じるものであり、ハズリット（一七七八—一八三〇）はこの作品を評して「政治常識の宝庫」と呼び、これを丹念に研究すれば、バークの「回顧録」やペインの「人権論」やフランス大革命、英国革命以来の上院下院の議事録など読まなくても済ませると述べてゐるが、その評価は本質的にはそのまま今日にも通じる。ハズリットは続けて、シェイクスピアは両者の抗争について、いづれの側にも立つてゐない、詩人の精神と哲学者の洞察力を以て政治上の諸問題を扱つてゐる、と言つてゐるが、これに反してコールリッジは「ジュリアス・シーザー」における場合と同様、この「コリオレイナス」においても、作者は大衆を揶揄《やゆ》してゐると述べてゐる。この点ではコールリッジの方に分がある様に思へる。「千万の心を持てる」シェイクスピアは大衆や護民官の側にも立てれば、元老、貴族の側にも立てる。その意味ではいづれの身方をしてゐる訳でもない。が、戯曲「コリオレイナス」の主人公は大衆でない事は勿論、貴族でもない、それは題名の示す如く、ケイアス・マーシャス・コリオレイナスなのである。作者としては読者や観客の共感を専《もつぱ》らこの人物に集めなければならないのであつて、貴族主義に共感を求める必要は無い。もし作者が民主主義に対する貴族主義の優位を主張したかつたのだとすれば、彼は主人公として頗《すこぶ》る不利な人間を選んだといふ事になる。なぜなら、コリオレイナスは温和な貴族主義者でない事は勿論、貴族主義などといふ政治上の言葉では捕捉出来ない頑《かたくな》な性格の持主であるからだ。一方、大衆の方は匿名の無性格者である。その点、シェイクスピアが大衆を描く場合、「ジュリアス・シーザー」においてのみならず、どの作品においても一貫してゐる。無性格、無人格、無節操といふ事になれば、どの作品においても同じ様に描かれるのは当然である。しかし、「コリオレイナス」においては、大衆はその様にただ描かれてゐるだけではなく、その様に行動し、分析され、批判されてゐる。その点は「ジュリアス・シーザー」にも他の作品にも見られなかつた事で、コールリッジの見方はまだ生易しいとさへ言へよう。

一般の読者や観客はコリオレイナスの頑さを通じて貴族主義そのものを見はしない、が、大衆である市民達や護民官のうちに民主主義の弱点を見るであらう。たとへ彼等のうちに自分達の姿を感じ取つてゐたにしても、恐らくさうなるであらう。なぜなら、コリオレイナスは如何に頑であらうと、半面、その長所を持つてゐる、が、大衆にはそれが無いからである。護民官も権力に対する単なる否定者であつて、しかも、その陋劣な策謀は描かれてゐるが、長所と言ふべきものは少しも描かれてゐない。だからといつて、シェイクスピアを貴族主義や権力の擁護者と見做すのは早計である。その意味では、今まで述べて来た様に、この作品の主題を貴族主義と民主主義との政治的対立と見るのは過つてゐるとまでは言へなくとも、シェイクスピアに接する場合、主題を重視する事は危険である。「コリオレイナス」においても、他の作品と同様、その魅力は主人公の行動力と、筋の展開の力強さにある。

コリオレイナスの頑さといふ事も、それを近代文学における性格や心理の側面から静的に捉へたなら、単なる愚者に見えて来るに違ひない。事実、余りにも子供つぽい。彼は母親子であり、母親にすすめられて、民衆の前に立ち、その結果、追放され、また母親の哀願を容れてオーフィディアスに殺される。が、かういふ性格もシェイクスピアの創作ではなく、プルタークからの借用である。そのコリオレイナス篇第四節にかう書かれてある、「他の人々にとつては名声は勇気の終極であつたが、マルキウスにとつては名声の終極は母親の喜びであつた。母親が自分の褒められるのを聞き冠を授けられるのを見て喜びのあまり涙を流しながら抱き締めることが、自分を最も光栄のある最も幸福なものにするのだと考へてゐた。」

シェイクスピアにおいては性格は飽くまで二義的なものであり、それが借用であらうが盗用であらうが、一向平気であつた。もしシェイクスピア悲劇における性格といふ事を言ふなら、それは自己を破滅させる動的な力と解釈すべきであらう。そして、それは筋の展開の力強いリズムとなつて現れる。その点、「コリオレイナス」では他の悲劇に較べて、副筋も多様な色彩も無く、最も単純な形で一直線に破局へ突進む様に描かれてゐる。が、この作品にも瑕《きず》が無い訳ではない。作者は劇的対立と筋の展開に専心し、その為に強い凝集力を得られたものの、半面、遊びの余裕を失つてゐるかに見える。「政治常識の宝庫」と言はれるだけあつて、現代にも十分通用する政治的洞察に富んだせりふは随処に散見するが、美しい比喩、巧みなレトリックなどを含んだ詩的なせりふが頗る少い。作品の性質や主人公の性格にもよらうが、やはりこれが悲劇時代最後の作品であり、後は「ペリクリーズ」「シムベリン」「冬物語」「あらし」と浪漫喜劇に作者の関心が向つてゐた時代の作品だからではなからうか。

（昭和四十六年七月）

あらし

一

「あらし」が書かれた時期を推定し得る直接的な外証として二つの文献がある。いづれも王室宴会会計簿中の記事で、一六一一年＝A、一六一三年＝Bの項に次の如く記録されてゐる。

A　王室劇団所演――万聖節（註・十一月一日）の夜、ホワイト・ホールにおいて国王の御前に「あらし」なる作品の上演を行ふ。

B　王室顧問弁護士の許可によりジョン・ヘミングに支払ひし金額内訳……エリザベス王女並びにパラタイン選挙侯の御前にて上演せる十四作品、即ち「フィラスタ」「ノット・オヴ・フールズ」「空騒ぎ」「メイズ・トラジェディ」「メリー・ディヴェル・オヴ・エドモントン」「あらし」……

右のうちAの記録が確かなら、「あらし」は遅くとも一六一一年の初秋には脱稿されてゐた事になる。この記事が発見されたのは一八四二年で、会計検査院のピーター・カニンガムといふ男がロンドンの登記所、税務署などを含むサマセット・ハウスの地下室で偶然見附けたと言つて大問題になり、その後大英博物館に運び込まれたまま、長い間、贋作の疑ひを掛けられてゐた。しかし、一九一一年に、アーネスト・ローが「シェイクスピア贋作について」といふ本を公にし、その中で当記録についての疑惑を解き、以後大部分の学者はそれを認めてゐるものの、その真実性が完全に証明されたとは言ひ難い。ただその記事とは関係無しに間違ひ無く言へる事は、「あらし」そのものの内に、一六一〇年の秋以前には知られなかつた筈の事柄に対する言及があるので、たとへ一六一一年万聖節上演といふのが嘘であつても、一六一〇年以前の執筆といふのは考へられないといふ事である。

次にBの記録であるが、これは本物であつて、一六一三年五月の項に出て来る。記録中のエリザベス王女といふのは、エリザベス女王に次いで英国王となつた当時のジェイムズ一世の息女で、パラタインといふのはドイツのプファルツ選挙侯フリードリヒ五世である。王女は類ひ稀なる美女で、その人柄も慎しく魅力に富み、幼少の頃リンリスゴウ伯家に預けられ、一六〇八年、十二歳で宮廷社交界に始めて姿を現して以来、万人渇仰の的となつてゐた。詩人達は揃つてその美を讃へ、内外の王侯貴族は競つて求婚し、騎士達はこの王女の為なら命を抛《なげう》つと誓つたと言はれる。それがパラタインの勝利に帰したのは、主としてドイツにおけるプロテスタントの勢力を強めようとするジェイムズ一世の意図に拠《よ》るものらしい。国王は一六〇四年国教主義を公然と表明し、新旧両教徒の信用を失ひかけ、その両勢力の均衡を維持する事によつて、二つの角の間を擦り抜ける事に腐心してゐたからであらう。

それはともかく、エリザベスとパラタインとの結婚式は一六一三年二月十四日に行はれた。婚約はその前年の十二月二十七日である。随《したが》つてB記録中の十四作品はこの婚約から挙式までの一箇月半の間に行はれた事になる。随つて、B記録のみを信用すれば、「あらし」は一六一二年の秋頃に書かれたものと推定される。といつても、その事は一六一一年の初秋には脱稿されてゐたと見做《みな》されるA記録を否定する事にはならない。一六一一年秋以後、即一六一二年中に書かれたものと考へねばならぬ様な作中言及も無ければ、またその他の外証も全く無いからである。A記録の真贋論争が大して火を吹かぬ所以《ゆゑん》であらう。結論として、「あらし」の製作年代は一六一一年から一六一二年に掛けてといふ事にして置くのが最も無難だといふ事になる。

といふ事は、「あらし」はシェイクスピア最後の作品といふ事を意味する。尤《もつと》も一六一三年に初演された「ヘンリー八世」があるが、これはシェイクスピアが未完に残したのをフレッチャーが補筆完成したと言はれてゐるもので、常識的には「あらし」が最後と考へて良い。それに一六一一年といふのはシェイクスピアが故郷ストラトフォードに引退した年であり、プロスペローのエピローグは、作者にその意識が有つたか無かつたかは別として、如何にも「引退興行」にふさはしい。第一・二折本の編纂者がこの作品に巻頭を飾る栄誉を与へたのも、恐らくその為であつたらうと言はれてゐる。

なほ、「あらし」には生前の四折本は刊行されず、第一・二折本により初めて上梓されたものである。しかも、それは作者の原稿を元にして直かに印刷されたものらしく、定本作製上、さしたる困難は無い。尤もそれは作者が書上げたものを直ぐ印刷所に廻したのではなく、その間に十余年の歳月が流れてをり、劇場の後見用台本として用ゐられてゐるうちに補筆や削除が行はれて来た事は容易に想像し得る。のみならず、ドーヴァ・ウィルソンに拠れば、現存の第一・二折本の元になつた原稿は作者自身の手に拠る訂正版、それも元来はもつと長かつたものを短くした削除版だと言ふのである。アーデン版の編者フランク・カーモードはそれを真向から否定してゐる。私達にとつてはどちらでも良い事だが、どうやらウィルソンの主張の方が納得出来る様に思はれる。

その根拠の中から解り易い二三の例を紹介して置く。第一に、「あらし」は正典中「夏の夜の夢」に次ぐ二番目に短い作品であるが、その中で第一幕第二場は全体の約四分の一に近い長さで、稍々《やや》その均衡を欠く。それが長くなつたのは主としてプロスペローがミランダに過去の物語を話して聴かせる部分があり、またシコラクス、キャリバン、エーリアルの過去の説明もして置かねばならなかつたからである。恐らくこれ等は第一稿では現在の第一幕第一場の前に、説明ではなく現実の劇として展開されたものではなかつたか、さうウィルソンは想像する。第二幕第一場のクラリベルの話やアフリカへの航海についても同様の事が言へる。さうとすれば、第一稿は「あらし」の直前の作「冬物語」や「ペリクリーズ」の様に長年月に亙《わた》る構成の緩い作品だつたのであらう。ウィルソンにさう言はれてみれば、この作品がシェイクスピア作品中唯一の例外として大体ギリシア劇の三一致の法則に合致してゐるのも、或は削除短縮の為かといふ気もして来る。なほ私の訳で第二幕第一場、本文五百七十八頁（「福田恆存飜訳全集」第七巻）初めのゴンザーローのせりふは第一・二折本ではフランシスコーのものになつてゐるが、前後の関係からどうしてもゴンザーローのものとしか思へぬと言ふウィルソンの説を取入れた。その結果、フランシスコーは全篇を通じて、そのほかに唯一第三幕第三場、本文六百一頁（同前）の一行だけしか喋らない。ウィルソンに言はせれば、この人物は第一稿の消し残りであらうといふ事になる。

第二に、この作品では他に例を見ない程、精緻なト書が書込まれてゐる。「寂しさうに」などといふ内面心理のト書をシェイクスピアは未だ嘗《か》つて書いた試しが無い。しかも、その適切なる事、また時に詩的でさへある事から、それ等は作者自身の手によるものであるとしか考へられぬ。といふ事は、一六一一年故郷に引退したシェイクスピアが、上演や稽古に立会へぬ為に、ニュー・プレイスの書斎で新しく附け加へたものであらう事を意味する。ウィルソンは一六一一年の第一稿は作者の故郷引退前に書かれたものと考へてゐるらしい。成る程、「あらし」はA記録による上演以前にも、一二度市中で公開された形跡がある。第三に、第四幕第一場の仮面劇であるが、これは明かにエリザベス王女とパラタイン選挙侯の婚約の為の祝典劇として後から挿入されたものだとウィルソンは言ふ。その内容上の指摘は煩《わづらは》しいので省くが、祝典劇に仮面劇が必要とされた当時の慣習、更にそれがこの作品の中で多少の違和感を与へる事から言つて、ウィルソンの推測は尤もと言へよう。

二

「あらし」の下敷と見做される作品は殆ど無い。強ひて挙げれば、ドイツのニュルンベルグの劇作家ヤコブ・アイラー（一五四三―一六〇五）が書いた「美しきジデア姫」位のものである。この作品にはプロスペローの原型と見做さるべきルドルフ大公といふ人物が登場する。彼は魔法を能くし、妖精を駆使する。またミランダの如く美しい娘ジデアと共に暮してゐる。それればかりではない、彼の敵の息子を虜《とりこ》にしてゐる事、その若者が抜かうとする剣が魔法によつて鞘から離れなくなつてしまふ事、虜になつた若者がジデア姫の為に丸太運びを強ひられる事、最後にこの二人の男女が恋に落ち、めでたく結ばれる事、等々「あらし」と酷似してゐる。その他、プロスペローとエーリアルが敵共に嗾《け》しかける犬の名「マウンテン」「シルヴァー」といふのが、ルドルフ大公の唱へる呪文の中にも出て来る。

尤も新シェイクスピア全集「あらし」に序を書いてゐるクイラ＝クーチは「それにしても、お伽話や民話は世界中どれもこれも似たり寄つたりで、魔法使、一人娘、囚《とらは》れの貴公子、丸太運び、等々を憐れみや秘かな愛情と結附け、それが呪《まじな》ひを解き、万事めでたく終るといふ話ほど有りふれたものは無いではないか？」と言つてゐる。その通りには違い無いが、当時、イギリスの役者がドイツまで出掛けて行つて興行をする習慣があつた事は確かであり、一六〇四年にはニュルンベルグにも行つてゐるので、そこで「美しきジデア姫」を観、その梗概をロンドンに伝へたのかも知れぬ。さもなければ、「マウンテン」や「シルヴァー」の如き一致はあり得ないであらう。しかし、クイラ＝クーチの様に更に一歩を進めて、「美しきジデア姫」の話の骨子は、イギリスの役者を通じて、ドイツからイギリスへではなく、逆にイギリスからドイツに齎《もたら》されたものだといふ可能性も考へられる。これは必ずしもイギリス人のイギリス贔屓とは言へない。何故なら、アイラーその人はイギリスの劇団を通じてイギリス演劇の影響を受け、それをドイツに紹介した劇作家として知られてゐるからである。いづれにせよ、この「美しきジデア姫」が「あらし」創作の刺戟になつたとは言へても、それを下敷としたとまで主張する根拠は何も無い。

次に、下敷と言ふよりは資料として、シェイクスピアが「あらし」を創作する際、明かに利用したと思はれる主な著作を二つ挙げて置く。その一つはバーミューダ島遭難記パンフレットである。一六〇九年、トマス・ゲイトとジョージ・ソマーズ両騎士に率ゐられた五百人の植民者が九艘の船に分乗し、新大陸ヴァージニアに向つてイギリスを出帆したが、大陸に近い処で暴風雨に見舞はれ、ソマーズ提督の旗艦《海の冒険》がバーミューダ島に坐礁してしまつた。その乗組員達は皆死んだものと思はれてゐたが、実はその気候温和な島で十箇月過した後、翌年五月二艘の小舟に乗込んでヴァージニアに著き、早くもその九月には彼等の漂流綺譚が本国に伝り、帰国するやロンドンでは大評判になつて、シルヴェスター・ジァーディン、ウィリアム・ストレイチ等がその経験談を纏《まと》めたパンフレットが売出された。「あらし」の中に出て来る遭難、島の気候、生物、インディアン等については、シェイクスピアはそれ等の記事から示唆を受けたに違ひ無い。

　他の一つはモンテーニュである。第二幕第一場のゴンザーローが説く理想国は、一六〇三年に初版の出たフローリオー訳モンテーニュ「随想録」第一巻第三十一章「カンニバルについて」から来てゐる事は明かである。カンニバルとは食人種を意味するが、モンテーニュはもつと広義に新大陸原住の「未開人」の事をさう呼んでゐる。第三十一章は十五六頁にも亙る長いものだが、そのうちゴンザーローのせりふに直接影響を与へたと思はれる部分のみ左に引用する。

　私はプラトンに教へてやりたい、「この国には如何なる種類の取引も全く行はれない。文学の智識も無ければ、数の観念も無い。役人といふ言葉も統治者といふ言葉も無い。人に仕へるといふ習慣も無ければ、貧富の差別も無い。契約、相続、分配も無い。楽しい仕事はあつても、苦しい労働は無い。長幼の序列も無く、人間は悉《ことごと》く平等。著物《きもの》も農作物も金属も無い。酒も麦も用ゐない。嘘、裏切、隠蔽、吝嗇、嫉み、悪口、容赦などを意味する言葉は一度も聞いた事が無い」と。さすがのプラトンもこれを聴いたら、彼の理想国もこの完全なるに遠く及ばぬ事を知つて、さぞ驚くであらう。

言ふまでもない事だが、シェイクスピアはこれを単なる「思附き」「意匠」として用ゐてゐるだけで、それはモンテーニュの様に文明やそれに伴ふ虚偽に対する皮肉な批判として作品全体を蔽ふものとはなつてゐない。

三

四大悲劇を書き終へたシェイクスピアは、更に「アントニーとクレオパトラ」「コリオレイナス」「アセンズのタイモン」と人間不信の悲劇を書き続ける。その後の「ペリクリーズ」（一六〇八—九）を転機として、所謂「浪漫喜劇」の時代に入り、「シムベリン」「冬物語」「あらし」の三作を書きながら、この大詩人は不信、憎悪、復讐といふ暗黒の黄泉《よみ》を一作毎に潜《くぐ》り抜け、明るく澄んだ調和と和解の世界に到達したと言はれる。かういふ解釈は必ずしも教科書的俗説とのみは言切れない。事実、シェイクスピアの全作品系列が一つの劇を構成してゐる。悲劇時代がクライマックスなら、晩年の浪漫喜劇時代は差当りアンティ・クライマックスの機能を果してゐる。

　私は嘗つて悲劇の最高峰として「リア王」を挙げ、喜劇の最高峰として「あらし」を挙げると言つた。が、「リア王」について、たとへ聊《いささ》かなりとも自分の感動を語り得た舌は、「あらし」に対しては殆ど用をなさない。一つにはその原文の詩の美しさが、他国語に飜訳し得る限界を遥かに越えてゐるといふ事もある。勿論、それは「あらし」に限らぬ、シェイクスピアを訳す以上、程度の差こそあれ、どの作品についても言へる事だ。それにしても、「あらし」に関しては、その歎きが殊のほか深い。が、それはもう言ふまい。だが、飜訳不能の原文の美しさを別にしても、「あらし」の様な作品について、吾々はどうしてその感動を語り得ようか。何かを語れば、作品そのものの、そしてそれから受けた感動そのものの純粋と清澄とを穢さずには済まされまい。「あらし」はさういふ作品なのである。

　ウィルソンの仮説が本当なら、といふのは、この作品の第一稿においては、プロスペローの前歴やアロンゾー達の航海が冒頭に書かれてゐて、「冬物語」或はその他のシェイクスピア劇の様に時間的推移が現実的に示されてゐたなら、「あらし」の魅力は大半失はれ、シェイクスピア作品中に占める特異性も無くなるであらう。が、この作品の特徴は単に三一致の法則が守られてゐるといふ事にあるのではない。シェイクスピアはこの古代ギリシア劇の作劇術を、嘗つてそれを用ゐた他の劇作家とは全く異つた方法を以て、詰り唯「あらし」においてのみ独自の効果を発揮し得る様に利用してゐるのである。

　何故ならプロスペローはこの作品の登場人物であると同時に、その支配者であり、作者であるからだ。このメカニズムが「あらし」を小宇宙と化し、彼をそのデミウルゴスに仕立て上げる。それは完全に閉ぢられた世界であり、批評や分析の入込む隙は全く無い。プロスペローは明かに不当に遇せられたリアの後身であるが、荒野のリアの巨大な姿が如何にデミウルゴス的であつても、なほ彼は一つの劇の登場人物に過ぎず、その限界と同時にそれ故の自由を保有してゐるのに反して、プロスペローは完全に他の登場人物を支配し、劇の進行を一手に握つてゐる。すべては彼の呪《まじな》ひの中にある。観客もその例外ではない。この様に始めから完結した世界に、作者はどうして終止符を打てるか。プロスペローはどうにも引込みが附かぬではないか。他の登場人物に対しても、観客に対しても、彼はその全能の自由を拋棄《はうき》する自由を持たない。その意味で「あらし」のエピローグは他の作品のそれとは相反する独特の機能を持つ。プロスペローはかう言ふ。

　　これにて吾が術は破れ、この身に残る力は生れながらの現身《うつしみ》の、真《まこと》にはかなき境涯、真の話、御見物の御意次第、この地に留るとナポリへ赴くと、この身に否やはありませぬ。出来ます事なら、かうして領地を二たび手に入れ、吾を欺きし輩《ともがら》を許したからには、かかる裸島に留りたうはありませぬ、何とぞ皆様の呪《まじな》ひをお解き下さいます様。

他のシェイクスピア劇のエピローグでは、それまで登場人物だつた一人物が、そこで作者や座員の一人に変化する。が、「あらし」のエピローグでは、何の事はない、プロスペローは始めて登場人物の平面にまで降りて来るのである。のみならず、観客に向つて他の登場人物と共に現実の世界に戻る自由を要請してゐるのだ。同時に、彼が観客に向つて、「今までその自由を縛つてゐた呪《まじな》ひの主はお前達だ」と言ふ事によつて、それまで閉ぢられてゐた「あらし」の小宇宙を観客は始めて自分のものになし得るのである。

「あらし」は「リア王」の世界を浄化したものであるが、その浄化恢復された秩序感覚の底には依然として「リア王」の世界が潜んでゐる。不信、絶望、嘲笑、醜怪、不条理が悪夢の様に、しかし晴れ渡り澄み切つた朝、目が醒めて、それが信じられぬ様に、正にその様な形で残つてゐる。その意味で、「ああ、素晴しい、新しい世界が目の前に、かういふ人達が棲んでゐるのね、そこには！」（第五幕第一場）といふミランダの有名なせりふより、私にとつては次のキャリバンのせりふの方が遥かに強く胸を打つ。

時には歌声が混じる、それを聴いてゐると、長いことぐつすり眠つた後でも、またぞろ眠くなつて来る——さうして、夢を見る、雲が二つに割れて、そこから宝物がどつさり落ちて来さうな気になつて、そこで目が醒めてしまひ、もう一度夢が見たくて泣いた事もあつたつけ。

（第三幕第二場）

無垢《むく》のミランダではなく、醜悪の化物キャリバンにかういふ美しいせりふを言はせる、天才シェイクスピア以外の誰がそれを為し得たであらうか。

（昭和四十年四月二十三日）

巻末エッセイ

シェイクスピアと福田恆存

福田 逸

福田恆存全集の年譜に拠ると、東京帝大文学部英文学科に入った昭和八年（一九三三・二十二歳）の項に「市立二中時代の舊師（後新潟大学名誉教授）落合欽吾の勧めによりシェイクスピアに親しむ」と書かれてゐる。これが恆存とシェイクスピアの邂逅と言つてよからう。そして昭和十三年（一九三八・二十七歳）の三月に大学院の「研究報告」として「マクベス」を書き、戦後、昭和二十二年（一九四七・三十六歳）、その研究報告を基に雑誌「批評」第六十号に「マクベスについて」を寄稿した。これがのちに「シェイクスピア」と改題されて全集に収められたものである。

その後暫くは、自分自身の評論活動はさておき、翻訳としてはT・S・エリオットの戯曲やD・H・ロレンスの評論などにいそしみ、シェイクスピアに還ることはなかつた。そのまま、昭和二十八年（一九五三）の秋から一年、ロックフェラー財団の奨学生として米英欧を旅する。

その途次、ロンドンのオールド・ヴィック座で上演されてゐた、マイケル・ベントール演出、リチャード・バートン主演の『ハムレット』の舞台を観て、いはば愕然とする。おそらくそれまではシェイクスピアを「読書」の対象と捉へてゐたのではあるまいか。予想だにし得ない躍動するシェイクスピアの舞台を見せつけられたのだらう。これなら日本でもシェイクスピアが上演できる、自分にも翻訳が出来る、さう恆存は思つたといふ。その結果——恆存がどこかで書いてゐたが——その舞台を三度観て、四度目には台本とペンライトを持ち込んで、他の客の迷惑にならぬよう隅つこの席で、ベントール、バートンの生み出した舞台の子細をメモしたという。

そして帰国翌年、昭和三十年（一九五五）に自ら『ハムレット』を翻訳し河出書房から出版、同時に文学座で芥川比呂志主演の舞台を演出、大評判となり、翌年には再演を果たしてゐる。「文學座五十年誌」の再演時備考欄の記述に従ふと、「総計初年とも66回上演」とわざわざ記し、続けて「夜の当日売りを入手のため早朝より行列するほどの相変らずの盛況。初のテレビ放送さる。入場料五〇〇円、三〇〇円、二五〇円（無税）一〇九%、一六、三〇〇余名観客動員。二〇九万円寄付」とある、寄付が何を意味するかは不明。いずれにせよ再演と言ひ、行列の話と言ひ、大評判になつたことは明らかであらう。

翌、昭和三十二年六月には恆存は「マクベス」を下敷きに戯曲『明智光秀』を書き下ろして、八代目松本幸四郎の光秀、芥川の信長で、初の歌舞伎と新劇（文学座）との合同公演を果たしてゐる。かと思ふと、昭和三十三年（一九五八）には『マクベス』を譯し、同じく文学座で上演、マクベスは芥川比呂志、マクベス夫人は杉村春子が演じた。

つまり、読んで味はふシェイクスピアを、逍遥以来と言つてよからうが、漸く本来の戯曲として舞台で楽しむ作品であることを日本の演劇界に知らしめたわけである。あるいは、シェイクスピア上演に一つの基準を明示したと言つてもよからう。

　本書にはシェイクスピアの三十六作品のうち、十九作品の解題が載つてゐるが、恆存が訳したシェイクスピアはこの十九作ですべてである。恆存は食指の動かぬ作には手を出さず、自分の納得した作品、日本での上演に値すると思へる作品のみを譯したといふことだ。尤も、『タイタスアンドロニカス』のやうに、食指の「動いて」ゐなかつた作品を、偶々ロンドンで観劇し、主人公の中にリアに通ずるものを見出し、後から附け加へた戯曲もある。

　かうして福田恆存が火を付けたシェイクスピアブームは、その後、小田島雄志訳、松岡和子訳、河合祥一郎訳と受け継がれて全作品の訳も試みられ、同様、全作品上演を目指す企画も出現する――それにしても、思ふ。もしも、恆存がバートンのハムレットに巡り合はなかつたら、もしも、芥川ハムレットが生れなつかたら、その後の我が国のシェイクスピア劇受容はいかなる道筋を辿つたのであらうか。

※　※　※

　ところで、恆存の書斎を整理した折に、雑誌のコピー三枚を見つけた。掲載誌は不明である。題して、「マクベスの心理」、二段組六頁ほどのもの。本書に載せた「マクベス」論とは別のものであり、「批評」に寄稿したものとも異なることは間違ひあるまい。書かれた時期は、あくまで憶測になるが、昭和十年（一九三五・恆存二十四歳）から数年のうちのことではあるまいか。ここで「マクベス」だけ特別扱ひするのも考へものだが、若書きの少々観念的な論文を、数十年の時を経て紹介しておく。

＊

マクベスの心理

福田恆存

グーテンベルヒが活版印刷術を完成したのは一四四二年であつた。それから四年後にはヨハン・フストなる者の出資によつて印刷工場が設けられ、この頃から実際に活版印刷物の刊行をみたのである。その主なるものに聖書、贖罪状などがあつたといふ。

グーテンベルヒの発明は啻《ただ》に知識の普及を促進せしめたのみではない。より重要なことは知識の対象化を激しくしたといふ事実である。それ以前に於ても、勿論、書くといふことは既に知つたことの対象化であつた、と同時に、書く主体の側に於ては、遂に書き表はし得なかつた真理の探求であり、対象化し得なかつたものへの憧憬であつたのである。この場合ロゴスは対象であるといふ性質と、他面自己の内なるものを外に表はすといふ働きとして主体の契機をも含んでゐる。

　然し乍ら、読むことの普及が招来した智識の対象化の場合にあつては、たとへ書く者と読む者との共通な地盤を予想するにしても、ロゴスはあくまで外から来たものであり、書き表はす時とは反対に、書く者の主体としての契機は脱落し、始めから対象としてのみ存在してゐる。

　此処に書物を読むことの危険が胚胎する。読者は対象化されたロゴスの中に自己証明を探し求めるに至るのである。書く側にあつて認識であり、行為そのものであつたロゴスが、読む側にあつては単なる恣意の承認であり、かくありたき行為の拠り処となる。人は自己の欲する行為が正当化されうる如き文字のみを書物の中に探るやうになり、一度びそれを見出すや、それを爾後の凡ゆる行為の規準となし、口実とするのである。

　自ら生みなすロゴスを有ち得ないものは、既に出来上つたロゴスを借りて、それが恰も自己のロゴスであつたかの様な振舞ひをする、といふよりさういふ錯覚に陥入るのだ――人間はロゴスなくては絶えず不安を感じて、瞬時も生きられぬ存在であるから。然し乍ら、最も怖るべき危険はこの先きにある。人は時に自らの恣意を犠牲にしてまで、ロゴスを要請することがあるといふ事実である。

ロゴスの美しさが人を魅し、人は進んでその虜となる。自己の恣まゝな行為の正当化としてロゴスを求めるのみでなく、たとへ自己の慾望を抑圧し、心身に非常な苦痛を与へる様な結果を生じる場合にも、なほロゴスを必要とすることがある。個人の如何なる苦痛も悲しみも、普遍的な世界苦《ヴェルト・シュメルツ》をその背景に予想しうる時、一種の甘美な慰めを味はひ得ないであらうか。

そしてこの世界苦《ヴェルト・シュメルツ》はロゴスとしての概念であり、宿命としての仮想でもある。己れの生活の論理に確固たる自信の有てないものにとつて、その生活が苦しみに満ちてゐれば満ちてゐるだけ、宿命観ほど済《すく》ひを与へる思想は無い筈である。こゝに於てロゴスは自己の宿命を説き明かすものとして、己れの中に奉ずべき真実を見出せぬ者の追ひ求めるところとなつた。

いま仮りに、個人の歴史実現の過程に於いて主体的内在的可能性としての面を宿命と呼び、客体的外在的現象としての面を運命と呼びうるなら、上述の如く予め宿命を掲げて自己の運命を証明せんとする二元的な態度は、明らかに歴史の本質に背くものと言へよう。だが少くとも歴史をこの二面から考へなければならなくなつたのは近代の悲劇である。

畢竟するに、こゝに言ふ宿命と運命とは別のものではなく、宿命とは歴史の必然性に外ならず、運命とは歴史の偶然性に対する称呼であり、必然が常に偶然の中にしか顕はれえないところに歴史の秘密と悲劇があるのではないか。故に宿命を追ひ求めるといふことは、歴史の偶然性を嫌つて、聊かの偶然事をも必然と呼ばうとすることに外ならない。此は悲劇でなくて何であらう。此処に伝統を喪失したものの悲しみがあり、自己の系図を信じ得ぬものの歎きがある。

シェイクスピアがハムレットとマクベスに於て意識してゐた悲劇も此の伝統喪失に他ならぬ。ハムレットに於て暗示された宿命と運命との分裂はマクベスに至つてその頂点を極めてゐる。がその前に人々はハムレットが親友ホレーショーに語る遺言を何とみるであらうか。ハムレットは三度繰り返へして、己れの所業が後世に誤り伝へられない様に、わが真意を世人に語つてくれるやうにと頼んでゐる。

……ホレーショー、我が亡き後に如何なる悪名、仔細が知れずば、残らうもはかりがたい。われを思ふ真心あらば、しばらく至幸《さいはひ》に遠ざかり、憂世に覚しき命延《のば》はり、我がために一部始終を……

此の言葉は恐らく作者の無意識に書いたものとは言ひがたい。ハムレットの息を引取つた後にホレーショーはフォチンブラスに向つて「一部始終を小官《それがし》つぶさに弁じませう。」と言ひ、猶ほ重ねて、世人の前にそれを語る必要を繰り返へして、「さなくば誤解陰謀などにて、何様の不祥《わざわひ》出来事仕らんも図りがたし。」と、ひたすら誤解を懸念してゐるのである。此は説明なくしては誤解を防ぎ得ない宿命と運命との乖離を予想してゐるからに外ならない。ハムレットは自己の中なる血統の高貴と宿命の必然を信じてゐるが故に、それが偶然的な運命の戯れによつて汚され、埋没されることを怖れてゐる。彼は宿命のそのままの表現として運命を素直に信じることは出来なかつたのである。この様な悲劇はギリシヤには求むべくもない、其処では運命は個人の外にではなく、常に内在的な宿命として観ぜられてゐた、歴史が必然と偶然との二元的解釈をほどこされるに至つたのは極く近代のことであるから。

このハムレットの悲劇の深化はマクベスにうけつがれる。マクベスにあつてはシェイクスピアは最早説明を以てしても策の施しようがない宿命と運命との乖離を描いてゐるのである。ハムレットは外部的な運命（chance）のからくりもなほ羂《わな》にかけ得ない血統の高貴を内に蔵してゐるが、マクベスにはそれが無い。ハムレットは運命の足取から逃れることによつて、己れの宿命（doom）に忠実ならんと欲する、謂はば、宿命が単なる運命に堕せんとする一点に於て危く自己を支へてゐるに反して、マクベスは逆に己れの中に堅持すべき高貴な血統を有たず、随ふべき宿命もなきまゝに夢中で運命の足取を逐ひ、そのからくりの中に身を投ずることを求めるのである。

ハムレットが怖れたことは自分の宿命が小さな現実の型に押込まれることであり、一方マクベスの欲したことは、ともすれば影を見失ひがちな自己の宿命が何んとかして現実の型をとつて現れることであつた。ハムレットが運命を宿命の表現と信じえなかつたのに反して、マクベスは単なる運命の偶然性をも宿命の名によつて必然性と観じたいのである。彼は自己の歴史を己れの中に内在する血液によつて書くことは出来ず、常に心の空虚を感じて、その空しさを満す為に、外部的な行為の連続としての運命を頼り、その力で自己の歴史の頁を埋めようとする。随つて、マクベスが此こそ自己の宿命が命ずる処と勢こんで突き出した刃は運命のダブル・センスを掘り出すのみであつた。ダンシネーの森が動くまでは汝は敗北せぬといふ妖女の予言に励まされて剣をとつた彼の意志は、頭上に木の枝を翳してその森から攻め寄せる敵兵によつて、脆くも覆されてしまふのである。然るに一方ハムレットは、ある行為が自己の宿命とは無縁のものであり、些細な偶然であると見做した時、驚く程軽快に、寧ろ軽薄に一つの行為を遂行しうるのであるが、彼が斯程に用心に用心を重ね、慎重に宿命の留守を覘《うかが》つて、半ば冗談半分に突き出した刃は、彼の意図に反して自己の宿命の血に染められるのである。

　マクベスの中に野心家を看るのは誤りである。彼がスコットランド王になることを予言する妖女の場面は彼の内心の象徴ではなく、全く偶然な「地の泡」の如き運命のいたづらに過ぎない。三つの予言の二つまでが実現されたのもchanceに過ぎなかつた。「運で王になるのならば、手を下さなくつても、運でなれさうなものだ。」といふ言葉で始まるマクベス劇が野心の悲劇であらう筈がないのだ。

　　やつてしまへばそれで事が済むものなら、早くやつてしまつたはうが可い。暗殺といふ一網を下しさへすれば、一切の結果を羅《あみ》し尽してしまへるものなら、此の一撃で以て万事が終局となるものなら、それが此世での、「時」の此方岸、此浅瀬での終居であるのなら、未来なんか関《かま》つたことはないんだ。

この言葉は当然次の如き白詞を予想する。

　どうともなれだ、大あらしの日だつても、時間は経つ。

マクベスの予言から暗殺への心理的推移は一面甚だ義務的な色彩を帯びてゐるのである。勿論義務といふのは小さな良心の問題ではなく、運命の徒らな暗示から受けた自己催眠である。力の弱い者は一つの異常を行ふのに、これこそは絶対不可避な宿命だといふ自己催眠をかけなければ、容易に行ひ得ないものなのだ。彼は自己の行為を正当化《ジャスチファイ》する為に宿命の名を借りる。マクベスには良心はない、自分の行ふべき行為がどんな道徳的悪事でもよいから、それが唯宿命であつてくれゝばいゝ。彼は宿命を、云ひ換へれば自己の血統を求めて、運命に問ひをかけ、運命を試みるのである。

　俺は、明日早朝に、例の巫女の許へ往つて、もつと詳しく将来を言はせることにしよう、斯うなつた以上、どんな悪い手段を行つてでも、どんな悪い事までも知りたいと思ふから。

要するにマクベスは己れの行為に、それが偶然でないといふ理由が欲しいのである。いな己れの生涯が単なる偶然であることを欲しないのである。此のマクベスの不安はそのままに現代の吾々の不安でもある。吾々はマクベスと共に、吾々自身の生活の主題を求めて苦しむ。何事も皆必然であつたと顧みる心の苦しさは、自己の生活に責任を有たうとする者の必ず経験しなければならぬところであらう。

然し乍ら、吾々は、マクベスと同じ様に、徒らに足掻き廻つてゐてよいであらうか。現実の複雑さに堪へ切れぬ力無き独裁者の様に、「大嵐の日だつても時間は経つ」と敗北の言葉の蔭に逃避してゐてよいものだらうか。何もかも必然と観じて、宿命の名を喚び求めることは卑劣な妥協ではなからうか。又、マクベスの様に絶えず運命を試み、測定して、徒らに右顧左眄の生涯を過すべきであらうか。これはまた自己の宿命に対する無責任と言へないだらうか。

吾々が自己の周辺を見廻す時、明治以来この国に余りに多く氾濫してゐる予言と測定の習慣に対して、何か惨めな感を覚えざるを得ない。政治にも、思想にも、文学にも、此の習慣は凡ゆる文化面に亘つて浸みこんでゐる。而も其れを待ち望む一般国民の期待と相俟つて、一種の吾が国近代風俗を形造つた。歴史と運命を測定し、予言する指導者達と、只管其れに聴く、民衆と、此れは確かに惨めな風景と言はねばならぬ。

この頃のある小説の中で、無頼の徒が顔の傷の由来を問はれて、われわれの仲間の仁義ではそんな質問は許されないと答へるのを読んだ、現代の知識階級の心理に共通なものがあるではないか。無頼の徒は傷を過去の証明として大切にする。――内に真実を有たず、その生活は単調である知識人も亦つまらぬ偶然事を自己の生活の保証とし、宿命の必然として衛るのである。

　この熾んな運命との取引の蔭に、民族の伝統と宿命とは何処へ喪失してしまつたのであらうか。繰り返へしや試みを拒む不回帰の生命として歴史を自覚する時、運命を試みる予言や測定は厳しい罰を受けずに済まされようか。歴史に訂正を想ふのは安易な倫理的欺瞞である。歴史は自らを侮辱する者に対しては貧困と荒廃とを以て報復してきた。百年の後、吾々の子孫は吾々の文化の貧しさを責めることがないとは言へぬ。文化形成の責任は個人にある、民族の伝統は個性によつてのみ生きる。運命の偶然性に背いて、ひたすら宿命を信憑して生きること以外に現代に吾々が生きる道はない筈である。

*

　この論文を読むと本書掲載のマクベス論と主旨は同じ——いはば後者の萌芽といつた論文と呼べる。父が自選全集などにも入れなかつた論文を、人の眼に晒すのもどうかと思ふが、そのコピーを後生大事に（?）遺しておいた父にも、やはりこの一文への愛着があつたのではないかと勝手に推測したわけである。

『マクベス』はいはば『ハムレット』の陰画である。それは本書の両戯曲への解説を読んでも、ここに挙げた古い論文を読んでもよく分るだらう。ハムレットに生まれながらに備はつてゐたもの、マクベスがどう足掻いても己がものとはなしえないもの、二つの作品を比較すると、それらがまざまざと見えてくる。全てを身に具してゐながら、いはばそれらを「奪はれた」ハムレットと、自らは何一つ「身に付けてゐなかつた」マクベスと、両者の陰画的隠喩を、シェイクスピア自身、たとへ無意識にせよ感じてゐたに相違ないと私は想像してゐる。本書の各作品の解題をお読みになつた読者が、さういふ角度からも二つの作品を眺める一助となるのであつたなら、若書きの父の論文を引つ張り出したことにも、また、作品の解題だけを一冊の本として世に問ふことにも、それなりの意味はあるのではないかと愚考する次第である。

『ハムレット』と『マクベス』の対比はさておき、蛇足になるが、本書をお読みの方が、それぞれの作品を読み、初期の『じゃじゃ馬ならし』や『夏の夜の夢』を書いた頃のシェイクスピアと、最晩年の『あらし』を書いて筆を擱いたシェイクスピアとを比べてみるのも一興ではあるまいか。

令和六年二月八日

（ふくだ・はやる　明治大学名誉教授／翻訳家・演出家）

本書は、『福田恆存評論集　第十九巻　シェイクスピア解題』（平成二十二年十一月刊、麗澤大学出版会）を底本とし、改題して文庫化したものである。ただし、底本中、「シェイクスピア劇の演出」は福田恆存著『演劇入門　増補版』（中公文庫）に収録されたため割愛した。

底本中、正字を新字にあらためた。また、明かな誤植と考えられる箇所は訂正し、難読と思われる語には新たにルビを付した。

本文中、今日の人権意識に照らして不適切な語句や表現が見受けられるが、著者が故人であること、発表当時の時代背景と作品の文化的価値に鑑みて、底本のままとした。

中公文庫

シェイクスピア

2024年 6 月25日　初版発行

著　者　福《ふく》田《だ》　恆《つね》存《あり》

発行者　安部　順一

発行所　中央公論新社
〒100-8152　東京都千代田区大手町 1-7-1
電話　販売 03-5299-1730　編集 03-5299-1890
URL https://www.chuko.co.jp/

DTP　ハンズ・ミケ
印　刷　三晃印刷
製　本　小泉製本

©2024 Tsuneari FUKUDA
Published by CHUOKORON-SHINSHA, INC.
Printed in Japan　ISBN978-4-12-207533-7 C1195

定価はカバーに表示してあります。落丁本・乱丁本はお手数ですが小社販売部宛お送り下さい。送料小社負担にてお取り替えいたします。

●本書の無断複製（コピー）は著作権法上での例外を除き禁じられています。また、代行業者等に依頼してスキャンやデジタル化を行うことは、たとえ個人や家庭内の利用を目的とする場合でも著作権法違反です。

各書目の下段の数字はＩＳＢＮコードです。978－4－12が省略してあります。

中公文庫既刊より

ふ-7-6　私の英国史　福田恆《つね》存《あり》

ノルマン人征服前からチャールズ一世処刑まで。史劇さながらに展開する歴代国王の事績を、公正な眼差しで叙述。バートン編「空しき王冠」付。〈解説〉浜崎洋介

206084-5

ふ-7-7　演劇入門　増補版　福田恆存

著者自身の編集による唯一の入門書であると同時に、演劇理論家としてのエッセンスを提示する。重要論考「醒めて踊れ」を増補した決定版。〈解説〉福田　逸

206928-2

み-9-11　小説読本　三島由紀夫

作家を志す人々のために「小説とは何か」を解き明かし、自ら実践する小説作法を披瀝する、三島由紀夫による小説指南の書。〈解説〉平野啓一郎

206302-0

み-9-12　古典文学読本　三島由紀夫

「日本文学小史」をはじめ、独自の美意識によって古今集や能、葉隠まで古典の魅力を綴った秀抜なエッセイを初集成。文庫オリジナル。〈解説〉富岡幸一郎

206323-5

え-3-2　戦後と私・神話の克服　江藤　淳

癒えることのない敗戦による喪失感を綴った表題作ほか「小林秀雄と私」など一連の「私」随想と代表的な文学論を収めるオリジナル作品集。〈解説〉平山周吉

206732-5

こ-14-2　小林秀雄　江藤淳　全対話　小林秀雄　江藤　淳

一九六一年の「美について」から七七年の大作『本居宣長』をめぐる対論まで全五回の対話と関連作品を網羅する。文庫オリジナル。〈解説〉平山周吉

206753-0

こ-14-3　人生について　小林秀雄

名講演「私の人生観」「信ずることと知ること」を中心に、ベルグソン論「感想」（第一回）ほか、著者の思索の軌跡を伝える随想集。〈解説〉水上　勉

206766-0

こ-14-4
戦争について 小林秀雄
小林秀雄はいかに戦争に処したのか。昭和十二年七月から二十年八月までの間に発表された社会時評を中心に年代順に収録。文庫オリジナル。〈解説〉平山周吉
207271-8

よ-5-8
汽車旅の酒 吉田健一
旅をこよなく愛する文士が美酒と美食を求めて、金沢へ、そして各地へ。ユーモアに満ち、ダンディズムが光る汽車旅エッセイを初集成。〈解説〉長谷川郁夫
206080-7

よ-5-9
わが人生処方 吉田健一
独特の人生観を綴った洒脱な文章から名篇「余生の文学」まで。大人の風格漂う人生と読書をめぐる随想集。吉田暁子・松浦寿輝対談を併録。文庫オリジナル。
206421-8

よ-5-10
舌鼓ところどころ／私の食物誌 吉田健一
グルマン吉田健一の名を広く知らしめた「舌鼓ところどころ」、全国各地の旨いものを紹介する「私の食物誌」。著者の二大食味随筆を一冊にした待望の決定版。
206409-6

よ-5-11
酒談義 吉田健一
少しばかり飲むというの程つまらないことはない――。飲み方から各種酒の味、思い出の酒場まで、ユーモラスに綴る究極の酒エッセイ集。文庫オリジナル。
206397-6

た-3-3
ルネッサンスの光と闇（上） 芸術と精神風土 高階秀爾
傑作を輩出したまばゆい光の時代を支えた不穏な精神とは。文芸、思想、美術作品を縦横に考察しながらルネッサンス期の精神の明暗を明快に解き明かす。
206563-5

た-3-4
ルネッサンスの光と闇（下） 芸術と精神風土 高階秀爾
世界の終わりに対する怖れ、破壊へのひそかな憧れ……。傑作を生み出したルネッサンスの輝かしい光の裏にうごめく不穏な精神を描き出す。刷新した図版多数収録。
206564-2

も-23-1
英国王室史話（上） 森護
伝説の賢王や名高き悪王、王位を巡る愛妾の陰謀……。ウィリアム一世征服王からエリザベス一世まで。数々のエピソードに彩られた英国九王家四十代の王室史。
203616-1

各書目の下段の数字はISBNコードです。978－4－12が省略してあります。

も-23-2
英国王室史話（下）
森 護
スコットランド女王メアリの息子ジェイムズ一世からジョージ六世までを収録。さらに詳細な系図とプリンス・オブ・ウェイルズの系譜などの巻末詳細資料付き。
203617-8

も-33-2
剣闘士《グラディエーター》 血と汗のローマ社会史
本村凌二
奴隷制、円形闘技場……古代ローマ史を流血で彩った剣闘士の光と影。帝国の繁栄と衰退を史上唯一の公認殺人競技を通して描き出す。〈解説〉ヤマザキマリ
207130-8

ま-17-9
文章読本
丸谷才一
当代の最適任者が多彩な名文を実例に引きながら文章の本質を明かし、作文のコツを具体的に説く。最も正統的で実際的な文章読本。〈解説〉大野 晋
202466-3

し-9-10
エロティシズム
澁澤龍彦
動物のそれと違い「快楽の欲求」に動かされる「人間の性的活動」。芸術や宗教の根柢に横たわる狂気の世界を渉猟し冒険した軌跡。〈解説〉巌谷國士
206454-6

し-9-11
エロス的人間
澁澤龍彦
「太古の闇のなかの恐怖をそのまま現代に持ってきたかのような、社会生活をおびやかす暗い力」即ちエロティシズムへの考察。〈解説〉諏訪哲史
206455-3

し-9-12
サド侯爵の生涯 新版
澁澤龍彦
神をも恐れぬ性の饗宴に耽溺し、社会と良識に挑戦した十八世紀フランスの貴族、サドの真実を捉えた画期的評伝。〈解説〉出口裕弘〈巻末エッセイ〉三島由紀夫
206918-3

ウ-10-1
精神の政治学
ポール・ヴァレリー
吉田健一訳
表題作ほか「知性に就て」「地中海の感興」「レオナルドと哲学者達」の全四篇を収める。巻末に吉田健一の単行本未収録エッセイを併録。〈解説〉四方田犬彦
206505-5

オ-1-2
マンスフィールド・パーク
オースティン
大島一彦訳
貧しさゆえに蔑まれて生きてきた少女が、幸せな結婚をつかむまでの物語。作者は優しさと機知に富む一方、鋭い人間観察眼で容赦なく俗物を描く。
204616-0

オ-1-3

エ　マ

オースティン

阿部知二訳

年若く美貌で才気にとむエマは恋のキューピッドをきどるが、他人の恋も自分の恋もままならない――「完璧な小説家」の代表作であり最高傑作。〈解説〉阿部知二

204643-6

オ-1-5

高慢と偏見

オースティン

大島一彦訳

理想的な結婚相手とは――。不変のテーマを、細やかに描いたラブロマンスの名作を、読みやすい新訳でおくる。愛らしい十九世紀の挿絵五十余点収載。

206506-2

シ-1-2

ボートの三人男

J・K・ジェローム

丸谷才一訳

テムズ河をボートで漕ぎだした三人の紳士と犬の愉快で滑稽、皮肉で珍妙な物語。イギリス独特の深い味わいの傑作ユーモア小説。〈解説〉井上ひさし

205301-4

ホ-3-2

ポー名作集

E・A・ポー

丸谷才一訳

理性と夢幻、不安と狂気が綾なす美の世界――短篇の名手ポーの代表的傑作「モルグ街の殺人」「黄金虫」「黒猫」「アシャー館の崩壊」全八篇を格調高い丸谷訳でおさめる。

205347-2

ホ-3-3

ポー傑作集 江戸川乱歩名義訳

E・A・ポー

渡辺温

渡辺啓助訳

全集から削除された幻のベストセラー、渡辺兄弟のゴシック風名訳が堂々の復刊。温《おん》について綴った江戸川乱歩と谷崎潤一郎の文章も収載。〈解説〉浜田雄介

206784-4

ホ-3-4

赤い死の舞踏会 付・覚書（マルジナリア）

E・A・ポー

吉田健一訳

疫病に戦慄する人々を描いた表題作のほか処女作「メッツェンガアシュタイン」など短篇小説十篇と、蔵書の行間に書き込んだ思考の断片「覚書」を収録。

207061-5

オ-3-1

一杯のおいしい紅茶 ジョージ・オーウェルのエッセイ

オーウェル

小野寺健編訳

イギリス的な食べ物を、貧乏作家の悲哀を、酔うことを、自然や動物を、失われゆく庶民的なことごとへの愛着を記し、作家の意外な素顔を映す上質の随筆集。

206929-9

ケ-1-4

ファウスト 悲劇第一部

ゲーテ

手塚富雄訳

あらゆる知的探究も内心の欲求を満たさないと絶望したファウストは、悪魔メフィストフェレスと魂をかけた契約を結ぶ。〈巻末エッセイ〉河盛好蔵・福田宏年

206741-7

各書目の下段の数字はISBNコードです。978－4－12が省略してあります。

ケ-1-5
ファウスト 悲劇第二部
ゲーテ
手塚富雄 訳
巨匠ゲーテが言葉の深長な象徴力を駆使しつつ自然と人生の深奥に迫った大作を、翻訳史上画期的な名訳で贈る。読売文学賞受賞作。〈巻末エッセイ〉中村光夫
206742-4

ケ-8-1
黒死病 ペストの中世史
ジョン・ケリー
野中邦子 訳
ある日、人びとは「この世の終わり」が来たことを知った――十四世紀の欧州を覆い尽くした史上最悪の疫病に、あらゆる角度から迫った克明なる叙事詩。
206914-5

テ-3-2
ペスト
ダニエル・デフォー
平井正穂 訳
極限状況下におかれたロンドンの市民たちを描いて、カミュの『ペスト』以上に現代的でなまなましいと評される、十七世紀英国の鬼気せまる名篇の完訳。
205184-3

コ-7-3
若い読者のための世界史 改訂版
E・H・ゴンブリッチ
中山典夫 訳
『美術の物語』の著者がやさしく語りかけるように、時代を、出来事を、そこに生きた人々を活写する。各国で読みつがれてきた〝物語としての世界史〟の古典。
207277-0

ス-10-1
ホワイト・ティース（上）
ゼイディー・スミス
小竹由美子 訳
ロンドン出身の優柔不断な中年男・アーチーと、バングラデシュ出身の誇り高きムスリム・サマード。ふたりの友情を軸に歴史、信条、言語、世代、遺伝子の差違が招く悲喜劇を描く。
207082-0

ス-10-2
ホワイト・ティース（下）
ゼイディー・スミス
小竹由美子 訳
アーチーの娘・アイリーとサマードの息子・ミラトとマジドは、遺伝子工学者のチャルフェン家と関わり、新たな問題の渦中へ。多文化社会の困難と希望を描く傑作小説。
207083-7

ツ-2-1
バルザック（上）
ツヴァイク
水野 亮 訳
「人間喜劇」を構想したバルザック。富と名声を求めて旺盛な創作活動に邁進し、天才と俗物の間を生きた人間の魅力をあますところなく描き切った本格評伝。
207445-3

ツ-2-2
バルザック（下）
ツヴァイク
水野 亮 訳
『マリー・アントワネット』『ジョゼフ・フーシェ』などで知られる伝記作家が五一年の生涯を情熱的に描いた遺作にして最高傑作。全二巻。〈解説〉宮下志朗
207446-0